Saskia Berwein

Seelenweh

SASKIA BERWEIN

SEELENWEH

Thriller

LYX
EGMONT

Originalausgabe September 2014 bei LYX
verlegt durch EGMONT Verlagsgesellschaften mbH,
Gertrudenstr. 30–36, 50667 Köln
Dieses Werk wurde vermittelt duch die Literarische Agentur Thomas
Schlück GmbH, 30827 Garbsen.

1. Auflage
Redaktion: Claudia Schlottmann
Satz: KCS GmbH, Stelle/Hamburg
Printed in Germany (670421)
ISBN 978-3-8025-9404-5
www.egmont-lyx.de

MIX
Papier
FSC FSC® C083411

Prolog

Der Geruch von Öl und Benzin war viel zu stark. Sie stand auf der anderen Straßenseite, gegenüber der Tankstelle. Trotzdem konnte sie den Kraftstoff fast schon auf der Zunge schmecken.

Sie konnte auch ein leises Plätschern hören. Benzin tropfte aus einer am Boden liegenden Zapfpistole auf den Beton. Die Pfütze schillerte in grellen Farben.

Ein kleines Mädchen, vielleicht zehn oder elf Jahre alt, stand neben der Zapfsäule. Sie trug ein weißes, spitzenbesetztes Kleid. Blut war in dünnen Rinnsalen an den Innenseiten ihrer blassen Oberschenkel hinuntergelaufen.

Sie schaute zu ihr herüber, ihre Blicke trafen sich. Das Mädchen hatte dunkelbraune Augen. Isabell sah vertrauten Schmerz in ihnen, Trauer, Enttäuschung, Wut und Hass.

Der zu einer dünnen, farblosen Linie zusammengepresste Mund verzog sich zu einem Lächeln. Erst wirkte es freundlich, einladend, dann verzerrte es sich jedoch zu einem bösen, beinahe wahnsinnigen Grinsen.

Die Pfütze aus Benzin war größer geworden. Sie hatte sich zu einem kleinen See ausgeweitet, viel zu groß für die Tropfen, die noch immer stetig aus dem Zapfhahn rannen. Der schillernde Teich endete knapp vor den Schuhspitzen des Mädchens.

Die Kleine machte einen Schritt nach vorn, langsam und bedächtig, in die Benzinlache hinein, den Blick nicht von Isabell abwendend. Plötzlich hielt sie eine Streichholzschachtel in der Hand und öffnete sie.

Isabell wollte den Mund öffnen und schreien, doch ihre Lippen fühlten sich taub an und gehorchten ihr nicht. Sie konnte das Unvermeidliche nicht verhindern.

Mit einem Ratschen, das Isabell in den Ohren wehtat, schrammte der Streichholzkopf über die Seite der Schachtel. Sie sah das Aufflackern der Flamme als Spiegelbild in den Augen des Mädchens.

Die Kleine ließ das Streichholz fallen.

Das Benzin entzündete sich explosionsartig. Eine Wand aus gelbrotem Feuer loderte auf und verschlang das Mädchen augenblicklich.

Es blieb nur ein Schrei zurück.

Erst als sie aus dem Traum hochfuhr und die Augen aufriss, bemerkte Isabell, dass sie diejenige war, die schrie.

Allerdings nur leise, kaum hörbar. Es war mehr ein Stöhnen als ein Schreien, noch dazu wurde es von dem harten, unebenen Untergrund gedämpft, auf dem sie mit dem Gesicht nach unten lag.

Ihr Körper fühlte sich schwer und wie betäubt an. Es kostete sie große Kraft, den Kopf zu heben und zu blinzeln.

Doch um sie herum war nur Dunkelheit.

Wo zum Teufel war sie?

Bruchstückhaft erinnerte sich Isabell an das, was geschehen war, bevor die Welt in Schwarz getaucht wurde und Albträume sie heimsuchten. Jemand hatte seine Hilfe angeboten. Sie war voller Hoffnung in das Auto gestiegen.

Mit der Erinnerung kam auch die Erkenntnis. Isabell wusste sofort, dass sie in Schwierigkeiten steckte. In ernsthaften Schwierigkeiten.

Der Geruch von Öl und Benzin umgab sie noch immer, wirkte jetzt aber alt und abgestanden. Der Boden unter ihr fühlte sich wie geborstener Beton an. Aus den Rissen schien Erde hervorzuquellen.

Es gab kein Licht.

Angst begann sich wie eine kalte Faust in ihrer Brust zusammenzuballen. Sie zwang sich, ruhig zu atmen. Es war nicht das erste Mal, dass sie in einer fremden oder gar bedrohlichen Situation erwachte. Sie hatte gelernt, ihre Gefühle zu kontrollieren. Panik hatte ihr noch nie geholfen.

Isabell bewegte langsam ihre Glieder und stellte fest, dass sie nicht gefesselt war und nichts gebrochen zu sein schien. Lediglich die Stelle an ihrem Hals, wo der Elektroschocker sie getroffen hatte, schmerzte. Vorsichtig kämpfte sie sich auf die Knie, setzte sich auf, wagte jedoch nicht, aufzustehen.

Wo bin ich? Wieso bin ich hier?

Das waren Fragen, die sie zurückstellen musste, denn viel wichtiger war, wie sie entkommen konnte. Sie zweifelte nicht daran, dass sie eine Gefangene war. Wieso sonst hätte man sie betäuben und verschleppen sollen?

Isabell ließ sich auf alle viere nieder. Vorsichtig bewegte sie sich vorwärts und stieß bald auf eine Wand, der sie folgen konnte. Ihre Finger ertasteten gerade eine Ecke des Raumes, als sie irgendwo über sich Schritte hörte.

Sie erstarrte, lauschte, doch das metallische Knirschen über ihr war bereits wieder verstummt.

Dann nahm sie etwas anderes wahr.

Ein Atmen. Hinter ihr.

Sie wirbelte herum und stierte in die Dunkelheit. Isabell musste die Luft anhalten und ihren eigenen Herzschlag ausblenden, um die Atemzüge hören zu können. Doch sie waren eindeutig da.

»Hallo?« Ihre Stimme klang wie das verängstigte Fiepen einer Maus.

Trotzdem folgte sofort eine Reaktion. Irgendetwas oder irgendjemand bewegte sich. Das Atmen wurde schwerer und ging in ein Schnaufen über. Metall klirrte.

Ihr Gehirn hatte gerade das Bild eines wütenden, in eine Ecke gedrängten Stiers heraufbeschworen, der sich zum Angriff bereit machte, als plötzlich das Licht anging.

Für den Bruchteil einer Sekunde war Isabell geblendet, dann nahm die Welt um sie herum wieder klare Konturen an.

Und sie musste erkennen, wie recht ihre Fantasie doch hatte:

1

Dezember, sechs Jahre vor dem aktuellen Geschehen, irgendwo im Dortmunder Umland

Der Sturm pfiff um die Kirche und rüttelte an den Dachziegeln. Es war spät, es war dunkel, und der Eisregen trommelte gegen die Buntglasfenster. Normalerweise würde er die Kirche erst in einer halben Stunde absperren, doch bei diesem Wetter waren keine Besucher mehr zu erwarten. Es war ohnehin selten geworden, dass sich jemand außerhalb der Messen in das kleine Gebäude verirrte.

Umso überraschter war Klaudius Moor, eine Person in der ersten Reihe sitzen zu sehen, als er ins Langhaus trat. Er stöhnte innerlich auf, hielt er die Gestalt doch zuerst für einen Obdachlosen, der in seiner Kirche Schutz vor dem Wetter gesucht hatte. Einmal hatte er den Fehler begangen, einem Mann über Nacht Obdach zu gewähren. Am nächsten Morgen hatte er den Altar entweiht vorgefunden, einige Gegenstände fehlten.

Er wappnete sich bereits für eine Auseinandersetzung, die hoffentlich nicht mit einem Anruf bei der Polizei enden würde, als ihm auffiel, dass die Person zwar einen völlig durchweichten Mantel trug, es sich aber um eine angemessen gekleidete Frau handelte.

Sie schien zu dösen, doch als er näher herantrat, sah er, dass ihre Augen geöffnet waren. Sie starrte reglos vor sich hin und nahm keine Notiz von ihm.

Na prima, statt eines Penners habe ich jetzt eine psychisch

labile Frau am Hals … Und sie gehört nicht einmal zu meiner Gemeinde.

Es war ein wirklich ungünstiger Zeitpunkt. Er hatte sich auf einen gemütlichen Abend am Kamin gefreut, mit heißem Tee und einem Krimi im Fernsehen. Das konnte er sich jetzt wohl abschminken.

Er trat zu der Frau und räusperte sich. Keine Reaktion. »Kann ich Ihnen helfen?«

Sie blinzelte, als würde sie aus einem Tagtraum erwachen, und blickte zu ihm auf. »Oh. Haben Sie etwas gesagt?«

»Ich fragte, ob ich Ihnen helfen kann«, erwiderte der Pfarrer so freundlich, wie es ihm unter den gegebenen Umständen möglich war.

Die Frau bewegte den Kopf. Er war sich nicht sicher, ob es ein Kopfschütteln sein sollte. »Nein, danke. Ich bin nur hergekommen, um ein wenig Ruhe zu finden.«

Nicht einmal beten. Aber was hatte er auch erwartet? »Ich wollte die Kirche jetzt absperren. Es liegt mir fern, Sie hinauszuwerfen, aber …« Er verstummte.

»Ich verstehe, Pater.« Sie nickte und stand auf. Es schien ihr unendlich schwerzufallen, als wäre sie doppelt so alt wie die von ihm geschätzten fünfzig Jahre. »Ich will keine Last sein.«

Ein Teil von ihm war froh, dass sie ohne besonderen Widerspruch gehen wollte, ein anderer Teil schalt ihn für sein unchristliches Benehmen. Ach, verdammt! *»Sie wirken aufgewühlt. Sind Sie sicher, dass Sie keine Hilfe brauchen?«*

Ihre Lippen verzogen sich zu einem traurigen Lächeln. Ihre Augen waren gerötet, die Lider geschwollen. Sie hatte Tränen vergossen. Viele Tränen. »Mir kann niemand mehr helfen.«

Andere Pfarrer mochten fähig sein, in den Augen der Menschen zu erkennen, was sie umtrieb. Klaudius Moor hatte noch nie dazu gehört. »Sind Sie krank?«, fragte er sanft.

Sie musste offenbar über die Frage nachdenken. »In gewisser Weise, ja. Ich habe Dinge getan, die man wohl allgemein als krank bezeichnen würde.«

Er musste schlucken. »Es steht mir nicht zu, über Sie zu urteilen. Aber falls Sie beichten möchten …«

Die Frau lachte leise. »Für das, was ich getan habe, kann mir niemand Absolution erteilen. Falls Ihr Gott existiert, ist mir ein Platz im Fegefeuer sicher.«

»Wieso sind Sie dann hergekommen?«

Sie seufzte. »Ich brauchte Ruhe und Abstand. Ich bin herumgefahren, der Sturm wurde schlimmer … Ich sah Ihre Kirche und hoffte auf ein klein wenig Frieden.«

Klaudius Moor zögerte. »Den habe ich dann wohl gestört.«

Die Frau schüttelte den Kopf. »Es war falsch von mir, hier Frieden zu suchen … Für mich wird es nie mehr Frieden geben. Aber das ist die Bürde, die ich zu tragen habe. Ich habe Sie mir selbst auferlegt.« Sie schwieg einen Moment, dann nickte sie ihm zu. »Pater.«

Sie schlurfte auf den Ausgang zu. Eine gebeugte, gebrochene Frau.

Er sollte sie ziehen lassen. Sie suchte weder seinen noch Gottes Beistand. Doch er hatte das Gefühl, dass er sie nicht einfach so gehen lassen durfte. Vielleicht war es auch nur seine Neugier, die ihm nach all den Jahren und all den abgenommenen Beichten nicht abhanden gekommen war. Er war fasziniert von den Dämonen, die die Menschen heimsuchten.

»Was haben Sie getan?«, rief er ihr nach.

Sie blieb stehen und drehte sich langsam zu ihm um. »Sie wollen hören, was mich hierher getrieben hat?«, fragte sie zweifelnd.

Er nickte. »Ich habe den Eindruck, dass Sie jemanden zum Reden brauchen könnten.«

Die Frau schien ihm zuerst widersprechen zu wollen, dann

nickte sie jedoch. »Sie könnten recht haben. Ich habe außerhalb meines Berufs seit einer halben Ewigkeit mit niemandem mehr gesprochen.«

Klaudius Moor deutete auf die Bankreihe, in der sie zuvor gesessen hatte. »Kommen Sie. Ich werde zuhören, wenn Sie wollen.«

»Sie wissen nicht, welche Last Sie sich damit aufhalsen würden. Ihr Schweigen ist verpflichtend. Ich habe immerhin noch die Wahl.«

Er spürte, wie sich seine Lippen ganz automatisch zu einem sanften Lächeln hoben. »Sie wären überrascht, welche Lasten ich zu tragen imstande bin.«

Die Frau zögerte sichtlich, machte dann aber doch kehrt und ließ sich auf der Bank nieder.

Er setzte sich neben sie. Als sie nichts sagte, fragte er: »Wieso haben Sie niemanden, mit dem Sie reden können? Haben Sie keine Freunde oder Familie?«

»Freunde würden nur alles verkomplizieren. Ich bin allein. Die einzige Familie, die ich habe, ist mein Sohn.«

»Und mit ihm können Sie nicht sprechen?«

Die Frau schien zu lächeln. »Über ihn selbst? Er ist der Grund für meine Einsamkeit. Ich muss ihn schützen, und das kann ich nur, wenn ich mit ihm alleine bin. Niemand darf wissen, dass er existiert.«

Der Pfarrer blinzelte. Es war eine merkwürdige und überaus ungewöhnliche Eröffnung. »Wieso darf niemand von seiner Existenz erfahren?«

Sie lächelte matt und sah nach vorne zum Altar, wo Jesus in Gold gegossen am Kreuz hing. »Weil ich ihn gestohlen habe.«

2

Jennifer hörte die Klingel aus den Tiefen ihrer Wohnung auf die Terrasse dringen, ignorierte das störende Geräusch aber. Sie war erschöpft, schläfrig und erwartete weder Besuch noch eine Paketzustellung. Nach diesem anstrengenden Tag hatte sie sich wirklich etwas Ruhe verdient.

Sie war kurz davor, wieder einzudösen, als sie das Quietschen des Tors am Ende des kleinen Gartens wahrnahm, der zu ihrer Eigentumswohnung gehörte. Sie musste vergessen haben, es abzuschließen. Der unerwartete Besucher kannte offenbar diesen Zugang zum Grundstück und gehörte somit zu einem sehr eingeschränkten Personenkreis.

Mit geschlossenen Augen lauschte sie den Schritten auf dem Pflaster. Im Stillen betete sie, dass es nicht ihre Mutter war. Die ersten Tage ihres Urlaubs hatte Jennifer in Heidelberg verbracht, und die ständigen Streitereien ihrer Eltern ließen selbst sie inzwischen an Scheidung als beste Lösung denken. Hoffentlich hatte ihre Mutter nicht beschlossen, sich dem Kleinkrieg zu entziehen, indem sie zu ihrer Tochter floh.

Jennifer zwang sich, die Augen zu öffnen und in den Halbschatten des erst an diesem Morgen gesetzten Blutahorns zu blinzeln. Sie sah einen Mann zwischen den Beeten auf sich zukommen, mit dem sie schon allein deshalb nicht gerechnet hatte, weil sie eigentlich sicher war, dass er nicht zu dem zuvor genannten Personenkreis gehörte.

Ihr Blick streifte die Uhr auf dem Tisch zu ihrer Rechten. Kurz nach fünf.

Oliver Grohmann konnte dienstlich hier sein, musste es aber nicht. Sie hatte keinen Anruf erhalten. Außerdem hatte sie, das kommende Wochenende mitgerechnet, noch vier Tage Urlaub.

Wieso war er hier?

Jennifer setzte sich in ihrem Liegestuhl auf und zog unbewusst das dünne T-Shirt zurecht, auf dem sich Gras- und Erdflecken gegenseitig zu verdrängen versuchten. Während er die letzten Meter zur Terrasse zurücklegte, ließ sie ihren Blick unauffällig über seine Erscheinung schweifen.

Er musste direkt von der Arbeit kommen, zumindest trug er eines seiner üblichen elegant-legeren Outfits – dunkle Jeans und ein anthrazitgraues Hemd, dessen Farbe sowohl mit seinen schwarzen Haaren als auch mit seinen graublauen Augen perfekt harmonierte.

Die Hitze des Spätjunis hatte ihm offensichtlich zugesetzt – oder doch eher der Grund seines unangekündigten Besuchs? Seine Kleidung war zwar nicht fleckig, aber er wirkte ähnlich erschöpft, wie Jennifer sich fühlte.

Sie hätte ihn am liebsten direkt gefragt, wieso er hier war, übte sich jedoch in Geduld. »Du begehst gerade Hausfriedensbruch.«

Wenigstens entlockte ihm diese schroffe Art der Begrüßung ein kleines Lächeln. »Du hast die Klingel ignoriert.«

»Ich habe sie gar nicht gehört.«

Seinem Blick war anzusehen, dass er ihr nicht glaubte. »Dann war es eine gute Idee, hier nachzusehen.«

»Das entschuldigt nicht das unerlaubte und unaufgeforderte Betreten meines Grundstücks.« Jennifer spürte, wie ihre Mundwinkel zuckten und sich ein Grinsen in ihr Gesicht zu stehlen versuchte.

»Ich kann es gerne noch mal am Vordereingang probieren, wenn du mich dann einlässt.«

Jennifer sah ihm kurz in die Augen und versuchte, ein Gefühl für seine Stimmung zu bekommen. Sie schätzte sie durchaus als positiv ein, doch es gab auch eine dunklere Färbung, die sie nicht so recht fassen konnte. Nervosität? Beunruhigung?

Zumindest schien er nicht gekommen zu sein, um sie zu irgendeinem Tatort mitzunehmen. Sie deutete auf den Stuhl, der auf der anderen Seite des Terrassentischs stand. »Setz dich doch.«

Oliver kam ihrer Aufforderung nach, während sie sich wieder zurücklehnte. Der Staatsanwalt ließ seinen Blick schweigend durch ihren Garten wandern.

»Du hast hier die letzten Tage ziemlich viel bewegt.« Sein Blick schweifte zwischen dem Rhododendron und dem Sommerflieder hin und her, die in ein oder zwei Jahren einen natürlichen Blickschutz für die Terrasse bieten würden.

»Ein bisschen Schönheitspflege hier und da«, wiegelte sie ab. Jennifer wollte endlich wissen, warum er hier bei ihr zu Hause aufgetaucht war, wollte ihn aber auch nicht unter Druck setzen.

Er warf ihr nur einen kurzen, skeptischen Blick zu. Dem kleinen Flecken Grün war deutlich anzusehen, dass er in den letzten Tagen umgestaltet worden war. Nichts erinnerte mehr an das verwilderte und zugewucherte Grundstück, das sich hier noch vor gut einer Woche erstreckt hatte. »Du kommst nie zur Ruhe, oder?«

Es war keine Frage, sondern eine Feststellung, die sie mit einem Schulterzucken beantwortete. Urlaub war für sie immer eine schwierige Zeit, und sie war froh, eine sinnvolle Beschäftigung gefunden zu haben.

Jennifers Geduld hatte sich nun endgültig erschöpft. Er war garantiert nicht hier, um mit ihr über ihren Garten zu plaudern. »Was verschafft mir die Ehre?«, fragte sie mit leichter Bestimmtheit, die ihm signalisieren sollte, dass er besser ohne weitere Umschweife zur Sache kam.

»Ich bin der Überbringer schlechter Neuigkeiten.«

Sie runzelte die Stirn. »Hätten die nicht noch bis Montag warten können?«

»Theoretisch ja, aber ich fand es eine gute Idee, sie dir persönlich zu überbringen.«

Kein gutes Zeichen. »Oha.«

»Außerdem muss ich heute Abend noch zu einer Schulaufführung, in der Hannah eine tragende Rolle spielt. Und da deine Wohnung mehr oder weniger auf dem Weg liegt …«

»Ja«, erwiderte Jennifer mit einer hochgezogenen Augenbraue. »Mehr oder weniger.« Eigentlich überhaupt nicht. Er hatte einen Umweg in Kauf genommen, der ihn im Berufsverkehr mindestens eine halbe Stunde kosten würde.

»Welche der beiden Hiobsbotschaften willst du zuerst hören?«

Sie musste über ihre Antwort nicht nachdenken. »Die, die dich mehr beschäftigt.«

Oliver lehnte sich auf dem Stuhl zurück und wandte sich ihr zu. »Scholz ist tot.«

Jennifer verblüffte die Neuigkeit vom Ableben des Oberstaatsanwalts. »Wann?«

»Letztes Wochenende.« Er zögerte kurz. »Es überrascht mich, dass du davon noch nichts gehört hast.«

»Mein Handy ist aus, und ich mache einen großen Bogen um alles, was auch nur ansatzweise mit meiner Arbeit zu tun hat – inklusive sämtlicher Medien.«

Oliver nickte, doch sie glaubte in seinen Augen so etwas wie Anerkennung oder sogar Stolz aufflackern zu sehen. Dass sie tatsächlich und noch dazu erfolgreich versuchte, Abstand zu ihrem Job zu gewinnen, war ein echtes Novum.

Mit dem Abstand war es nun aber definitiv vorbei. »Ist er ermordet worden?«

Der Blick des Staatsanwalts strafte wortlos ihren Pessimismus. »Herzinfarkt. In einem Moment plaudert er noch mit seiner

Frau über eine Verabredung mit Bekannten, im nächsten greift er sich an die Brust, murmelt ihren Namen und bricht tot zusammen.« Oliver hielt kurz inne, als ob er die Nachricht selbst noch einmal auf sich wirken lassen müsste. »Sie hat auf eine Obduktion bestanden. Es waren mehrere Koronararterien betroffen. Er hatte nicht die geringste Chance.«

»Scheiße«, fluchte Jennifer. Sie hatte nicht allzu viele Berührungspunkte mit dem Oberstaatsanwalt gehabt, doch seine Entscheidungen waren immer nachvollziehbar und besonnen gewesen. »Er war doch noch keine sechzig.«

»Wäre er dieses Jahr geworden.«

Jennifer ließ mehrere Sekunden verstreichen, in denen sie Oliver schweigend musterte. Seine Kinnpartie, auf der ein Dreitagebart spross, wirkte angespannt, und seine Hände hatte er so fest ineinander verschränkt, als müsste er sich selbst von unruhigen oder fahrigen Bewegungen abhalten. »Du hast abgelehnt, habe ich recht?«

Ein Lächeln verzog seine Mundwinkel, freudlos und erleichtert zugleich. »Ja, ich habe abgelehnt. Ich werde seine Nachfolge nicht antreten.«

»Obwohl man dir den Posten offen angeboten hat«, sprach Jennifer eine weitere Vermutung aus.

Oliver nickte. »Das schon. Ich mache mir allerdings keine Illusionen darüber, dass sie mir seine Nachfolge nur angetragen haben, weil Scholz' Pläne das in ein paar Jahren ohnehin vorsahen.«

»Aber das war nicht entscheidend für deine Ablehnung.«

»Nein.« Er wirkte bereits um einiges entspannter, dennoch zögerte er, bevor er die Wahrheit offen aussprach: »Ich wollte seinen Posten nicht haben. Vermutlich werde ich ihn niemals haben wollen.«

Jennifer musste unwillkürlich lächeln. »Weil du gerne dort bist, wo du jetzt bist. Nah am Geschehen.«

Oliver nickte. »Ich war nie ein guter Organisator … Und mich mit Politikern und der Presse herumzuschlagen war auch noch nie mein Traum.«

Sie hatte inzwischen eine Ahnung, warum er mit dieser Sache ausgerechnet zu ihr gekommen war. »Ich nehme mal an, dass deine Entscheidung bei den Wenigsten auf Verständnis trifft.«

Oliver stieß einen Seufzer aus. »Allerdings. Ich habe eindeutig genug davon, voreilige Glückwünsche zurückzuweisen, mich ständig rechtfertigen und, zumindest mit Blicken, für vollkommen verrückt erklären lassen zu müssen.«

Jennifer hatte eine recht lebhafte Vorstellung von den Reaktionen ihrer und seiner Kollegen. Einige davon hätte sie gerne persönlich miterlebt, auch wenn sie auf Olivers Kosten gingen. Von dem Tratsch würde sie in der nächsten Woche wohl noch genug zu hören bekommen, worauf sie allerdings liebend gerne verzichtet hätte. »Vielleicht bist du es ja«, sagte sie.

»Was?«

»Vollkommen verrückt.«

Er blinzelte zweimal. Der Ernst in ihrer Stimme irritierte ihn.

Jennifer erlöste ihn mit einem Lächeln. »Ich jedenfalls freue mich, dass du dir selbst treu bleibst.« Sie suchte seinen Blick. »Deshalb bist du hergekommen.«

Er nickte, und seine Mundwinkel hoben sich. »Ich denke schon. Die einzige Person, die nicht überrascht ist und die mir wohl kaum gratuliert hätte …« Oliver Grohmann verstummte.

Sie spürte ein eigenartiges Ziehen in der Magengegend und riss sich von seinen Augen los. Seine Feststellung lag zu nah an einer Grenze, die zu überschreiten sie sich strengstens verboten hatte. Nicht noch einmal. »Eins verstehe ich allerdings nicht.«

»Und das wäre?«

Sie hatte sich wieder gefangen und wagte es, ihn erneut anzusehen. »Warum du nicht über diesem ganzen Zirkus stehst. In einer Woche redet kein Mensch mehr darüber. Klar, du hast in ihren Augen die Chance deines Lebens ausgeschlagen. Karriere, Geld, Prestige … Aber die kriegen sich auch wieder ein.«

»Normalerweise wäre mir das ja auch alles egal.«

»Es gibt also einen Haken.«

Er nickte grimmig. »Einen ziemlich großen Haken sogar.«

Jennifer gefiel die Art, wie er das sagte, ganz und gar nicht. Eine ungute Vorahnung ergriff von ihr Besitz. »Sie haben doch noch keinen Nachfolger für Scholz gefunden, oder?«

»Nein, haben sie nicht. Aber jemanden, der seinen Job machen wird, bis der neue Oberstaatsanwalt feststeht.«

»Zumindest auf dem Papier«, warf Jennifer ein. »Irgendjemand, der unterschreibt und nur grob darauf achtet, dass keiner Mist baut.«

»Schön wär's.« Oliver schüttelte resigniert den Kopf. »Sagt dir der Name Ricarda Anstett etwas?«

Jennifer runzelte die Stirn. »Ich fürchte, dass ich diesen Namen tatsächlich schon mal gehört habe, ist kein gutes Zeichen.«

»Nein, höchstwahrscheinlich nicht. Eigentlich ist sie auf dem Weg ins Justizministerium, hat sich aber bereit erklärt, für zwei bis drei Monate übergangsweise den Oberstaatsanwalt in Lemanshain zu geben. Irgendjemand in der Stadtverwaltung muss sie kennen … Jedenfalls ist sie aalglatt, presseverliebt, eine Karrieristin, Hardlinerin und kein netter Umgang.«

»Du kennst sie?«, hakte Jennifer nach.

Er zuckte die Schultern. »Sie hat zu meiner Zeit ein paar Gastvorträge an der Uni gehalten. Sie war damals schon ein unausstehliches Miststück. Und das, was ich heute noch an Informationen eingeholt habe …«

Jennifer fragte sich unwillkürlich, wie gut man einen Gastdozenten an der Uni kennenlernen konnte, um sich ein abschließendes Urteil über ihn bilden zu können. Doch sie stellte den

Gedanken zurück. »Trotzdem ist Lemanshain eine unbedeutende Zwischenstation für sie. Sie wird pro forma hier sein und wohl kaum …«

Sein neuerliches Kopfschütteln unterbrach sie. »Sie ist nie lange geblieben. Das ist nicht das erste Mal, dass sie vorübergehend irgendwo einspringt. Jeder andere in dieser Position würde einfach dafür sorgen, alles am Laufen zu halten, und sich nicht weiter die Finger schmutzig machen. Aber nicht Ricarda Anstett. Sie liebt es, Dienststellen ihren Stempel aufzudrücken, durchzugreifen, aufzuräumen, und ob sie dabei verbrannte Erde hinterlässt, ist ihr völlig egal. Sie hat erstklassige Kontakte, die hinter ihr stehen, ganz gleich, was passiert. Wenn irgendetwas schiefgelaufen ist, musste sie nie ihren Kopf dafür hinhalten.«

Jennifer gefielen diese Informationen durchaus nicht, und sie konnte nachvollziehen, dass ihn das alles nicht gerade in Begeisterungsstürme ausbrechen ließ. Immerhin würde Anstett eine Weile seine direkte Vorgesetzte sein. Aber eben auch nur eine Weile. »Die zwei, drei Monate sind schnell vorbei. Außerdem wird sie hier kaum einen Fall finden, mit dem sie sich profilieren kann.«

Oliver nickte wenig überzeugt. »Das hoffe ich.«

Sie hätte ihn gerne einen Pessimisten genannt, doch sie wusste nur zu gut, dass Lemanshain nicht immer die friedliche, beschauliche Stadt war, als die sie der Bürgermeister gerne verkaufte. Das hatte das letzte Jahr nur allzu deutlich bewiesen.

Jennifer vermutete, dass er mit dieser Nachricht nicht nur zu ihr gekommen war, um ihr seine Sorgen mitzuteilen. Oliver wollte sie vorwarnen. Es war mehr als unwahrscheinlich, dass sie und Anstett Freundinnen werden würden.

Doch darüber wollte sie sich jetzt noch nicht den Kopf zerbrechen. »Und wie lautet die zweite Botschaft?«

Oliver musterte sie eine Sekunde lang, doch er folgte schließlich ihrem Themenwechsel. »Die Urteilsverkündung im Prozess gegen unseren Lieblingskrebspatienten wurde abgesagt.«

Jennifer stieß einen resignierten Seufzer aus. »Ebenfalls tot?«

Oliver nickte. »Mertens hat sich vorgestern verabschiedet.«

Jennifer hatte befürchtet, dass das passieren würde. Es war abzusehen gewesen. Die Staatsanwaltschaft Frankfurt hatte alle Hebel in Bewegung gesetzt, trotzdem war der Mann, der vor mehr als dreißig Jahren eine unbekannte Anzahl von Kindern und Jugendlichen durch abstruse medizinische Experimente verstümmelt und ermordet hatte, seiner gerechten Strafe entkommen. Er wäre so oder so bald an Krebs gestorben, trotzdem hätte Jennifer seine Verurteilung gerne schwarz auf weiß gesehen, ohne selbst zu wissen, warum ihr das so wichtig war. Vielleicht, weil Mertens niemals auch nur einen Hauch von Einsicht oder Reue gezeigt hatte. »Dieser Scheißkerl.«

Normalerweise duldete Oliver Grohmann verbale Entgleisungen dieser Art nicht, doch in jenem Moment befanden sie sich beide nicht im Dienst. Vermutlich dachte er genau dasselbe über den Toten. »Ich hoffe, die Ärzte haben sich bei der Berechnung des Morphiums ordentlich vertan.«

Auch Jennifer hätte Mertens eine deutlich zu niedrige Dosierung gewünscht. Sie musste unwillkürlich lächeln. Es tat gut, jemanden zu haben, mit dem man derartige Gedanken teilen konnte, und ihm schien es genauso zu gehen. »Lass das deine neue Chefin nicht hören.«

Er antwortete mit einem Brummen, das nicht gerade nach Zustimmung klang.

Keiner von ihnen ahnte, wie berechtigt ihre Befürchtungen waren.

3

Auf der Straße vor dem Haus standen zwei Streifenwagen, ein Traktor und der dunkelblaue Transporter der Kriminaltechnik. Jennifer hielt vor den Überresten eines Lattenzauns, der zum Nachbargrundstück gehörte. Vom Straßenbelag waren nur noch aufgerissener Asphalt und loser Schotter übrig, der unter ihren Schuhen hörbar knirschte.

Sie war noch nie zuvor in dieser abgelegenen Gegend gewesen und ließ den Blick kurz schweifen.

An einer Böschung, die direkt zu einer viel befahrenen Landstraße hinaufführte, lagen heruntergekommene Grundstücke, die zu einem Großteil offenbar niemals bebaut worden waren. Auf der anderen Seite der Schotterpiste erstreckte sich bis zum Waldrand ein großes Weizenfeld.

Nur ein einziges einsames Haus hatte sich zwischen dem Acker und der Böschung gehalten, offensichtlich verlassen und abbruchreif. Es gab nicht einmal eine Adresse; die Straße hatte keinen Namen mehr.

Vor der Absperrung stand Thomas Kramer und rauchte. Der Polizeiobermeister hatte wieder einmal den Kampf gegen seine Nikotinsucht verloren. Obwohl seine Schicht erst heute Morgen begonnen hatte, sah der Zweiunddreißigjährige bereits erschöpft aus.

Er rang sich ein Lächeln ab. »Na, wen haben wir denn da. Frisch aus dem Urlaub, und schon lässt du dir Zeit.«

»Ich wollte meinen ersten Tag nicht gleich ohne Dusche beginnen.«

»Schöne Scheiße für den ersten Tag.«

»Aktenberge wären mir lieber gewesen«, stimmte Jennifer ihm zu, obwohl die Tatsache, dass ein neuer Fall sie daran hinderte, zu ihrem Schreibtisch vorzudringen, sie gar nicht so sehr störte. Eine Tote hätte es dafür allerdings auch nicht unbedingt sein müssen. »Klär mich auf, was haben wir?«

Er nahm einen tiefen Zug von seiner Zigarette. »Leiche, weiblich, unbekleidet, liegt da nicht erst seit gestern Abend. Die Krähen und andere Viecher haben sich bereits bedient. Grässlich.«

»Ist es hier passiert?«

Kramer zuckte die Schultern. »Keine Ahnung. Möglich wär's. Ich war nur lange genug drinnen, um mich davon zu überzeugen, dass wir es tatsächlich mit einem Menschen zu tun haben. Jarik ist mit seinen Leuten im Haus, sie haben die Leiche aber noch nicht angerührt. Meurer müsste jeden Moment eintreffen.«

Jennifer nickte. »Wer hat sie gefunden?«

»Der Bauer, dem das Feld gehört. Ist heute Morgen zu seiner wöchentlichen Kontrolle rausgefahren. Erst sind ihm die Krähen aufgefallen, dann sprang sein Hund vom Traktor und rannte ins Haus. Die übliche Geschichte.«

Jennifer verzog unwillkürlich das Gesicht. »War der Hund an der Leiche dran?«

»Der Bauer meint, nein. Die Schnauze ist sauber. Sie sitzen beide noch hinten im Streifenwagen.«

»Gibt es irgendeinen Grund, anzunehmen, dass er etwas mit der Toten zu tun hat?«

»Nach außen hin nicht, aber er hasst dieses Haus. Letztes Jahr haben Junkies gezündelt und ihm fast das halbe Feld abgefackelt. Er wirkt sehr ruhig, nicht mal schockiert. Er meinte, er holt Kälber mit den bloßen Händen auf die Welt …« Kramer schüttelte den Kopf. »Im Moment gibt es keinen Grund, ihn zu verdächtigen.«

Jennifer vertraute seinem Urteil. Kramers Gespür für Lügen war überdurchschnittlich gut. »Okay. Schick ihn aufs Präsidium, er soll dort seine Aussage zu Protokoll geben. Das Haus hat einen Drogenbezug?«

Kramer nickte. »Gab aber nur ein paar Einsätze, so abgelegen, wie das hier ist … Katia und Frank können dir dazu sicherlich mehr sagen.«

Die Kommissare Katia Mironowa und Frank Herzig waren unter anderem für Drogendelikte zuständig. »Hast du schon mit ihnen gesprochen?«

»Sie wissen, dass du bald auf ihrer Schwelle stehen wirst, um alles darüber zu erfahren. Und Freya ist bereits dabei, sämtliche Informationen über dieses Haus und das Grundstück zusammenzutragen.«

Jennifer lächelte. Thomas wusste, worauf es ihr ankam, und war sich nicht zu schade, schon mal die eine oder andere Recherche anzustoßen. »Danke. Sonst noch etwas, was ich wissen sollte?«

Kramer schüttelte mit zusammengekniffenen Lippen den Kopf.

Der Fund schien ihn ziemlich mitgenommen zu haben. Was nicht sonderlich überraschend war, denn sie hatte eine ungefähre Vorstellung davon, was sie im Inneren des Hauses erwartete. Es war nicht ihre erste Leiche, die bei sommerlichen Temperaturen eine Zeit lang gelegen hatte.

Die hinteren Türen des Transporters der Spurensicherung standen offen. Jennifer zog Overall, Handschuhe und Überzüge für die Schuhe an und verzichtete diesmal auch nicht auf eine Maske, die Mund und Nase bedeckte. Gegen den Gestank würde das nichts nützen, aber Jennifer hatte auch keine Lust, eine der zahlreichen Fliegen zu verschlucken.

Dann stand sie vor dem Haus, von dessen Fassade die Farbe schon vor langer Zeit abgeblättert war. Es war ein zweistöckiges

Einfamilienhaus ohne Keller, aber mit Dachboden. Auf dem Satteldach fehlte der Großteil der Ziegel, und die verbliebenen Dachbalken sahen wenig vertrauenerweckend aus.

In der nach Osten gelegenen Seitenwand gähnte ein rechteckiges Loch; eine große Fensterfront musste dort einst den Blick in den Garten ermöglicht haben. Sträucher und Büsche hatten den Großteil des Grundstückes inzwischen zurückerobert und boten einen guten Sichtschutz vor neugierigen Blicken.

Das Gras direkt neben dem Haus wuchs hoch, hatte aber unter der Dürre gelitten. Die wenigen Personen, die hier durchgegangen waren, hatten bereits eine deutlich sichtbare Schneise hinterlassen. Der Boden war trocken und fest.

Jennifer näherte sich der Öffnung in der Hauswand. Mit jedem Schritt wurde der unverkennbare Verwesungsgeruch stärker. Automatisch begann sie, durch den Mund zu atmen.

Die Leiche lag im Inneren, keinen Meter von der ehemaligen Fensterfront entfernt. Im Licht des noch relativ jungen Morgens waren die Anzeichen von Fäulnis und Verwesung ebenso gut zu erkennen wie die Fraßspuren von Krähen und anderen Tieren. Der Leib war stark aufgebläht. Maden und Ameisen krabbelten über die verfärbte Haut. Die Augenhöhlen starrten Jennifer leer entgegen.

Die Leiche lag merkwürdig verdreht da, Glieder, Torso und Kopf schienen keine wirkliche Einheit mehr zu bilden. Die Wölbung der Brüste war wegen der Gasbildung nur noch zu erahnen, der Schambereich ließ allerdings keinen Zweifel an der Geschlechtsbestimmung zu.

Die Haare der Frau waren einst lang gewesen, vermutlich glatt und dunkelblond. Jetzt waren sie allerdings zu einem wirren Haarbüschel verfilzt, der ihren Kopf zu betten schien.

Sie lag da wie eine weggeworfene Puppe. Eine weggeworfene, kaputte Puppe ohne Augen.

Es war unmöglich, einzuschätzen, wie alt sie gewesen oder wie sie gestorben war. Zwar waren zahlreiche Verletzungen zu erkennen, aber ob diese vor oder nach ihrem Tod entstanden waren, würde wohl erst die Obduktion klären können.

Jennifer schaltete ihre Taschenlampe ein und ließ den Lichtstrahl durch die dunkleren Bereiche dessen wandern, was wahrscheinlich einmal ein Wohnzimmer gewesen war. Vom Parkett waren nur noch aufgequollene, verrottete Holzreste übrig, darunter lugte der blanke Estrich hervor.

Verfall, wo sie auch hinschaute. Dreck, undefinierbarer Müll, Glasscherben, zerknüllte Bierdosen, Einmalteller und -besteck, mehrere Spritzen. Überreste ausschweifender Drogenpartys.

Die Kriminaltechniker hatten bereits Markierungen gesetzt, doch keine der Spuren schien eindeutig mit der Toten in Zusammenhang zu stehen. Kein Blut. Keine mögliche Tatwaffe. Keine Kleidung.

Jennifer hielt es für unwahrscheinlich, dass sie hier gestorben war, doch mit Sicherheit ließ sich das natürlich noch nicht sagen.

»Oh, da ist ja schon einiges an neuem Leben entstanden.«

Jennifer drehte sich zu der Stimme in ihrem Rücken um. Professor Meurer, der örtliche Leichenbeschauer und Rechtsmediziner, betrat eben zusammen mit seinem Assistenten den Raum. Der Blick, den der Endfünfziger seinem jüngeren Kollegen über den oberen Rand seiner Brille hinweg zuwarf, steinigte diesen wortlos für seinen flapsigen Kommentar.

»Kommissarin Leitner.« Meurer schüttelte ihr nur kurz die Hand, bevor er sich direkt der toten Frau zuwandte. Sein Assistent machte ein Geräusch, das sich wie ein halb verschluckter Pfiff durch die Zähne anhörte.

Der Professor wollte sich in Ruhe einen ersten Eindruck verschaffen, weshalb sich Jennifer etwas tiefer in das Wohnzimmer zurückzog, sorgsam auf ihre Schritte achtend.

Leander Meurer murmelte leise vor sich hin, während er die Tote einer ersten Sichtung unterzog. Obwohl die Techniker bereits Fotos gemacht hatten, ließ er seinen Assistenten noch einmal die Lage der Leiche dokumentieren, bevor er sie vorsichtig umdrehte.

Mit einem Knacken in den Knien erhob er sich schließlich aus seiner hockenden Position und stieß einen Seufzer aus, der sich resigniert anhörte. Er wandte sich an die Kommissarin, die stumm im Halbdunkel wartete. »Weibliche Tote. Zum Alter kann ich noch nichts sagen. Sie dürfte vor drei oder vier Tagen gestorben sein und auch genauso lange hier liegen.«

»Gibt es Hinweise auf die Todesursache?«, fragte Jennifer.

Leander Meurer schüttelte den Kopf. »Ich kann Ihnen dazu noch nichts Verbindliches sagen, aber sie ist ziemlich übel zugerichtet worden. Knochenbrüche. Die Platz- und Schürfwunden scheinen vor ihrem Tod entstanden zu sein, waren aber eher nicht tödlich.«

Damit war eine Überdosis schon mal unwahrscheinlich. Jennifer dachte an die Nähe zur Landstraße, an der auch ein Fuß- und Radweg entlangführte. »Ein Autounfall?« Die Tote wäre nicht das erste Unfallopfer, das der Verursacher von der Straße schaffte.

Der Professor schüttelte den Kopf. »Keine typischen Verletzungen. Sie ist möglicherweise vergewaltigt worden. Und sie war definitiv gefesselt. Die Male an ihren Handgelenken reichen bis auf die Knochen.«

»Scheiße.«

»Ja, auch meiner Erfahrung nach kein natürlicher Tod.«

»Was ist mit ihren Augen? War das …«

»Das waren die Krähen«, antwortete Meurers Assistent und hörte sich dabei fast schon ein wenig belustigt an. »Die Augen holen sie sich meistens zuerst. Die Viecher haben eine echte Vorliebe dafür.«

Professor Meurer räusperte sich hörbar, sagte aber nichts. Der Rechtsmediziner wies seine Untergebenen niemals vor anderen zurecht, Jennifer war sich jedoch sicher, dass sein Assistent heute noch eine Abreibung bekommen würde.

Meurer ließ den Blick erneut über die Tote schweifen, bevor er wieder die Kommissarin ansah. »Wir werden für die Überführung etwas länger brauchen. Ich bin mir nicht sicher, ob sie für einen gewöhnlichen Transport stabil genug ist. Aber ich denke, dass wir in ein bis zwei Stunden mit der Obduktion anfangen können.«

»Sehr gut. Ich sage Herrn Fröhlich Bescheid.«

»Danke.« Damit richtete sich die Aufmerksamkeit des Professors wieder auf die Leiche.

Jennifer knipste ihre Taschenlampe erneut an und drang weiter ins Innere des Hauses vor.

Bereits im Flur traf sie auf Jarik Fröhlich, den Leiter und Koordinator der Kriminaltechnik, der in seinem weißen Overall allerdings kaum zu erkennen war. Er kam die Treppe aus dem ersten Stock herunter, gefolgt von einer Frau, vermutlich die Technikerin Marisol García Cruz. »Hey, Jennifer.«

Die Kommissarin erwiderte seinen Gruß mit einem Nicken. »Seid ihr durch?«

»Mit der Erstbegehung, ja. Richtig loslegen können wir erst, wenn Meurer die Leiche weggeschafft hat.«

»Und?«

»Sieht schlecht aus.« Er stieß einen Seufzer aus und schüttelte den Kopf. »Tausende Spuren. Und die wenigsten dürften etwas mit der Toten im Wohnzimmer zu tun haben. Ein einziges Chaos. Hier steigen regelmäßig Partys.«

»Ich weiß. Es gab wohl auch Einsätze. Ich habe nur noch keinen Bericht gelesen.«

»Die Einsatzberichte werden uns kaum helfen, irgendeine

Spur diesem Fall zuzuordnen«, meinte Jarik. »Was sagt der Prof?«

»Verletzungen und Fesselungsspuren.«

Jarik stöhnte auf. »Wenn sie die Leiche abtransportiert haben, nehmen wir Haus und Grundstück komplett auseinander. Ich glaube allerdings, dass sie nicht hier gestorben ist.«

»Das glaube ich auch, aber jede noch so geringe Spur kann uns helfen.« Jennifer sprach nicht aus, was sie offensichtlich beide dachten: dass es keine verwertbaren Spuren geben würde. »Wir sehen uns bei der Obduktion?«

Jarik Fröhlich nickte.

Während er und seine Kollegin das Haus verließen, um die anschließende Durchsuchung und Sicherung von Spuren vorzubereiten, sah sich Jennifer im gesamten Gebäude um. Im Erdgeschoss gab es neben dem ehemaligen Wohnzimmer noch eine Küche und einen kleinen Toilettenraum, was lediglich noch an den Fliesenüberresten und den Wasseranschlüssen in den Wänden zu erkennen war.

Im Obergeschoss lagen zu beiden Seiten des Flurs jeweils zwei Türen. Der Zugang zum Dachboden stand offen. Staub und Blütenpollen tanzten im hereinfallenden Sonnenlicht. Die ausziehbare Leiter war unterhalb der obersten Sprosse abgebrochen, die Überreste fehlten.

Jennifer inspizierte die drei Schlafzimmer und das ehemalige Bad. Einst mochte das Haus ein ganz hübsches Heim für eine Familie gewesen sein. Jetzt war es nur noch ein heruntergekommenes Gebäude, in dem sich Schimmel, Dreck und Müll ausgebreitet hatten. Überall lagen Scherben, Dosen, Zigarettenkippen, benutzte Kondome und Drogenbesteck herum. Graffiti an den Wänden. In einem Raum stand sogar ein benutzter Einweggrill.

Jennifer ging wieder nach unten und trat durch die Vordertür nach draußen, die schief in den Angeln hing. Anschließend umrundete sie das freistehende Haus und nahm das Grundstück in Augenschein.

Das rot-weiße Flatterband der Polizeiabsperrung war eher behelfsmäßig um die kläglichen Überreste des Zauns gespannt worden, der einst das Grundstück begrenzt hatte. Es schaukelte leicht in der morgendlichen Brise. Ein paar Krähen saßen in einem Baum in der Nähe und schienen die Arbeit der Beamten misstrauisch zu begutachten.

Im Garten fand Jennifer nur verdorrte Pflanzen und noch mehr Müll.

Sie schlüpfte unter dem Polizeiband hindurch und kämpfte sich die steile Böschung zur Landstraße hinauf, auf der Pkw und Lkw mit hoher Geschwindigkeit vorbeifuhren. Von dort oben ließ sie den Blick auf das Grundstück einen Moment lang auf sich wirken, kam aber zu dem Schluss, dass von der Straße aus niemand irgendetwas gesehen oder bemerkt haben konnte.

Zurück beim Transporter der Spurensicherung entledigte sie sich des Overalls. Auf dem Rückweg zu ihrem Auto lief sie Oliver Grohmann in die Arme.

Sie musste nicht fragen, was er hier wollte. Es gab nur zwei Staatsanwälte in Lemanshain, und da seine Kollegin Laura Conrad nur halbtags arbeitete, fielen die Gewaltverbrechen meistens in seine Zuständigkeit. Er blieb nie hinter seinem Schreibtisch sitzen, sondern machte sich gerne von Anfang an direkt vor Ort ein Bild.

»Sieht nach einem Verbrechen aus, oder?«, fragte er zur Begrüßung. Er konnte in ihrem Gesicht mühelos lesen.

»Im Moment deutet vieles darauf hin, ja.« Jennifer gab kurz wieder, was Professor Meurer gesagt hatte.

Oliver hörte nachdenklich zu und nickte dann. »Ich werde mir mal selbst einen Eindruck verschaffen.«

Jennifer sah ihn zweifelnd an. »Hast du gefrühstückt?«

»Ja.«

Sie schüttelte leicht den Kopf. »Du solltest da lieber nicht reingehen.«

»Und wieso nicht?«

»Kein schöner Anblick. Um Meurers Assistenten zu zitieren, es ist bereits neues Leben entstanden. Vom Gestank will ich lieber gar nicht erst anfangen.«

Oliver Grohmann zuckte die Schultern. »Fröhlich hat bestimmt irgendeine von diesen nach Kiefer oder Minze stinkenden Salben dabei, oder sonst irgendetwas, das ich mir unter die Nase schmieren kann.«

Jennifer seufzte und hatte gleichzeitig Mühe, ein Lächeln zu unterdrücken. Oliver war der einzige ihr bekannte Staatsanwalt, der ohne Weiteres riskierte, sich an einem Tat- oder Fundort vor anderen Beamten die Seele aus dem Leib zu kotzen. »Du musst es wissen. Sehen wir uns nachher bei der Obduktion?«

Oliver schüttelte den Kopf. »Ich habe leider noch Termine bei Gericht. Wenn du irgendetwas brauchst, ruf mich trotzdem an.«

»Klar.«

4

Freya Olsson begrüßte Jennifer mit einem fröhlichen »Guten Morgen!« und dem für sie typischen breiten Lächeln. Die quirlige Assistentin war meistens bester Laune. »Wie war dein Urlaub?«

»Schön, erholsam und zu kurz.« Um Freya gar nicht erst die Gelegenheit zu geben, ihre offensichtliche Lüge zu kommentieren, fragte Jennifer sofort: »Was hast du über das Grundstück und das Haus?«

»Gehört seit einer fehlgeschlagenen Zwangsversteigerung vor sieben Jahren der örtlichen Sparkasse.« Die Assistentin nahm einen Ausdruck zur Hand und reichte ihn Jennifer über den Tresen des Empfangsbereichs. »Ich habe bereits angerufen. Der zuständige Sachbearbeiter heißt Hagen Briese. Hier ist die Telefonnummer.«

»Kein großes Interesse?«

»Zuerst brach hektische Nervosität aus, als dann aber klar war, um welches Haus es ging, meinte er nur, sie würden für Fragen zur Verfügung stehen und hätten gerne eine kurze Mitteilung, sobald es wieder freigegeben ist.«

Immerhin besser als eine aus übertriebener Vorsicht eingeschaltete Rechtsabteilung, die ihren großen Auftritt wähnte. »Welche Fakten haben wir noch?«

Ein weiterer Ausdruck folgte. »Die Angaben zum Vorbesitzer und ein wenig Geschichte. Die Baugrundstücke sind vor fünfzehn Jahren entstanden, als das Feld eines Bauern geteilt wurde, um die Landstraße auszubauen. Er hat die Grundstücke an ein

Immobilienunternehmen verkauft, das sie wiederum recht teuer weiterverkaufte, allerdings mit der Behauptung, die Stadt habe sich verpflichtet, eine Lärmschutzmauer zu errichten, und angeblich war für die anliegenden Felder die Umwandlung in ein familienfreundliches Wohnumfeld gesichert.«

»Alles Lügen«, mutmaßte Jennifer.

»Ja. Ich habe ein paar Presseartikel dazu gefunden und dir die Links gemailt. Die Gerichtsverfahren sind inzwischen abgeschlossen. Für die meisten Familien, die eines der Grundstücke gekauft hatten, bedeutete das den finanziellen Ruin, mitsamt Vollstreckungen und Insolvenzen.« Freya zuckte die Schultern. »Ich glaube, da setzt niemand mehr ein Haus hin.«

»Eher nicht, nein.« Jennifer hatte oben an der Straße und im Garten gestanden. Der Lärm der vorbeifahrenden Fahrzeuge war unerträglich laut gewesen. »Der Mann, der die Leiche gefunden hat, ist im Übrigen auf dem Weg hierher. Sei so gut und lass ihn durchs System laufen, wenn du seine Personalien hast. Nur Routine.«

Freya nickte. »Mach ich.«

»Sind Katia und Frank da?«

»Unterwegs, müssten aber spätestens in einer halben Stunde zurück sein. Ich soll dir von Katia ausrichten, dass sie dann direkt zu dir kommt.«

»Okay. Danke.«

Jennifer betrat ihr Büro mit gemischten Gefühlen. Wie sie vermutet und befürchtet hatte, erwarteten sie auf ihrem Schreibtisch gleich zwei Stapel mit Laufmappen und Akten. Ohne hineinzuschauen, räumte sie sie auf den Tisch beim Fenster. Ganz oben auf einem der beiden Stapel klebte ein gelber Post-it-Zettel mit einem Smiley und dem handschriftlichen Hinweis Freyas, dass sie die Unterschrift unter den betreffenden Bericht gerne bis Mittwoch hätte. Das würde wohl warten müssen.

Jennifer fuhr den Rechner hoch und checkte ihr Postfach. In ihren zwei Urlaubswochen hatten sich über zweihundert ungelesene E-Mails angesammelt. Sie scrollte kurz durch den Posteingang. Die meisten Nachrichten stammten glücklicherweise von Herzig und Mironowa, die ihre Urlaubsvertretung übernommen und sie jeweils ins CC gesetzt hatten.

Die allgemeinen Mails der Verwaltung landeten direkt im Papierkorb. Die Nachrichten zum Tod des Oberstaatsanwalts überflog sie lediglich. Trauerfeier und Beerdigung würden am Freitagmorgen stattfinden.

Der medizinische Dienst hatte einen Termin für eine turnusmäßige Untersuchung in der nächsten Woche angesetzt. Jennifer notierte sich kopfschüttelnd Datum und Uhrzeit in ihrem elektronischen Kalender. Sie war siebenunddreißig Jahre alt, und obwohl sie sich im Dienst schon ein paar Verletzungen zugezogen hatte, war sie bis auf gelegentliche Migräneattacken kerngesund. Diese Untersuchungen waren reine Schikane und hatten nicht das Geringste mit Vorsorge zu tun.

Es blieben vierundvierzig Nachrichten übrig, die sie nicht direkt zuordnen konnte. Jennifer würde sich die Zeit nehmen müssen, sie zu lesen. Irgendwann.

Sie öffnete die zuletzt eingegangene Nachricht von Freya mit der angekündigten Link-Sammlung und überflog die Artikel, die allesamt aus der Lemanshainer Tageszeitung stammten. Dann las sie sich noch einmal die beiden Ausdrucke durch. Zwar tendierte sie gefühlsmäßig eher zu der Annahme, dass die Tote nichts mit dem Grundstück und seiner Geschichte zu tun hatte, von vornherein ausschließen wollte sie diese Möglichkeit aber trotzdem nicht. Zu viele zerstörte Existenzen und starke Emotionen schienen damit verknüpft zu sein, eine gefährliche Mischung. Außerdem hatten sie bis zur Identifizierung des Opfers ohnehin keine andere brauchbare Spur.

Jennifer überflog gerade den letzten Artikel, als Katia Mironowa in ihrer Bürotür erschien und unnötigerweise an den Rahmen klopfte. »Na, Urlauberin? Du bist genau rechtzeitig zurückgekommen.« Die blonde Kommissarin grinste. Sie trat ein und ließ sich auf den freien Stuhl gegenüber von Jennifers Schreibtisch fallen. »Ich bin wirklich froh, dass du wieder da bist und die Tote übernimmst.«

»Freu dich nicht zu früh. Könnte mit Drogen zu tun haben.«

»Aber keine Überdosis, sonst hättest du mich längst angerufen.« Katia lehnte sich entspannt zurück, verschränkte die Hände hinter dem Kopf und musterte ihre Kollegin. Dabei traten ihre Rippen unter dem T-Shirt deutlich hervor. Obwohl sie ordentlich aß, sah sie beinahe schon magersüchtig aus. »Du siehst fast erholt aus. Soll ich dir mit ein paar Neuigkeiten den Tag versüßen?«

Es war nicht schwierig, sich zusammenzureimen, worauf Katia anspielte. Jennifer hätte ihr den Spaß sofort verderben können, tat es aber nicht. »Was für Neuigkeiten?«

»Dass Oberstaatsanwalt Scholz gestorben ist und Grohmann seine Nachfolge abgelehnt hat, so sagt es zumindest der Buschfunk. Und dass wir übergangsweise dafür jemanden bekommen, der … Sagen wir, ihr Ruf eilt ihr noch weiter voraus, als es deiner damals getan hat.«

Jennifer unterdrückte einen genervten Seufzer. Katia würde vermutlich niemals aufhören, auf ihre Versetzung von Frankfurt nach Lemanshain vor knapp zwei Jahren anzuspielen. »Weiß ich schon alles.«

Mironowa hob eine Augenbraue. »Wie das? Dein Handy war ausgeschaltet, und selbst auf meine Mail hast du nicht reagiert.«

»Ich hatte angekündigt, dass ich nicht erreichbar sein würde.«

»Ja, das hattest du. Ich hätte allerdings nie gedacht, dass du das durchhältst. Aber egal. Woher weißt du dann davon?«

»Ich habe meine Quellen.«

Katia grinste. »Zuverlässige Quellen? Oder besonders … persönliche?«

Jennifer warf ihrer Kollegin einen bösen Blick zu. Seitdem Katia zufällig von ihrem Quasi-Date mit Oliver vor ein paar Monaten erfahren hatte, ließ sie ihr mit diesem Thema keine Ruhe mehr. »Bring mich lieber auf den neuesten Stand, was meine Fälle angeht, anstatt dir über derartigen Blödsinn den Kopf zu zerbrechen.«

Einen Moment lang musterte Katia Mironowa ihr Gegenüber noch intensiv, dann gab sie sich mit einem Seufzer geschlagen. Sie beugte sich vor und stützte sich mit den Ellenbogen auf die Schreibtischplatte. »Steht alles in den Mails. Nichts hat sich bewegt, das Labor hinkt noch immer mit allem hinterher …« Sie zuckte die Schultern. »Eine Anzeige wegen sexueller Belästigung hat sich bereits während der eingehenden Befragung aller Beteiligten in Luft aufgelöst. Deinen Aktenrückstand aufzuarbeiten, habe ich dir selbst überlassen.«

»Habe ich gesehen. Vielen Dank.« Jennifer wollte lieber keinen weiteren Blick auf die Aktenstapel riskieren. »Irgendetwas, was meiner sofortigen Aufmerksamkeit bedarf?«

Katia schüttelte den Kopf. »Nichts, was wichtiger wäre, als die tote Frau.«

»Das Haus steht mit Drogen in Verbindung«, stellte Jennifer fest. »Da drin sieht es aus, als würden dort regelmäßig ausschweifende Partys steigen.«

»Das kann ich mir vorstellen. Allerdings gab es nur drei Einsätze.«

So abgelegen, wie das Haus war, überraschte das nicht weiter. »Einen wegen des brennenden Feldes, und sonst?«

»Den Brand hat ein Lkw-Fahrer gemeldet, die anderen beiden Male hat der Bauer angerufen, dem das Feld gehört. Er hat sich die Mühe gemacht, nachts rauszufahren und das Haus zu beobachten. Beide Male sind die Jungs in Uniform ausgerückt. Außer Platzverweisen und Ermittlungen wegen Drogenbesitzes keine Folgen. Ich schick dir gerne alle Infos zu den Fällen. Vielleicht ist die Tote ja eines der Mädchen, die vorübergehend festgenommen wurden.«

»Das wäre zumindest schon mal ein Anfang.« Ohne Hinweise und ohne Augen würde eine Identifizierung schwierig werden. Die Chancen, die Frau ohne Identifikationsmerkmale in der Vermisstenkartei zu finden, standen schlecht, und wegen des Zustands der Leiche würden sie kein Foto veröffentlichen können. »Irgendjemand dabei, der anderweitig auffällig geworden ist?«

»Keine Gewalttaten. Niemand, an den ich bei einer toten Frau sofort denken würde.«

»Was ist mit dem Bauern?«

Katia grinste. »Gutes Stichwort. Der Mann wollte das Haus unbedingt weghaben, meinte, wir müssten die Sparkasse zwingen, es abzureißen. Es würde seine Ernte, sein Eigentum gefährden. Aber seit einem Dreivierteljahr herrscht Ruhe.«

»Wäre auch ein bisschen arg krass, jemanden umzubringen und seine Leiche dort abzuladen, in der Hoffnung, dass die Sparkasse dann den Abbruch vornehmen lässt.«

»Eben.«

Was noch nicht hieß, dass es nicht so gewesen sein konnte. »Und um die Partys habt ihr euch nicht weiter gekümmert?«

»Lass es mich mal so formulieren: Es ist weitab vom Schuss, niemand wird gefährdet. Regelmäßige Einsätze hielten die Zuständigen nicht für zielführend, weil man die Drogensüchtigen lieber dort draußen als in der Innenstadt hat.« Katia zuckte die Schultern. »Ich habe die Entscheidung nicht getroffen.«

Das hatten andere getan. Leute, die nicht nur an der Verbrechensbekämpfung interessiert waren, sondern auch die Befindlichkeiten der Politik berücksichtigen mussten.

Katia Mironowa stand auf und ging Richtung Tür. »Wenn du Hilfe bei dem Fall brauchst, sag Bescheid. Wir greifen dir gerne unter die Arme.«

»Klar, danke.« Jennifer wandte sich wieder ihrem Rechner zu, sodass ihrer Kollegin nichts anderes übrig blieb, als den Raum zu verlassen. Sie mochte Katia, aber deren unverhohlene, teilweise schon penetrante Neugier konnte manchmal echt anstrengend sein. Allerdings war die gebürtige Ukrainerin auch die einzige Frau in Jennifers Umfeld, die sie als eine Art Freundin bezeichnen konnte.

Wie erwartet, schickte ihr Katia bereits wenige Minuten später die Verweise zu den Einsatzberichten. Jennifer ging die Personen durch, die festgenommen oder deren Personalien festgestellt worden waren, entdeckte aber niemanden, der ihr Interesse im Zusammenhang mit der Leiche weckte.

Bei dieser Arbeit wurde sie durch Jarik Fröhlichs Anruf unterbrochen. Die Techniker hatten den Boden, auf dem die Leiche gelegen hatte, und die unmittelbare Umgebung untersucht. Die gefundenen Spuren – oder vielmehr deren Fehlen – verstärkten Jennifers Vermutung, dass die Tote nicht in dem Haus gestorben, sondern lediglich dort abgelegt worden war.

Der Anruf von Meurers Assistent hielt sie wenig später erfolgreich davon ab, sich ihren ungelesenen E-Mails oder den wartenden Aktenstapeln zuzuwenden.

Die Leiche war wohlbehalten in der Rechtsmedizin angekommen.

5

Eine halbe Stunde später erreichte Jennifer die Privatklinik, in deren Erdgeschoss das Rechtsmedizinische Institut untergebracht war. Leander Meurer genoss als Rechtsmediziner einen ausgezeichneten Ruf, obwohl er seinem ursprünglichen Fachgebiet längst den Rücken gekehrt hatte und hauptberuflich die Diagnostikabteilung der Echtermann-Kliniken leitete.

Als Jennifer nach Lemanshain versetzt worden war, hatte sie nur den Kopf darüber schütteln können, dass diese kleine, wenn auch reiche Provinzstadt Geld dafür ausgab, dass sich ein renommierter Fachmann der überschaubaren Anzahl von Personen annahm, die keines natürlichen Todes gestorben waren. Inzwischen war Jennifer allerdings froh, über einen derart kompetenten Rechtsmediziner direkt vor Ort zu verfügen, denn der »Bodycount« in Lemanshain war in den letzten zwei Jahren sprunghaft angestiegen – korrelierend mit ihrer Versetzung, wie einige Pressevertreter nicht müde wurden zu betonen.

Jennifer selbst wäre niemals auf die Idee gekommen, in Lemanshain Dienst zu tun. Ihr Frankfurter Vorgesetzter hatte ihr aber keine andere Wahl gelassen. Er war der Meinung gewesen, dass sie Ruhe brauche, runterkommen und ihre Einstellung zu ihrer Arbeit überdenken müsse. Und das nur, weil sie ein paar Überstunden zu viel geschoben und regelmäßig ihre Urlaubstage verfallen lassen hatte. Und weil sie, zugegebenermaßen, einem Verdächtigen den Kiefer gebrochen hatte.

Der Empfangsbereich der Rechtsmedizin war nicht besetzt, also ging sie den Flur hinunter und betrat direkt den Saal, in dem Professor Meurer zusammen mit seinem Assistenten die Obduktionen durchführte.

Die Tote lag bereits auf dem großen Stahltisch in der Mitte. Der Gestank nach Fäulnis und Verwesung hatte sich trotz des hervorragenden Belüftungssystems im gesamten Raum ausgebreitet.

Der Professor sah kurz auf, nickte ihr zu und fuhr dann fort, die Haltung der Toten zu korrigieren. Sein Assistent versuchte inzwischen, den verfilzten Haarknäuel zu entwirren, der jetzt, im kalten Neonlicht, blondiert aussah.

Jarik Fröhlich stand an einem Tisch etwas abseits des Geschehens und bereitete Beweismitteltüten und Spurenträger vor. Er hatte in einer durchsichtigen Flüssigkeit bereits einige Maden und Eier ertränkt, die sie brauchen würden, falls sie einen Entomologen hinzuziehen mussten, um den Todeszeitpunkt exakter zu bestimmen.

Auch ohne Overall war der Koordinator der Kriminaltechnik auf hundert Meter Entfernung zu erkennen. Er hatte seine schwarzen Haare zu einem Zopf zusammengebunden, und auf seinem T-Shirt, das die tätowierten Arme freigab, prangte das Logo irgendeiner Metal-Band. Abgesehen von den Handschuhen, hätte man ihn direkt auf ein entsprechendes Festival beamen können.

Als er sich zu ihr umdrehte, grinste er und deutete wortlos auf eine kleine Salbendose auf dem Tisch. Jennifer hatte zwar einen robusten Magen, aber der Gestank würde noch viel schlimmer werden, wenn die Leiche geöffnet wurde, weshalb sie es vorzog, sich etwas von der stark nach Menthol riechenden Salbe unter die Nase zu reiben.

Leander Meurer diktierte seinen ersten Eindruck, der sich mit dem deckte, was er Jennifer bereits am Fundort gesagt hatte. Diesmal sah er sich die offensichtlichen Verletzungen allerdings genauer an und kam erneut zu dem Schluss, dass sie zu Lebzeiten entstanden waren. Noch mussten subkutane Blutungen, die bei einer äußeren Begutachtung nicht eindeutig von Leichenflecken zu unterscheiden waren, diese Vermutung untermauern. Am Lichtkasten hingen bereits zahlreiche Röntgenaufnahmen.

Jennifer trat an den Kasten heran. »Gott verdammt …« Selbst als Laie konnte sie sehen, dass kaum noch ein Knochen im Körper der Frau heil war. Wenn der Zustand des Körpers nicht dagegen gesprochen hätte, hätte sie anhand der Verletzungen angenommen, dass die Frau in irgendeiner Industriepresse gelandet oder am Grund einer Schlucht zerschmettert war.

Sie wollte den Professor nach den Brüchen fragen, wurde aber durch das Winken von dessen Assistenten abgelenkt. »Ich habe hier was«, verkündete er in routiniertem Tonfall. Eigenartigerweise machte er nur an Fundorten den Eindruck, als würde er sich amüsieren. »Eine Zigarette, oder zumindest den Rest davon.«

Er hatte die Haare inzwischen fast vollständig entwirrt und im Inneren des Knotens einen abgebrannten Zigarettenstummel gefunden. Jarik Fröhlich machte ein Foto, bevor er mit einer Pinzette nach der Kippe griff und sie ins Licht hielt. »Die wurde angezündet und geraucht. Da dürfte DNS dran sein.« Er begutachtete den Stummel noch einige Sekunden, bevor er ihn in eine Beweismitteltüte fallen ließ. »Eindeutig Marlboro.«

Eine Marke, die hunderttausend-, wenn nicht millionenfach in Deutschland geraucht wurde. »Könnte sie erst am Fundort in die Haare geraten sein, dort, wo die Leiche lag?«, fragte Jennifer Meurers Assistenten. Immerhin lagen in dem Haus vermutlich einige Hundert Zigarettenstummel verstreut.

Der Mann schüttelte den Kopf. »Ich versuche seit einer halben Stunde, dieses Wirrwarr zu entknoten, damit wir überhaupt mit einem Kamm durchgehen können. Zufallskontamination ausgeschlossen.«

»Sie hat Erde unter den Fingernägeln«, stellte Professor Meurer fest, der die rechte Hand der Toten hochhielt und eingehend untersuchte. Er sprach laut und deutlich, damit die Mikrofone seine Stimme problemlos aufzeichnen konnten. »Sämtliche Fingernägel sind abgebrochen, teilweise bis ins Nagelbett eingerissen. Ante mortem, definitiv keine Folge des Verwesungsprozesses.«

Jarik machte von beiden Händen und auch von den zerschundenen Handgelenken Fotos, anschließend kratzte er die Erde in einen kleinen Behälter. Jennifer zog sich auf ihren angestammten Platz beim Lichtkasten zurück, wo sie niemandem im Weg stand und trotzdem alles mitbekam. Auch der Gestank war hier etwas erträglicher.

Stumm verfolgte sie, wie der Rechtsmediziner, unterstützt von seinem Assistenten, mit der äußerlichen Untersuchung der Leiche fortfuhr. Der Kriminaltechniker schoss Fotos von den Platzwunden und Hautabschürfungen, auf die Meurer ihn hinwies.

Als sie beim Schambereich der Frau ankamen, verzog Professor Meurer das Gesicht. »Hinweise auf schweren sexuellen Missbrauch. Deutlich sichtbare Risse im Gewebe von Anal- und Vaginalbereich.« Er nahm mehrere Abstriche, die wie üblich zur Untersuchung an das forensische Labor des Landeskriminalamtes geschickt werden würden.

Eins der Probestäbchen nutzte Jarik allerdings für einen Schnelltest. Der Teststreifen zeigte eine eindeutige Verfärbung. »Sperma«, sagte er nur.

Sie drehten die Frau schließlich auf den Bauch, um sich ihre Rückseite anzusehen. Meurer hielt schließlich in Höhe ihres Steißbeins inne und winkte der Kommissarin. »Das hier könnte Ihnen bei der Identifizierung helfen.«

Jennifer legte nicht unbedingt Wert darauf, sich der Toten noch einmal zu nähern, folgte aber der Einladung. Der Professor deutete auf einen Bereich direkt über dem Steißbein. Zuerst sah Jennifer überhaupt nichts, dann erkannte sie inmitten der schillernden Farben des Todes ein Muster, das von den Totenflecken fast vollständig überdeckt wurde.

»Ist das eine Tätowierung?«

Meurer nickte.

Jennifer versuchte vergeblich, Details zu erkennen. »In diesem Zustand wird uns das allerdings nicht allzu viel bringen.«

»Ich kann nach der Obduktion versuchen, die Partie zu entfernen und die Hautschichten abzutragen …«

Jennifer war skeptisch. »Funktioniert das? In diesem Zustand?«

»Meistens schon. Ich kann Ihnen allerdings nichts versprechen. Und es ist eine ziemliche Sisyphusarbeit.«

»Vorher sollten wir es aber auf andere Weise versuchen«, schlug Jarik vor und hielt die digitale Spiegelreflexkamera hoch. »Ich mache ein paar Fotos und schicke sie Morpheus. Der hat meistens ein paar tolle Tricks auf Lager.«

Jennifer nickte. »Tu das. Wir können das Hautstück ja trotzdem sichern, nur für den Fall …«

»Gut, dann machen wir es so«, stimmte Meurer zu und ließ seinen Blick noch einmal über den Rücken der Frau schweifen. »Ich denke, wir können jetzt mit der Sektion beginnen.«

Er hat sie als Punchingball missbraucht.

Die Worte Professor Meurers hallten in Jennifers Kopf wider, als sie abends an ihrem Schreibtisch Oliver Grohmann gegenübersaß und er sich nach dem Ergebnis der Obduktion erkundigte.

»Wir haben es eindeutig mit einem Verbrechen zu tun«, sagte sie. »Mord.«

Der Staatsanwalt murmelte etwas Unverständliches, das wie ein Fluch klang. Besonders überrascht schien er jedoch nicht zu sein. Er musterte Jennifer einen Moment lang. »Alles in Ordnung?«

Die Erschöpfung war ihr offenbar anzusehen. Oder das Grauen. Die Bilder der letzten Stunden waberten noch immer wie Nebelwolken durch ihren Kopf. Der Gestank. Die Maden. Die gebrochenen Knochen. Die zerquetschten Organe. »Geht schon. Wenn ich nach Hause komme, brauche ich allerdings erst mal einen Drink.«

Sein Blick wurde skeptisch, wenn nicht sogar tadelnd. Ihr war klar, dass sie ihn gerade an die Alkoholsucht ihres Kollegen Marcel erinnert hatte. Sie sparte sich den Hinweis, dass sie ihre Grenzen verdammt gut kenne und er sich darüber nicht den Kopf zerbrechen solle.

»Erzähl«, forderte er sie sanft auf.

Jennifer atmete hörbar durch. »Sie wurde mehrere Tage festgehalten. Vier oder fünf. Gestorben ist sie wahrscheinlich im Laufe des Donnerstags, in dem Abbruchhaus entsorgt wurde sie vermutlich in der Nacht von Donnerstag auf Freitag. Sie hat verdammt viel Blut verloren, unmöglich, dass ihr das in dem Haus passiert ist. Er ist wahrscheinlich einfach in die Auffahrt gefahren und hat sie hineingeworfen.«

»Du sprichst von einem Mann?«

»Dazu komme ich noch. Sie wurde übel zugerichtet. Stumpfe Gewaltanwendung, vermutlich Tritte und Schläge, ohne Hilfsmittel. Über mehrere Tage hinweg. Es gibt kaum einen Knochen, der ihr nicht gebrochen wurde, ihre Organe sind entsprechend zugerichtet. Hinzu kommt schwerer sexueller Missbrauch, jede erdenkliche Körperöffnung. Professor Meurer kann bei all diesen schweren Verletzungen unmöglich sagen, was die Todesursache war. Im Moment lautet die Ursache ›Tödliches Trauma aufgrund multipler Verletzungen‹ oder so ähnlich. Möglicherweise Schock. Möglicherweise Verbluten. Wir haben Spermaspuren sichergestellt. Wenn wir von einem einzigen Täter ausgehen, war es eindeutig ein Mann.«

Oliver nickte. »Was noch?«

»Eine Zigarettenkippe in ihren Haaren, Zufallskontamination am Fundort ausgeschlossen.«

»DNS sollte also kein Problem sein.«

»Nein«, bestätigte die Kommissarin, »allerdings wird das Labor ewig brauchen. Vier bis fünf Wochen.«

»Vier bis fünf Wochen? Wieso denn das? Das ist ein Mordfall!«

»Irgendetwas anderes hat im Moment Priorität, und solange wir keinen Verdächtigen zum Abgleich haben oder sonst irgendeinen Grund … Möhring hat bereits in Wiesbaden angerufen, ist allerdings ebenfalls gescheitert.«

Oliver war alles andere als begeistert. »Na prächtig.«

»Außerdem haben wir Erde unter ihren Fingernägeln sichergestellt, die uns einen Hinweis auf den Ort geben könnte, wo ihr das zugestoßen ist. Außerdem eine Brandverletzung am Hals, die vermutlich von einem Elektroschocker stammt. Wahrscheinlich ist sie auf die Art überwältigt worden.«

»Schon irgendein Hinweis auf ihre Identität?«, fragte der Staatsanwalt wenig hoffnungsvoll.

»Uns fehlen die Augen, den Krähen sei Dank. Wir haben sämtliche DNS-relevanten Proben mit höchster Priorität ans LKA geschickt. Von der Knochenstruktur her schätzt Meurer unser Opfer auf unter zwanzig.«

Jennifer machte dieses Detail noch immer zu schaffen. Das Opfer war jung gewesen, viel zu jung. »Ich habe Freya die Vermisstenkartei schon durchgehen lassen. Niemand im Umkreis von hundert Kilometern hat in den letzten vier Wochen einen

Teenager mit dunkelblond gefärbtem oder braunem Haar als vermisst gemeldet.«

»Und Fotos können wir vergessen.«

»Allerdings. Wenn wir an die Öffentlichkeit gehen wollen, müssen wir definitiv eine Gesichtsrekonstruktion in Auftrag geben.«

»Die niemand bezahlen wollen wird«, warf Oliver ein.

Jennifer nickte. »Sie hat eine Tätowierung über dem Steiß, allerdings sind keine Details zu erkennen. Morph… Moritz Sprenger versucht anhand eines Fotos sein Glück. Er klang zuversichtlich, aber wenn er keinen Erfolg hat, wird Meurer ihr die Haut an der Stelle abziehen und die einzelnen Hautschichten freilegen.«

»Irgendwelche anderen Hinweise?«

Jennifer schüttelte den Kopf. »Nichts im Zusammenhang mit den Drogenvergehen. Der Bauer scheint sauber zu sein. Von der Landstraße aus hatte man keinen Einblick.«

Oliver Grohmann ließ sich auf dem Bürostuhl zurücksinken, sah zur Decke und ließ die Informationen einen Moment lang auf sich wirken. »Dein Eindruck?«

»Der, der ihr das angetan hat, ist ein verdammter Psycho.«

»Eine geplante Tat?«

»Wenn sich das aus einer Laune heraus ergeben hat, hätten wir es mit einer ganz üblen Sorte von Psycho zu tun.«

Oliver schloss kurz die Augen, was einer schweigenden Zustimmung gleichkam.

Sie wussten beide, dass die Fesselungsspuren gegen einen Gewaltexzess im Drogenrausch sprachen, und dass die Verwendung des Elektroschockers auf Vorsatz hindeutete. Offensichtlich hatte der Täter an der jungen Frau eine erhebliche Menge aufgestauter Wut entladen, aber nicht ungeplant.

Was Jennifer zu einer weiteren Vermutung führte. »Er ist sich seines Zustands bewusst. Er ist geistesgegenwärtig genug, um zu erkennen, dass er die Kontrolle bald verlieren wird.«

»Bei einem derart hohen Gewaltpotenzial eher kein Ersttäter«, folgte Oliver ihrer Annahme.

Sie nickte. »Ich werde Freya morgen früh direkt bitten, eine Beschreibung in die Systeme einzuspeisen und nach Fällen mit ähnlich extremer Gewalt zu suchen.«

»Sehr gut. Was noch?«

»Der Täter könnte einen Bezug zum Fundort haben. Ich will auf jeden Fall mit den Voreigentümern, dem zuständigen Sparkassenangestellten, den Teilnehmern dieser Drogenpartys und auch noch mal mit dem Bauern reden.«

Es war blindes Herumstochern. Der Täter konnte sich ebenso gut vorab einen passenden Ablageort gesucht haben. Sie glaubte jedenfalls nicht, dass er mit der Toten planlos herumgefahren, über die Landstraße gekommen und so zufällig auf das Haus gestoßen war.

Oliver Grohmann nickte nur.

Eine Weile saßen sie sich schweigend gegenüber, jeder in seine eigenen Gedanken vertieft.

»Wird es eine Pressemitteilung geben?«, fragte Jennifer schließlich.

Oliver zuckte die Schultern. »Diese Entscheidung werde ich der neuen Oberstaatsanwältin überlassen.«

Da sie sich noch nicht bei der Kripo hatte blicken lassen, ging Jennifer davon aus, dass Ricarda Anstett an ihrem ersten Tag mit den oberen Etagen beschäftigt gewesen war. Am Wochenende hatte sie selbst noch ein paar Informationen über die neue Oberstaatsanwältin auf Zeit eingeholt. Aller Voraussicht nach würde sie sich spätestens am Mittwoch auf das tote Mädchen stürzen, wenn sie an ihrem neuen Arbeitsplatz angekommen war und sich eingerichtet hatte.

Pünktlich zum Einstand hatte sie ihren prestigeträchtigen Fall serviert bekommen.

»Weißt du, dass wir mal wieder echtes Glück haben?«, sagte Jennifer über den breiten Schreibtisch hinweg.

Die Bemerkung entlockte Oliver ein freudloses Lachen.

6

Jennifer fuhr gerade ihren Computer hoch, als Oliver am nächsten Morgen in ihr Büro kam. Sehr früh für seine Verhältnisse. Er sah blass aus und hatte dunkle Schatten unter den Augen.

»Nicht gut geschlafen?«, fragte sie.

Der Staatsanwalt lehnte sich an den Türrahmen. Seine schwarzen Haare standen noch ein wenig ungezähmter als sonst vom Kopf ab und sein Hemd war verknittert. Er musterte sie und den Kaffeebecher in ihrer Hand. »Ungefähr genauso gut wie du, nehme ich an.«

»Mein Gehirn hat keine Ruhe gegeben«, bestätigte sie mit einem leisen Seufzer. »Allerdings vergeblich. Der bahnbrechende Einfall ist ausgeblieben. Und bei dir?«

»Ich habe den Fehler begangen, mir gestern Abend noch die Fotos von der Obduktion anzusehen.«

»Keine gute Idee.« Die Bilder der Sektion hatten Jennifer bis in ihre Träume verfolgt. Das Ausmaß der Verletzungen war alles andere als gewöhnlich, vor allem, wenn man bedachte, dass der Rechtsmediziner keinen einzigen Hinweis darauf gefunden hatte, dass der Täter etwas anderes als seine Fäuste und Füße benutzt hatte.

»Wie sieht dein Plan für heute aus?«

Der Anmeldebildschirm erschien, und sie loggte sich ein. »Die Liste der Personen, die ich befragen will, ist lang.« Sie sparte sich den Zusatz, dass sie diese Liste zudem für wenig vielversprechend hielt.

Sie öffnete ihr Mailprogramm und hielt überrascht inne, als sie die Betreffzeile der neuesten Mail sah. »Es sei denn, wir könnten unser Opfer identifizieren …«

»Wie das?« Oliver stieß sich vom Türrahmen ab und trat interessiert hinter sie.

»Weil sich unser lieber Kollege Sprenger offensichtlich mit einer Herausforderung konfrontiert sah, die ihn nicht nur wachgehalten, sondern auch zu einem Ergebnis geführt hat.« Jennifer öffnete die Mail.

Der Staatsanwalt beugte sich über ihre Schulter, um besser mitlesen zu können.

Moritz Sprenger hatte sich jeden erklärenden Zusatz gespart. Entweder hatte er um halb fünf Uhr früh keine Lust mehr gehabt, seine Arbeit zu kommentieren, oder er zielte darauf ab, dass Jennifer vorbeikommen und ihm die Gelegenheit zu einem ausschweifenden technischen Vortrag geben würde.

Sie hoffte, dass ihr das erspart bliebe, und öffnete das angehängte JPG-File.

Ihr Rechner brauchte zum Laden des Fotos mal wieder viel zu lange. Jennifer schob die Maus ungeduldig hin und her, obwohl sie wusste, dass das den Vorgang nicht beschleunigen würde.

»Das sieht doch gut aus«, murmelte Oliver, als endlich das Bild erschien, auf dem der verfärbte Rücken ihrer unbekannten Toten zu sehen war. »Ich wusste gar nicht, dass man mit Bildbearbeitung so etwas bewerkstelligen kann …«

Das Foto war derart stark bearbeitet worden, dass nicht mehr zu erkennen war, dass es den unteren Rücken eines Menschen zeigte. Es war grobkörnig, die Farben wirkten schon fast psychedelisch, trotzdem war undeutlich ein geschwungener und verschnörkelter Schriftzug – die Tätowierung – zu sehen.

»Das kann man kaum lesen«, murmelte Jennifer und kniff die Augen zusammen. »Ist das ein Name … oder?«

Mehrere Sekunden vergingen.

»Bellatrix«, sagte Oliver schließlich zweifelnd, dann nickte er und wiederholte, diesmal voller Überzeugung: »Das heißt Bellatrix.«

»Bellatrix?« Die Kommissarin runzelte die Stirn. Irgendetwas sagte ihr dieses Wort. »Was soll das denn sein? Ein Name?« Sie öffnete den Internetbrowser und gab den Ausdruck bei Google ein.

Der Suchdienst spuckte einen Wikipedia-Eintrag über den dritthellsten Stern im Orion aus sowie unzählige Seiten über den fiktiven Charakter Bellatrix Lestrange. Jetzt wusste Jennifer, warum ihr der Name so bekannt vorkam – der Hype um Harry Potter war auch an ihr nicht gänzlich vorbeigegangen.

Sie öffnete zuerst den Wikipedia-Artikel über den Stern, anschließend frischte sie ihre Kenntnisse über die böse Magierin aus dem Rowling-Universum auf. Oliver blieb über ihre Schulter gebeugt und las schweigend mit.

»Hm«, machte der Staatsanwalt schließlich. »Bellatrix steht im Lateinischen für Kriegerin. Oder in der Gegenwart für ein böses, vollkommen wahnsinniges Miststück.«

»Zum Glück ist es ein Name, den sich nicht allzu viele Menschen tätowieren lassen würden. Das schränkt die Suche ein.« Jennifer lächelte zufrieden. »Es ist etwas, womit wir arbeiten können.«

Jedenfalls war diese Tätowierung ein Merkmal, das bei der Aufnahme einer Vermisstenanzeige definitiv festgehalten worden wäre. Jennifer öffnete die entsprechenden Programme und prüfte deutschlandweit die Einträge in der Datei der vermissten Personen. Allerdings ohne Erfolg.

Was noch kein Grund war, aufzugeben. Das Alter der Toten sprach eher dafür, dass sie sich wegen der Magierin aus dem Harry-Potter-Zyklus und nicht wegen der lateinischen Bedeutung von Bellatrix für dieses Tattoo entschieden hatte. Wenn sie sich mit einem derart dunklen Charakter identifizierte, war sie vielleicht selbst ein böses Mädchen gewesen.

Auch für eine Polizeiakte war das Tattoo ein wertvolles Identifikationsmerkmal. Jennifer wurde bereits nach kurzer Suche im Kriminalaktennachweis des polizeilichen Informationssystems fündig. Ihr Opfer war tatsächlich polizeibekannt. Es gab mehrere Einträge. »Treffer.«

Sie scrollte kurz durch die Daten und verglich sie mit den Notizen, die sie sich während der Obduktion gemacht hatte. Das Alter passte, ebenso Haarfarbe sowie Körpergröße.

Und die Tätowierung mit dem Schriftzug Bellatrix über dem Steiß.

Die junge Frau hatte einen Namen.

Isabell Grunau, siebzehn Jahre alt, war Opfer eines sadistischen Psychopathen geworden.

Die Wohnung der Grunaus lag in einem fünfstöckigen Gebäude in der Nähe der Feuerwehr. Es handelte sich um von der Stadt geförderte Sozialwohnungen, die überwiegend an Hartz-IV-Empfänger vermietet wurden.

An der geschlossenen Fahrstuhltür hing ein »Defekt«-Schild, das so abgegriffen aussah, als würde es dort schon eine ganze Weile hängen. Im südlich gelegenen Treppenhaus roch es muffig, und die Luft war derart aufgeheizt, dass es dort wesentlich wärmer war als draußen. Niemand schien sich jemals die Mühe zu machen, eines der Kippfenster zu öffnen, um zu lüften.

Als Jennifer und Oliver im fünften Stock ankamen, mussten sie sich beide den Schweiß von der Stirn wischen.

Es gab zwei Wohnungen auf dieser Etage. Vor der einen Tür lag eine hübsche »Willkommen«-Matte, und mehrere Paar Kinderschuhe standen aufgereiht an der Wand. Die Klingel gegenüber war nicht einmal beschriftet.

Auf Jennifers Klingeln reagierte nicht sofort jemand. Aus der Wohnung drang Gepolter, dann war gedämpft zu hören, wie zwei Personen miteinander stritten und sich anbrüllten. Die Kommissarin wollte gerade noch einmal klingeln, als sie dumpfe Schritte hinter der Tür hörte, die im nächsten Moment aufschwang.

Vor ihnen stand eine Frau, die in etwa so groß wie Jennifer war, gut einen Meter siebzig, allerdings mindestens doppelt so schwer. Sie trug Trainingshose und T-Shirt und musste um die fünfundvierzig sein.

Sie musterte die beiden Beamten vor ihrer Tür nicht ohne Misstrauen. »Äh, ja?«

»Sind Sie Manuela Grunau?«, fragte Jennifer. Es war eine fast schon überflüssige, aber notwendige Formalie.

Zwischen den Augen der Frau bildeten sich tiefe Falten. »Ja …«

Die Kommissarin streckte ihr ihren Ausweis entgegen, den Manuela Grunau allerdings keines Blickes würdigte. »Ich bin Oberkommissarin Leitner von der Kriminalpolizei, das ist Staatsanwalt Grohmann. Wir müssen mit Ihnen sprechen.«

Die Frau sah nicht sonderlich beunruhigt aus. Ohne nachzufragen, trat sie zurück und bat die beiden Beamten mit einer Geste in den dunklen Flur. Es war nicht das erste Mal, dass Manuela Grunau Besuch von der Polizei bekam.

»Seien Sie bitte leise. Mein Mann schläft im Wohnzimmer. Er hat sich eine Grippe eingefangen.« Sie deutete auf eine Tür, durch die Tageslicht in den Gang fiel. »Wir können uns in der Küche unterhalten.«

Die Küche war klaustrophobisch klein. Das Fenster war gekippt, und die Morgensonne fiel auf den kleinen Tisch in der hinteren linken Ecke.

Oliver hielt unwillkürlich die Luft an.

In dem engen Raum roch es nach Essensresten, die bereits

zu verrotten begannen. Auf den Arbeitsplatten und in der Spüle stapelte sich ungewaschenes Geschirr, und der Herd sah aus, als wäre er seit Monaten nicht mehr abgewischt worden. In einem Korb faulte Obst vor sich hin, der Mülleimer quoll bedenklich über.

Frau Grunau schien das alles nicht zu stören, vielleicht nahm sie es aber auch überhaupt nicht wahr. Sie setzte sich an den Tisch und bot den Beamten wortlos die beiden Klappstühle aus Plastik an, die noch frei waren.

Oliver nahm das Angebot an, während Jennifer einen Moment lang zögerlich stehen blieb. Sie wollte sich offensichtlich nicht an dem versifften Tisch niederlassen, überwand sich aber schließlich doch.

Immerhin waren sie hier, um der Frau die Nachricht vom Tod ihrer Tochter zu überbringen. Das tat man nicht im Stehen.

Manuela Grunau hob den vor ihr stehenden Kaffeebecher an die Lippen, warf dann aber einen kritischen Blick hinein und entschied sich dagegen. »Wer sind Sie noch mal?«

»Oliver Grohmann, Staatsanwalt«, stellte sich Oliver erneut vor, reichte ihr aber nicht die Hand. »Und das ist Kriminaloberkommissarin Jennifer Leitner. Wir sind …«

»Sie sind wegen Isa hier, stimmt's?« Die Frau stöhnte gequält auf und verdrehte die Augen. »Hat Ihnen die Alte von unten etwa gesteckt, dass sie mal wieder abgehauen ist? Oder hat Isabell Scheiße gebaut?«

»Weder noch«, erwiderte Oliver und hoffte, dass ihm seine Überraschung nicht anzumerken war. »Wir sind aber tatsächlich wegen Isabell hier. Sie sagten, Ihr Mann habe Grippe. Es wäre allerdings gut, wenn er …«

Manuela Grunau unterbrach ihn mit einem Kopfschütteln. »Ich hab' Ihnen doch gesagt, dass er schläft.«

Dafür, dass ihr Mann angeblich schlief, hatte er vor wenigen

Minuten aber noch ziemlich laut herumgebrüllt, fand Oliver. »Ich denke, Sie sollten ihn wecken.«

»Das mache ich nicht. Schon gar nicht wegen Isabell. Egal, was passiert ist, er wird das nicht hören wollen … Nicht in seinem Zustand.«

Oliver Grohmann ließ einige Sekunden verstreichen, in denen er Manuela Grunau beobachtete. Trotzdem sagte sie nichts und fragte auch nichts mehr. Ihr Blick schweifte umher, als hätte sie Schwierigkeiten, sich auf ihre beiden Besucher zu konzentrieren.

Erst als er sich vorbeugte, gelang es Oliver, den Blick ihrer dunkelbraunen Augen einzufangen. »Frau Grunau, wir müssen Ihnen leider mitteilen, dass die Leiche Ihrer Tochter gefunden wurde. Isabell ist tot.«

Sie starrte ihn nur an. In ihrem Augenwinkel zuckte ein Muskel. Dann atmete sie tief ein, stand auf und trat ans Fenster, wo Töpfe mit verwelkten Kräutern standen.

Sie sah mehrere Sekunden lang reglos nach draußen. »Es musste so kommen«, sagte sie schließlich. »Ich wusste, dass es so enden würde.«

»Es tut uns sehr leid.«

Die Frau stieß ein kurzes, freudloses Lachen aus. »Sparen Sie sich die Floskeln.« Sie drehte sich zu den beiden Beamten um. »Wie ist es passiert?«, fragte sie, vollkommen ruhig und gefasst. »Eine Überdosis?«

»Nein.« Die Obduktion hatte zumindest keine offensichtlichen Spuren von Drogenmissbrauch ergeben. »Sie wurde ermordet.«

Manuela Grunau nickte nur, als wollte sie sagen, dass diese Nachricht ebenfalls keine Überraschung für sie sei.

Oliver suchte nach den typischen Anzeichen eines Schocks, fand aber keine. Ihre Ignoranz und ihr Desinteresse irritierten ihn. Er hätte ebenso gut über eine völlig Fremde mit ihr sprechen können.

»Nahm Isabell denn Drogen?«, schaltete sich Jennifer ein. Ihrer Stimme fehlte jede Sanftheit. Ihre Irritation hatte sich bereits in Argwohn verwandelt.

Die Frau zuckte die Schultern. »Keine Ahnung. Wahrscheinlich. Sie hat ja kaum was ausgelassen.«

Oliver wollte dieses Gespräch nicht zu einem Verhör werden lassen. Noch nicht. »Die Polizei und die Staatsanwaltschaft untersuchen den Mord an Isabell. Wir leiten die Ermittlungen. Es wäre uns eine große Hilfe, wenn Sie uns einige Fragen beantworten könnten … und ein wenig von ihr erzählen würden.«

Isabells Mutter setzte sich wieder an den Tisch. Sie unternahm einen weiteren Anlauf mit der Kaffeetasse, rümpfte die Nase und schob sie von sich. »Fragen Sie, aber ich glaub nicht, dass ich Ihnen viel helfen kann.«

»Wann ist Isabell denn von zu Hause ausgerissen?«, fragte Oliver, um erst einmal auf halbwegs unverfänglichem Terrain zu bleiben. Die Siebzehnjährige war in den vergangenen Jahren mindestens vier Mal von zu Hause abgehauen, jedenfalls war sie vier Mal von der Polizei aufgegriffen und wieder nach Hause zurückgebracht worden.

Frau Grunau zögerte. Sie spielte ganz offensichtlich mit dem Gedanken, die Beamten anzulügen, entschied sich dann aber doch für die Wahrheit. »Isabell war das letzte Mal vor ungefähr fünf Wochen hier.«

Fünf Wochen? *Fünf*? Oliver konnte es kaum glauben. »Sie haben nicht gemeldet, dass sie abgehauen ist. Weder der Polizei, noch dem Jugendamt.«

Jennifer hatte bereits mit dem Jugendamt telefoniert, am frühen Nachmittag hatte sie mit der zuständigen Sachbearbeiterin einen Termin.

»Was hätte das bringen sollen?« Noch bevor Oliver zu einer Erwiderung ansetzen konnte, fügte sie hinzu: »Ich weiß, ich weiß, wir wären dazu verpflichtet gewesen. Aber es hätte keinen Sinn gehabt. Isabell wollte weg. Sie wäre immer wieder abgehauen. Und wahrscheinlich war es auch besser so.«

Es war Oliver unmöglich, einen neutralen Tonfall beizubehalten. »Ich denke, das müssen Sie uns erklären.«

»Sie hat schon lange nicht mehr mit mir geredet. Ich hab einfach keinen Sinn mehr darin gesehen, sie zu zwingen, hierzubleiben, wenn sie doch wegwollte.«

Diese Frau hatte ihre Tochter offenbar schon vor langer Zeit aufgegeben. »Sie war ein Problemkind?«

»Allerdings, aber welcher Teenager ist schon einfach?« Manuela Grunau zuckte die Schultern. »Sie hatte es schwer. Wie wir alle. Isabell wurde Opfer der Umstände.«

»Der Umstände?«

Frau Grunau seufzte gequält. »Ich habe gesehen, wie Sie sich hier in der Küche umgeschaut haben. Wie Sie *mich* angeguckt haben. Ich weiß, was Sie denken. Alle Klischees erfüllt, stimmt's?«

Oliver Grohmann schüttelte den Kopf. »Es liegt uns fern, Ihnen …«

»Natürlich. Wissen Sie eigentlich, was es heißt, so weit unten zu landen, nur noch einen Schritt von der Gosse entfernt?« Der verbitterte Zug um ihren Mund verhärtete sich noch. »Wir hatten alles. Ein Haus mit Garten in einer guten Gegend. Freunde, die für uns da waren. Mein Mann hatte einen gut bezahlten Job. Er hatte sogar die Aussicht, die Kfz-Werkstatt zu übernehmen, wenn sein Chef in Rente gegangen wäre.«

Ihre Kinnpartie zitterte vor Wut und Enttäuschung. »Dann begann dieser Scheiß mit seinem Rücken. Schmerzmittel, Krankschreibungen, Operationen … Solange man funktioniert, ist man für die Chefs zu gebrauchen, sobald es einem dreckig geht, lassen die einen einfach fallen! Jetzt sind wir hier, mussten alles verkaufen, das Haus, das Auto, schlafen auf einer Couch im

Wohnzimmer … Und das, nachdem mein Mann fünfundzwanzig Jahre lang eingezahlt hat! Das ist nicht fair!«

Sie deutete nach links, in die grobe Richtung der anderen Wohnung auf diesem Stockwerk. »Die Schlampe da drüben kriegt jetzt das vierte Balg, hat nie einen Finger krumm gemacht und bezieht *genau dieselben* Leistungen wie wir. Ist das gerecht? Ist das fair? Aber wahrscheinlich können wir froh sein, dass wir überhaupt was kriegen …« Frau Grunau schüttelte den Kopf. »Mein Mann hat das nicht verkraftet, ich habe das nicht verkraftet, und Isabell auch nicht.«

»Wie hat sich das geäußert?«, hakte Jennifer emotionslos nach, »dass Isabell den sozialen Abstieg nicht verkraftet hat?«

Manuela Grunau hielt kurz inne, bevor sie verächtlich den Mund verzog. Sie hatte scheinbar gehofft, dass sich die Beamten zu einer Diskussion oder wenigstens einem Kommentar hinreißen lassen würden. Sie ließ sich mit einem Seufzen auf ihrem Stuhl zurücksinken. Der Plastiksitz knirschte. »Isabell war schwierig, das habe ich doch schon gesagt. Sie hat sich zurückgezogen, dann fing die Ausreißerei an … Dieser Mist wird Ihnen bei Ihren Ermittlungen aber bestimmt nicht weiterhelfen.«

Oliver war eher der gegenteiligen Meinung. »Sie hatten in den letzten fünf Wochen keinen Kontakt zu Ihrer Tochter?«

»Nein.«

Ob sie es überhaupt versucht hatte? Er stellte die Frage nicht, denn er fürchtete, die Antwort bereits zu kennen. »Hatte Ihre Tochter ein Handy?«

»Ja, aber fragen Sie mich nicht, wie sie das finanziert hat … Von uns hatte sie die Kohle jedenfalls nicht.«

»Haben Sie ihre Nummer?«

»Nein. Sie wollte sie uns nicht geben.«

Das wurde ja immer besser. »Ich nehme an, Sie können uns niemanden nennen, der Kontakt zu Isabell hatte?«

Frau Grunau zuckte die Schultern. »Vielleicht die Frau vom Jugendamt?«

»Wir meinen Freunde.« Jennifer hörte sich ziemlich ungehalten an.

»Ich habe Ihnen doch schon gesagt, dass sie nicht mehr mit uns geredet hat ...«

Und du hast das einfach zugelassen und nicht mal daran gedacht, um sie zu kämpfen? Oliver bemerkte erst jetzt, wie wütend er war. »Können Sie uns irgendetwas über Ihre Tochter erzählen? Vielleicht, woher sie die Tätowierung hatte?«

»Tätowierung?«, wiederholte Manuela Grunau mit einem Hauch von Überraschung. »Welche Tätowierung?«

Oliver verspürte nicht die geringste Lust, auf diese Frage einzugehen. »Ging Isabell noch zur Schule?«

»Nein. Sie hat die Hauptschule nur mit Ach und Krach geschafft. Die vom Amt sind ständig mit irgendwelchen Maßnahmen gekommen, aber Isa war nicht vermittelbar.«

Dem Staatsanwalt war beim Hereinkommen aufgefallen, dass die Wohnung neben Küche und Bad noch über drei weitere Räume verfügen musste: das Wohnzimmer, in dem die Eltern schliefen, und zwei weitere Zimmer. »Isabell hat Geschwister?«

Die Frau nickte. »Ja, einen älteren Bruder. Jonas. Der ist aber nicht da.«

Oliver entging nicht, dass sie die Abwesenheit ihres Sohnes besonders betonte. War sie froh, dass die beiden Beamten nicht direkt mit ihm sprechen konnten? »Hatte er ein gutes Verhältnis zu Isabell?«

»Sie haben sich gehasst. Der Junge wird Ihnen auch nichts sagen können.« Die schlechte Beziehung ihrer beiden Kinder schien sie ebenso kalt gelassen zu haben wie alles andere.

»Haben Sie ein aktuelles Foto von Isabell?«

Wie zu erwarten, schüttelte sie erneut den Kopf. »Die in

Ihren Systemen dürften weitaus aktueller sein als die, die ich hier habe.«

Oliver sah im Moment keinen Sinn mehr darin, der Frau weitere Fragen zu stellen. Sie war keine Hilfe. Und das Schicksal ihrer Tochter war ihr offensichtlich egal. »Dürfen wir uns Isabells Zimmer ansehen?«

»Wenn Ihnen das hilft.« Manuela Grunau stand auf, ging kommentarlos in den Flur und stieß die Tür auf, die direkt gegenüber der Küche lag. »Bitte.«

Dann zog sie sich ohne ein weiteres Wort wieder in die Küche zurück. Im Gegensatz zu den meisten anderen Betroffenen wollte sie die Beamten bei ihrer Arbeit nicht überwachen.

Jennifer und Oliver betraten den knapp zwölf Quadratmeter großen Raum.

Der Staatsanwalt schloss die Tür hinter sich. »Herrgott noch mal!«, murmelte er leise. »So was habe ich noch nie erlebt!«

Jennifer nickte. »Ich auch nicht.«

»Sie hat nicht einmal gefragt, was Isabell genau zugestoßen ist. Keinerlei Interesse an den Ermittlungen.«

»Sie ist weder alkoholisiert, noch steht sie unter starkem Medikamenteneinfluss. Zumindest habe ich keine Anzeichen dafür entdeckt. Aber das muss nichts heißen.« Die Kommissarin atmete tief durch. »Ich hoffe, die Dame vom Jugendamt kann uns mehr erzählen … Kein Wunder, dass Isabell unbedingt hier wegwollte.«

»Wir wissen nicht, was alles vorgefallen ist«, gab Oliver zu bedenken. Noch war es zu früh, allein den Eltern die Schuld am Verhalten ihrer Tochter zu geben. »Isabell war vielleicht auch kein Unschuldslamm.«

»Kann sein.«

Sie sahen sich in dem kleinen Raum um, in dem es genauso stickig und heiß war wie im Treppenhaus. Vorm Fenster hingen keine Gardinen. An der rechten Wand stand ein einfaches Bett, auf der gegenüberliegenden Seite drängten sich ein Schrank und ein Schreibtisch. Das Poster einer Popband hing über dem Bett, und in einem Regal über dem Schreibtisch standen ein paar Bücher. Das Zimmer war ordentlich aufgeräumt und versprühte den Charme einer Gefängniszelle.

»Sie hat sich hier nicht wohlgefühlt«, murmelte Jennifer und zog zwei Paar Handschuhe aus den Taschen ihrer Jeans, von denen sie eines Oliver reichte. »Schauen wir uns um, auch wenn es auf den ersten Blick nicht so aussieht, als wenn hier viel zu finden wäre.«

Es gab weder Computer noch Fernseher, obwohl Anschlüsse für beides vorhanden waren.

Jennifer ging die Schubladen des Schreibtischs durch, während Oliver den Schrank öffnete, der bis auf ein paar vereinzelte Winterklamotten leer war. »Was sie hatte, hat sie offenbar mitgenommen.«

Jennifer wühlte sich durch Stifte, leere Blöcke und anderen Krimskrams. »Denk an mögliche Verstecke.«

Oliver schloss den Schrank und wandte sich dem Bett zu. Die Wäsche war abgezogen, und es war ordentlich gemacht, was ihm merkwürdig vorkam, denn von Waschen und Saubermachen schien die Mutter normalerweise nicht viel zu halten.

Er nahm sich den Nachttisch vor, fand aber nur ein angebrochenes Päckchen Tempos und eine leere Bonbontüte. »Hatte sie denn überhaupt keine Habseligkeiten? Sie kann doch unmöglich alles mitgenommen haben.«

»Vielleicht hat sie alles verkauft, was sich zu Geld machen ließ«, überlegte Jennifer. In Isabells Polizeiakte stand nur, dass sie mehrfach von zu Hause abgehauen und zweimal beim Ladendiebstahl von wenig wertvollen Gütern erwischt worden war. Eine Drogenkarriere las sich anders.

Oliver schloss resigniert die Schublade. Eine Welle von Mitgefühl und Wut überrollte ihn. Sie hatten noch nichts Greifbares über das Mädchen herausgefunden, und die Reaktion ihrer Mutter ließ unterschiedliche Schlüsse zu, trotzdem war bereits ziemlich offensichtlich, wem seine Sympathien gehörten. Den Eltern jedenfalls nicht.

Wahrscheinlich lag das daran, dass seine eigene Tochter kein Jahr jünger war als Isabell und seine Beziehung zu ihr in der Vergangenheit auch nicht immer gut gewesen war. Er ließ den Blick noch einmal durch das kleine Zimmer schweifen. »Mir kommt das hier eher wie ein Gefängnis vor … Kein Wunder, dass sie ausgebrochen ist …«

Jennifer war an die Tür getreten und untersuchte interessiert das Schloss. »Vielleicht kein Gefängnis, sondern die letzte Zuflucht …«

Die Kommissarin trat beiseite und zeigte Oliver, was sie entdeckt hatte. An der Tür war – vermutlich in Ermangelung eines Schlüssels – ein Schiebeschloss angebracht worden. Irgendwann war allerdings jemand gewaltsam von der anderen Seite aus eingedrungen. Das Metall war verbogen, und der Riegel hing nur noch an einer fast herausgerissenen Schraube.

»Scheiße.« Olivers Gedanken begannen, in eine ganz bestimmte Richtung zu galoppieren. Obwohl ihm bewusst war, wie voreilig das war, konnte er es nicht verhindern.

Jennifer war anzusehen, dass er damit nicht allein war. »Bekommen wir einen Durchsuchungsbeschluss für die ganze Wohnung?«

Der Staatsanwalt verzog das Gesicht. Das Schloss war kein eindeutiges Anzeichen dafür, dass Isabells Tod irgendetwas mit ihrem Zimmer oder der elterlichen Wohnung zu tun hatte. Selbst wenn sie von sexuellem Missbrauch ausgingen: Ohne überzeugende Verdachtsmomente würde kein Richter seine Unterschrift unter einen entsprechenden Beschluss setzen. Zumal das mögliche Opfer tot war und der Vater theoretisch in Trauer.

»Also nicht«, sagte Jennifer, die Olivers Reaktion mühelos deuten konnte, enttäuscht.

»Noch nicht.« Sein Blick blieb erneut an dem schief hängenden Riegel hängen. »Warten wir ab, was die Eltern, allen voran der Vater, dazu zu sagen haben. Ich will ihn definitiv kennenlernen, und zwar jetzt sofort.«

Just in dem Moment war ein Poltern auf dem Flur zu hören. »Sind die immer noch da, Manuela?! Die sollen verschwinden, verdammt noch mal! Ich will die nicht hier haben!«

»Dein Wunsch wurde soeben erhört«, sagte Jennifer und bedeutete ihm mit einer Geste, voranzugehen.

Isabells Vater hatte sich im Flur direkt vor der Tür postiert. Er war etwas größer als der Staatsanwalt, allerdings erschreckend dünn. Die fleckigen Jeans und das T-Shirt schlackerten um seinen Körper.

Dunkle Schatten lagen unter seinen geröteten Augen, und er schien die Beamten mit seinem Blick förmlich durchbohren zu wollen. »Was habt ihr denn in dem Zimmer zu suchen?! Wollt ihr uns jetzt auch noch das Kindergeld streichen, weil die dumme Kuh weggelaufen ist?! Das kann ja wohl nicht wahr sein!«

Oliver Grohmann machte einen Schritt auf den Vater zu, sodass sie nur noch wenige Zentimeter voneinander entfernt standen. Mit eiskalter Stimme sagte er: »Die dumme Kuh, wie Sie sie nennen, ist tot, Herr Grunau. Sie wurde ermordet.«

Diese Nachricht versetzte dem Mann nicht den geringsten Dämpfer. »Isabell ist tot? Und soll mich das jetzt wundern? Oder erwarten Sie etwa von mir, dass ich heule?« Er stieß ein verächtliches Schnauben aus. »War bestimmt einer ihrer Stecher. Selbst schuld, die dämliche Schlampe.«

Oliver spürte nicht einmal, wie sich sein ganzer Körper anspannte und er beide Hände zu Fäusten ballte. Seine Wut drohte, die sorgfältig aufgebauten Barrieren seiner Selbstbeherrschung zu durchbrechen.

Jennifers Hand schloss sich um seinen Unterarm. Sie war dicht an ihn herangetreten. »Oliver …«, flüsterte sie. »Nicht.«

Das Klingeln seines Handys zerriss die eingetretene Stille. Er ignorierte es.

»Oliver.« Der Druck um seinen Unterarm wurde stärker. »Geh raus. Geh an die frische Luft. Nimm den Anruf entgegen.«

Er reagierte nicht sofort. Es kostete ihn Überwindung, einen Schritt zurückzuweichen und seinen Arm aus ihrem Griff zu lösen. Als er die Wohnungstür öffnete, hörte er, wie Jennifer sich dem Vater zuwandte.

»Wir beide werden uns jetzt in aller Ruhe unterhalten, Herr Grunau.«

7

Als Jennifer zwanzig Minuten später zum Auto zurückkam, lehnte Oliver an der Beifahrertür, die Arme vor der Brust verschränkt. Obwohl es wenige Meter weiter Schatten gab, stand er in der prallen Sonne.

Sie hätte ihm gerne in die Augen gesehen, er hatte jedoch eine Sonnenbrille aufgesetzt. Trotzdem spürte sie, dass er noch immer angespannt und wütend war. Genau wie sie selbst.

Jennifer wunderte sich, dass sie beide aus der Wohnung herausgekommen waren, ohne sich strafbar gemacht zu haben. Sie hatte Oliver zurückhalten müssen, dabei hätte sie eigentlich selbst jemanden gebraucht, der sie davon abhielt, die Beherrschung zu verlieren.

Er gab ihr nicht die Gelegenheit, ihn nach seinem Befinden zu fragen. »Du wirst den Termin beim Jugendamt alleine wahrnehmen müssen.«

Sie runzelte die Stirn. »Wieso das?«

»Der Anruf. Das war Frau Bluhm.« Die Sekretärin der Staatsanwaltschaft. »Anstett hat mich zu einem Antrittsbesuch in ihr Büro gebeten.«

»Hat das nicht Zeit bis …«

Oliver schüttelte den Kopf. »Offensichtlich nicht.«

»Wenn sie über den Fall unterrichtet werden will, dann …«

Er unterbrach sie erneut. »Darum geht es im Moment nicht.«

»Sie will ihrem Untergebenen auf den Zahn fühlen?«, vermutete Jennifer.

»Scheint so.« Seine Begeisterung hielt sich in Grenzen.

»Dann setze ich dich am besten beim Präsidium ab.«

»Das wäre gut.« Er kam ihrer nächsten Frage zuvor. »Der Beschluss ist durch, und Bluhm hat ihn direkt ans Jugendamt gefaxt. Sie dürfen uns uneingeschränkt Auskunft erteilen.«

»Wenigstens etwas.«

Sie stiegen in den Wagen, und Jennifer startete den Motor.

»Was denkst du?«, fragte Oliver, als sie losgefahren war.

Er schien davon auszugehen, dass das Gespräch mit dem Vater nicht unbedingt positiv verlaufen war oder irgendwelche Erkenntnisse gebracht hatte. Sicher wollte er aber auch nicht hören, dass sie Isabells Eltern für fürchterliche Menschen hielt. In diesem Punkt waren sie sich zweifellos einig.

»Ich glaube nicht, dass sie etwas mit dem Mord an Isabell zu tun haben«, antwortete Jennifer. »Der Vater war entweder in einer Kneipe oder beim Kegeln. Die Alibis muss ich noch überprüfen, aber mein Gefühl sagt mir, dass sie stimmen. Außerdem sieht er nicht so aus, als hätte er genügend Kraft, das Mädchen derart zuzurichten.« Sie hielt an der nächsten Kreuzung. »Sie haben kein Auto, und ich glaube nicht, dass mehr als eine Person an dieser Tat beteiligt war. Die Mutter kommt auch nicht infrage. Hinzu kommt, dass die Grunaus von Isabells Tod in keiner Weise profitieren, eher wird das Gegenteil eintreffen. Ihnen steht eine Menge Ärger mit den Ämtern ins Haus.«

»Auf den sie gerne verzichten würden«, grummelte Oliver zustimmend. »Vermutlich geht ihnen der Umstand, dass sie jetzt Gelder gestrichen bekommen, näher als der Tod ihrer Tochter.«

»Möglich.« Jennifer wollte dieses Thema nicht erneut befeuern.

»Was ist mit dem Riegel an Isabells Tür?«, fragte Oliver.

»Der Vater behauptet, nichts davon gewusst zu haben, die Mutter sagt, er sei irgendwann kaputt gewesen. Sie vermutet einen Streit zwischen den Geschwistern.«

»Und was denkst du?«

Jennifer zögerte. »Mein Bauch sagt mir, dass da irgendwas nicht stimmt. Ich meine, über das hinaus, was in dieser Familie sonst noch alles im Argen liegt.«

»Du meinst, der Vater könnte sich an Isabell vergangen haben?«, sprach Oliver seinen eigenen Verdacht offen aus.

Sie biss sich auf die Unterlippe. »Möglich wäre es. Er wird heute Nachmittag eine DNS-Probe abgeben. Auch wenn ich nicht glaube, dass die Spermaspuren, die wir an der Leiche gefunden haben, von ihm stammen. Sie sind zu frisch.«

»Hast du ihn gefragt, warum er seine Tochter als Schlampe bezeichnet hat?«

»Er hat sie wohl beim Sex mit einem Typen erwischt.«

»Das ist noch lange kein Grund.«

Jennifer wusste, warum Oliver die Art der Schmähung so zu schaffen machte, obwohl er genau wie sie schon etliche Male mit Kindesmissbrauch konfrontiert worden war. Er konnte sich vermutlich nicht vorstellen, seine eigene Tochter derart zu beschimpfen. Nicht in so einer Situation. In *keiner* Situation. »Für dich nicht, für ihn vielleicht schon …«

Oliver stieß einen Seufzer aus. »Das ist einfach nur … krank.«

Dem hatte Jennifer nichts hinzuzufügen.

Im Vorzimmer zu den Büros der Staatsanwaltschaft saß Barbara Bluhm wie gewohnt an ihrem Platz. Die Finger der Sekretärin flogen über die Computertastatur, hielten aber sofort inne, als sie Oliver erblickte.

Er steuerte auf die geschlossene Tür vom Büro des Oberstaatsanwaltes zu, wurde jedoch von ihrer wedelnden Hand gestoppt, bevor er anklopfen konnte. »Einen Moment bitte, Herr Grohmann.«

Oliver sah ihr irritiert dabei zu, wie sie zum Telefon griff und eine kurze Durchwahl eintippte.

»Staatsanwalt Grohmann ist hier.« Die Sekretärin lauschte, dann legte sie auf und deutete auf die Tür, vor der er noch immer mit gerunzelter Stirn stand. »Sie können jetzt zu ihr rein.«

Oliver hätte über dieses kleine Intermezzo am liebsten den Kopf geschüttelt. Bluhm hatte ihn angerufen und ihn in Anstetts Namen herzitiert. Zu Scholz' Zeiten war so etwas gleichbedeutend mit einer Einladung gewesen. Aber die Tür zu seinem Büro hatte meist auch offen gestanden.

Offensichtlich fungierte Barbara Bluhm ab sofort als Anstetts Privatsekretärin.

Er ermahnte sich ein letztes Mal im Stillen, seine Vorurteile beiseitezulassen, was ihm aber erstaunlich schwerfiel. Mit einem unbestimmten Gefühl von Wachsamkeit betrat er das Reich der Oberstaatsanwältin.

Die Möblierung aus dunkelbraunem Holz war noch dieselbe, trotzdem hatte sich das Büro verändert. Wo einst an der Wand hinter dem ausladenden Schreibtisch ein Landschaftsbild gehangen hatte, prangte jetzt ein buntes Stück moderner Kunst. Die gerahmten Fotos von Scholz' Familie auf der Tischplatte waren einer aus Marmor gefertigten Figur gewichen. Ein Blumenstrauß, den die neue Oberstaatsanwältin zu ihrem Einstand am Tag zuvor bekommen haben musste, stand in einer Vase am Fenster.

Ricarda Anstett stand neben dem Schreibtisch und begrüßte ihn mit einem leichten Lächeln. »Ich bin froh, dass Sie sich die Zeit genommen haben, Herr Grohmann.« Sie begrüßte ihn mit festem Händedruck und deutete auf die beiden Stühle, die vor ihrem Schreibtisch standen, bevor sie sich setzte. »Nehmen Sie doch Platz.«

Er folgte ihrer Aufforderung. Früher hatte er die mit Leder bezogenen Stühle als gemütlich empfunden, doch heute gelang es ihm nicht, sich zu entspannen.

Anstett musterte ihn unverhohlen. Ihre blauen Augen schienen jeden Zentimeter seines Gesichts abzutasten. Das Lächeln auf ihren Lippen wirkte erstarrt und zerfiel schließlich.

»Eine Sache sollten wir zuallererst klären«, begann sie mit ernster Stimme. »Ich werde Ihnen die folgende Frage nur ein einziges Mal stellen, und ich erwarte eine offene und ehrliche Antwort.«

Oliver wusste nicht, was er dazu sagen sollte, also schwieg er.

»Haben Sie ein Problem mit mir in dieser Position?«

Er runzelte die Stirn. Für einen kurzen Moment dachte er, sie wüsste, welche Vorbehalte er ihr gegenüber hegte, dann wurde ihm aber bewusst, wie unsinnig dieser Gedanke war.

Anstett nahm sein Schweigen zum Anlass, ihre Frage zu präzisieren. »Kommen Sie damit zurecht, dass ich Ihre Vorgesetzte bin und den Posten innehabe, der eigentlich an Sie gehen sollte?«

Darum ging es ihr also. »Ich habe abgelehnt, das sollten Sie wissen.«

»Das weiß ich natürlich, mich würde allerdings das Warum interessieren.«

»Ich habe meine Gründe. Aber um Ihre eigentliche Frage zu beantworten: Nein, ich habe kein Problem damit, dass Sie Oberstaatsanwältin und meine Vorgesetzte sind.«

»Das ist gut.« Ihr Lächeln ließ ihn wissen, dass sie ihm die Weigerung, ihr die Gründe für seine Entscheidung zu nennen, negativ auslegte. »Dann können wir ja jetzt fortfahren.«

Sie fuhr mit einem manikürten Fingernagel über die Akte, die fein säuberlich vor ihr auf dem Schreibtisch lag. »Ich habe Scholz' persönliche Aufzeichnungen gelesen und Ihre Personalakte durchgesehen. Mein Vorgänger hat große Stücke auf Sie gehalten, Sie scheinen Ihre Arbeit gut zu machen.«

Oliver gefiel die Betonung nicht. Ganz und gar nicht. »Ich tue mein Bestes.«

Sie nickte. »Vermutlich, ja … So wie Sie Ihr Bestes getan haben, mit Scholz' Hilfe Ihre Exfrau im Zaum zu halten.«

Er verkrampfte sich unwillkürlich.

»Bianca, wenn ich richtig informiert bin?« Ricarda Anstetts Lächeln erinnerte ihn an einen Wolf, der seine Beute in dem Wissen fixiert, sie jeden Moment erlegen zu können. »Was sagt sie eigentlich dazu, dass Sie die Beförderung ausgeschlagen haben? Ihr entgeht dadurch schließlich eine nicht unerhebliche Summe an Unterhalt.«

Olivers Mund war plötzlich vollkommen ausgetrocknet.

»Sie weiß es nicht, oder?«

Er antwortete nicht. Wohin sollte diese Unterhaltung eigentlich führen?

»Mich geht dieser Aspekt natürlich nichts an. Das ist Ihre Privatsache. Aber was ganz und gar nicht Ihre Privatsache ist, ist die Anzeige Ihrer Exfrau vor vier Monaten. Wegen Urkundenfälschung.«

Scheiße.

»Ihre Tochter hat die Unterschrift ihrer Mutter gefälscht. Sie haben sie damit durchkommen lassen.«

»Das stimmt«, räumte er ein. »Aber …«

Anstett schnitt ihm das Wort ab. »Olaf Scholz hat Ihre Exfrau dazu gebracht, die Anschuldigungen fallen zu lassen und von einer offiziellen Anzeige abzusehen. Außerdem hat er den sich ankündigenden Sorgerechtsstreit abgewendet.«

Oliver schüttelte den Kopf. »Er hat mit ihr lediglich ein vernünftiges Gespräch geführt, als ich nicht mehr zu ihr durchdringen konnte.«

Anstett ignorierte seinen Einwand. »Keine Konsequenzen für Sie, nicht einmal ein offizieller Vermerk in Ihrer Personalakte. Wirklich großzügig von Herrn Scholz.« Sie beugte sich vor und sah ihm in die Augen. »Ich wäre nicht so großzügig gewesen.«

Worauf sollte das hinauslaufen? Oliver hasste derartige Spielchen. Er bemühte sich um einen ruhigen Tonfall. »Wollen Sie sein Versäumnis jetzt nachholen? Oder wollen Sie mich einfach nur wissen lassen, dass Sie etwas gegen mich in der Hand haben?«

»Weder noch. Ich will Sie wissen lassen, dass Sie sich in Zukunft keine derartigen Verfehlungen mehr erlauben sollten. Nicht, solange ich hier das Sagen habe.«

»Das habe ich bereits verstanden.«

»Gut.« Sie lehnte sich in ihrem Sessel zurück. »Sie haben sie doch angemessen bestraft, oder?«

»Wen?«

»Ihre Tochter.«

Er war versucht, ihr zu sagen, dass sie das nichts anging, wusste aber, dass er gut daran täte, es nicht auszusprechen. »Ja, das habe ich.«

Anstett blickte ihn fragend an. Nein, nicht fragend, eher fordernd.

»Sie hat in ihren Osterferien fünfzig Sozialstunden in einem Altenpflegeheim abgeleistet.« Was deutlich mehr war, als Hannah von einem Jugendgericht aufgebrummt bekommen hätte. Wenn es überhaupt zu einem Prozess gekommen wäre. Vermutlich wäre sie mit einer Verwarnung davongekommen.

»Wenigstens etwas«, kommentierte die Oberstaatsanwältin. »Sie wird hoffentlich daraus lernen.« Sie musterte ihn kurz. »Und Sie sollten lernen, nicht jedem zu vertrauen. Scholz hat gewisse Dinge nicht umsonst schriftlich festgehalten.«

Oliver verstand sehr wohl, worauf sie anspielte, teilte ihre Meinung jedoch nicht. Scholz hatte nicht zu der Sorte Mensch gehört, die einem aus Böswilligkeit in den Rücken fielen, allenfalls aus Selbstschutz. Dass seine Notizen Anstett in die Hände gefallen waren, war bedauerlich, aber nun nicht mehr zu ändern.

Die Oberstaatsanwältin verschränkte die Hände auf dem Aktendeckel. »Welchen Eindruck haben Sie von den Ermittlern der Kripo?«

Oliver blinzelte irritiert. Der Themenwechsel kam vollkommen überraschend. »Welchen Eindruck ich habe?«

»Genau. Sie arbeiten jetzt seit bald einem Jahr mit den Beamten. Ich habe mich zwar selbst schon erkundigt, aber Personalakten und Gerüchte allein ergeben noch kein vollständiges Bild.«

Personalakten? Wie zum Teufel war sie an die Personalakten der Kripo gekommen?

Ihm musste seine Verwunderung ins Gesicht geschrieben stehen, doch sie ging nicht darauf ein. »Also?«

An sich war die Frage nicht überraschend. Sie wollte wissen, mit wem sie es zu tun hatte. Trotzdem wusste Oliver nicht sofort, was er antworten sollte. »Die Zusammenarbeit funktioniert sehr gut, nahezu reibungslos. Keine Probleme.«

»Keine Probleme?«, wiederholte die Oberstaatsanwältin überrascht. »Tatsächlich?«

Er hatte das ungute Gefühl, dass sie schon wieder mit ihm spielte. »Zumindest nichts, was ich als Problem bezeichnen würde.« *Zumindest nichts, was in den Personalakten stehen dürfte.*

Anstett schüttelte den Kopf. »Interessant. Das, was ich gelesen habe, ließ mich eher vermuten, dass es bei der Kripo nur so von Problemen wimmelt. Ich war ehrlich gesagt schockiert, dass eine Stadt wie Lemanshain an solchen Beamten festhält.«

Oliver war versucht, ihr zu widersprechen, doch ihr Tonfall war ihm Warnung genug.

Sie schlug den Aktenordner auf und warf einen Blick auf das oberste Blatt Papier. Ganz offensichtlich Theater, denn sie las nicht wirklich etwas nach. »Frank Herzig hat als Einziger ein gewisses Potenzial. Er hält sich an die Vorschriften und will Karriere machen. Aber die anderen …«

Anstett sah auf, als erwartete sie, dass er etwas dazu sagte. Als Oliver nur weiterhin schwieg, meinte sie: »Da wäre zum einen der Alkoholiker …«

»Er macht gerade eine Entziehungskur«, warf Oliver ein.

Sie runzelte die Stirn. Ihr Blick teilte ihm wortlos mit, dass sie es nicht schätzte, unterbrochen zu werden. »Dann haben wir eine Todkranke …«

Oliver zuckte innerlich zusammen. Todkrank? Wer war todkrank?

Schließlich begriff er, dass sie Katia Mironowa meinen musste, auch wenn er bisher nichts von einer Krankheit gewusst hatte. Doch es passte ins Bild. Die Figur der Kommissarin sprach eigentlich Bände. Wieso war ihm das bisher noch nicht aufgefallen?

Er öffnete den Mund, um etwas zu erwidern, doch sie fuhr unbeirrt fort.

»… und dann wäre da noch die unberechenbare Psychopathin.«

Jennifer. Er spürte, wie er unwillkürlich mit den Zähnen knirschte. »Sie ist keine Psychopathin.«

Anstett hob kritisch eine perfekt gezupfte Augenbraue. »Jennifer Leitner hat ganz eindeutig ein Problem mit ihrer Impulsivität und mit Autoritäten. Von Vorschriften ganz zu schweigen. Ihr Verhalten gefährdet jedes potenzielle Gerichtsverfahren.«

»Sie liefert Ergebnisse. Und bisher ist kein Verfahren ihretwegen gescheitert.«

»Weil Sie Glück hatten, Herr Grohmann. Die Betonung liegt hier ganz eindeutig auf *bisher*.« Sie fixierte ihn und musterte ihn einen Moment lang. »Sie sollten lernen, Ihre Gefühle aus dem Job herauszuhalten.«

»Gefühle?!«

Anstett seufzte beinahe gelangweilt. »Mit Gerüchten ist das

immer so eine Sache … Ich verabscheue Klatsch zutiefst, allerdings ist er manchmal auch nützlich, denn erfahrungsgemäß enthält er immer ein Quäntchen Wahrheit. Und was man sich so über Sie und die Kommissarin erzählt …«

Dass es Gerede gab, war neu für Oliver, aber auch nicht sonderlich überraschend. »Zwischen uns läuft nichts.«

»Das will ich für Sie beide hoffen, denn ich schätze derartige Verbindungen nicht.«

Er glaubte, einen Zweifel in ihrer Stimme zu hören. »Wir verstehen uns gut. Das ist alles.«

»Sie sollen sich mit den Kripobeamten nicht gut verstehen, sondern sie für sich arbeiten lassen.« Sie unterstrich die Aussage, indem sie den Aktenordner zuschlug.

»Ich schätze Zusammenarbeit auf Augenhöhe«, erwiderte Oliver zu seiner eigenen Überraschung. Bisher war ihm nicht bewusst gewesen, wie sehr Anstett seine Geduld strapazierte. »Es ist eine angenehme Abwechslung zu den Querelen, die sonst zwischen Staatsanwaltschaft und Kriminalpolizei an der Tagesordnung sind.«

Sein Widerspruch weckte bei der Oberstaatsanwältin ein fast mitleidiges Lächeln. »Das ist möglicherweise der Grund, warum ich jetzt auf dieser Seite des Schreibtisches sitze und nicht Sie.«

Ricarda Anstett schob den Aktenordner energisch beiseite. »Aber genug davon. Wir haben Arbeit. Erzählen Sie mir von dem toten Mädchen.«

Oliver war für den neuerlichen Themenwechsel dankbar, obwohl er den Drang verspürte, noch etwas zum vorherigen Thema zu sagen. Er gab ihr einen kurzen Überblick über den Stand der Ermittlungen.

»Sie haben also nicht den Vater im Visier?«, schloss sie.

Oliver erinnerte sich nicht gerne daran, dass er erst an diesem Morgen den Wunsch verspürt hatte, besagtem Mann die Zähne auszuschlagen. »Es ist noch eindeutig zu früh, um irgendjemanden konkret zu verdächtigen.«

»Hm.« Die Oberstaatsanwältin schien nicht derselben Meinung zu sein, behielt ihre Gedanken jedoch für sich. »Ich will in jedem Fall zeitnah informiert werden, wenn die Kripo Fortschritte macht. Ansonsten erwarte ich täglich einen ausführlichen Bericht.«

Oliver nickte stumm.

»Außerdem hätte ich gerne eine Zusammenfassung sämtlicher Verfahren und Ermittlungen, mit denen Sie derzeit betraut sind, sowie zukünftig wöchentliche Updates.«

»Wie Sie wünschen.«

Entweder war ihr sein leicht angesäuerter Tonfall entgangen oder sie ignorierte ihn. »Dann zurück an die Arbeit.«

Oliver stand auf und nickte ihr zu. Er hatte das Gefühl, wie ein kleiner Schuljunge fortgeschickt zu werden, spürte aber auch Erleichterung, ihr Büro verlassen zu können.

Er war schon fast an der Tür, als sie ihn aufhielt.

»Herr Grohmann, eins noch.«

»Ja?«

»Das Outfit mit Jeans und Hemd steht Ihnen, aber ich bevorzuge in meinem Zuständigkeitsbereich Anzug und Krawatte.«

Er musste sich zusammenreißen, um nicht aufzustöhnen und die Augen zu verdrehen. Er konnte den Roben bei Gericht schon nichts abgewinnen und war bisher froh gewesen, sonst einigermaßen leger auftreten zu können.

»Ich werde sehen, was ich tun kann.« Noch bevor sie seinen nichtssagenden Kommentar aufgreifen konnte, schlüpfte er durch die Tür.

8

Der Termin beim Jugendamt war ernüchternd und vielversprechend zugleich gewesen. Einerseits hatte Jennifer Leitner wieder ein Stück Glauben an die staatlichen Institutionen verloren, andererseits hatte sie aber auch wichtige Hinweise erhalten.

Die zuständige Mitarbeiterin war unfreundlich gewesen und hatte nur widerwillig Auskunft gegeben. Warum sie so reagierte, war Jennifer im Verlauf des Gesprächs schnell klar geworden.

Das Amt war schon vor über einem Jahr durch Isabells Schule davon in Kenntnis gesetzt worden, dass die Schülerin sehr häufig unentschuldigt fehlte. Die Meldungen hatte man unbeachtet abgeheftet.

Als die Polizei das Jugendamt darüber informierte, dass Isabell zum zweiten Mal von zu Hause ausgerissen war, hatte die Mitarbeiterin zwei Gespräche mit der Familie geführt. Ohne Ergebnis und ohne weitere Maßnahmen einzuleiten.

Vor gut zwei Monaten hatte das Jugendamt dann den anonymen Anruf einer Frau erhalten. Diese hatte lediglich gesagt, jemand müsse sich dringend kümmern, da »ein junges Mädchen ständig nur mit Männern allein zu Hause« nicht gut sein könne.

Die Mitarbeiterin des Jugendamts hatte durchaus begriffen, was die Anruferin damit hatte andeuten wollen. Jennifer glaubte, dass es Isabell selbst gewesen war, die diesen Anruf getätigt hatte. Der verzweifelte Hilferuf eines womöglich missbrauchten Mädchens, das als einzigen Schutz einen Riegel an seiner Tür gehabt hatte.

Der Kommissarin war vollkommen unverständlich, dass das

Jugendamt den Grunaus daraufhin lediglich einen weiteren Besuch abgestattet hatte. Das Mädchen hatte die Vorwürfe zurückgewiesen und angeblich glaubhaft versichert, während der zahlreichen Kur- und Klinikaufenthalte ihrer Mutter habe es keine Übergriffe sexueller oder anderer Art seitens ihres Vaters gegeben.

Wieder war Isabells Fall ohne intensivere Nachforschungen bei den Akten gelandet.

Als Jennifer den Besuch bei den Grunaus als Farce bezeichnet und gefragt hatte, warum man den Vorgang nicht an die Polizei weitergeleitet habe, hatte die Beamtin beleidigt reagiert.

Sie habe mehr Fälle zu betreuen, als sie bewältigen könne. Isabell sei schließlich schon siebzehn und damit im Gegensatz zu Kleinkindern in der Lage gewesen, sich selbst zu helfen. Außerdem sei der Vater gar nicht zu Hause gewesen, nur der Bruder, und der habe sich in sein Zimmer verzogen. Es habe keinen Grund gegeben, an Isabells Aussage zu zweifeln.

Jennifer hatte sich nur schwer zurückhalten können, der Dame zu sagen, was sie von ihrem Urteilsvermögen und ihrer Einstellung hielt. Kleinkinder mochten Vorrang haben, aber das war noch lange kein Grund, Jugendliche vollkommen sich selbst zu überlassen.

Die weitere Kooperation der Jugendamtsmitarbeiterin beschränkte sich darauf, eine Kopie der Akte vor Jennifer auf den Tisch zu knallen und zu erklären, darin finde sie alle verfügbaren Informationen.

Jennifer war tatsächlich fündig geworden. Das Jugendamt hatte immerhin notiert, dass Isabell auf der Straße gelebt hatte und von einer kleinen Hilfsorganisation betreut worden war, nachdem sie von zu Hause ausgerissen war. Eine Information, die man bei der Polizei nicht vermerkt hatte.

Jennifers Anruf bei der »Wir helfen den Schwachen in Lemanshain GmbH« war von der Sekretärin entgegengenommen worden. Sie hatte bestätigt, dass ihnen der Name Isabell vertraut sei, und versprochen, den Leiter der Organisation zu bitten, dass er Jennifer so bald wie möglich zurückrief.

Bis dahin hatte sie noch genügend zu tun. Sie hatte bei den Grunaus angerufen und die Mutter nach dem Aufenthaltsort ihres Sohnes gefragt. Jonas Grunau, das wusste die Kommissarin inzwischen aus den Akten des Jugendamtes, hatte ein halbes Jahr vor seiner Abiturprüfung das Gymnasium geschmissen. Er hatte weder einen Ausbildungsplatz noch einen Job.

Manuela Grunau schien der Gedanke nicht zu behagen, dass die Polizei mit ihrem Sohn sprechen wollte, hatte Jennifer aber den Tipp gegeben, dass er sich im Sommer häufig an der Halfpipe beim Jugendzentrum mit seinen Kumpels traf.

Also war Jennifer kurz bei McDonald's durchgefahren und hatte sich anschließend auf den Weg zum Jugendzentrum gemacht.

Die Halfpipe befand sich hinter einem mit Graffiti verunzierten Flachbau, auf einem ausgedörrten Rasenstück, das nahtlos in den leidlich gepflegten öffentlichen Park überging. Die Sonne hatte fast ihren Höchststand erreicht. Die Temperaturen waren sommerlich, die Luft über den Betonplatten flimmerte, weshalb nur drei Jungs mit Skateboards vor Ort waren. Sie saßen allerdings eher lustlos herum, rauchten und unterhielten sich.

Ein einsamer Jugendlicher in Jeans und T-Shirt fläzte entspannt auf einer Bank im Schatten einer großen Buche. Jennifer erkannte Jonas Grunau sofort. Sie hatte ihn ohne Probleme bei Facebook gefunden.

Das dunkelbraune Haar war länger als auf seinem Profilbild und hing ihm ins Gesicht. Er musste fast so groß wie sein Vater sein, war schlank, aber nicht so ausgezehrt.

Er spielte mit seinem Handy – einem nagelneuen Smartphone – und blickte erst auf, als die Kommissarin direkt vor ihm stand. Er sah irritiert aus und musterte sie unverhohlen von Kopf bis Fuß. »Sie sind die Polizistin, oder?«

»Ihre Mutter hat Sie also informiert«, stellte Jennifer fest.

»Sie hat mir auf die Mailbox gequatscht und irgendwas von Kripo gefaselt.« Jonas Grunau lächelte. »Außerdem machen die Waffe und die Handschellen an Ihrem Gürtel unschöne Beulen in ihr Shirt.« Seine Augen ruhten allerdings direkt unterhalb ihres Dekolletés.

Jennifer verschränkte die Arme vor der Brust. »Hat Ihre Mutter auch etwas über Ihre Schwester gesagt?« Sie glaubte, die Antwort zu kennen, obwohl er vollkommen ruhig und entspannt wirkte.

»Ich weiß, dass Isa tot ist«, sagte er in einem Tonfall, als würde er über das Wetter reden. »Ermordet.«

Von Manuela Grunau wusste sie zwar, dass die beiden Geschwister keine Freunde gewesen waren, trotzdem bestürzte es Jennifer, dass niemand in dieser Familie bei dem Gedanken an Isabells Tod irgendetwas zu empfinden schien. »Das lässt Sie ziemlich kalt.«

Jonas zuckte die Schultern und starrte auf sein Handydisplay. »Es war abzusehen, dass es mit Isa ein böses Ende nehmen würde. Ich bin eher überrascht, dass es erst jetzt passiert ist.«

»Wieso das?« Jennifer hatte den Eindruck, erneut mit Manuela Grunau zu sprechen, nur wirkte Jonas in Bezug auf seine Schwester weder desillusioniert noch verbittert.

»Sie war vollkommen neben der Spur. Außerdem war sie eine Schlampe.«

Jennifer spürte die Sonne auf ihren Rücken brennen. »Ihr Vater hat Isabell ebenfalls als Schlampe bezeichnet.«

»Viele nannten sie so«, erwiderte Jonas, ohne von seinem Handy aufzublicken.

Sie spürte den unbändigen Drang, ihm das Telefon aus der Hand zu reißen, hielt sich aber zurück. »Und aus welchem Grund?«

Jonas seufzte genervt auf. Wenigstens ließ er das Smartphone sinken. »Weil sie eine Schlampe war. Sie hat rumgevögelt. Mein Vater hat sie im Bett meiner Eltern erwischt. Sie hat Typen für 'nen Joint einen geblasen und einen ihrer Lehrer flachgelegt. ›Schlampe‹ ist da fast noch ein Kompliment.«

In Isabells Leben schien sich sehr viel um Sex gedreht zu haben. Ein weiterer Hinweis auf einen erfolgten Missbrauch? »Welchen ihrer Lehrer?«

Wieder zuckte er die Schultern. »Weiß ich nicht mehr.«

»Ihre Mutter hat uns davon überhaupt nichts erzählt.«

»Wieso wohl?«, fragte Jonas und schüttelte den Kopf. »Weil meine Mutter das alles ausblendet. Sie will es nicht wissen. Sie kommt ja so schon nicht mehr klar.«

Dem musste Jennifer wohl oder übel zustimmen. Manuela Grunau war viel zu sehr mit sich selbst und ihrem eigenen Leid beschäftigt gewesen, um sich für das Leben ihrer Tochter zu interessieren. Und so wie Jonas über seine Mutter sprach, war es ihm nicht anders ergangen. »Im Gegensatz zu Ihnen. Sie haben das alles mitbekommen.«

»Nicht alles, aber es hat mir vollkommen gereicht. Es gibt genug Sachen, die ich lieber nicht erfahren hätte.«

»Sie wissen nicht zufällig, warum Ihre Schwester mehrfach von zu Hause abgehauen ist?«

»Nein. Keinen blassen Schimmer.«

»Sie haben sie nie gefragt?«

»Nein, und es hat mich auch nicht interessiert.«

Leider musste Jennifer ihm das sogar glauben. »Sie hatten kein gutes Verhältnis zu Isabell.«

Er verdrehte genervt die Augen. »Das dürfte meine Mutter Ihnen bereits erzählt haben.«

»Hat sie. Trotzdem habe ich die Hoffnung, dass wenigstens Sie die Handynummer Ihrer Schwester kannten.«

»Wir hatten nichts zu bequatschen.«

»Haben Sie irgendeine Ahnung, wer ihr das angetan haben könnte?« Genau wie seine Eltern hatte Jonas bisher keine einzige Frage zum Mord an Isabell gestellt.

»Woher soll ich das wissen?«, fragte er desinteressiert.

Trotzdem wollte Jennifer die Hoffnung nicht aufgeben. »Kennen Sie irgendeine ihrer Freundinnen? Irgendjemanden, zu dem sie Kontakt hatte?«

»Sie hat schon lange niemanden mehr mit nach Hause gebracht, außer irgendwelche schmierigen Typen zum Vögeln. Und selbst wenn sie Freunde gehabt hätte …«

»Wäre es Ihnen vollkommen egal gewesen.« Jennifer hatte vom überheblichen Desinteresse des jungen Mannes langsam die Nase voll. »Ihre Schwester hatte ein Schloss an ihrer Zimmertür angebracht. Es ist kaputt.«

Jonas sah die Kommissarin einen Moment lang an, dann lächelte er. »Sie denken, dass das mein Vater war, stimmt's?«

»Ich denke überhaupt nichts.«

»Doch, das tun Sie. Genau wie die Schnepfe vom Jugendamt, die bei uns aufgetaucht ist, weil die alte Kuh unter uns wieder irgendwelchen Mist rumgetratscht hat. Und Sie fallen auch drauf rein.«

»Ich finde die Tatsache, dass Ihre Schwester die Notwendigkeit gesehen hat, sich in ihrem Zimmer einzuschließen, nur ein klein wenig merkwürdig.«

»Es gab keinen Schlüssel«, erklärte er mit einem Schulterzucken.

»Trotzdem wurde ihre Privatsphäre anscheinend nicht respektiert. Und um den Riegel aufzubrechen, war Gewalt notwendig.«

Jonas Grunau setzte wieder sein überhebliches Lächeln auf.

»Mein Vater ist nicht aggressiv. Er ist träge und lahmarschig. Wenn er es schafft, zum Pinkeln vom Sofa aufzustehen, ist das schon ein kleines Wunder.«

Die Verachtung für seinen Vater war bemerkenswert. »Wer war es dann?«

»Ich, wer denn sonst?«

»Und warum?«, fragte Jennifer ungeduldig.

»Meine Schwester war dämlich. Sie hat ihre Kohle nicht zusammengehalten und musste dann ihren ganzen Kram verschachern.«

Wenn Jennifer bedachte, wie viel allein das Smartphone kostete, mit dem Jonas die ganze Zeit herumspielte, musste er im Gegensatz zu seiner Schwester eine lukrative Einnahmequelle aufgetan haben – von der die Arbeitsagentur offenbar nichts wusste. Doch das war für die Kommissarin ohne Bedeutung.

»Als sie nichts mehr hatte, fing sie an, meine Sachen zu klauen. Da bin ich wütend geworden, bin in ihr Zimmer und hab mir mein Eigentum zurückgeholt. Sie dachte wohl, dieser dämliche Riegel könnte mich aufhalten …«

»Sie werden schnell wütend«, vermutete Jennifer.

»Nicht unbedingt«, erklärte Jonas mit einem wissenden Lächeln. »Es sind einige Dinge passiert. Dieser Diebstahl war einfach nur der Gipfel.«

»Haben Sie Isabell geschlagen?«, hakte sie nach.

»Fuck, nein!« Diese Anschuldigung belustigte ihn offenbar, denn er musste ein Lachen unterdrücken. »Ich hätte mir an Isabell doch nicht die Finger schmutzig gemacht!«

Jennifer biss die Zähne aufeinander. Sie atmete tief durch, bevor sie mit ernster Stimme fragte: »Nehmen Sie Ihren Vater in Schutz?«

Jonas Grunau stieß ein verächtliches Lachen aus. »Meinen Vater? Diesen Loser? Wenn Sie wirklich glauben, dass er Isabell angerührt oder etwas mit ihrem Tod zu tun hat, verschwenden Sie Ihre Zeit.«

»Das hoffe ich. Für Ihren Vater.« Mit diesen Worten drehte sie sich um und ging.

Er fuhr ziellos durch die Straßen. Die Klimaanlage blies eisige Luft in den Fahrerraum und verteilte den Vanillegeruch des Duftbaums, der am Rückspiegel hing. Er trommelte unruhig mit beiden Händen auf das Lenkrad und versuchte, seine Gedanken zu ordnen.

Sie hatten sich gestritten. Er hasste es, wenn es Streit zwischen ihnen gab. Es machte ihn wütend. Erst recht, wenn es um dieses Thema ging. Wenn er wütend war, konnte er sich nur noch schlecht konzentrieren.

Musik half ihm gewöhnlich, sich abzulenken und zu entspannen. Doch im Radio lief irgendwelches Pop-Gedudel. Er wechselte den Sender. Nachrichten. Erneut drückte er die Taste, um die folgenden Frequenzen zu durchsuchen. Werbung. Weitersuchen. Ein Moderator, dessen Stimme an Kermit den Frosch erinnerte, laberte irgendwelchen Blödsinn zu einem Gewinnspiel.

Entnervt schaltete er das Radio aus.

Der Streit war unausweichlich gewesen.

Das tote Mädchen.

Er hätte sie entsorgen und schweigen sollen. Doch das war nicht möglich gewesen.

Es war viel zu früh passiert. Die Abstände wurden immer kürzer. Es hatte ihn unvorbereitet getroffen. Dabei hatte er alles so gut durchdacht, genau geplant und dann …

Er stieg auf die Bremse und hupte, als ihm ein Kleinwagen die Vorfahrt nahm. Die alte Dame sah ihn nur mit großen Augen an, als sie umständlich abbog. Am liebsten hätte er Gas gegeben und sie gerammt, so gereizt war er. Doch er ließ es bleiben. Sein

Auto kümmerte ihn nicht, doch einen Unfall konnte er jetzt am allerwenigsten gebrauchen.

Er hatte sich verschätzt.

Die Kontrolle, die er erlangt zu haben glaubte, hatte niemals existiert. Die Fäden drohten ihm zu entgleiten, und er war sich nicht sicher, ob er sie erneut zu fassen kriegen würde. Hier und jetzt einen Unfall zu bauen, hätte sie ihm jedenfalls ein für alle Mal entrissen.

Das Mädchen war tot und entdeckt worden. Daran ließ sich nichts mehr ändern. Aber noch hieß das nicht, dass all seine Vorbereitungen umsonst gewesen waren. Eine Menge Arbeit war schon getan, ihm lagen alle erdenklichen Informationen vor, es hatten sich nur ein paar Bedingungen geändert.

Es gab noch Hoffnung.

Das wurde ihm in diesem Augenblick bewusst.

Es war etwas schiefgelaufen, das stimmte. Aber hierherzukommen, war eine gute Entscheidung gewesen. Er hatte einen Fehler begangen, doch es war kein alles entscheidender Fehler gewesen.

Er konnte noch immer gegensteuern. Zum Plan zurückkehren. Noch konnte er kämpfen. Die Schlacht war noch nicht verloren.

Der Gedanke beruhigte ihn ein wenig. Er atmete tief durch. Jetzt, da er sich wieder ein bisschen besser konzentrieren konnte, fiel ihm auf, wie widerlich der Vanillegeruch eigentlich war.

Er riss den Duftbaum vom Rückspiegel, ließ das Fenster hinunter und warf ihn auf die Straße.

Er war hierhergekommen, um es zu beenden.

Er würde es beenden.

9

Es war bereits halb acht, als Jennifer am Dienstagabend auf den Parkplatz des Kleintierzuchtvereins am Waldrand fuhr. Neben einem in die Jahre gekommenen dunkelgrünen Kombi wartete ein Mann mit verschränkten Armen. Till Freisen war pünktlich erschienen.

Er entspannte sich, als sie ausstieg und auf ihn zukam. Freisen war durchschnittlich groß, und seine dunklen Haare hätten etwas Shampoo vertragen können. Die Anzughose sah in Kombination mit dem weißen T-Shirt und den verdreckten Sportschuhen irgendwie lächerlich aus.

Jennifer konnte sich kaum vorstellen, dass der Mann tatsächlich mehr Zeit auf den Straßen als in seinem Büro verbrachte, wie es die Homepage der Hilfsorganisation vermitteln wollte.

Trotzdem lächelte sie, als sie ihm die Hand reichte. Immerhin wollte sie etwas von ihm, und er tat ihr einen großen Gefallen. Er erwiderte ihre Geste mit einem kräftigen Händedruck.

»Kommissarin Leitner?«, versicherte er sich.

»Richtig.«

Er musterte sie kurz prüfend. »Haben Sie Waffe und Handschellen im Auto gelassen?«

Selbst wenn Freisen sie vor einer halben Stunde am Telefon nicht darum gebeten hätte, hätte sie darauf geachtet, ihre Zugehörigkeit zur Polizei nicht wie einen Schild vor sich herzutragen. »Habe ich.«

Er nickte. »Gut. Ich denke, eine detaillierte Einführung kann ich mir sparen.«

»Ich erwarte nicht, dass die Leute einen roten Teppich für mich ausrollen«, erwiderte sie. Es war schon verwunderlich genug, dass sie als Polizeibeamtin überhaupt empfangen wurde.

»Das ist auch besser so. Ich habe mit ihnen gesprochen. Wie gesagt, sie sind bereit, Ihnen für ein paar Minuten zuzuhören, aber erwarten Sie keine Antworten auf Ihre Fragen.« Freisen deutete auf eine Schneise im Gebüsch, die auf einen Trampelpfad in den angrenzenden Wald führte. »Es ist ein Stück zu gehen.«

Jennifer kam der Spaziergang entgegen, denn ihre Informationen waren nach wie vor spärlich. Die Mitarbeiter des karitativen Unternehmens, das sich vornehmlich um Obdachlose in Lemanshain und Umgebung kümmerte, kannten Isabell. Die Jugendliche war in einem Obdachlosencamp im Wald untergekommen, von dem weder sie noch die Polizeisysteme jemals gehört hatten.

Freisen hatte sich bereit erklärt, ein Treffen mit den Obdachlosen zu arrangieren. Mehr aber auch nicht.

Er hatte am Telefon nichts über das Mädchen zu sagen gehabt. Angeblich stellten seine Mitarbeiter keine Fragen. Ihm sei nicht bekannt gewesen, dass Isabell minderjährig gewesen war. Jede Information, die ihnen von ihren Schützlingen anvertraut wurde, würde absolut diskret behandelt. Aufzeichnungen existierten angeblich nicht.

Vertrauen sei der Grundstein ihrer Arbeit, der Arbeit ihrer Organisation, das hatte Freisen mehrfach betont. Selbst wenn er etwas wusste, wovon Jennifer ausging, hatte er bisher beharrlich geschwiegen.

Isabells Schicksal schockierte ihn, doch in seinem Beruf sei es nicht möglich, bei den Toten zu verweilen, da es viel zu viele Lebende gebe, um die er und seine Mitarbeiter sich kümmern müssten. Er hatte ihr am Telefon jedoch versichert, dass die Leute im Wald nichts mit dem Tod von Isabell zu tun hätten.

Damit wollte sich Jennifer nicht zufriedengeben.

»Was wissen Sie über die Leute hier draußen?«, fragte sie beiläufig. »Irgendetwas, wovon ich erfahren sollte?«

Freisen warf ihr einen Blick über die Schulter hinweg zu. Offensichtlich hatte er erwartet, dass sie einen weiteren Versuch unternehmen würde, ihm Informationen zu entlocken, denn er lächelte milde. »Ich sagte Ihnen bereits, dass es meinerseits nichts zu sagen gibt.«

»Ich will keine Namen oder Tatbestände«, betonte Jennifer, obwohl es genau das war, was sie gerne gehabt hätte. Jeden verdammten Schnipsel über die Menschen, bei denen Isabell zuletzt gelebt hatte und die die junge Frau vermutlich als Letzte lebend gesehen hatten. »Ich möchte nur Ihre Einschätzung.«

Freisen legte mehrere Meter zurück, bevor er antwortete. »Wie gesagt: Von den Leuten hier im Wald hat keiner was mit Isabells Tod zu tun.«

»Weil sie schockiert reagiert haben, als Sie sie über den Mord an dem Mädchen unterrichtet haben?«, mutmaßte Jennifer.

Er ließ sich nicht in die Irre führen oder zu irgendeiner unbedachten Aussage verleiten. »Sie sollten nicht erwarten, dass die Leute schockiert reagieren. Die Männer und Frauen hier draußen haben in ihrem Leben mehr durchgemacht, als Sie sich vorstellen können.«

»Wollen Sie damit sagen, dass Isabells gewaltsamer Tod die Leute völlig kalt gelassen hat?« Zu ihrer eigenen Überraschung klang sie erschüttert, dabei hätte sie nach den Gesprächen mit der Familie des toten Mädchens eigentlich nicht mehr viel erwarten dürfen.

»Die Menschen leben zwar hier im Wald zusammen, doch das macht sie noch lange nicht zu Freunden.«

»Hatte Isabell überhaupt Freunde im Camp?«

Freisen umschiffte die Frage mit einer allgemeinen Antwort.

»Obdachlose sind grundsätzlich sehr misstrauisch. Auch untereinander. Das lernen sie auf der Straße.«

»Hm.« Jennifer musste sich wohl oder übel damit abfinden, dass er ihr nicht mehr sagen würde. Sie wollte seine Geduld auch nicht überstrapazieren. Immerhin hatte sie seinen Bedingungen für dieses Treffen zugestimmt. Sie würde sich daran halten, zumindest solange es ihr unter den gegebenen Umständen möglich war.

Freisen war sich gewiss darüber im Klaren, dass sie sämtliche Schritte in Angriff nehmen würde, die sie für notwendig erachtete, falls sie in Bezug auf die Campbewohner zu einem anderen Schluss kommen sollte als er. Inklusive der Durchsuchung seiner Geschäftsräume, der Auflösung des Lagers im Wald, Identitätsfeststellungen mit allen sich daraus ergebenden Folgen sowie Beugehaft, um ihn zu einer Aussage zu zwingen.

Sie waren dem Trampelpfad gut eine Viertelstunde gefolgt, als Jennifer den Geruch von gegrilltem Fleisch wahrnahm, zu dem sich recht bald gedämpfte Stimmen und das Knacken eines Feuers gesellten.

Die Stimmen verstummten, als Freisen vor ihr auf die Lichtung trat. Jennifer blieb überrascht stehen und schaute sich um. Sie hatte keine rechte Vorstellung davon gehabt, wie ein Obdachlosencamp im Wald aussah.

Am Rand der Lichtung befanden sich mehrere Behausungen aus Planen und Holz, die einen recht stabilen Eindruck machten. Die Türen, wenn man denn von Türen sprechen wollte, standen offen und gewährten Einblick in die dahinterliegenden Unterkünfte mit behelfsmäßig zusammengezimmerten Betten, Luftmatratzen, geflickten Hängematten und sogar einem alten Sofa, das vermutlich vom Sperrmüll stammte. Wäsche hing über mehreren zwischen den Bäumen gespannten Leinen. In der Mitte der Lichtung gab es eine Feuerstelle. Ein auf Steinen ruhendes Metallgitter, das niemals für diesen Gebrauch bestimmt gewesen war, diente als Grillrost. Mehrere Fleischstücke brieten über der Glut.

Um das Feuer hatten sich sechs Menschen unterschiedlichen Alters versammelt. Sie saßen auf umgestürzten Baumstämmen und warteten darauf, dass sie ihr Festmahl, das sie vermutlich zu Bestechungszwecken von Freisen erhalten hatten, endlich verzehren konnten.

Jetzt galt ihre Aufmerksamkeit allerdings der Kommissarin, die noch immer am Rand der Lichtung stand. Sie sah einen nach dem anderen kurz an, wobei sie sich im Stillen ermahnte, niemanden zu lange zu mustern.

Freisen gab ihr ein Zeichen, und sie folgte ihm zu einem freien Baumstamm und setzte sich. Noch immer waren alle Augen mit einer Mischung aus Misstrauen und Interesse auf sie gerichtet, wobei Ersteres eindeutig überwog.

Till Freisen räusperte sich, was für die Menschen ein Zeichen zu sein schien, denn sie wandten den Blick ab und beschäftigten sich wieder mit ihren noch leeren Tellern.

Erst jetzt wagte Jennifer, sich die Leute näher anzusehen. Vier Männer und zwei Frauen, wie sie nicht unterschiedlicher hätten sein können, dennoch waren sie alle auf die eine oder andere Art gezeichnet – abgemagert, das Gesicht verhärmt, die Haare ungewaschen, die Kleidung abgetragen und zerschlissen. Die beiden Ältesten – der Mann war um die siebzig, die Frau ging wahrscheinlich auf die sechzig zu – zitterten trotz des wärmenden Feuers.

Jennifer verspürte bei ihrem Anblick Mitleid, denn sie wusste, dass jeder dieser Menschen eine eigene tragische Geschichte hatte. Gleichzeitig empfand sie jedoch Unverständnis, denn die Leute hätten durchaus auch andere Optionen gehabt. Es gab Obdachlosenheime, deren Hilfeleistungen zwar an Verpflichtungen und die Einhaltung von Regeln geknüpft waren, die aber jedem Betroffenen den Weg zu einer Sozialwohnung und anderen Leistungen eröffnen konnten. Das wollte sie zumindest glauben.

»Das ist Jennifer Leitner von der Kriminalpolizei«, stellte Till Freisen sie vor. Er sprach langsam und betonte dabei jede Silbe. »Sie untersucht Isabells Tod und würde euch gerne ein paar Fragen stellen.«

Freisen störte es offenbar nicht, dass niemand auf seine Worte reagierte. Er bedeutete Jennifer mit einer Handbewegung, dass sie nun an der Reihe war.

Jennifer ließ ihren Blick durch die Runde schweifen, doch niemand sah zu ihr auf. »Ich würde gerne wissen, seit wann Isabell hier gelebt hat.« Keine Reaktion. »Wann ist Isabell zu Ihnen gestoßen?«

Es war der alte Mann, der als Erstes den Kopf hob. Er musterte die Kommissarin aus wässrigen blauen Augen, deren Weiß gelb verfärbt war. »Vor vier oder fünf Wochen«, sagte er nach einer Ewigkeit.

»Und wann ist sie verschwunden?«

»Sie ist nicht verschwunden«, korrigierte eine Frau um die dreißig. Sie blickte feindselig drein, schien allerdings Schwierigkeiten zu haben, einen bestimmten Punkt zu fokussieren. »Sie ist gegangen. Vor einer Woche. Und sie ist nicht zurückgekommen.«

Jennifer öffnete den Mund und schloss ihn wieder. Es war sinnlos, zu fragen, ob sie sich keine Sorgen gemacht hätten. Dass Menschen spurlos verschwanden, war in diesen Kreisen keine Seltenheit. »Hat sie irgendjemandem gesagt, wohin sie wollte?«

Niemand antwortete, was Jennifer wohl als »Nein« interpretieren musste.

»Wann genau ist sie gegangen? Hat sie irgendetwas mitgenommen?«

Wieder blieb eine Reaktion aus.

»Hat irgendjemand von Ihnen eine Ahnung, was ihr zugestoßen sein könnte? Und warum?«

Die Dreißigjährige tauschte einen kurzen Blick mit der Sechzigjährigen. Die ältere Frau schüttelte den Kopf, woraufhin die Jüngere verächtlich den Mund verzog.

»Sie wollen etwas sagen?« Jennifer beugte sich vor. Sie war nicht die Einzige, die gespannt darauf wartete, was die junge Frau zu sagen hatte.

»Das hatte wohl mit ihrer Art der Geldbeschaffung zu tun«, sagte sie schließlich und blickte in die Runde. »Das denkt ihr doch auch alle.«

Niemand antwortete ihr, aber Jennifer bemerkte trotzdem, dass die Dreißigjährige einen Nerv getroffen hatte. Einige senkten zwar den Blick, doch die Zustimmung war ihren Gesichtern deutlich anzusehen. Zwei von ihnen schienen ein Nicken gerade eben unterdrücken zu können.

»Isabell hat Sachen gemacht, die sie nicht hätte machen sollen«, fuhr die Frau nun fort, scheinbar angestachelt von den Reaktionen der anderen. »Sie hätte betteln gehen sollen oder meinetwegen klauen, aber ihren Körper zu verkaufen …«

Die Alte schüttelte wieder den Kopf. Ihr missfiel offenbar, dass die andere freimütig davon erzählte, widersprach ihr aber auch nicht.

»Was genau hat Isabell getan?«, hakte Jennifer vorsichtig nach, ihre Ungeduld zügelnd.

»Anschaffen ist sie gegangen. In der Nähe der Autobahn gibt es einen Parkplatz, der ist eigentlich stillgelegt, aber es gibt einen Schleichweg … Da hat sie sich mit ihren Freiern getroffen.«

Jennifer überlegte. Sie hatte noch nie von einem solchen Parkplatz gehört. Was aber nichts heißen musste, falls er im Zuständigkeitsbereich der Hanauer Kollegen lag. »Sie hat sich mit den Männern verabredet?«, vermutete sie. »Wie?«

»Es war widerlich! Sie hat sich auf irgendwelchen Seiten im Internet angeboten. Ganz offen als Minderjährige. Der Kontakt lief anschließend über SMS.«

»Sie hat Ihnen davon erzählt?« Jennifer saß mindestens so erstarrt auf ihrem Baumstamm wie alle anderen, die die Frau nun ansahen. Ob überrascht oder verärgert, konnte sie allerdings nicht einschätzen.

»Sie hat mir davon erzählt, weil sie dachte, das könnte auch was für mich sein.« Die Frau spuckte aus, direkt ins Feuer. Es zischte. »Zehn fürs Wichsen, zwanzig fürs Blasen, für dreißig einen Fick. Für vierzig hat sie es sich in den Arsch und für fünfzig sogar ohne Gummi machen lassen. Isa fand, das ist leicht verdientes Geld.«

Scheiße, dachte Jennifer. Sie wünschte, irgendetwas an diesem Bericht würde ihr unglaubwürdig erscheinen, doch sie wusste, dass es nicht gelogen war. »Hat Isabell Ihnen Näheres erzählt? Die Seiten erwähnt, sie Ihnen vielleicht gezeigt?«

»Ich habe ihr gesagt, sie soll mich mit diesem kranken Scheiß in Ruhe lassen. Mit so was will ich nichts zu tun haben. Widerliche Kinderficker!«

Obwohl sie wenig Hoffnung hatte, fragte Jennifer: »Sie sagten, Isabell habe ein Handy gehabt. Haben Sie die Nummer?«

»Nein.« Die Frau drehte sich unvermittelt zu einem jungen Mann mit Punkfrisur um, der noch keine zwanzig sein konnte. Er hatte die ganze Zeit über zu Boden gestarrt und mit einem Ast Kreise in die trockene Erde gemalt. »Fragen Sie ihn mal. Warum sagst du eigentlich nichts? Du hast doch ständig mit Isa rumgehangen!«

Zustimmendes Gemurmel und Nicken.

Der eisige Blick des Jungen ließ sie alle verstummen. »Halt' die Fresse, Jacky«, zischte er leise. »Das geht niemand was an. Halt' einfach dein verdammtes Maul!«

Die Drohung entlockte der Dreißigjährigen allerdings nur ein Lachen. »Ja, klar, Nico. Komm doch, wenn du dich traust!«

Der Junge sprang auf und stapfte wütend davon. Jennifer wollte ihm nach, doch Till Freisen hielt sie am Arm fest. »Das ist keine gute Idee.«

Sie machte sich los und folgte dem jungen Mann. Sie mochte zugesagt haben, niemanden zu bedrängen, doch das war ihr jetzt völlig egal.

Nico verschwand in einer Baracke aus Wellblech, Sperrholz und Plastikplanen, die zwischen zwei hohen Birken stand.

Jennifer trat an die Tür und spähte ins Halbdunkel.

Der junge Mann hockte am Kopfende einer blauen Luftmatratze und starrte vor sich hin. »Verschwinden Sie!«

»Das kann ich nicht, Nico«, erwiderte die Kommissarin sanft. »Wegen Isabell.«

Sie hörte ein Schniefen. »Als ob Isabell Sie kümmern würde.«

»Das tut sie. Sehr sogar.«

»Jetzt, wo sie tot ist, ja.«

Jennifer atmete tief durch und zwang sich, geduldig zu bleiben. Dieser Nico wusste mehr als jeder andere hier. Viel mehr. Möglicherweise mehr, als irgendjemand sonst, mit dem sie bisher gesprochen hatte. Ihm war Isabells Schicksal nicht gleichgültig. »Es tut mir leid, dass ihr das zugestoßen ist. Es tut mir leid, dass ihr niemand geholfen hat. Sie ist tot, und es tut mir leid, dass ich nicht mehr für sie tun kann, als ihren Mörder zu finden. Und selbst dabei brauche ich Hilfe. Ich brauche Antworten.«

»Die haben Sie doch schon gekriegt. Diese verdammten Drecksweiber ziehen auch noch Isas Andenken in den Schmutz!«

»Es stimmt also nicht, was Jacky gesagt hat?« Jennifer wagte es, die Baracke zu betreten. Sie setzte sich vorsichtig ans andere Ende der Matratze, die sich klamm anfühlte.

Nico rieb mit beiden Händen nervös über seine Oberschenkel

und verhedderte sich dabei in den Löchern seiner viel zu weiten Jeans. »Leider doch. Aber ich will nicht darüber reden.«

»Das musst du auch nicht.« Am liebsten hätte sie ihn bei den Schultern gepackt und geschüttelt. »Aber wenn du irgendetwas weißt …«

»Ich weiß nichts«, unterbrach er sie, wobei er noch immer seine Schuhe anstarrte. »Absolut nichts.«

Jennifer bezweifelte das, doch alles an ihm – seine Stimme, seine Haltung – sagte ihr, dass sie ihn durch nichts dazu bewegen würde, den Mund aufzumachen. »Nicht einmal ihre Handynummer?«

Er schüttelte den Kopf.

Jennifer seufzte resigniert. »Was ist mit Isabells Sachen? Ist davon noch irgendwas hier?«

Er nickte.

»Darf ich sie mir ansehen?«

»Das sind nur Klamotten.«

Also nein.

»Ich glaube dir, Nico. Trotzdem muss ich die Sachen mitnehmen.«

Er blickte auf. Seine dunklen Augen waren gerötet. Seine Kiefer mahlten unruhig aufeinander. Sekunden vergingen, in denen er sie nur musterte. Dann langte er in die dunkle Ecke hinter sich und zog einen großen, zerfledderten Rucksack hervor.

So wie er ihn ihr vor die Füße warf, konnte er nicht besonders schwer sein. »Es ist nichts drin, das Ihnen weiterhelfen wird.«

Jennifer zog den Rucksack zu sich heran. Ob sich in Isabells Sachen etwas von Wert für ihre Ermittlungen finden würde, musste sich erst noch herausstellen.

»Verschwinden Sie jetzt endlich. Ich habe nichts zu sagen.«

Die Kommissarin nickte langsam und erhob sich. Sie zog eine

Visitenkarte aus ihrer Hosentasche und ließ sie wortlos auf die Matratze fallen.

Anschließend versuchte sie noch einmal ihr Glück bei den Erwachsenen. Die waren aber alle mit Kauen beschäftigt und sagten kein Wort mehr. Für sie hatte sich das Thema Isabell erledigt, spätestens mit dem Fingerzeig auf Nico.

Trotzdem verteilte Jennifer Visitenkarten, auch wenn sie damit rechnete, dass sie bestenfalls im Feuer landen würden.

Aber vielleicht hatte sie Glück.

Und wenn nicht … Falls sie nicht weiterkommen sollten, wusste sie jetzt zumindest, an wen sie sich wenden konnte.

10

Es war früh am Morgen, noch keine sechs Uhr. Am Horizont im Osten zeigte sich ein erster helloranger Streifen. An der Bushaltestelle saßen zwei Leute. Weder die Frau noch der junge Mann nahmen Notiz von ihm.

Er bog in den Gehweg ein, der zwischen die Häuserreihen führte. Die Straßenlaternen spendeten warmes Licht. Ein Mann in schlecht sitzendem Anzug kam ihm entgegen und eilte an ihm vorbei.

Alle schienen ein Ziel zu haben. Alle mussten irgendwo hin.

Es war ein merkwürdiges Gefühl, nicht nur ziellos durch die Straßen zu streifen, zumindest für einen Tag oder ein paar Stunden. Auch wenn auf ihn keine Arbeit wartete.

Er hatte die Nacht über wach gelegen und überlegt, was er tun sollte. Ob er überhaupt etwas tun sollte. Eigentlich hatte er doch versprochen, nichts zu unternehmen. Niemals.

Zumindest nicht direkt.

Dass er nur indirekt aktiv werden würde, war schließlich seine Legitimierung für den Entschluss gewesen, nicht untätig zu bleiben. Er musste einfach *irgendetwas* tun, wenn er schon ihre Geheimnisse wie versprochen wahrte.

Als er losgezogen war, war er überzeugt gewesen, das Richtige zu tun, doch jetzt, als er das Haus vor sich sah, überkamen ihn Zweifel. Beging er einen unverzeihlichen Verrat? Konnte er diese Entscheidung überhaupt treffen?

Er steckte die Hand in die Hosentasche und ertastete die Visitenkarte. Der Karton war abgegriffen und an den Ecken zerknickt. Er spürte die Unebenheiten an den Stellen, wo er die Karte immer wieder gefaltet hatte. Eigentlich hatte er sie zerreißen wollen.

Gut, dass er es nicht getan hatte. Oder?

Er wurde immer langsamer. Jetzt blieb er zehn Meter vom Hauseingang entfernt stehen und betrachtete von Weitem die Klingelleisten und Briefkästen. Er biss sich so fest auf die Unterlippe, dass sie zu bluten begann.

Verdammt, was sollte er nur tun?

Er zog die Visitenkarte wieder hervor, warf einen kurzen Blick auf die Vorderseite und drehte sie dann um. Er hatte sich solche Mühe mit jedem einzelnen Buchstaben gegeben, dass er seine eigene Handschrift kaum wiedererkannte.

Ich weiß, was du getan hast, stand dort.

Es war nur ein Satz. Nur eine Behauptung, die sich auf alles Mögliche beziehen konnte.

Vielleicht würde der Empfänger darüber lachen, die Karte zerreißen und in den Papierkorb werfen. Den Kopf schütteln. Sich fragen, was der Blödsinn solle, und dann ebenfalls Ablage P.

Vielleicht aber auch nicht. Möglicherweise würde die Karte einen Stein ins Rollen bringen. Und er hätte nicht mehr getan, als diesen Satz auf die Karte zu schreiben und sie einzuwerfen.

Er schloss die Augen und zählte innerlich bis fünf. Er hatte ein Versprechen gegeben, das er nicht brechen würde. Allenfalls ein kleines bisschen …

Er schob seine Bedenken beiseite. Den Umschlag hatte er immerhin schon beschriftet. Er zog ihn aus seiner anderen Hosentasche, steckte die Karte hinein und klebte ihn zu.

Ein letztes Mal atmete er tief durch und nickte grimmig.

Es war die richtige Entscheidung.

Anschließend schritt er entschlossen auf die Briefkästen zu

und warf den Umschlag in den entsprechend beschrifteten Schlitz.

Ich weiß, was du getan hast.

Jennifer trat einen Schritt vom Whiteboard zurück und ließ ihren Blick über die spärlichen Informationen schweifen. Sie blieb an Isabells Foto hängen, das vor über zwei Monaten bei der letzter Festnahme wegen Ladendiebstahls vom Erkennungsdienst gemacht worden war.

Das junge Mädchen hatte mit vor Wut sprühenden Augen und zusammengekniffenen Lippen in die Kamera geblickt. Ihr blondiertes Haar war strähnig gewesen, die Wangen leicht eingefallen. Trotzdem, sie war hübsch gewesen.

Ein Mädchen, das wahrscheinlich durch die Hölle gegangen war.

Jennifer hatte ihre Vermutungen, was Isabells Leidensgeschichte betraf. Ihr Bauchgefühl sagte ihr, dass das Mädchen schon früh sexueller Gewalt ausgesetzt gewesen war, vermutlich seitens ihres Vaters.

Ihr promiskuitives Verhalten sprach eine deutliche Sprache, ebenso die Art, wie sie auf der Straße ihr Geld verdient hatte. Es waren nur allzu bekannte Anzeichen.

Doch ob irgendetwas davon tatsächlich mit ihrem Tod zu tun hatte, dessen war sich Jennifer nicht sicher. Nichts wollte bisher so recht zusammenpassen, und sie hatte die ungute Ahnung, dass sie noch weit entfernt von einem Durchbruch oder einer ernst zu nehmenden Fährte war.

Das Läuten des Telefons rief sie an ihren Schreibtisch zurück. Das Display verkündete, dass es Jarik Fröhlich war, der Leiter der Kriminaltechnik.

Heute Morgen hatte Jennifer zuallererst Isabells Rucksack der Spurensicherung übergeben. Nachdem es sie ihre gesamte

Disziplin gekostet hatte, ihn nicht schon am Abend zuvor selbst zu öffnen und zu durchsuchen, hatte sie ungeduldig auf eine Rückmeldung gewartet.

Sie nahm das Gespräch entgegen. »Und?«

»Dir auch einen schönen guten Morgen, Kollegin«, erwiderte Jarik mit einem hörbaren Lächeln. »Wie hast du geschlafen?«

Jennifer atmete tief durch. Ihr erster Impuls war, ihn anzufahren, denn sie hasste diese Spielchen. Doch sie wusste, dass er es nur auf die Spitze treiben würde, wenn sie ungeduldig reagierte. »Tief und fest. Hast du dir den Rucksack schon angesehen?«

»Ja, habe ich. Und da ich weiß, dass du dir das gerne persönlich ansehen willst, habe ich alles entsprechend vorbereitet.«

»Du bist ein Schatz«, rutschte es ihr unüberlegt heraus. Er war gut gelaunt, und sie wusste sofort, welche Art von Bemerkung dieser Steilvorlage folgen würde.

»Das würde ich gerne mal in einem anderen Zusammenhang hören.«

Jennifer seufzte innerlich. Er würde immer wieder eine Möglichkeit finden, sie daran zu erinnern, dass er sie gerne auf seine legendäre Liste erfolgreicher Eroberungen setzen würde. Ganz gleich, wie oft sie ihm zu verstehen gab, dass sie an einem unverbindlichen One-Night-Stand kein Interesse hatte.

»Wir sehen uns in fünf Minuten«, sagte sie ernst und legte auf. Auf seine Andeutungen gar nicht erst einzugehen, hatte sich als erfolgversprechendste Taktik erwiesen.

Jennifer wollte gerade ihr Büro verlassen, als sie in der Tür beinahe mit Oliver Grohmann zusammenstieß.

Nachdem sie erschrocken einen Schritt zurückgewichen war, musterte sie den Staatsanwalt überrascht. »Habe ich irgendetwas verpasst? Ist Scholz' Beerdigung nicht erst am Freitag?«

Oliver verzog entnervt das Gesicht. »Kein Kommentar.«

Jennifer konnte sich kaum von seinem Anblick lösen. Wann

hatte sie ihn zum letzten Mal mit Anzug und Krawatte gesehen? Auf der Weihnachtsfeier? Er sah nicht schlecht aus, aber ihr gefiel sein gewohnter Stil wesentlich besser. »Anstett?«, vermutete sie.

Er grummelte eine Bestätigung.

»Wie lief dein Antrittsbesuch?«

»Frag lieber nicht.«

Sein Tonfall sagte alles. »So beschissen also.«

»Beschissen klingt in diesem Zusammenhang schon fast zu positiv.«

Die Kommissarin konnte sich vorstellen, was geschehen war. Seine Exfrau hatte ihm einige Probleme gemacht, nachdem seine Tochter Hannah vor wenigen Monaten überraschend beschlossen hatte, zu ihm zu ziehen. Der sich ankündigende Sorgerechtsstreit war ausgeblieben, allerdings hauptsächlich dank Scholz' Intervention. Es gab vermutlich ein paar Details, aus denen Anstett Oliver einen Strick drehen konnte, wenn sie wollte.

»Bring mich auf den neuesten Stand«, bat Oliver, der offensichtlich das Thema Anstett nicht weiter vertiefen wollte.

»Das erzähle ich dir auf dem Weg in die Katakomben. Ich treffe mich gleich mit Jarik.«

Oliver war anzusehen, dass ihm die Aussicht nicht behagte. Jennifer war schon früher aufgefallen, dass er sich in den alten Gewölben unter dem Polizeipräsidium nicht wirklich wohlfühlte. Aber das taten die Wenigsten.

Sie sah ihn fragend an und konnte sich ein verschmitztes Lächeln dabei nicht verkneifen.

»Also schön«, gab er sich einen Ruck.

Gemeinsam machten sie sich auf den Weg zum Aufzug. Jennifer informierte Oliver währenddessen über den Stand der Ermittlungen.

»Katia und Frank haben gestern den Sparkassenangestellten,

die früheren Hausbesitzer und nochmals den Bauern befragt. Keinerlei Anhaltspunkte. Sie haben außerdem das Alibi von Isabells Vater, Volker Grunau, überprüft. Sie haben mit seinen Kumpels, dem Wirt seiner Stammkneipe und dem Betreiber der Kegelbahn gesprochen. Er scheidet als Täter definitiv aus.«

Oliver nickte langsam. Er schien in Hinblick auf den Vater ebenso wie sie keine Überraschungen erwartet zu haben.

Jennifer fuhr fort: »Morpheus hat das Internet durchforstet, Isabell Grunau aber nirgendwo gefunden. Was natürlich nicht heißt, dass sie nicht auf irgendeiner Plattform unter falschem Namen aktiv war.«

»Hast du mit dem Bruder gesprochen?«, hakte der Staatsanwalt nach.

»Leider, ja. Er kommt ganz nach seinen Eltern.«

Mehr musste sie nicht sagen, um Oliver eine folgerichtige Mutmaßung aussprechen zu lassen. »Seine Aussage war keine Bereicherung.«

»Mehr oder weniger. Er behauptet, er sei für den kaputten Riegel an Isabells Tür verantwortlich. Außerdem traut er seinem Vater nicht zu, sich an seine Schwester herangemacht zu haben.«

Sie erreichten den Fahrstuhl, und Oliver drückte die Ruftaste. »Das siehst du anders«, stellte er schließlich fest.

Jennifer erwiderte seinen Blick. Sie sah in seinen Augen, dass sie nicht die Einzige war, die diesbezüglich kaum noch Zweifel hatte. »Jonas hat Isabells freizügiges Verhalten bestätigt, inklusive der Andeutung, dass sie etwas mit einem Lehrer hatte, als sie noch zur Schule ging.«

Die Information gefiel dem Staatsanwalt offenbar nicht. »Schickst du Mironowa und Herzig zu der betreffenden Schule?«

Jennifer rang sich ein Lächeln ab. Glücklicherweise konnten die beiden Kollegen ihre eigenen Fälle zurückstellen, zumindest für ein paar Tage. »Sind schon unterwegs.«

Der Aufzug erreichte ihr Stockwerk, und die Türen öffneten sich. Oliver bedeutete Jennifer, vorzugehen, was sie leicht widerstrebend tat. Sie wählte das Untergeschoss.

Die wichtigsten Informationen hatte sie sich bis zum Schluss aufgehoben. »Mein Treffen mit dem Leiter von der ›Wir helfen den Schwachen in Lemanshain GmbH‹ war jedenfalls wesentlich ergiebiger als die Gespräche mit den Eltern, dem Jugendamt und dem Bruder zusammen.«

Oliver sah sie fragend an.

Während der Fahrt in den Keller erzählte sie von ihrem Besuch im Obdachlosencamp und was sie dort erfahren hatte. Sie schloss mit dem Rucksack, der in den Katakomben auf sie wartete.

»Was denkst du?«, fragte er schließlich, als sie aus dem Aufzug in den von Neonlicht beleuchteten, nur grob verputzten Kellergang traten.

»Dass es keiner aus dem Camp war. Dass dieser Nico mehr weiß, als er zugibt. Sehr viel mehr. Ob das allerdings mit dem Mord zu tun hat oder mit dem, was ihr zu Lebzeiten zugestoßen ist …« Jennifer zuckte die Schultern.

»Hast du die Leute überprüft?«

»Ich habe nur zwei Vornamen. Jacky und Nico. Ich habe heute Morgen schon die Systeme durchsucht, aber nichts gefunden. Das sind vermutlich nicht ihre richtigen Namen.« Normalerweise fanden Obdachlose immer ihren Weg in die Polizeisysteme, und wenn sie nur beim Pinkeln in der Öffentlichkeit erwischt worden waren.

»Dieser Nico, was ist mit dem?«, hakte Oliver nach. »Er hatte Isabells Sachen.«

»Sie waren Freunde.«

Der Staatsanwalt warf ihr einen zweifelnden Seitenblick zu. »Es könnte aus dem Ruder gelaufen sein.«

»Er ist der Einzige, dem Isabell etwas bedeutet hat«, erwiderte die Kommissarin entschieden.

»Das könnte gespielt sein.«

Jennifer schüttelte den Kopf. Sie war sich sicher, dass der Junge nichts mit dem Mord zu tun hatte. »Das glaube ich nicht. Er hat keine Verletzungen.« Der Mann, der Isabell derart zugerichtet hatte, musste mindestens Platzwunden an den Fingerknöcheln davongetragen haben.

»Das muss nichts heißen«, gab Oliver zu bedenken. »Professor Meurer schließt nicht aus, dass der Täter sich diesbezüglich geschützt hat.«

»Er wäre der erste Obdachlose, der Kevlar- oder Boxhandschuhe besitzt.«

Sie hatten Jarik Fröhlichs Büro fast erreicht. Oliver blieb im Flur stehen und musterte die Kommissarin. »Dabei willst du es belassen? Keine Vernehmungen, keine Identitätsfeststellung?«

Jennifer nickte. »Zumindest im Moment. Wenn ich die schweren offiziellen Geschütze auffahre, machen die komplett dicht, und wir erfahren gar nichts mehr.«

»Ich weiß nicht, ob das so eine gute Idee ist, Jennifer …«

»Ich kann mir denken, dass dir das nicht gefällt, aber wir brauchen erst noch mehr Informationen.«

Oliver gab sich mit einem Seufzer geschlagen. Zumindest vorerst. Diese Diskussion war noch nicht ausgestanden. »Du denkst, dass einer von Isabells Freiern durchgedreht ist?«

»Ganz ehrlich? Nein. Die Typen haben von ihr bekommen, was sie wollten. Es hätte keinen Grund gegeben, derart auszurasten.«

»Vielleicht gab es Streit um die Bezahlung«, schlug Oliver vor. Es war ein weit verbreitetes Motiv bei Gewalt, die sich gegen Prostituierte richtete.

»Bei *den* Preisen? Das kann ich mir nicht vorstellen. Außerdem, es muss eine geplante Tat gewesen sein«, erinnerte sie ihn.

»Seine Wut könnte sich über einen längeren Zeitraum hinweg aufgestaut haben …«

Jennifer schüttelte erneut den Kopf. »Es könnte einen Zusammenhang geben, das will ich nicht abstreiten.« Vielleicht hatte sich der Täter in der Nähe des Parkplatzes herumgetrieben und das Geschehen beobachtet. »Aber es war keiner ihrer Freier.«

Oliver wirkte unentschlossen, sagte aber nichts. »Was willst du jetzt unternehmen?«

»Katia und Frank werden sich heute in der Nachbarschaft der Grunaus umhören. Ich dachte außerdem daran, ein Foto von Isabell in der Zeitung zu veröffentlichen. Vielleicht melden sich Zeugen, die etwas Verdächtiges beobachtet haben.«

»Gute Idee«, stimmte Oliver zu, hörte sich aber nicht besonders hoffnungsvoll an. Sie kannten nicht einmal den genauen Tag, an dem Isabell mutmaßlich entführt worden war.

»Ich habe Moritz auf dieses Prostitutions-Netzwerk angesetzt. Selbst wenn es nichts mit Isabells Tod zu tun haben sollte: Diese Möglichkeit, sich mit Minderjährigen zum bezahlten Sex zu verabreden, gefällt mir ganz und gar nicht.«

Der Staatsanwalt nickte. Diesbezüglich waren sie sich einig.

Der Leiter der Kriminaltechnik wartete in seinem Büro bereits auf Jennifer. Er war überrascht, den Staatsanwalt in ihrer Begleitung zu sehen, überspielte dies allerdings mit einem Lächeln und einer Begrüßung.

Er führte sie in den angrenzenden Raum, der von einem großen Metalltisch dominiert wurde. In einer Schrankwand mit Glastüren, die die gesamte rechte Seite einnahm, standen alle möglichen Laborutensilien und chemische Substanzen, die die Techniker für ihre Arbeit benötigten.

Auf der Tischplatte lag Isabells Rucksack im grellen Neonlicht. Die UV-Lampen, die über dem Tisch angebracht waren und dazu dienten, verschiedene Arten von Spuren sichtbar zu machen, waren ausgeschaltet.

Jarik hatte Isabell Grunaus Habseligkeiten fein säuberlich ausgebreitet, die Ausbeute war allerdings gering. Zwei T-Shirts, eine Hose, drei Unterhosen, zwei Paar Strümpfe und ein BH waren die einzigen Kleidungsstücke. Dazu gesellten sich ein paar Dinge des täglichen Bedarfs: eine Zahnbürste, Tampons, ein Päckchen Kondome, ein Blister Schmerztabletten, ein paar Stifte sowie eine zerfledderte Visitenkarte der »Wir helfen den Schwachen in Lemanshain GmbH«.

Jennifer trat an den Tisch und ließ ihren Blick über das Sammelsurium schweifen. Kein Handy, kein Geld, kein Tagebuch oder Kalender. Nichts Wertvolles oder Persönliches. Entweder hatte Isabell alles von Wert bereits verkauft, oder sie hatte es zusammen mit ihren persönlichen Gegenständen am Körper getragen.

»Es gibt zahlreiche DNS-fähige Spuren«, informierte Jarik schließlich. »Aber nichts, was mir auffällig oder ungewöhnlich erscheint. Ich werde trotzdem Proben nehmen und sie ins Labor schicken. Dazu muss ich die Sachen allerdings zerschneiden.«

»Und was soll das bringen?«

Die drei Beamten drehten sich gleichzeitig um. In der Tür zu Jarik Fröhlichs Büro war eine hochgewachsene Frau erschienen.

Jennifer erkannte Ricarda Anstett sofort.

Sie war größer als die meisten Frauen und gut gebaut. Ihr dunkelblaues Kostüm unterstrich ihre weiblichen Formen, ohne sie zu sehr zu betonen. Die Absätze ihrer Schuhe waren vielleicht ein wenig zu gewagt, ebenso der Ausschnitt ihrer Bluse, dem ein geschlossener Knopf mehr gut getan hätte. Ihr Rock reichte gerade eben über die Knie.

Die dunkelblonden Haare waren hochgesteckt, und ihre Augen strahlten in einem tiefen Blau. Jennifer fiel auf, dass Anstetts

Nagellack denselben dunkelblauen Farbton hatte wie ihr Kostüm. Selbst ihr Schmuck war farblich perfekt abgestimmt.

Jennifer stand der neuen Oberstaatsanwältin zum ersten Mal in Person gegenüber. So sehr sie sich auch bemühte, nicht an all das zu denken, was sie über die Fünfundfünfzigjährige gelesen hatte, bildete sie sich innerhalb des Bruchteils einer Sekunde ihre ganz eigene Meinung. Und die fiel alles andere als positiv aus.

Anstett betrat den Raum, wobei ihre Absätze deutlich hörbar auf dem Linoleumboden klackerten. Jennifer war sich sicher, dass sie zuvor darauf geachtet hatte, sich möglichst lautlos zu bewegen, um nicht frühzeitig bemerkt zu werden.

Die Oberstaatsanwältin warf nur einen flüchtigen Blick auf Isabells Sachen, bevor sie fragte: »Was ist das überhaupt?«

Jennifer hatte eine ungute Vorahnung in Bezug auf Anstetts unangekündigtes Auftauchen in den Katakomben. Sie konnte sich nicht erinnern, jemals zuvor einen Oberstaatsanwalt in den Laboren der Kriminaltechnik getroffen zu haben. Weder in Lemanshain, noch irgendwo sonst.

Die Kommissarin zwang sich zu einem Lächeln, das trotz aller Anstrengung vermutlich ein wenig verkrampft wirkte. »Das sind die persönlichen Habseligkeiten unseres Mordopfers. Sie hat sie zurückgelassen, als sie verschwand.«

»Wo genau?«, hakte Anstett nach.

»In einem Obdachlosencamp.«

Ricarda Anstett sah von Jennifer zu Oliver. »Davon weiß ich noch gar nichts.«

»Ich habe Herrn Grohmann ja auch gerade erst darüber informiert.«

Anstett schien irritiert zu sein, dass es Jennifer war, die ihr antwortete. Ihr Blick durchbohrte sie. »Und wo haben Sie die Sachen her?«

Jennifer antwortete ebenso kurz angebunden wie die Oberstaatsanwältin fragte. »Vom Geschäftsführer der WiheSiL GmbH.«

»Wi… Was?«

»WiheSiL«, wiederholte Jennifer. »Das ist die gängige Abkürzung für die ›Wir helfen Schwachen in Lemanshain GmbH‹. Eine karitative Organisation.«

»Der Geschäftsführer hat sich also bei Ihnen gemeldet und Ihnen die Sachen überlassen?«

»Er hat mir den Rucksack übergeben«, antwortete Jennifer, ohne zu zögern. Sie konnte spüren, wie Olivers Blick sie streifte. Er schien überrascht über ihre Lüge zu sein, machte aber keine Anstalten, sie zu berichtigen. »Nebst einigen nützlichen Informationen.«

Die Oberstaatsanwältin wirkte zunehmend genervt. Sie war es offenbar nicht gewohnt, anderen Leuten Informationen stückchenweise aus der Nase ziehen zu müssen. Doch sie blieb erstaunlich gefasst. »Und die wären?«

Jennifer wiederholte, was sie über Isabells Verschwinden und über ihre Geldbeschaffungsmethoden erfahren hatte.

»Das Mordopfer lebte also in einem illegalen Camp im Wald. Wissen Sie, wo das genau ist?«

Die Kommissarin schüttelte den Kopf. »Nein.«

Anstett lächelte. Es war ein kühles, beinahe herablassendes Lächeln. »Warum nicht?«

»Weil Till Freisen, der Geschäftsführer der erwähnten Organisation, die Hand über seine Schützlinge hält.«

»Das heißt also, Isabell Grunau lebte mit einer Horde Obdachloser im Wald, und Sie haben bisher nicht die geringste Ahnung, wer diese Leute sind.«

Jennifer musste ihre Mundwinkel zwingen, sich zu heben. »Da arbeite ich dran.«

»Aha.« Die Art, wie Anstett das aussprach, sagte bereits alles. Sie würde sich nicht länger zurückhalten. »Und wieso stehen Sie dann hier herum?«

Oliver, der neben Jennifer stand, versteifte sich unwillkürlich. Auch Jarik schien die Luft anzuhalten.

Noch gelang es Jennifer, Ruhe zu bewahren. »Bitte?«

»Meines Wissens kann die Kriminaltechnik ihre Arbeit auch ohne die Anwesenheit von Kommissaren und Staatsanwälten verrichten.« Sie warf Jarik Fröhlich einen kurzen Blick zu. »Wenn nicht sogar besser. Unbeteiligte lenken nur unnötig ab.«

»Sie sind auch hier«, bemerkte Jennifer mit spitzer Zunge.

Das Lächeln der Oberstaatsanwältin hatte etwas beängstigend Wölfisches. »Auf der Suche nach Ihnen, weil Frau Olsson mir sagte, wo ich Sie und Herrn Grohmann finde.«

»Und wieso suchen Sie nach mir?« Jennifer verschränkte die Arme vor der Brust. Sie musste irgendetwas tun, um die Hände nicht sichtbar zu Fäusten zu ballen.

»Weil ich die weitere Vorgehensweise in diesem Mordfall mit Ihnen besprechen will.«

»Aha.« Jennifer war sich nicht einmal bewusst, dass sie Anstetts Tonfall exakt imitierte.

Die Oberstaatsanwältin deutete auf Isabells Habseligkeiten. »Wenn Sie keine Vergleichsprobe haben, nutzen Ihnen diese Sachen ohnehin nichts.«

»Das ist mir durchaus bewusst.«

Ricarda Anstett machte einen Schritt auf Jennifer zu. Sie war größer als die Kommissarin, nicht viel, doch es reichte aus, um mehr oder weniger gut auf sie herabblicken zu können. »Sie machen aber im Augenblick keine Anstalten, jemanden zu finden, der sich zum Vergleich anbieten würde.«

Jennifer hätte ihr erklären können, warum sie sich die Sachen hatte ansehen wollen. Sie verzichtete jedoch darauf. Erklärungen wollte Anstett ohnehin nicht hören. »Ich versuche derzeit, die Möglichkeiten einzugrenzen.«

»Das wäre mir neu. Wir haben es mit einem Sexualdelikt zu tun, und bisher hat niemand die üblichen Verdächtigen vorgeladen, nämlich sämtliche bekannten Sexualtäter aus dem näheren Umkreis, die sich auf freiem Fuß befinden. Wenn Isabell Grunau in einem Obdachlosencamp gelebt hat, wäre ein entsprechender Abgleich in diesen Kreisen wohl ebenfalls mehr als sinnvoll. Von ihren Freiern ganz zu schweigen.«

Jennifer hätte Anstett vermutlich perplex angestarrt, wenn sich die Entwicklung bis zu diesem Punkt nicht schon zuvor abgezeichnet hätte. »Erklären Sie mir gerade meinen Job?«

»Ich helfe Ihnen ein wenig auf die Sprünge.«

»Ich denke nicht, dass das nötig ist.«

»Da sind wir wohl unterschiedlicher Meinung, Frau Leitner.« Die Oberstaatsanwältin schien die Anrede absichtlich zu betonen, als wäre es noch nicht Affront genug, Jennifer ihre Dienstbezeichnung nicht zuzugestehen. »Diese Obdachlosen sollten längst hier im Präsidium sitzen.«

»Nur weil sie obdachlos sind, macht sie das noch nicht zu Mördern«, widersprach Jennifer mit zusammengebissenen Zähnen.

»Aber zu potenziellen Verdächtigen. Meiner Erfahrung nach sind die meisten Menschen, die längere Zeit auf der Straße gelebt haben, emotional sehr instabil. Sexualkontakte haben sie ebenfalls eher weniger, wodurch sich eine Menge Druck und Frust aufstaut. Wenn man ihnen dann ein ziemlich offenherziges Mädchen vor die Nase setzt …« Anstett schüttelte den Kopf. »Muss ich das wirklich weiter ausführen?«

»Nein, das müssen Sie nicht.« Jennifer kannte diese Einstellung gegenüber Obdachlosen und sozial abgehängten Menschen zur Genüge. Sie hatte selbst oft genug damit zu kämpfen, nicht vorschnell zu urteilen. »Ich denke nur, dass Vorurteile uns nicht weiterbringen werden.«

Anstett sah nur kalt auf sie herab. »Das sind keine Vorurteile, Frau Leitner, das sind wissenschaftliche Erkenntnisse. Aber es ist wohl müßig, mit Ihnen darüber zu diskutieren.« Sie trat einen Schritt zurück und musterte Jennifer kurz, bevor sie ihr direkt in die Augen sah. »Lassen Sie es mich anders formulieren: Ich will, dass Sie diese Obdachlosen vernehmen. Ich will, dass Sie sich die Sexualstraftäter vornehmen. Ich will, dass Sie sich über diesen Parkplatz schlau machen und dann versuchen, Isabell Grunaus Freier zu identifizieren.«

»Die sexuelle Gewalt stand bei der Tat nicht im Vordergrund. Außerdem …«

Anstett fuhr ihr eisig dazwischen. »Meines Wissens ist es nicht unüblich, dass Täter ihre Opfer ziemlich übel zurichten, selbst wenn es im Grunde nur um Sex geht. Isabell Grunau wurde vergewaltigt. Es ist ein Sexualmord.«

Jennifer öffnete den Mund und schloss ihn wieder. Sie spürte, wie sich ihre Fingernägel in ihre Handballen gruben. Sie wusste, wenn sie jetzt etwas erwiderte, würde sie das Gesagte ihren Job kosten.

Die Oberstaatsanwältin fuhr unbeirrt fort: »Die Leiche wurde Montagmorgen gefunden, heute ist Mittwoch. Ich will Ergebnisse sehen.« Ihre Augen richteten sich auf Oliver, der noch immer vollkommen steif neben Jarik Fröhlich stand. »Kommen Sie, wir haben etwas zu besprechen.«

»Worum geht es?« Oliver brachte die Worte kaum heraus.

Anstett hatte sich bereits zum Gehen gewandt. Ihr Gesichtsausdruck ließ keinen Zweifel daran, dass sie sich über seine Nachfrage ärgerte. »Die Strategie im Fall Ivanković sagt mir nicht zu. Morgen ist bereits die Hauptverhandlung.«

»Ich wollte eigentlich Kommissarin Leitner unterstützen.«

Zum ersten Mal hatte Anstett Mühe, die Fassung zu wahren. Ihre Kiefer mahlten unruhig aufeinander, während sie ihren Untergebenen fixierte. »Das ist nicht Ihre Aufgabe, Herr Grohmann«, sagte sie schließlich. Ihre Stimme war leise vor Zorn. »Wenn Frau Leitner Hilfe braucht, soll sie das polizeiintern klären. Es wird sich wohl noch irgendein Kommissar finden, der sie unterstützen kann.«

»Die haben alle bereits genug zu tun und zusätzlich noch ihre eigenen Fälle am Hals«, entfuhr es Jennifer. Am liebsten hätte sie sich für diesen unbedachten Kommentar sofort auf die Zunge gebissen.

»Dann gehen Sie eben alleine!«

Olivers Blick flehte wortlos darum, Jennifer möge den Mund halten, doch dass Anstetts Contenance ins Wanken geriet, forderte die Kommissarin geradezu heraus. »Das widerspricht den Vorschriften«, sagte sie kühl.

Zu ihrer Überraschung lachte die Oberstaatsanwältin freudlos auf. »Interessant. Wenn Ihnen Ihre Vorgesetzten sagen, Sie sollen sich an die Vorschriften halten, widersetzen Sie sich, wenn ich Ihnen sage, Sie sollen darauf pfeifen, bestehen Sie plötzlich darauf?«

Jennifer wollte etwas erwidern, kam jedoch nicht dazu.

Anstett hatte ihre Beherrschung wiedergewonnen, und ein gefährliches Glitzern trat in ihre Augen, als sie sich vorbeugte. »Machen Sie Ihren Job, Frau Leitner. Tun Sie, was ich Ihnen sage, das ist besser für Sie.«

Der ahnungsvolle Unterton verfehlte nicht seine Wirkung. »Wie darf ich das denn verstehen?«

»Ich kenne Ihre Akte, Jennifer Leitner. Wir wissen doch beide, dass Sie hier nichts verloren haben. Erst recht nicht im Polizeidienst.«

Jennifer konnte die Oberstaatsanwältin nur noch sprachlos anstarren. Sie hatte mit vielem gerechnet, aber nicht mit einer solchen Unverschämtheit, und schon gar nicht mit einer Drohung.

Ricarda Anstetts Lächeln fiel diesmal fast milde aus. »Ich sehe, wir verstehen uns.« Sie warf einen bedeutungsschwangeren Blick auf die Uhr, die hinter den beiden Männern an der Wand hing. »Ich erwarte eine detaillierte Auflistung sämtlicher von Ihnen geplanten Schritte, bis heute Abend neun Uhr. Bestenfalls sollten Sie schon ein paar Punkte abgehakt haben.«

Sie sah wieder Oliver an. »Kommen Sie.«

Er zögerte sichtlich, was Anstett glücklicherweise entging, weil sie bereits durch Jariks Büro in den Flur gerauscht war. Der Staatsanwalt blickte Jennifer fragend an, doch sie wandte sich mit einer wegwerfenden Handbewegung ab.

Nachdem auch Oliver gegangen war, war es bis auf das leise Ticken der Uhr still im Raum. Sekunden verstrichen.

Als Jarik den Mund öffnete, brachte ihn Jennifer mit einem Kopfschütteln zum Schweigen. Sie wagte nicht einmal, ihn anzusehen.

»Scheiße. Er hätte diesen Job annehmen sollen«, murmelte sie schließlich.

Eine Aussage, der der Leiter der Kriminaltechnik nur mit einem stummen Nicken zustimmen konnte.

11

Den Rückweg in ihr Büro verbrachte Jennifer mit stummen Flüchen, Verwünschungen und anderen hasserfüllten Gedanken. Im Stillen belegte sie Ricarda Anstett mit sämtlichen unflätigen Schimpfwörtern, die ihr in den Sinn kamen.

Sie war stinksauer.

Zwar hatte sie geahnt, dass die Oberstaatsanwältin und sie keine Freundinnen werden würden. Trotzdem hatte sie sich vorgenommen, ihr möglichst offen zu begegnen, selbst noch in dem Moment, als sie ihr das erste Mal ins Gesicht geblickt und nichts als Antipathie verspürt hatte.

Sie hatte allerdings nicht damit gerechnet, dass die neue Oberstaatsanwältin erst gar keinen Versuch unternehmen würde, wenigstens leidlich mit ihr auszukommen. Jennifer konnte mit schwierigen Vorgesetzten, Launenhaftigkeit und spitzen Bemerkungen durchaus umgehen, aber ihre berufliche Integrität offen infrage zu stellen, ging einfach zu weit. Viel zu weit.

Sie warf die Bürotür krachend hinter sich ins Schloss. Am liebsten hätte sie ihre Wut und ihren Frust laut herausgebrüllt, doch sie wollte ganz sicher nicht Katia, Freya oder sonst jemanden auf den Plan rufen, der auch noch Fragen stellte.

Sie hätte für nichts garantieren können.

Ihr Zorn wurde nur noch größer, als sie erkannte, dass Ricarda Anstett genau das beabsichtigte: unkontrollierbare Wut in ihr zu schüren und einen Ausraster zu provozieren.

Jennifer starrte mehrere Minuten lang aus dem Fenster. Die Sonne schien von einem wolkenlosen Himmel. Meisen flogen munter auf der Suche nach Futter umher. Die Brombeersträucher auf dem Präsidiumsparkplatz standen in voller Blüte, und selbst von hier oben sah sie die Bienen um die Hecken schwirren. Erfreuen konnte sie sich an den frühsommerlichen Erscheinungen allerdings nicht.

Ricarda Anstett neigte dazu, aufzuräumen, nicht nur in den Reihen der Staatsanwaltschaft. Es hatte nur wenige Nachforschungen gebraucht, um das zu erkennen. Die Dame hinterließ grundsätzlich Spuren, selbst wenn sie irgendwo nur ein paar Monate Halt machte.

Glücklicherweise reichte ihr Arm nicht bis in die Lemanshainer Polizeibehörden hinein, zumindest sah es im Moment so aus. Sonst hätte diese hinterhältige Schlange keinen Grund gehabt, es auf diese direkte Art und Weise bei ihr zu versuchen. Dass sie sie loswerden wollte, war nur allzu deutlich geworden. Die Erkenntnis ließ Jennifer die Fäuste noch fester ballen. Verdammtes Miststück!

Sie atmete tief durch. Wenn Ricarda Anstett ihr Spielchen fortsetzen wollte, hatte Jennifer nur die Möglichkeit, mit Gelassenheit und Geduld darauf zu reagieren. Beides Eigenschaften, über die sie nicht verfügte.

Es war nicht der richtige Zeitpunkt, um darüber nachzudenken. Sie musste sich auf andere Dinge konzentrieren. Den Fall. Isabell. Es gab Wichtigeres zu tun.

Natürlich hatte Anstett mit ihren Vorschlägen nicht ganz unrecht. Es war keine schlechte Idee, die Sexualverbrecher durchzugehen, und der Parkplatz stand auch sehr weit oben auf Jennifers Liste.

Aber sie hatte verdammt noch mal keine Lust, sich wie eine blutige Anfängerin behandeln und herumkommandieren zu lassen, noch dazu von einer Staatsanwältin. Jennifer setzte ihre Prioritäten und ließ dabei Verstand und Gefühl gleichermaßen entscheiden. Es gab keine vorgefertigte Ermittlungsliste, die man abarbeiten und abhaken konnte oder sollte.

Außer vielleicht in Anstetts Universum.

Jeden einzelnen Sexualtäter vorzuladen – was zuvor den Kontakt zu Bewährungshelfern und Therapeuten erforderte –, würde ohnehin nicht viel bringen. Die reinste Zeitverschwendung.

Isabells Mörder ging es nicht vornehmlich um Sex, trotzdem hatte Jennifer die Liste mit den infrage kommenden Personen längst von Freya erstellen lassen und bereits überflogen. Es stand niemand darauf, der ihr Interesse im Zusammenhang mit dem Mord an Isabell Grunau geweckt hätte. Achtzig Prozent der Männer hatte sie ohnehin vor einem Jahr auf Herz und Nieren geprüft, die anderen zwanzig Prozent passten nicht ins Bild – Exhibitionisten beispielsweise.

Anstett gegenüber hatte sie das gar nicht erst erwähnt. Vermutlich hätte sie Jennifer nur höhnisch gefragt, ob das Überfliegen irgendwelcher Listen für sie gleichbedeutend sei mit gründlicher Ermittlungsarbeit. Die Oberstaatsanwältin würde vermutlich jedes Detail verdrehen, jeden ihrer Schritte negativ auslegen, nur um sie zu reizen.

Wahrscheinlich hätte sie auch die Annahme infrage gestellt, dass viele der Männer schon allein deshalb als Täter nicht infrage kamen, weil sie kein entsprechendes Gewaltpotenzial erkennen ließen. Was Isabell angetan worden war, war nicht das Werk eines Ersttäters. Das Ausmaß der Gewalt war viel zu groß. Täter steigerten sich. Jemand, der noch nie zuvor mit überdurchschnittlich großer Brutalität vorgegangen war, wäre zu dieser Tat nicht fähig gewesen.

Jennifer glaubte nicht daran, dass sie es mit einem Exemplar dieser überaus seltenen Spezies zu tun hatte, die sich so lange kontrollieren konnte, bis sie in einem unaussprechlichen Gewaltakt explodierte. Sie suchten einen Serientäter. Davon war sie überzeugt, auch wenn es eine Häufung dieses Tätertypus auf einem kleinen Flecken Erde bedeutete, die jeder Statistik widersprach.

Wo und wann hatte er zuvor bereits zugeschlagen? Wieso war er nach Lemanshain gekommen?

Jennifer stieß ein hörbares Seufzen aus und schloss für einen Moment die Augen. Sie musste einen klaren Kopf bekommen, sich ganz auf den Fall konzentrieren. An die gute Frau Oberstaatsanwältin keine Aufmerksamkeit verschenken, sie gleichzeitig aber auch nicht aus den Augen lassen.

Jennifer setzte sich an den Schreibtisch und rief ihre E-Mails ab. Ihre Hoffnung, eine erste Einschätzung von Doktor Rabe vorzufinden, wurde enttäuscht. Sie hatte bereits früher mit dem Psychiater zusammengearbeitet, und er war ihr beim Eingrenzen von Täterprofilen schon zweimal eine große Hilfe gewesen. Sie hatte ihn gleich am Montag kontaktiert. Doch leider keine Antwort.

Wieder dachte Jennifer an Anstett und ihre Forderungen.

Mit einem Blick auf den dunkelblauen Ordner auf ihrem Tisch entschied sie zähneknirschend, die Liste der Sexualstraftäter noch einmal durchzugehen und diejenigen zu markieren, die Freya vorladen sollte. Sie wollte eigentlich keinen von diesen Typen wiedersehen, doch es musste wohl sein.

Die Obdachlosen würde sie allerdings nicht dazu zwingen, aufs Revier zu kommen, so viel stand fest, nicht zu diesem Zeitpunkt. Sie konnte vorgeben, daran zu arbeiten, und behaupten, dass Freisen Probleme machte oder nicht erreichbar war. Zumindest ein, zwei Tage sollte sich die Oberstaatsanwältin hinhalten lassen.

Blieb noch der ominöse Parkplatz. Seine genaue Lage in Erfahrung zu bringen und zu recherchieren, was dort tatsächlich vor sich ging, konnte nicht schaden. Sie hielt es allerdings eher für unwahrscheinlich, dass es ihr gelingen würde, irgendeinen von Isabell Grunaus Freiern aufzuspüren. Sie würden sich kaum freiwillig melden und ein Ermittlungsverfahren wegen sexuellen Missbrauchs Jugendlicher riskieren.

Der Eingang einer SMS hielt Jennifer allerdings von weiteren Nachforschungen ab. Der Absender hatte die Kurzmitteilung über einen Internetdienst anonym verschickt.

Ihr Inhalt ließ Jennifer aufmerken.

Verdammter Dreckskerl, dachte sie.

Oliver Grohmann war verwirrt und auch ein klein wenig beunruhigt, als er in die Mittagssonne auf den Parkplatz des Präsidiums hinaustrat. Es war kurz nach halb eins, und die Autoreihen hatten sich deutlich gelichtet. Mangels brauchbarer Kantine fuhren viele Kollegen zum Mittagessen in die Stadt, und die Teilzeitkräfte, die morgens arbeiteten, waren bereits in ihren freien Nachmittag entschwunden.

Die Besprechung mit Anstett hatte über eine Stunde gedauert. Die ganze Zeit hatte die Oberstaatsanwältin kein Wort zum Fall Grunau gesagt. Jeden seiner Versuche, darauf zu sprechen zu kommen, hatte sie im Keim erstickt. Ansonsten hatte sie so getan, als wäre nichts vorgefallen.

Oliver war verärgert, nein, wütend. Über die Art, wie Anstett Jennifer abgekanzelt, wie sie die Ermittlungen der Kommissarin schlechtgeredet hatte. Und dabei beinahe, und wahrscheinlich vollkommen absichtlich, einen Eklat heraufbeschworen hätte.

Jede seiner Befürchtungen in Bezug auf die neue Oberstaatsanwältin hatte sich zwischenzeitlich bestätigt. Er hasste ihre Umgangsweisen und ihre Überheblichkeit. Sie war zwar seine Vorgesetzte, doch das hieß für gewöhnlich nicht, dass ihm jeder Arbeitsschritt diktiert wurde und er nur noch als ausführendes Organ fungierte.

Dank des von ihr vorgesehenen Strategiewechsels müsste er

jetzt eigentlich am Schreibtisch sitzen und seinen Fragenkatalog sowie sein Plädoyer überarbeiten. Wegen eines beinahe lächerlichen Betrugsfalls, der nur vor Gericht gelandet war, weil der Angeklagte es sich zur Gewohnheit gemacht hatte, seinen Unterhalt mit schlecht durchdachten Betrügereien zu finanzieren.

Obwohl Jennifers SMS gemischte Gefühle in ihm hervorgerufen hatte, hatte er sofort die Gelegenheit ergriffen, sein Büro zu verlassen.

Wollen wir zusammen mittagessen gehen? Halb eins auf dem Parkplatz.

Oliver hatte keine Zeit zum Nachdenken gehabt und einfach ein »Ok« zurückgeschickt. Als er sich nun zwischen den Fahrzeugen hindurchschlängelte, um zu ihrem Auto zu gelangen, fragte er sich, was es mit der merkwürdigen Kurzmitteilung auf sich hatte.

Sie hatten noch nie zusammen zu Mittag gegessen. Eigentlich war er davon ausgegangen, dass sie das auch niemals tun würden, nicht einmal als Kollegen. Nach dem Vorfall im Februar hatte Jennifer deutliche Grenzen zwischen ihnen gezogen, die er schweigend akzeptierte.

Es war unsinnig, auch nur daran zu denken. Mit Sicherheit ging es um Anstetts Auftritt. Und vielleicht auch um sein Verhalten, das ihm extrem unangenehm war.

Jennifer wartete in ihrem VW auf ihn. Sie hatte die Fenster geöffnet, und leise Musik wehte ihm entgegen. Er erkannte den Song »Carmen« von Lana Del Rey, konnte sich aber nicht entscheiden, ob er das als gutes oder schlechtes Zeichen werten sollte.

Er stieg auf den Beifahrersitz, wobei er Jennifer unauffällig musterte. Zu seiner Überraschung war sie erstaunlich ruhig und gefasst, beinahe gut gelaunt.

Oliver entschied, sein schlechtes Gewissen erst einmal im Zaum zu halten. »Womit habe ich diese unerwartete Einladung verdient?«

»Möchtest du etwas essen gehen«, fragte sie lächelnd, »oder lieber einen Verdächtigen verhören?«

Er runzelte die Stirn und sah sie forschend an. Mit einer derartigen Frage hatte er nicht gerechnet. »Erklärst du mir, was los ist?«

Die Kommissarin reichte ihm wortlos ihr Handy. Sie hatte eine SMS geöffnet, die anonym über einen Internetanbieter gesendet worden war.

Sie sollten sich an Freisen & Co. halten.

Oliver blinzelte überrascht. »Was zum Teufel?«

»Ich weiß nicht, wie das für dich klingt«, sagte Jennifer ernst. »Aber ich habe da so eine Ahnung.«

Damit war sie keinesfalls alleine. »Hat es denn mit diesem Mädchen niemand ehrlich gemeint?«, fragte Oliver schockiert.

»Vielleicht urteilen wir vorschnell«, gab Jennifer zu bedenken, »aber Freisen hat extrem stark gemauert, auch wenn er das mit dem Vertrauensverhältnis zu seinen Klienten begründet hat.«

Sie schwieg kurz und biss sich auf die Unterlippe. »Und er wollte unbedingt dabei sein, wenn ich mit den Obdachlosen rede. Ich habe das nicht hinterfragt. Aber vielleicht hatte er dafür eigennützige Gründe.«

Oliver wusste, worauf sie hinauswollte. »Du meinst, er wollte sichergehen, dass sich niemand verplappert.«

Sie zuckte die Schultern. »Er ist fast ausgeflippt, als ich Nico gefolgt bin und mit ihm alleine gesprochen habe.«

Oliver gab ihr das Handy zurück. »Denkst du, dieser Nico hat dir die SMS geschickt?«

»Möglich.«

Sie war sich offenbar nicht sicher. Wenn die SMS von Nico stammte, hätte er schon gestern etwas sagen können. Wieso hatte er es nicht getan? Weil er nicht der Absender der Nachricht war, oder weil er Zeit zum Nachdenken gebraucht hatte? Oliver würde nie verstehen, warum sich viele Leute so schwer damit taten, mit der Sprache herauszurücken, wenn die Menschen, um die es ging, bereits tot waren.

»Der Junge würde es wohl kaum zugeben«, meinte Jennifer. »Wir sollten erst mal mit Freisen reden. Seine Sekretärin sagt, er sei ab ein Uhr wieder im Büro.«

Dem Staatsanwalt war klar, welche Taktik sie anwenden wollte. Aber nicht nur das. »Du hast mich hierher bestellt, weil du nicht willst, dass ich Anstett informiere?«

Bei der Erwähnung dieses Namens atmete Jennifer scharf ein, zeigte sonst aber keine Reaktion. »Ich habe dich hierher bestellt, weil ich dachte, dass du mich vielleicht begleiten willst.«

Oliver zögerte. Er wusste genau, was er wollte, doch Anstett bereitete ihm Sorgen.

»Also, was darf es sein? Mittagessen oder Vernehmung?«

Wie viele Weisungen seiner neuen Vorgesetzten würde er missachten? Wie viele konnte er missachten, bevor sie ernsthafte Konsequenzen zog?

Es war heiß im Auto. Oliver löste unter den verblüfften Blicken Jennifers seine Krawatte, warf sie gemeinsam mit seinem Jackett auf die Rückbank und öffnete die beiden obersten Knöpfe seines Hemdes.

Dann sah er Jennifer an, ihre Blicke trafen sich. »Ich denke, ich nehme das Mittagessen.«

Sie hob eine Augenbraue, obwohl ihr sein Lächeln kaum entgangen sein konnte.

Er musste unwillkürlich grinsen. »Na, fahr schon.«

Till Freisen ließ sie warten. Seine Sekretärin hatte sie mit einem Schwall von Beschwerden empfangen, weil Jennifer am Telefon nicht erwähnt hatte, dass sie vorbeikommen würden. Sie hätten einen Termin vereinbaren und nicht einfach unangekündigt auftauchen sollen.

Eine geschlagene Dreiviertelstunde saßen sie auf den unbequemen Holzstühlen, die gegenüber dem Schreibtisch der Assistentin an der Wand standen. Die Büros der WiheSiL GmbH waren in einem mehrstöckigen Gebäude untergebracht, das dringend modernisiert werden musste. Die Einrichtung war alt und zweckmäßig. Poster von diversen Hilfsorganisationen hingen an den Wänden, und auf einem niedrigen Tisch lagen Flyer, die Hilfe bei der Privatinsolvenz, dem Alkohol- oder Drogenentzug und dem Ausstieg aus der Prostitution versprachen.

Es waren deprimierende fünfundvierzig Minuten, in denen sie nur stumm dem Tippen der Sekretärin lauschten. Daran konnte auch die Erkenntnis nichts ändern, dass dieses triste Umfeld durchaus Kalkül hatte. Besucher sollten den Eindruck bekommen, dass die GmbH jeden verfügbaren Cent in ihre karitative Arbeit steckte.

Die Wahrheit sah aber vermutlich anders aus. Auf dem Parkplatz vor dem Gebäude hatte Jennifer nicht nur das alte Auto entdeckt, mit dem Till Freisen zum Kleintierzuchtverein gekommen war, sondern auch einen teuren Mercedes mit verräterischem »TF« im Kennzeichen.

Es war immer wieder überraschend, wie viel Geld sich mit dem Leid anderer verdienen ließ. Wie erwirtschaftete Freisens Firma eigentlich ihren Umsatz? Finanzierte sie sich nur durch Spenden, oder gab es noch andere Einnahmequellen?

All diese Gedanken und Fragen schwirrten Jennifer im Kopf herum, als das Telefon der Sekretärin klingelte. Endlich deutete sie auf die Tür, die in Till Freisens Büro führte.

So viel also zu den vagen Aussagen der Dame, die suggeriert hatten, ihr Chef sei noch gar nicht da.

Freisens Büro war zwar etwas moderner und gemütlicher eingerichtet als der Empfangsbereich, versprühte aber trotzdem einen eher einfachen Charme. Lediglich das neue Marken-Notebook auf dem Schreibtisch störte das bescheidene Ambiente.

Till Freisen stand am geöffneten Fenster und rauchte. Er nahm einen letzten tiefen Zug, während er die beiden Beamten mit einem Seitenblick bedachte, und drückte dann hastig die Zigarette im Aschenbecher auf dem Fensterbrett aus.

Erst dann wandte er sich seinen Besuchern zu. »Kommissarin Leitner. Ich habe gar nicht mit Ihnen gerechnet.« Er gab Jennifer mit einem Lächeln die Hand, das ein klein wenig verkrampft wirkte. Anschließend streckte er Oliver die Hand entgegen. »Und Sie sind?«

»Oliver Grohmann, Staatsanwalt.« Oliver drückte ein wenig fester zu, als es notwendig gewesen wäre, und musterte den Geschäftsführer. Besonders sympathisch war er ihm nicht, doch das musste nichts heißen.

»Staatsanwalt?«, wiederholte Freisen überrascht. War er nur verwirrt oder auch ein klein wenig beunruhigt? »Setzen wir uns doch. Darf ich Ihnen etwas zu trinken anbieten?«

Beide verneinten und nahmen auf den Stühlen gegenüber dem Schreibtisch Platz.

Der Geschäftsführer klappte seinen Laptop zu und verschränkte die Hände darauf. »Ich hoffe, Sie sind nicht hier, um mir zu sagen, dass Sie einen unserer Klienten verdächtigen.«

Oliver schüttelte den Kopf. »An den Menschen im Camp haben wir derzeit kein Interesse.«

»Ah. Das beruhigt mich.« Die Falten auf seiner Stirn verrieten, dass genau das Gegenteil der Fall war.

»Wir sind wegen Ihnen hier, Herr Freisen.«

Seine Augenbrauchen schnellten nach oben. »Wegen mir?!«, fragte er verblüfft und sah zu Jennifer, die schweigend und mit ausdrucksloser Miene dasaß. »Wieso wegen mir?«

»Wir haben uns Isabells Sachen angesehen.«

»Ja, und?«

»Wir haben Hinweise gefunden.« Oliver beobachtete Freisen unverhohlen.

»Hinweise?« Der Geschäftsführer drückte seine Hände so fest ineinander, dass die Knöchel weiß hervortraten. Er schwitzte, obwohl die Temperatur im Zimmer angenehm war. »Was denn für Hinweise?«

Oliver sah ihm in die Augen und fand nichts als Schuld darin. Gepaart mit ein klein wenig Angst. Er würde gestehen. »Denken Sie nicht, dass es etwas gibt, was Sie uns erzählen sollten, Herr Freisen?«, fragte er mit verständnisvoller, einladender Stimme.

Freisens rechtes Augenlid begann zu zucken. Er presste die Lippen so fest zusammen, als wollte er die Worte zurückhalten, die daraus hervorzusprudeln drohten.

»Wir wissen es ohnehin schon, und es wirft kein besonders gutes Licht auf Sie. Ein paar Details müssen wir uns zwar selbst zusammenreimen, und wir sind dabei auch recht kreativ, aber …«

Till Freisen hob beide Hände, um den Staatsanwalt zum Schweigen zu bringen. Er war viel schneller eingeknickt als erhofft. Trotzdem vergingen einige Sekunden, in denen er mit sich rang.

Als Jennifer den Mund öffnete, um etwas zu sagen, platzte es endlich aus ihm heraus: »Oh Gott, ich hatte befürchtet, dass sie es irgendwo festgehalten haben könnte …«

»Isabell?«, hakte der Staatsanwalt vorsichtig nach.

»Ja, Isabell, wer denn sonst?!« Freisen fuhr sich mit beiden Händen übers Gesicht. »Ich hatte ständig die Befürchtung, dass sie mich erpressen könnte …«

Oliver sah ihn nur fragend an. Es war besser, jetzt nichts zu sagen.

»Ich weiß, wie das aussieht … Sie müssen mich für einen notgeilen Drecksack halten, aber so war es nicht! Es hätte nie passieren dürfen! Die Initiative ging von ihr aus!«

»Das hat sie wohl ein wenig anders gesehen«, bemerkte Jennifer mit unheilvollem Tonfall.

Freisen sprang sofort darauf an und geriet ins Stocken. »Was?! Nein, nein … Ich hatte doch … Ich wollte nicht …«

»Erzählen Sie uns doch einfach in Ruhe, was passiert ist«, schlug Oliver vor.

Ihr Gegenüber stieß ein Seufzen aus, das in ein Gurgeln überzugehen drohte. Dann riss Freisen sich jedoch zusammen. »Gut, na schön.« Er atmete tief durch und starrte einen Punkt irgendwo zwischen den beiden Beamten an. »Isabell kam zu mir. Sie wollte Geld für Medikamente, obwohl sie genau wusste, dass wir kein Bargeld herausgeben, sondern die Arznei besorgen, wenn ein Rezept vorliegt. Es war abends, vor einem verlängerten Wochenende, ein ungünstiger Zeitpunkt. Außer mir waren schon alle im Urlaub, und ich war beschäftigt … Aber sie brauchte die Tabletten unbedingt …«

»Was für Medikamente?«, wollte Oliver wissen.

Freisen wand sich einen kurzen Moment lang. »Die Pille danach.«

Oliver dachte an die Kondome, die sie in Isabells Rucksack gefunden hatten, und daran, dass sie sie wohl nicht immer benutzt hatte. War die Pille danach ihre Art von Absicherung gewesen? Er war versucht, Freisen über Isabells Umgang mit ihren Freiern auszufragen, war sich aber sicher, dass der Geschäftsführer behaupten würde, überhaupt erst bei Jennifers Besuch im Camp davon erfahren zu haben. Er entschied sich für eine weniger direkte Variante. »Hat sie Ihnen erzählt, warum sie die brauchte?«

»Nein, und ich habe auch nicht gefragt. Vielleicht ist ein Kondom geplatzt … Keine Ahnung. Sie meinte, sie bräuchte nur zwanzig Euro. Als ich dennoch stur blieb, stand sie auf, kam um den Tisch herum und sah mich auf diese Art und Weise an … Dann sagte sie, sie würde mir zeigen, was sie für die zwanzig Euro zu tun bereit sei …« Er verstummte.

»Sie hat Sie befriedigt?«

Die Frage war ihm sichtlich unangenehm, ebenso wie die forschenden Blicke der Ermittler. »Sie hat mir einen geblasen, okay?!«, rief er schließlich aus. »Ich wollte das nicht, ich habe versucht, sie davon abzuhalten … Doch sie kniete sich hin, sah mich mit diesen großen, dunkelbraunen Augen an … Bevor ich überhaupt reagieren konnte, war meine Hose offen und mein Schwanz in ihrem Mund!«

»Und Sie waren außerstande, sie daran zu hindern?« Jennifer schüttelte verständnislos den Kopf.

»Herrgott nochmal! Ich … Nein …« Er sah Oliver schon beinahe flehentlich an. Stumm schien er ihn zu fragen, ob er das als Mann nicht verstehen könne.

Das konnte Oliver nicht. »Sie stand unter Ihrem besonderen Schutz. Sie war gerade mal siebzehn!«

»Ich weiß, aber …«

»Haben Sie ihr das Geld gegeben?«, kam die Kommissarin weiteren Ausreden zuvor.

Freisen schloss seufzend die Augen. »Ich habe ihr mehr als nur die zwanzig Euro gegeben. Zwei Fünfziger. Als ich sie bat, es niemandem zu erzählen, hat sie nur gelächelt.«

»Ihr Lächeln hat Ihnen Angst gemacht«, vermutete Oliver. »Sie hatten Angst, sie könnte Sie mit dem Geschehenen erpressen.«

Freisen nickte.

»Hat sie es getan?«

»Nein.« Er schüttelte den Kopf. »Es war ein einmaliger Vorfall, ein Ausrutscher, und sie hat niemals ein Wort darüber verloren …«

Oliver und Jennifer sahen einander zweifelnd an.

»Das ist die Wahrheit!« Freisen geriet zunehmend in Panik. »Sagen Sie mir bitte nicht, dass Isabell irgendetwas anderes behauptet hat, bitte …«

»Welche Marke rauchen Sie?«, fragte Jennifer ungerührt.

Die überraschende Frage brachte Freisen so sehr aus dem Konzept, dass er über ihren Sinn und Zweck gar nicht erst nachdachte. »Marlboro, manchmal Gauloises.«

»Sie waren sehr besorgt wegen dem, was Isabell hätte tun können, nicht wahr?«, klinkte sich Oliver ein.

»Ja, natürlich.«

»Sie hat Ihnen nicht gegeben, was Sie wollten?«

Freisen schien das schnelle Stakkato an Fragen zu überfordern. »Was sollte Sie mir nicht gegeben haben?«

Oliver ging zum entscheidenden Angriff über. »Wo waren Sie letzten Donnerstag und Freitag?«

Der Geschäftsführer erstarrte und sah die beiden Beamten mit offenem Mund an. »Was?«, fragte er gedehnt. »Sie glauben, *ich* hätte Isabell …?« Er schüttelte heftig den Kopf. »Nein, nein! Ganz bestimmt nicht! Wieso sollte ich so etwas tun?«

»Weil Sie um Ihre Reputation fürchteten.« Oliver zuckte die Schultern, als wüsste er ohnehin längst, was geschehen war. »Und weil Isabell sie möglicherweise doch erpresst hat.«

»Hat sie nicht.« Freisen atmete mehrmals tief durch und versuchte, seine Fassung wiederzugewinnen. »Und selbst wenn, was hätte ihr das denn bringen sollen? Wenn sie mich angeschwärzt hätte, wem wäre wohl geglaubt worden?«

»Dann hätten Sie keine Angst haben müssen.«

Ein kurzes, verzweifeltes Lächeln verzog seine Mundwinkel

und verwandelte sein Gesicht in eine Grimasse. »In so einem Fall freigesprochen zu werden, ist mehr als fragwürdig, das sollten Sie doch wissen. Es bleibt immer irgendwas an einem hängen.«

Auf diese Diskussion wollte sich Oliver erst gar nicht einlassen. »Die andere Variante, die mir in den Sinn kommt, wäre, dass Sie auf den Geschmack gekommen sind, Isabell Ihnen aber nicht noch einmal einen blasen wollte … oder gar mehr.«

Freisen blickte ihn ungläubig an, doch seine Panik war Kraftlosigkeit gewichen. Es schien, als wäre er um zehn Jahre gealtert und trüge eine schwere Last mit sich herum. »Das ist nicht Ihr Ernst, oder? Das ist doch vollkommen an den Haaren herbeigezogen.«

»Das sagen Sie.«

Freisen schüttelte nur den Kopf.

»Sagen Sie uns doch einfach, wo Sie letzte Woche waren, insbesondere Donnerstag und Freitag«, forderte Oliver ihn erneut auf. »Und wann Sie Isabell zum letzten Mal gesehen haben.«

Till Freisen umklammerte mit der Linken die Schreibtischkante und rieb sich mit der anderen Hand die Stirn. »Bei der Arbeit, anschließend zu Hause. Vorm Computer.«

»Allein?«

»Ja.«

»Schlechtes Alibi«, warf Jennifer ein.

Er sah sie aus traurigen Augen an. »Was Sie nicht sagen. Der Punkt ist nur, dass ich es nicht getan habe.«

»Wenn das so ist, haben Sie doch sicherlich nichts dagegen, sich erkennungsdienstlich behandeln zu lassen und eine DNS-Probe abzugeben.«

Olivers Vorschlag ließ Freisen erneut für einige Sekunden verstummen. Er schien über seine Optionen nachzudenken, kam aber wohl zu dem Schluss, dass ihm weder eine Weigerung noch anwaltlicher Beistand etwas nützen würden. »Ich habe mir nichts zuschulden kommen lassen«, betonte er noch einmal. »Sie können Ihre DNS-Probe haben, aber Sie verschwenden mit mir nur Ihre Zeit.«

Das musste sich erst noch herausstellen. »Gut, dann fahren wir jetzt direkt aufs Präsidium.«

»Wenn Ihnen das hilft.«

Oliver lächelte freudlos. »Im Zweifel hilft es Ihnen.«

12

Der Flur im ersten Stock des Polizeipräsidiums war verlassen. Das Linoleum unter Olivers Schuhen quietschte, als er vor einer Nische mit Wasserspender und unbequemen Stühlen mit Plastiksitzen stehen blieb.

»Was denkst du?«, fragte er Jennifer, die nachdenklich neben ihm hergegangen war.

Die Kommissarin seufzte. Sie hatte Freisen beobachtet, die Befragung und seine Reaktionen mehrmals Revue passieren lassen und war dennoch zu keinem eindeutigen Ergebnis gekommen. »Ich bin nicht sicher. Einige Teile passen zusammen, andere wiederum … Die Sache mit ihm und Isabell klingt überzeugend.« Jennifer biss sich auf die Unterlippe. »Mein Gefühl sagt mir, dass er gestanden hätte, wenn mehr vorgefallen wäre … Keine Ahnung.«

»Seine DNS wird uns Klarheit bringen«, erwiderte Oliver, der ihre Zweifel durchaus teilte.

Jennifer nickte wenig begeistert. Der genetische Fingerabdruck würde Till Freisen mit dem Mord in Verbindung bringen – oder eben nicht. Die Ergebnisse würden ohnehin auf sich warten lassen. Vielleicht bekam ihr Fall beim LKA jetzt, da sie eine Vergleichsprobe hatten, eine höhere Priorität. Vielleicht aber auch nicht. »Bis dahin sollten wir längst Klarheit haben.«

Der Staatsanwalt lächelte matt. »In spätestens zwei Stunden können wir sein Büro, seine Wohnung und die Autos durchsuchen.«

»Je früher, desto besser.« Jennifer wollte sich abwenden und weitergehen, aber Oliver ergriff ihren Unterarm. Er hielt in beide Richtungen Ausschau, doch obwohl niemand zu sehen war, zog er sie in die Nische.

Einen Moment lang wirkte er unschlüssig, bevor er leise sagte: »Du weißt, dass ich Anstett unterrichten muss.«

Jennifer runzelte die Stirn. »Natürlich weiß ich das.«

Oliver atmete tief durch. Er schien sich wappnen zu müssen. »Jennifer, es tut mir leid, was heute Morgen passiert ist.«

Erst jetzt bemerkte sie, dass er sie noch immer am Arm hielt. Sie machte sich los. »Das hatte nichts mit dir zu tun.«

»Doch, das hatte es. Ich habe einfach nur zugesehen … Ich hätte etwas sagen müssen.«

Jennifer öffnete den Mund und hielt inne. Sollte sie ihm gestehen, dass sie tatsächlich enttäuscht gewesen war, weil er wie zur Salzsäule erstarrt dagestanden hatte, während seine Vorgesetzte sie fertigmachte? Zumindest so lange, bis ihr klar geworden war, wie unangebracht es war, ihm deswegen einen Vorwurf zu machen?

»Nein, das hättest du nicht«, sagte sie schließlich mit fester Stimme. »Ich bin erwachsen, ich kann für mich selbst einstehen.«

Bei ihrer letzten Bemerkung verzog er kurz das Gesicht, sagte aber nichts dazu. »Du solltest den Vorfall Möhring melden.«

Dieser Vorschlag kam unerwartet. »Wieso denn das?«

Sein Blick fragte sie stumm, ob er ihr das wirklich erklären müsse. »Sie ist zu weit gegangen. Viel zu weit. Selbst sie hat nicht das Recht, sich derart aufzuführen. Du solltest dir das nicht gefallen lassen. Und es gibt Zeugen.«

Jennifer schüttelte den Kopf. Sie hatte längst über diese Option nachgedacht. »Ich werde euch da nicht mit reinziehen. Anstett hat das einkalkuliert. Ihr seid die denkbar schlechtesten Zeugen in diesem Fall.«

Oliver sah sie fragend an. So weit schien er die Angelegenheit noch nicht durchdacht zu haben.

»Du fällst Anstett in den Rücken, weil du ein Problem damit hast, dass sie den Job macht, der eigentlich für dich vorgesehen war. Und Jarik … Wir könnten froh sein, wenn sie ihm lediglich vorwerfen würde, dass er aus gekränkter Eitelkeit handelt, weil sie ihn hat abblitzen lassen.«

Im ersten Moment schien Oliver ihr widersprechen zu wollen, blieb dann aber stumm. Er traute Anstett ebenfalls zu, sich jedes möglichen Schachzugs zu bedienen, selbst wenn dabei Karrieren unter die Räder gerieten.

Jarik Fröhlich hatte seinen Ruf. Er hielt nichts von festen Beziehungen und suchte sich seine Geliebten auch unter Kolleginnen. Er ging dabei allerdings charmant vor, kam niemandem zu nahe und akzeptierte klaglos, wenn er abgewiesen wurde. Sein Lebenswandel würde ihm trotzdem negativ ausgelegt werden, sollte jemals irgendeine Frau einen Vorwurf gegen ihn erheben.

Aus Olivers Seufzen sprach resignierte Einsicht. »Ich hätte dich trotzdem vorwarnen müssen. Anstett hat erwähnt, dass sie deine Akte hat und von deiner Personalie alles andere als angetan ist …«

Das hätte er tatsächlich erwähnen können. Aber was hätte es gebracht? Jennifer war ohnehin gewarnt gewesen. »Schon in Ordnung. Ich kann mir denken, was Anstett beabsichtigt. Sie versucht, uns zu provozieren, sie will, dass ich nicht nur ihr, sondern auch dem Polizeidirektor einen Grund gebe, mich abzusägen.«

Es fiel Oliver sichtlich schwer, die nächsten Worte auszusprechen. »Sie könnte Erfolg haben.«

Jennifer musste lächeln. Seine Sorge war nicht unbegründet, sie neigte dazu, Dummheiten zu begehen, wenn sie wütend wurde. »Zerbrich dir darüber nicht den Kopf. Ich werde mich schon zusammenreißen. Und selbst wenn nicht … Zwischen mir und Anstett stehen noch eine Menge Personen. Zwischen dir und ihr steht niemand.«

»Trotzdem …«

Jennifer brachte ihn mit einem Kopfschütteln zum Schweigen. »Anstett ist nur zwei oder drei Monate hier. Wir werden die eine oder andere Kröte schlucken müssen. Aber das schaffen wir.«

Oliver beruhigte das keinesfalls. Und ihm war anzusehen, dass er sich noch immer nicht besser fühlte. »Hoffentlich.«

Jennifer verkniff sich ein Grinsen. Sie hatte noch nie erlebt, dass sich Oliver Grohmann wegen irgendetwas oder irgendjemandem so offensichtlich schuldig fühlte. »Sie ist nicht die Erste, die versucht, mir an den Karren zu fahren. Du musst nicht für mich kämpfen. Und falls dich dein Schweigen von heute Morgen trotzdem beschäftigt, findet sich schon eine Möglichkeit, wie du dich erkenntlich zeigen kannst …«

Gerade als Oliver etwas erwidern wollte, hörten sie die Aufzugtür und das verräterische Klackern von Absätzen.

Sie verdrehten gleichzeitig die Augen.

»Wenn man vom Teufel spricht«, murmelte Jennifer und folgte Oliver, der aus der Nische auf den Flur und Ricarda Anstett entgegentrat.

»Herr Grohmann, Frau Leitner«, begrüßte die Oberstaatsanwältin sie mit einem aufgesetzten Lächeln. »Eben gerade habe ich erfahren, dass wir einen Verdächtigen verhaftet haben.«

»Vorläufig festgenommen, nachdem wir ihn in seinen Büroräumen befragt haben«, berichtigte Oliver seine Vorgesetzte. »Er wird gerade erkennungsdienstlich behandelt und gibt anschließend freiwillig eine DNS-Probe ab.«

Anstett musterte ihn kritisch. »Hatten Sie nicht eigentlich etwas anderes zu tun?«

Der Staatsanwalt lächelte. Sein gespieltes Schuldbewusstsein war dabei so durchsichtig wie eine Glasscheibe. »Der Hinweis kam, als wir gerade zusammen zu Mittag gegessen haben. Es wäre etwas umständlich gewesen, erst zurück zum Präsidium zu fahren.«

Anstett sah zwischen Oliver Grohmann und Jennifer Leitner hin und her. Ihr schien eine spitze Bemerkung auf der Zunge zu liegen, die sie jedoch für sich behielt. »Also schön. Erfahre ich jetzt von Ihnen, was genau hier vorgeht, oder muss ich mich auf Informationen aus zweiter und dritter Hand verlassen?«

Oliver informierte sie über die Kurzmitteilung und Freisens Befragung. »Ich habe ihn vorläufig festnehmen lassen, damit er keine Beweise vernichten kann, bis ich die Durchsuchungsbeschlüsse für seine Wohnung, die Geschäftsräume und seine Fahrzeuge habe.«

»Und die sind bereits in Vorbereitung?«, hakte Anstett nach.

»Ich war deswegen gerade auf dem Weg in mein Büro.«

»Nun, eine Anklage wegen Missbrauchs Jugendlicher ist ihm schon einmal sicher. Daraus ergibt sich auch ein klares Motiv für den Mord. Immerhin ist Isabell Grunau nicht mehr hier, um seiner Darstellung zu widersprechen.« Anstett verschränkte die Arme vor der Brust. »Ich frage mich, warum Sie keinen Haftbefehl für ihn beantragen.«

»Weil noch kein dringender Tatverdacht besteht«, warf Jennifer ein.

Anstett würdigte sie keines Blickes. »Sie habe ich nicht gefragt.«

»Wir haben in Bezug auf den Mord noch nichts gegen ihn in der Hand«, erwiderte Oliver zähneknirschend.

»Hat er für die fragliche Zeit denn ein Alibi?« Ihr Tonfall ließ vermuten, dass sie bereits davon ausging, dass das nicht der Fall war.

»Das müssen wir noch im Detail klären. Außerdem wollte ich die Durchsuchungen abwarten. Falls wir nichts finden …«

»Sie werden etwas finden«, stellte die Oberstaatsanwältin ungerührt fest. »Für mich sind die Hinweise eindeutig. Besorgen Sie einen Haftbefehl.«

»Ich …«

»Jetzt. Sofort.« Sie machte auf dem Absatz kehrt und ging in Richtung Fahrstuhl zurück.

Oliver hatte seine Hände zu Fäusten geballt. Sie zitterten. Er murmelte etwas Unverständliches, doch Jennifer war sich ziemlich sicher, eine üble Beschimpfung herauszuhören.

Er saß in seinem Auto und beobachtete vom Parkplatz aus das Treiben um das mehrstöckige Bürogebäude auf der anderen Straßenseite. Er hatte beide Fenster heruntergelassen, ein lauer Luftzug wehte trotz der späten Stunde herein.

Es war beunruhigend, dabei zuzusehen, wie Polizisten herumstanden und Wache hielten, wie Kriminaltechniker um Autos und – dank der Festbeleuchtung gut sichtbar – in den Büros der GmbH umherwuselten wie kleine, fleißige Ameisen.

Sie waren der Wahrheit in viel zu kurzer Zeit schon viel zu nahe gekommen, eine Entwicklung, die er nicht vorausgesehen hatte. Ihm war bewusst gewesen, dass die Ermittler früher oder später in der GmbH auftauchen würden, doch mit einer gründlichen Durchsuchung hatte er nicht gerechnet.

Er ging zwar davon aus, dass sie nichts finden würden, zumindest nichts, weswegen er sich Sorgen machen müsste, aber nach dem Debakel, das überhaupt erst zu diesen Ermittlungen geführt hatte, nämlich der ungeplanten Toten, waren seine Zweifel wohl berechtigt.

Er fürchtete weitere unangenehme Überraschungen.

Er seufzte und lehnte sich auf dem Fahrersitz zurück.

Eigentlich war es sinnlos, hier herumzusitzen. Er konnte nichts tun und ging noch dazu ein unnötiges Risiko ein. Es war zwar unwahrscheinlich, dass jemand auf ihn aufmerksam werden würde, aber wenn doch, wäre die Tüte mit längst abgekühlten Cheeseburgern auf dem Beifahrersitz nur eine schwache Ausrede.

Andererseits war er schon in ganz anderen Situationen mehr als glimpflich davongekommen. Er hatte einfach Glück.

So auch an diesem Abend.

Denn eigentlich war er nicht gekommen, um die Durchsuchung zu beobachten. Er war gekommen, um *sie* in Person zu sehen. Sie kam aus dem Bürogebäude, blieb im Licht über der Eingangstür stehen und besprach sich mit einem anderen Beamten.

Jennifer Leitner, die ermittelnde Kommissarin. Er lächelte unwillkürlich, während er sie musterte. Die schlanke Statur, die in Jeans und T-Shirt steckte, die zurückgebundenen braunen Haare, die Pistole im Holster an ihrem Gürtel.

Er hatte sie unterschätzt. So viel war jetzt schon klar. Sie war eine wesentlich stärkere Gegnerin, als er ursprünglich angenommen hatte.

Und eine Versuchung.

Er hatte keine Vorliebe für einen bestimmten Typ, noch nie gehabt. Es gab Menschen, die ihn ansprachen, und einige im Besonderen, ohne dass es ihm jemals gelungen wäre, herauszufinden, woran das lag.

Jennifer Leitner sprach ihn an. Sehr sogar.

Das würde es einfacher machen. Angenehmer. Wenigstens ein bisschen.

Das Lächeln war auf seinen Lippen festgefroren.

»Hallo, Jennifer. Willkommen im Spiel.«

13

Als der Wecker am Donnerstagmorgen klingelte, hätte Oliver ihn am liebsten aus dem Fenster geworfen oder an der Wand zerschmettert. Es war sechs Uhr, er hatte kaum drei Stunden geschlafen und absolut kein Bedürfnis, aufzustehen.

Er würgte das nervige Piepsen ab und drehte sich auf die andere Seite. Die Jalousie war nur halb heruntergelassen, und im Osten zeigte ein erster Streifen Orange, dass es erneut ein schöner und vermutlich auch warmer Tag werden würde.

Er war gerade wieder eingeschlafen, als ihn ein Hämmern an der Zimmertür hochschrecken ließ. »Aufstehen, du Schlafmütze! Ich koche schon Kaffee!«

Hannah hörte sich fröhlich an – und ein kleines bisschen gehässig. Was hatte ihn nur dazu getrieben, beim Umzug in die neue Wohnung darauf zu bestehen, dass sie zusammen frühstückten, wenn sie beide zu Hause waren?

Er hoffte, dass sie aufgeben und wieder gehen würde. Doch den Gefallen tat sie ihm nicht. Sie klopfte rhythmisch an die Holztür und summte vor sich hin. Da half auch ihre einvernehmlich getroffene Regel nichts, dass das Schlafzimmer des jeweils anderen ohne Aufforderung zum Eintreten absolut tabu war.

»Ach, verdammt, ich komme!« Er schlug die Decke zurück und wankte ins Bad. Seine Tochter rief ihm hinterher, er solle später duschen, da sie pünktlich zur ersten Stunde in der Schule sein müsse.

Also beließ er es bei einem kurzen Toilettengang und einem Blick in den Spiegel, der ihm nur bestätigte, was er schon vermutet hatte – dass er aussah, als hätte er die ganze Nacht durchgezecht.

Hannah erwartete ihn in der Küche. Zwischenzeitlich hatte sie den Tisch gedeckt, frischen Kaffee in Becher gefüllt und den Toaster in Betrieb genommen. Sie sah verboten ausgeschlafen aus. »Na, endlich aus den Federn?«

Er grummelte nur etwas und setzte sich ihr gegenüber an den Tisch.

Sie bestrich zwei Scheiben Toast dick mit Butter und Nutella. »Wann bist du eigentlich nach Hause gekommen?«

»Irgendwann nach zwölf.« Die Durchsuchungen bei Freisen hatten mehr Zeit in Anspruch genommen als erwartet.

»Da habe ich schon tief und fest geschlafen«, erwiderte Hannah und biss von ihrem Brot ab.

»Ist mir nicht entgangen.«

»Und was ist mit den Aktenbergen auf deinem Schreibtisch?«

Ihr waren die Ordner auf dem Tisch im Wohnzimmer also bereits aufgefallen. Eigentlich hatte er noch länger im Präsidium bleiben und die Kollegen von Kripo und Kriminaltechnik unterstützen wollen, die Jennifer zusammengetrommelt hatte, um die sichergestellten Unterlagen und Beweisstücke über Nacht zu sichten. Anstett hatte ihm aber – bevor sie um halb sechs in den Feierabend davongerauscht war – zu verstehen gegeben, sie erwarte trotz der aktuellen Entwicklung, dass er die Strategie im Fall Ivanković überarbeitete.

»Arbeit, die mich bis um drei Uhr früh wach gehalten hat.« Er würde sich auch nicht noch einmal hinlegen können. Die Verhandlung am Hanauer Landgericht war für halb zehn angesetzt.

»Dein Handy hat auch schon mehrfach nach dir verlangt.«

»Mein Handy?«

Hannah lehnte sich zurück und nahm das Smartphone vom Tresen. Er bemerkte, dass sie ein T-Shirt trug, das für seinen

Geschmack etwas zu kurz und zu eng geraten war. Die bisherigen Diskussionen über ihre Garderobe hatten ihn aber gelehrt, sich entsprechende Kommentare zu verkneifen.

Sie reichte ihm das Telefon. Zwei Anrufe in Abwesenheit und eine Kurzmitteilung, alles von Jennifer.

Oliver hoffte auf einen Durchbruch. Als er die SMS öffnete und nur den Link zu einem Zeitungsartikel im Lemanshainer Stadtanzeiger vorfand, wandelte sich seine Hoffnung allerdings in eine böse Vorahnung.

Er tippte auf den Verweis. Es schien ewig zu dauern, bis der Browser die entsprechende Seite geladen hatte. Schon als er die Überschrift las, verkrampfte er sich unwillkürlich.

STAATSANWALTSCHAFT FASST TÄTER IN MORDFALL.

Oliver überflog die ersten Zeilen und stöhnte auf. »Verdammt noch mal, das darf doch einfach nicht wahr sein!«

Anstett hatte tatsächlich eine Pressemitteilung herausgegeben. In einem Fall, der bis dahin der Presse noch nicht einmal bekannt gewesen war, hatte sie die Ergreifung des mutmaßlichen Täters hinausposaunt.

Dafür war der mit Isabells Foto versehene Aufruf an die Bevölkerung unter den Tisch gefallen, von dem sie sich Informationen über den Verbleib der jungen Frau erhofft hatten, nachdem sie aus dem Camp verschwunden war. Die Oberstaatsanwältin war offensichtlich der Meinung, dass dieser Aufruf sich mit Freisens Verhaftung erledigt hatte.

»So eine …« Er schluckte den Rest des Fluchs hinunter, als ihm bewusst wurde, dass Hannah ihn nicht ohne Belustigung musterte.

Er las den ganzen Artikel, was seiner Stimmung einen weiteren Dämpfer versetzte. Seine Chefin war nicht dumm. Sie musste die Pressemitteilung so formuliert haben, dass sie zwar die Lorbeeren kassierte, sich aber auch problemlos auf ihn und die Kripo berufen konnte, sollte ihre Darstellung widerlegt werden.

Oliver befürchtete, dass Letzteres schon sehr bald geschehen würde.

Er versuchte, Jennifer anzurufen, bekam allerdings nur die Mailbox dran. Das Ergebnis der Beweismittelsichtung würde er wohl erst nach seinem Gerichtstermin erfahren.

Er unterdrückte einen weiteren Fluch und warf das Smartphone frustriert auf den Tisch.

Hannah hatte inzwischen zu Ende gefrühstückt und räumte ihr Geschirr in die Spülmaschine. »Schwieriger Fall, hm? Du wirst heute Abend wohl eher wieder spät nach Hause kommen.«

»Davon ist auszugehen.« Er seufzte. Sie würden sich voraussichtlich auch am Wochenende kaum sehen. »Brauchst du Bargeld, um dir was zu essen zu bestellen?«

»Nein. Ich esse auswärts.«

»Bei einer Freundin?«, fragte Oliver. Hannah traf sich häufig mit einem Mädchen, das sie in der Theatergruppe an ihrer Schule kennengelernt hatte. Ihm fiel auf, dass ihm der Name schon wieder entfallen war.

»Nein. Bei Lukas zu Hause.«

»Müsst ihr ein Referat zusammen ausarbeiten?« Oliver dachte sich nichts dabei. Er war in Gedanken noch viel zu sehr mit seiner Arbeit beschäftigt.

»Nein«, erwiderte sie zögerlich. Sie schloss die Spülmaschine und drehte sich zu ihm um. »Lukas ist so was wie mein Freund.«

Oliver blinzelte. Die Information überraschte ihn völlig. »Dein Freund?«

»Ja. Wir sind seit letzter Woche zusammen.«

Oh Gott. Nach dem Debakel im Februar hatte Hannah kein Wort mehr über Jungs verloren, ihr Interesse schien erloschen zu sein. Ihm war das nicht unrecht gewesen, aber er hatte befürchtet, dass der Tag kommen würde, an dem er sich diesem ungeliebten Thema erneut stellen musste.

Er ließ sich mehrere Sekunden Zeit, um seine Gedanken zu ordnen, denn er wusste, wenn er impulsiv reagierte, würde er es vermasseln. »Darf ich fragen, wie alt er ist?« Eigentlich hätte er am liebsten sofort Nachname, Alter, Adresse und Personalausweisnummer gehabt. Mindestens.

Hannah verdrehte die Augen und stöhnte auf. Natürlich hatte er die falsche Frage gestellt. »Achtzehn.«

»Er ist nicht in deiner Klasse?«, hakte Oliver vorsichtig nach.

»Eine Stufe höher.«

»Okay.« Es gab so vieles, was er gerne gewusst hätte. Hatte der Kerl einen Führerschein? In welchem Freundeskreis trieb er sich herum? Wer waren seine Eltern? Was genau bedeutete, dass er und Hannah »zusammen waren«?

Oliver wusste, was sie vor knapp vier Monaten durchgemacht hatte, allerdings lediglich aus dritter Hand. Hannah dachte noch immer, ihm sei lediglich bekannt, dass sie etwas mit einem zehn Jahre älteren Mann gehabt hatte, den ihr Vater aus gutem Grund nicht ausstehen konnte, und dass die Beziehung in die Brüche gegangen war.

Wie sollte er reagieren? Gab es überhaupt eine angemessene Reaktion?

Hannah merkte ihm seine Zweifel offenbar an. »Wirklich okay?«, hakte sie nach.

»Ja. Solange ich weiß, bei wem du bist, ist alles in Ordnung.«

Sie lächelte. Er konnte nicht erkennen, ob sie nun belustigt oder angefressen war. »Er heißt Mendelsohn mit Nachnamen und wohnt bei seinen Eltern in der Bahnhofstraße.«

»Danach habe ich gar nicht gefragt.«

»Du wolltest es aber wissen.«

Sein Seufzen war Antwort genug. »Das heißt, seine Eltern kennen dich?«

»Er hat im Keller seine eigene Wohnung.«

Das hieß dann wohl »nein«. Dass der Junge eine eigene Wohnung hatte, in der die beiden völlig ungestört waren, gefiel Oliver nicht. Gleichzeitig war er froh, dass Hannah nicht schon mit Lukas' Eltern an einem Tisch gesessen hatte, während er noch gar nichts von der Beziehung wusste. Konnte es denn niemals eine einigermaßen unkomplizierte Situation geben?

»Lass dich nicht so von deiner Arbeit stressen.« Sie blickte demonstrativ auf den unbenutzten Teller vor ihm. »Und iss was, bevor du gehst.«

Jennifer verließ das Besprechungszimmer. Sie konnte sich ein Lächeln nicht verkneifen, obwohl das Ergebnis des Meetings keinesfalls positiv für die Ermittlungen war. Aber sie freute sich trotzdem über den kleinen persönlichen Sieg.

Auf dem Weg zum Aufzug warf sie einen Blick auf ihr Handy. Es war kurz nach zehn. Sie versuchte noch einmal, Oliver zu erreichen. Erfolglos. Er musste noch in der Hauptverhandlung bei Gericht stecken.

Sie hätte ihm die Neuigkeiten gerne mitgeteilt, bevor sie zu seiner Chefin ging. Am liebsten hätte sie sogar auf seine Rückkehr gewartet, um auch ihm die Genugtuung zu verschaffen, Anstett ins Gesicht zu sehen, wenn sie es erfuhr.

Doch die Oberstaatsanwältin hatte darauf bestanden, unverzüglich informiert zu werden, wenn sie mit dem sichergestellten Material durch waren. Und Jennifer wollte sie eigentlich auch gar nicht warten lassen. Sie freute sich sogar auf die Begegnung.

Die Sekretärin fuhr sofort auf, als Jennifer das Vorzimmer der Staatsanwaltschaft betrat und ohne zu zögern auf Anstetts Tür zuging. Sie wedelte mit den Armen. »Warten Sie!«

Jennifer kannte die Assistentin nicht besonders gut. Sie wusste nur, dass Barbara Bluhm sich hervorragend mit der Sekretärin ihres eigenen Chefs verstand und regelmäßig mit ihr zu Mittag aß. Das Duo war unter den Kollegen nicht umsonst als Gerüchteschmiede verschrien.

Jennifer war versucht, sich auch noch diesen kleinen Triumph zu gönnen und einfach in Anstetts Büro zu platzen, blieb dann aber wenige Zentimeter vor der Tür stehen und lächelte die Sekretärin an. »Sie wartet auf meinen Bericht.«

»Das weiß ich, trotzdem … Ach, vergessen Sie's!« Bluhm griff zum Telefon und sprach kurz mit ihrer Chefin. Dann wedelte sie mit der Hand in Jennifers Richtung, als wollte sie ein lästiges Insekt verscheuchen.

»Danke schön.«

Die Kommissarin öffnete die Tür und betrat das Büro der Oberstaatsanwältin. Anstett erhob sich von ihrem Stuhl hinter dem Schreibtisch und blickte Jennifer Leitner erwartungsvoll – ja, beinahe hoffnungsvoll – entgegen.

Jennifer bemerkte, dass jemand auf dem Stuhl gegenüber von Anstett saß, doch die Oberstaatsanwältin gab ihr keine Gelegenheit, den Besucher auch nur eine Sekunde lang zu mustern.

»Und? Was haben Sie?«, verlangte Anstett zu wissen.

Jennifer wollte nicht lächeln, sie versuchte alles nur Mögliche, um ihre Mundwinkel davon abzuhalten, sich zu heben. Es gelang ihr nicht. »Nichts«, erwiderte sie mit einer Genugtuung, die sie selbst überraschte. »Absolut nichts. Keine Spur, keinen Fetzen, keine Faser, keinen noch so winzigen Hauch von Material, der Till Freisen mit dem Mord an Isabell Grunau in Verbindung bringen würde.«

Die Kommissarin hob den Ausdruck, den sie vor nicht einmal fünf Minuten dem IT-Experten Moritz Sprenger aus der Hand gerissen hatte. »Dafür die Bestätigung von Freisens Angaben. Er war zu den fraglichen Zeiten auf den angegebenen Pornoseiten aktiv, wir haben die Protokolle, und sie stimmen mit dem, was unser ITler in seinem Rechner gefunden hat, überein. Er hat zu Hause vor seinem Computer gesessen. Abend für Abend, teils bis spät in die Nacht.«

Sie ließ Anstett einen Moment Zeit, die Informationen zu verdauen. »Till Freisen ist mit an Sicherheit grenzender Wahrscheinlichkeit nicht unser Täter.«

Die Oberstaatsanwältin reagierte nicht. Sie starrte Jennifer nur stumm an.

Der Besucher erhob sich jetzt von seinem Platz und wandte sich Jennifer zu. Er lächelte. »Das ist genau das, was ich der Oberstaatsanwältin eben gerade erklärt habe.«

»Und wer sind Sie?« Jennifer ließ ihren Blick über seinen Anzug schweifen. »Anwalt?«

»Nein.« Er streckte ihr die Hand entgegen. »Lars Rode, Hauptkommissar, Sonderermittler des BKA.«

Jennifers Lächeln gefror augenblicklich.

14

Hauptkommissar Lars Rode tippte auf eine Taste seines Notebooks. Der Beamer, der über dem Tisch an der Decke angebracht war, erwachte zum Leben. Im nächsten Moment erschien auf der Leinwand am Ende des Raumes die erste Seite einer Präsentation, die das Logo des Bundeskriminalamtes trug.

Die Stimmung im Besprechungszimmer der Staatsanwaltschaft war gedämpft. Dem Hauptkommissar sahen vierzehn Augenpaare entgegen, in denen wenig Begeisterung lag; die einzige Ausnahme bildete Ricarda Anstett.

Während die Oberstaatsanwältin eine neutrale Haltung beizubehalten versuchte, ließen die Gesichter der anwesenden Beamten von Kripo und Kriminaltechnik keinen Zweifel daran, dass sich ihre Sympathien für den BKA-Mann in Grenzen hielten.

Oliver hörte Jarik Fröhlich leise murmeln, Anzüge und Präsentationen seien typisch BKA.

Selbst Peter Möhring, Leiter der Einsatzabteilung der Polizei, schien alles andere als glücklich darüber zu sein, dass sich die Bundesbehörde eingeschaltet hatte. Das ließ zumindest die tiefe Falte zwischen seinen Augenbrauen erahnen.

Oliver war noch keine Minute vom Gericht in Hanau zurück gewesen, als Anstett ihn ohne jede Erklärung in diesen Raum zitiert hatte, wo alle anderen bereits warteten. Er wusste nicht mehr und nicht weniger, als dass der Typ vom BKA wegen des Mordes an Isabell Grunau hier war. Und dass nicht nur die Ermittlungsergebnisse, sondern auch der Hauptkommissar Till Freisen als Täter ausgeschlossen hatten.

»Die Oberstaatsanwältin hat mich bereits vorgestellt. Ich bin hier, weil der Mord an Isabell Grunau mit einem Fall in Zusammenhang steht, in dem ich derzeit für das BKA ermittle.« Lars Rode schwieg kurz, um seinen nächsten Worten mehr Gewicht zu verleihen. »Ich muss Ihnen leider mitteilen, dass der Mörder von Isabell ein bundesweit agierender Serientäter ist.«

Er ließ die Information einen Augenblick wirken, und nicht nur Oliver beunruhigte diese Eröffnung. Ein Serientäter? Das hatten er und Jennifer bereits in Erwägung gezogen. Bundesweit agierend? Er konnte sich nicht erinnern, in den letzten Wochen oder Monaten irgendeine Schlagzeile in dieser Richtung gelesen zu haben.

Die Präsentation sprang weiter. Eine Überschrift legte die Vermutung nahe, dass nun eine Zusammenfassung des BKA-Falles folgen würde.

»Isabell Grunau wurde von einem Mann getötet, der bereits zwölf, wenn nicht sogar mehr Menschen auf dem Gewissen hat. Sie ist das dreizehnte Opfer.«

Jennifer, die Oliver am Tisch gegenübersaß, riss überrascht die Augen auf. Sie setzte dazu an, etwas zu fragen, doch Rode brachte sie mit einer Handbewegung zum Schweigen.

»Fragen im Anschluss, bitte. Lassen Sie mich Ihnen zuerst zeigen, womit Sie es zu tun haben.«

Die Präsentation sprang zu einer Tabelle mit Namen, Orten und Daten. Die Schrift war so klein, dass Oliver sie nicht einmal mit zusammengekniffenen Augen entziffern konnte.

»Der Täter, von dem ich spreche, ist bereits seit geraumer Zeit aktiv. Die Serie begann im Dezember vor fünfeinhalb Jahren in Dortmund.«

Ein halbes Jahrzehnt. Dreizehn Morde. Oliver begegnete Jennifers Blick. Sie schien dasselbe zu denken wie er. Verdammter Mist.

Auf der Leinwand erschien eine Liste, die Rode im Folgenden erläuterte. »Er ist von Anfang an nach dem immer gleichen Muster vorgegangen: Er sucht sich seine Opfer überwiegend in sozial abgehängten Bevölkerungsgruppen. Er lauert ihnen auf, betäubt sie mit einem Elektroschocker und verschleppt sie. Nachdem er sich mehrere Tage an ihnen ausgetobt hat, tötet er sie und entledigt sich ihrer Leichen.«

Der Hauptkommissar ließ seinen Blick zwischen den Beamten umherwandern. »Wir haben eine stetige Steigerung bei der Tatausführung beobachtet. Sein erstes Opfer hat er zusammengeschlagen und vergewaltigt. Er musste es anschließend umbringen. Inzwischen richtet er seine Opfer bis zur Unkenntlichkeit zu. Sie sterben, während er noch auf sie einschlägt.«

Die nächste Seite der Präsentation zeigte anhand einer nüchternen Liste, dass zwischen den beiden ersten Morden elf Monate vergangen waren. Die letzte Tat, begangen in Köln, lag keine sechs Wochen zurück. »Zudem sind die Abstände zwischen den Taten stetig kürzer geworden. Ich denke, ich muss nicht extra erwähnen, dass er erneut zuschlagen wird, und zwar in absehbarer Zeit. Sie sollten davon ausgehen, dass er sich vier, maximal fünf Wochen unter Kontrolle haben dürfte.«

Oliver hätte am liebsten die Augen geschlossen und laut aufgeseufzt. Es hörte sich so unwirklich an. Wieso fand das Böse seinen Weg ausgerechnet immer wieder in diese Stadt?

»Der Täter bevorzugt keinen bestimmten Opfertypus. Männer und Frauen, äußerlich vollkommen verschieden, keine Gemeinsamkeiten, außer, dass sie überwiegend zur untersten Gesellschaftsschicht zählen. Prostituierte, Obdachlose, Drogenabhängige, jugendliche Straftäter.«

Rode hielt kurz inne, bevor er fortfuhr: »Stumpfe Gewalteinwirkung bei allen Opfern. Wir vermuten, dass er ausschließlich seine Fäuste benutzt. Es gibt wenige Biss- und Kratzspuren.

Denjenigen, die er nicht totgeprügelt hat, hat er die Kehle durchgeschnitten, die Klinge kam aber niemals anderweitig zum Einsatz. Unseren Analytikern zufolge steht die sexuelle Komponente nicht im Vordergrund.«

Unter anderen Umständen hätte Oliver bei dieser Information vermutlich für einen Moment so etwas wie Genugtuung verspürt. Doch die Tatsache, dass sie es nicht mit einem Triebtäter zu tun hatten, konnte angesichts der Ausmaße des Falles nicht einmal mehr als Lichtblick gewertet werden.

»Zum Stand der Ermittlungen kann ich nur so viel sagen: Wir haben seine DNS und sonst eigentlich nichts. Die jeweiligen Ermittler vor Ort konnten diverse Verdächtige ermitteln, allerdings hat sich niemals irgendein Verdacht erhärtet. Wir gehen davon aus, dass wir einen Mann suchen, dessen Arbeit ihn jeweils für mehrere Monate in unterschiedliche Städte Deutschlands führt. Das ist aber auch schon alles.«

In der Präsentation folgte eine Aufstellung, die noch einmal über die Stationen des Täters informierte: Dortmund, München, Hamburg, Berlin, Stuttgart, Dresden, Köln. Und jetzt Lemanshain.

Anschließend ging Rode auf die einzelnen Fälle ein, was zwar keine bahnbrechenden neuen Erkenntnisse brachte, aber die Bilder der bisherigen Opfer in die Gehirne der Beamten brannte. Zerschmetterte Körper, zersplitterte Knochen, zerquetschte Organe. Gesichter, die als solche kaum mehr zu erkennen waren. Glieder in grotesker Haltung. Die Verletzungen erinnerten eher an Selbstmörder, die sich aus großer Höhe in einen Abgrund gestürzt hatten oder von einem Zug erfasst worden waren.

Endlich gestand der Hauptkommissar den Ermittlern am Tisch zu, Fragen zu stellen, doch es war recht still geworden. Alle waren damit beschäftigt, die soeben erhaltenen Informationen und Bilder zu verdauen, sie irgendwie einzuordnen.

»Mich würde interessieren, seit wann Sie an diesem Fall arbeiten«, warf Katia Mironowa schließlich in die Runde. »Seit wann ist dem BKA oder irgendjemand anderem bekannt, dass es zwischen diesen ganzen Fällen einen Zusammenhang gibt?«

Die blonde Kommissarin sah heute sehr blass aus. Oliver fiel ein, dass er Jennifer auf die Anspielung der Oberstaatsanwältin ansprechen wollte, die gebürtige Ukrainerin sei schwer krank.

Das Lächeln des Hauptkommissars legte nahe, dass er mit genau dieser Frage als einer der ersten gerechnet hatte. »Seit dem ersten Opfer in Berlin, also seit fast eineinhalb Jahren.«

»Und die Presse hat niemals Wind davon bekommen?«, hakte Frank Herzig verblüfft nach.

»Nein«, antwortete Rode. »Wir haben dafür gesorgt, dass die Mordserie unter Verschluss bleibt. Und dafür werde ich auch in Zukunft sorgen. Die Medien werden nichts über den Zusammenhang zwischen den Einzeltaten erfahren.« Sein Tonfall verbat weitere Nachfragen zu diesem Thema. Es gab offenbar einen Grund, weder auf die Hilfe der Öffentlichkeit zu setzen, noch mögliche zukünftige Opfer zu warnen. Einen Grund, den das BKA nicht mit den Ermittlern in Lemanshain teilen wollte.

Moritz Sprenger, der IT-Experte mit dem Spitznamen Morpheus, räusperte sich. »Wie haben Sie es so schnell geschafft, die Verbindung zwischen unserem Opfer und Ihrem Fall herzustellen?«

Lars Rodes Blick streifte kurz Jennifer. »Ihre Kollegen von der Kripo haben eine Fallbeschreibung in die Systeme eingespeist, wohl ahnend, dass die Ausführung nicht gerade für einen Ersttäter spricht.«

Anstetts vernichtender Blick traf zuerst die Kommissarin, bevor er Oliver durchbohrte. Der deutete nur ein Schulterzucken an. Er hatte nicht einmal absichtlich vergessen, die Oberstaatsanwältin über diesen Punkt zu informieren, und jetzt war es ohnehin nicht mehr von Bedeutung.

Sprenger wollte noch etwas sagen, Rode kam ihm jedoch zuvor. Er lächelte. »Ich weiß, was Sie sagen möchten. Aber wir vom BKA haben unsere Möglichkeiten, leistungsstarke Suchalgorithmen inklusive.«

Der ITler machte nicht den Eindruck, zufrieden mit dieser Antwort zu sein, hakte aber nicht noch einmal nach.

Ein paar Sekunden lang herrschte Schweigen, woraufhin die Oberstaatsanwältin schließlich das Wort ergriff. »Hauptkommissar Rode ist hier, um uns bei den Ermittlungen zu unterstützen, uns alle Informationen zukommen zu lassen, die wir brauchen, und zu einem schnellen Ermittlungserfolg beizutragen.«

Anstett nickte Peter Möhring zu, dann ließ sie den Blick über die Anwesenden schweifen. »Ich sowie der Polizeidirektor wünschen eine reibungslose und konstruktive Kooperation ohne Kompetenzgerangel oder Zwischenfälle.«

Ihre Augen blieben an Jennifer hängen. »Da Ihr Partner derzeit abgängig ist, werden Sie mit Hauptkommissar Rode direkt zusammenarbeiten. Sie beide leiten ab sofort die Ermittlungen seitens der Kriminalpolizei.«

Oliver sah, wie Jennifer zu Möhring hinüberschaute. Diese Direktive gefiel ihr offensichtlich ebenso wenig wie ihm selbst, obwohl er nicht einmal wusste, was ihn daran so sehr störte. Die Konstellation war schließlich nur eine logische Folge der aktuellen Entwicklungen.

Anstett und der Leiter der Einsatzabteilung hatten diesen Punkt offensichtlich bereits miteinander geklärt, es schien beschlossene Sache zu sein.

Lächelte Anstett tatsächlich selbstzufrieden, oder bildete Oliver sich das nur ein?

»Sie alle werden eine Zusammenfassung der wichtigsten Ergebnisse und Analysen erhalten. Machen Sie sich damit vertraut, und richten Sie Ihre Arbeit danach aus. Wir werden diesen Täter stellen, bevor er erneut zuschlägt.«

Bereits der Weg zurück in ihr Büro zehrte an Jennifers Nerven. Ohne Absprache oder ein Zeichen ihrerseits folgte ihr Lars Rode in den Trakt der Kripo.

Ihr blieb nichts anderes übrig, als ihn mit einer Geste in ihr Büro zu bitten. Liebend gerne hätte sie ihm die Tür vor der Nase zugeknallt, so musste sie sie allerdings hinter ihm schließen, und das auch noch einigermaßen leise.

Er sah sich interessiert in dem hellen Raum um und musterte die Notizen, die sie in den letzten Tagen auf dem Whiteboard gesammelt hatte. Ohne sich nach einem freien Platz oder ihrem Partner zu erkundigen, legte er seine Tasche und sein Notebook wie selbstverständlich auf Marcel Meyers Schreibtisch ab.

Ihr kam sofort der Verdacht, dass Anstett ihn umfassend informiert hatte, obwohl den BKA-Mann die Alkoholabhängigkeit eines Kripobeamten nicht das Geringste anging.

Jennifer verschränkte die Arme vor der Brust, lehnte sich neben der Tür an die Wand und musterte Rode.

Er musste über einen Meter achtzig groß sein und war von schlanker, wenn auch breitschultriger Statur. Sein Gesicht hatte etwas Kantiges, Markantes. Jennifer schätzte, dass er etwa zehn Jahre älter war als sie.

»Sie wollen etwas loswerden?« Er sah sie fragend an.

»Allerdings. Ich will wissen, wie das Ganze jetzt ablaufen soll. Sie diktieren mir, wie ich meine Arbeit zu machen habe, und falls das nicht funktioniert, fallen die Heuschrecken über uns her?«

Zu ihrer Überraschung lächelte er. »Sie scheinen schlechte Erfahrungen mit meiner Behörde gemacht zu haben.«

Wer hatte das nicht? Jennifer hatte in der Vergangenheit mehrfach mit Ermittlern des Bundeskriminalamtes zu tun gehabt. Keine dieser Begegnungen hatte sie in positiver Erinnerung.

Trotzdem schwieg sie. Sie musste sich nicht vor ihm rechtfertigen. Er wusste selbst, dass die Einmischung höherer Dienststellen häufig nicht gut funktionierte, und dass jede Partei grundsätzlich der anderen dafür die Verantwortung zuschob.

»Nun, Kommissarin Leitner«, erwiderte Rode mit einem Schmunzeln, »ich bin die einzige Heuschrecke, und ich werde auch die einzige bleiben.«

Ein Bundesbeamter mit Humor. Das war immerhin etwas Neues. »Das glaube ich Ihnen erst, wenn ich Sie wieder los bin.«

»Das denke ich mir. Ich fürchte nur, Sie werden sich vorerst mit meiner Anwesenheit abfinden müssen.«

Leider hatte er diesbezüglich recht. »Die Frage ist nur, auf welche Art und Weise ich Sie ertragen muss. Ich werde nicht einfach klein beigeben und tun, was Sie mir sagen.«

Rode seufzte und schüttelte den Kopf. »Sie sind ein harter Brocken.«

»Sie lernen gerade meine sanftmütige Seite kennen.«

Rode lachte. Er lachte tatsächlich. Allerdings nur kurz. Dann sah er sie ernst an. »Ich bin nicht hier, um Ihnen das Leben schwer zu machen. Es geht um Zusammenarbeit, nicht darum, dass ich die Ermittlungen übernehme. Mein Dienstgrad ist höher als Ihrer, das hindert mich aber nicht daran, eine gleichberechtigte Partnerschaft mit Ihnen einzugehen.«

Jennifer musterte den BKA-Mann kritisch. Sie hasste die Art und Weise, wie er ihr jeglichen Wind aus den Segeln nahm. Er ließ sich nicht einmal ansatzweise auf eine Auseinandersetzung ein.

Sie stieß sich von der Wand ab und ging zu ihrem Schreibtisch.

»Ich glaube Ihnen nicht, aber es bleibt mir wohl nichts anderes übrig, als mitzuspielen.« Sie schnappte sich ihre leere Kaffeetasse. »Zumindest vorerst.«

Er ließ sich mit seiner Antwort Zeit, bis sie die Bürotür öffnete. »Ich denke, es ist zu viel verlangt, dass Sie mir einen Kaffee mitbringen?«

Jennifer warf Rode einen bösen Blick zu, bevor sie das Zimmer verließ.

Zu ihrer eigenen Überraschung holte sie ihm trotzdem einen Becher aus der Küche und zapfte ihm an der Maschine einen Kaffee. Sie stellte die Tasse so schwungvoll vor ihm auf den Schreibtisch, dass die schwarze Flüssigkeit beinahe herausschwappte.

Jennifer war froh und verärgert zugleich, dass der Kaffee nicht auf seinem weißen, gestärkten Hemd landete.

Sie setzte sich an ihren Rechner, ging ihre E-Mails durch und trank ihren Kaffee, ohne Rode eines Blickes zu würdigen. Schließlich musste sie aber einsehen, dass er tatsächlich nicht aus der Reserve zu locken war.

»Also gut.« Sie lehnte sich zurück und sah ihm in die Augen. »Dann sollten wir wohl zuallererst unsere Erkenntnisse austauschen, um zu sehen, was Sie beizutragen haben, und welche unserer Ansätze direkt in der Tonne landen können.«

Sein Grinsen fiel siegessicher aus.

In den nächsten Stunden erläuterte Jennifer detailliert, welchen Hinweisen sie nachgegangen waren, welche Spuren sie gefunden und wo sich Sackgassen oder Verdachtsmomente aufgetan hatten. Anschließend versorgte er sie mit weiteren Details zu den vorangegangenen Mordfällen. Der Austausch selbst brachte aber erwartungsgemäß kaum neue Erkenntnisse.

Die Zigarettenkippe war ein Indiz, dem Rode keine allzu große Bedeutung beimaß. Bisher hatte es keinerlei Hinweise darauf gegeben, dass der Täter Raucher war, und selbst wenn sich DNS an dem Zigarettenstummel befinden sollte, machte sich der Bundesbeamte wenig Hoffnungen: Es gab Millionen Raucher in Deutschland.

Die sichergestellte Erde, die sich unter Isabells Fingernägeln befunden hatte, weckte zwar sein Interesse, er wies Jennifer jedoch darauf hin, dass es in den bisherigen Fällen trotz ähnlicher Spurenlage nie gelungen war, einen Tatort ausfindig zu machen. Er dämpfte ihre Hoffnungen auch dahingehend, dass die Auswertung durch die Labore des LKA vermutlich länger dauern würde, als sich der Täter unter Kontrolle hatte.

Rode gab zwar zu, dass er über inoffizielle Kanäle verfügte, um die Laboruntersuchungen zu beschleunigen, konnte aber lediglich zusagen, seine Kontakte spielen zu lassen. Bei der Analyse der Spermaprobe waren ohnehin keine Überraschungen zu erwarten. Nachdem Jennifer ein paar Obduktionsberichte quergelesen und sich noch mehr Fotos von zerschundenen Körpern angesehen hatte, hegte auch sie keinen Zweifel mehr daran, dass sie es mit demselben Täter zu tun hatten.

Ein Knackpunkt ihrer Ermittlungen war zweifellos, dass der Täter deutschlandweit zugeschlagen hatte, teilweise mehrfach in derselben Stadt, wenn auch im Abstand von mehreren Monaten.

»Also suchen wir jemanden, der entweder erst vor Kurzem hierher gezogen ist oder den sein Beruf quer durchs ganze Land führt«, schloss sie schließlich ihre Überlegungen.

Sie saßen an dem kleinen Tisch am Fenster. Die Akten, die sich während Jennifers Urlaub angesammelt hatten, stapelten sich inzwischen im Schrank. Freya hatte nur die wichtigsten Vorgänge herausgepickt; um die kümmerte sich jetzt Möhring persönlich, soweit es ihm möglich war.

Hauptkommissar Rode war mit ihrer Schlussfolgerung nicht ganz einverstanden. »Das mit dem Umzug ist sehr unwahrscheinlich. Das wären eine Menge Umzüge, teilweise in sehr kurzer Zeit. Sehr umständlich.«

»Es kann trotzdem nicht schaden, entsprechende Anfragen ans Einwohnermeldeamt, die GEZ, das Arbeitsamt und die Kfz-Zulassungsstelle zu senden«, erwiderte Jennifer und trank einen Schluck Kaffee. Ihr Magen wies sie erneut darauf hin, dass sie bis auf ein in aller Eile heruntergeschlungenes Brötchen um die Mittagszeit heute noch nichts gegessen hatte.

»Das haben Ihre Kollegen in den anderen Städten bereits getan. Ich habe das Prozedere für die gesamte Serie noch einmal wiederholt, die umliegenden Gemeinden eingeschlossen. Ohne Ergebnis.«

»Falls Ihnen alle Städte bekannt sind und Ihre Serie keine Lücken aufweist.« Möglicherweise gab es noch weitere Morde, die demselben Täter zuzuschreiben waren, die aber selbst das BKA in den Systemen nicht hatte aufspüren können.

Lars Rode zuckte die Schultern. »Es wäre vom Täter schon mehr als dämlich, sich umzumelden.«

»Es ist auch mehr als dämlich, seine DNS zurückzulassen«, konterte Jennifer und lächelte.

»Touché. Sie haben recht.« Er strich sich mit der Hand durch die wenige Millimeter kurz geschorenen Haare. »Ich kann Sie nicht davon abhalten, Ihr Glück zu versuchen. Aber es werden Monate vergehen, bis Sie alle Rückmeldungen haben.«

»Einen Versuch ist es wert.« Jennifer machte sich eine entsprechende Notiz auf ihrem Block. Freya Olsson war schon nach Hause gegangen, um ihr Kind vom Kindergarten abzuholen. Sie würde sie morgen früh darauf ansetzen.

Die Kommissarin klopfte mit dem Kugelschreiber auf das Papier. »Sie glauben also, dass der Typ einen Job hat, der ihn quer durch Deutschland führt? Mit Stationen vorwiegend in Großstädten?«

Der Hauptkommissar nickte. »Ich habe eine ganze Liste von Berufen angelegt, die infrage kämen.« Er wühlte in seiner Tasche, zog einen zweiseitigen Ausdruck hervor und reichte ihn ihr.

Jennifer überflog die Aufstellung. Es waren weitaus mehr Berufe, als ihr auf Anhieb eingefallen wären. »Dieser Ansatz schließt einige unserer bisherigen Verdächtigen aus.«

Sie blickte zum Whiteboard. Till Freisen hatte sie bereits durchgestrichen. Die ihnen bisher bekannten Familienangehörigen von Isabell kämen ebenfalls nicht mehr als Täter infrage, genau wie ihre Freunde und Lehrer. Die Befragung Letzterer durch Katia Mironowa und Frank Herzig hatte aber sowieso nicht mehr als das aufgewärmte Gerücht ergeben, dass Isabell etwas mit ihrem Biologielehrer gehabt hatte. Was dieser natürlich vehement bestritt.

Lars Rode teilte Jennifers Meinung, trotzdem wollte er persönlich noch einmal mit der Familie des Opfers sprechen. Er schien sich mit der Kaltherzigkeit dieser Leute nicht abfinden zu wollen, sprang auf Jennifers Vermutung hinsichtlich des Vaters aber nicht an.

Auch wenn sie nicht verstand, was er sich davon versprach, rief sie bei Isabells Eltern an und bestellte sie für den nächsten Morgen ins Präsidium. Während sie und alle anderen auf der Beerdigung von Olaf Scholz wären, hätte der Hauptkommissar wenigstens eine Beschäftigung. Jonas Grunau würde er aber wohl selbst aufspüren müssen, denn weder bekam sie ihn ans Telefon, noch wusste die Mutter, wo ihr Spross steckte.

»Die Obdachlosen, mit denen Isabell im Camp zusammengelebt hat, scheiden ebenfalls aus«, stellte Jennifer schließlich fest. Till Freisen und seine Leute führten tatsächlich keine detaillierten Akten. Die raren Aufzeichnungen hatten ihr aber immerhin Vor- und Spitznamen sowie die Erkenntnis geliefert, dass alle anderen schon über ein halbes Jahr zusammen im Wald hausten und nur Isabell ein kommender und gehender Gast gewesen war.

Dieser Umstand hatte die Kommissarin in ihrer Überzeugung bestärkt, dass die Obdachlosen viel zu schnell auf Nico gedeutet hatten. Auch wenn er mit Isabell befreundet gewesen war, glaubte Jennifer, dass die anderen ebenfalls etwas über das junge Mädchen zu erzählen hatten.

Ob die Informationen, die sie bekommen könnte, von Belang wären, erschien ihr zwar fraglich, aber bevor sie das Vertrauen der Leute nicht gewonnen hatte, konnte sie es auch nicht ausschließen. Till Freisen würde ihnen dabei allerdings keine Hilfe mehr sein.

»Wir sollten die üblichen Verdächtigen nicht außen vor lassen«, merkte Lars Rode an. »Ich halte es zwar eher für unwahrscheinlich, dass der Täter hier in der Umgebung seinen regulären Wohnsitz hat, aber es wäre eine Möglichkeit.«

Jennifer hatte sich bereits gefragt, wie Lemanshain in die bisherige Serie hineinpasste. »Vielleicht ist das das Geheimnis. Er könnte aus Lemanshain stammen und hier seinen Urlaub verbringen.«

Der Hauptkommissar war nicht überzeugt. »Denke ich nicht.« Er deutete auf ihren Block. »Auf jeden Fall sollte jemand mit den Bewährungshelfern hier in der Gegend sprechen. Die sollten wissen, welchen Berufen ihre Schützlinge nachgehen und ob jemand mit einem Gewaltproblem dabei ist.«

Die Kommissarin hob eine Augenbraue, sagte aber nichts. Welcher entlassene Straftäter, dem ein Bewährungshelfer zugeteilt worden war, hatte kein Gewaltproblem? Sie notierte sich das Vorhaben.

Lars Rode sah nachdenklich aus dem Fenster. »Ich denke, wir haben jetzt alles. Was schlagen Sie vor? Wo sollten wir ansetzen?«

Jennifer war sich nicht sicher, wie ernst die Frage gemeint war. Vielleicht wollte er ihr einfach das Gefühl geben, dass er tatsächlich daran interessiert war, mit ihr an einem Strang zu ziehen.

»Ich würde auf jeden Fall einen Aufruf in die Zeitung setzen. Wir wissen noch immer nicht, wo Isabell sich aufgehalten hat, nachdem sie das Camp verlassen hatte. Möglicherweise gibt es Zeugen. Jemand könnte etwas beobachtet haben.« Rode reagierte nicht, weshalb sie fortfuhr: »Und ich würde gerne noch einmal mein Glück bei den Obdachlosen versuchen.«

»Sie denken, die Leute könnten etwas verschwiegen haben, das uns weiterhilft?«, fragte Rode skeptisch.

Jennifer dachte nicht nur an die Mordermittlungen. Auch wenn sie sich eigentlich allein darauf konzentrieren sollte, beschäftigte sie nach wie vor die Frage, was Isabell vor ihrer Flucht in den Wald zugestoßen war.

Doch ihr war klar, dass Rode das nicht interessieren würde. Deshalb war er nicht hier. »Es könnte irgendein Detail geben, das vollkommen unbedeutend erscheint. Ich bin mir jedenfalls sicher, dass diese Menschen uns mehr zu erzählen haben.«

»Was halten Sie von Isabells Geldbeschaffungsmethode? Diesem Netzwerk, das jugendliche Prostituierte mit Freiern zusammenbringt, und diesem ominösen Parkplatz?«

Das Thema zu wechseln, war auch eine Art, ihr mitzuteilen, dass er von ihrem Ansatz nichts hielt. »Der Parkplatz wäre zweifellos ein Ort, an dem der Täter sich an Isabell herangemacht haben könnte.«

Lars Rode nickte. »Und nicht nur das. Das Netzwerk selbst erscheint mir für unsere Arbeit allerdings unwichtig. Es ist das erste Mal, dass ich im Zusammenhang mit dieser Mordserie davon höre. Das ist eher eine Sache fürs LKA.«

Dazu hatte Jennifer sich noch keine Meinung gebildet. Sie musste davon ausgehen, dass sich Rodes bisherige Ermittlungen auch auf derartige Verbindungen erstreckt hatten und er einen Zusammenhang sicher ausschließen konnte.

»Aber dieser Parkplatz interessiert mich. Was haben Sie darüber?«

»Bisher nicht viel«, gestand sie und ärgerte sich, dass sie nicht doch schon ein paar mehr Informationen eingeholt hatte. »Er liegt im Hanauer Zuständigkeitsbereich.«

Rode lächelte, und es wirkte tatsächlich verständnisvoll. »Dann sollten wir uns jetzt wohl darum kümmern.«

15

Einstmals war der Parkplatz an die Autobahn angeschlossen gewesen, aus wirtschaftlichen Gründen hatte man ihn aber schon vor Jahren stillgelegt. Er war ohnehin sehr klein, bot insgesamt kaum mehr als zwanzig Autos Platz, und eine Toilette oder Sitzgelegenheit suchte man vergeblich.

Die Natur hatte bereits große Flächen zurückerobert. Der Beton war in einem ungleichmäßigen Muster aufgerissen, Gras und vereinzelte Sträucher wucherten aus den Ritzen.

Der Parkplatz war inzwischen nur noch über zwei Feldwege erreichbar, die so abgelegen und zugewuchert waren, dass dieser Ort tatsächlich ein Geheimtipp sein musste. Ein Geheimtipp, der sich herumgesprochen hatte, denn der Parkplatz war gut besucht.

Sich eines der Zivilfahrzeuge mit getönten Scheiben zu borgen, damit nicht sofort jeder bemerkte, dass sie das Treiben beobachteten, wäre gar nicht notwendig gewesen. Entweder die Freier und Prostituierten waren nicht miteinander vernetzt, oder sie wussten, dass die Polizei hier keine Razzien durchführte. Möglicherweise hätten Sie sich nicht einmal von einem Streifenwagen stören lassen.

Die lapidare Erklärung des Hanauer Kollegen, diese Art von Geschäften lasse man lieber auf einsamen Parkplätzen in der Wildnis vonstattengehen, als sie durch Kontrollen zurück in die Städte zu treiben, klang Jennifer noch immer in den Ohren. Eigentlich hatte sie aber nichts anderes erwartet. Sie hatte mehrere Jahre ihrer Laufbahn bei der Sitte verbracht. Eindämmen ließ sich Prostitution nicht, man konnte nur versuchen, sie von den ehrbaren Straßen fernzuhalten.

Sie und Rode hatten schnell herausgefunden, wie die Kommunikation auf diesem Parkplatz funktionierte. Eingeschaltetes Standlicht signalisierte, dass man auf der Suche nach einer Frau war, zusätzlich aktivierte Nebelscheinwerfer entlarvten die homosexuelle Kundschaft. Verkehrt wurde zumeist in den Autos, manche Paare verschwanden gemeinsam im nahen Dickicht. Zweimal hatten es die Leute aber auch vollkommen ungeniert auf der Motorhaube eines Autos oder an einen Baum gelehnt getrieben.

Während der letzten Stunden hatte Jennifer über dreißig Kennzeichen notiert. Sie hatten mit annähernd zwölf Frauen und Männern gesprochen, die regelmäßig hierherkamen, um ihre Körper dem Nächstbesten anzubieten. Obwohl für jeden von ihnen ersichtlich gewesen sein musste, dass sie Polizisten waren, war der Strom von Angebot und Nachfrage nicht abgerissen.

Von den Freiern mussten sie sich fernhalten, das war die Bedingung der zuständigen Abteilung in Hanau gewesen. Zwar würden ihnen die Kennzeichen weiterhelfen, aber sie hatten die strikte Anweisung erhalten, niemanden zu verschrecken.

Die beiden Ermittler hatten Isabells Foto herumgezeigt, sich nach dem Mädchen sowie merkwürdigen oder gar gewalttätigen Kunden erkundigt. Ohne Erfolg.

Jennifer saß mit ihrem Laptop auf dem Beifahrersitz und verbrachte die freie Zeit zwischen den Kontakten damit, Rodes Liste mit den Berufen abzuarbeiten. Sie suchte nach Firmen, Baustellen oder Projekten in Lemanshain und Umgebung, die zu den Jobs passten, die der Hauptkommissar zusammengestellt hatte.

Doch bisher war diese Suche ebenfalls ohne Ergebnis geblieben.

Der einzige Lichtblick an diesem Abend war der Umstand, dass sie noch keine Minderjährigen gesehen hatten. Jennifer hoffte inständig, dass es dabei blieb.

Der Blick auf die Uhr war ernüchternd. Halb eins, und noch immer tauchten vereinzelte Autos auf, Freier und Prostituierte. Der Parkplatz begann sich nur langsam zu leeren.

Lars Rode langweilte sich offensichtlich. Er schaltete die Radiosender durch, fand aber nichts, was ihn ansprach oder interessierte. Jennifer war dankbar dafür, denn sie konnte sich nicht vorstellen, dass sich ihr Musikgeschmack auch nur marginal mit seinem überschnitt. Und sie hatte keine Lust, die Senderwahl mit ihm zu diskutieren.

Sein ungeduldiges Gebaren reichte ihr schon: das Klopfen mit den Händen auf dem Lenkrad, das Herumspielen mit seinem Handy und die Seitenblicke, die er ihr ständig zuwarf. Sie gewann immer mehr den Eindruck, dass er mit langwierigen Überwachungen keine Erfahrung hatte.

Das war an sich nicht überraschend. Für solche Einsätze hatten BKA-Beamte wie Rode für gewöhnlich Laufburschen, im Zweifelsfall Kommissare der örtlichen Dienststelle, die sie gerade annektierten. So wie die von Jennifer.

Eine Prostituierte, mit der sie schon gesprochen hatten, stieg neben ihnen aus einem Wagen, der die letzten zehn Minuten sichtlich geschwankt hatte. Ihr dritter Freier an diesem Abend ließ augenblicklich den Motor an und fuhr davon, während sich die Frau eine Zigarette anzündete und ihren Blick auf der Suche nach dem nächsten Kunden über den Parkplatz schweifen ließ.

Der Druck hinter Jennifers rechtem Auge verstärkte sich. Ein altbekannter Schmerz begann, von ihrer Augenhöhle in Richtung Ohr zu ziehen. Das hatte ihr gerade noch gefehlt. Sie klappte das Notebook zu und ließ es zwischen ihre Füße gleiten, um in ihrem Rucksack nach den Tabletten und der Wasserflasche zu suchen.

Der Hauptkommissar beobachtete neugierig, wie sie zwei Pillen schluckte. »Migräne?«, fragte er.

Jennifer ließ sich ihre Überraschung nicht anmerken und murmelte zwischen zwei Schlucken nur eine knappe Bestätigung.

Rode nickte verständnisvoll. »Ich auch. Dass Sie bei dieser Oberstaatsanwältin Kopfschmerzen bekommen, ist allerdings kein Wunder.«

Jennifer stopfte die Wasserflasche zurück in den Rucksack und zog den Rechner wieder auf ihren Schoss, klappte das Display aber nicht sofort auf. »Versuchen Sie gerade, sich bei mir einzuschleimen?«

Ihr neuerlicher Anflug von Trotz ließ ihn aufseufzen. »Ich will dasselbe wie Sie, Kommissarin Leitner. Meine Arbeit gut machen, diesen Killer fassen. Und ob es Ihnen passt oder nicht, ohne ein gewisses Maß an Kooperation funktioniert das nicht.«

Er hatte natürlich recht. Trotzdem sträubte sich in ihrem Inneren etwas dagegen, ihre Schilde zu senken. »Wenn Sie wollen, dass ich mich kooperativer zeige, sollten Sie mir erst mal ein paar Fragen beantworten.«

Täuschte sie sich, oder trat ein amüsiertes Blitzen in seine Augen? »Und die wären?«

»Sie könnten damit anfangen, mir zu erklären, wie dieser Fall überhaupt beim BKA gelandet ist.«

Jennifer erwartete eigentlich, dass er darauf mit langwierigen Erläuterungen über die Zuständigkeit der Bundesbehörden antworten würde, doch glücklicherweise ersparte er ihr diesen Vortrag.

»Eigentlich waren wir auf der Jagd nach einem international tätigen Menschenhändlerring. In Berlin. Eine Tote rechneten wir fälschlicherweise der Bande zu, später zeigte sich aber, dass wir uns getäuscht hatten. Ich stellte trotzdem ein paar Nachforschungen an – und entdeckte die Mordserie.«

Die Kommissarin rief sich die Falldetails in Erinnerung. »Das heißt, der Zusammenhang wurde erst beim achten Opfer entdeckt?«

»Beim neunten«, berichtigte Rode. »Und auch dabei spielte der Zufall eine entscheidende Rolle. Unsere Systeme sind zwar gut, aber es bleiben nach wie vor viel zu viele Verbindungen zwischen Taten unentdeckt, die in verschiedenen Bundesländern begangen werden.«

»Und wie ist es Ihnen dann gelungen, die Verbindung zu entdecken? Das hört sich nach einer Menge Zufälle an.«

Jennifers Skepsis entlockte ihm ein Lächeln. »Wahrscheinlich war es doch mehr meine Hartnäckigkeit als nur ein Zufall. Die Tote wäre, nachdem sie kein Opfer in unserem eigentlichen Fall war, wohl bei den Akten gelandet, doch damit habe ich mich nicht zufriedengegeben. Sie war derart übel zugerichtet … ich wollte wissen, was ihr zugestoßen war. Irgendwie wirkte das Ganze auf mich auch nicht wie ein normaler, einzelner Mord.«

Jennifer runzelte unwillkürlich die Stirn. Sie war also nicht die Einzige, die recht schnell an eine Serientat gedacht hatte, obwohl es nur ein Opfer gab.

»Ich habe die Systeme durchforstet, Suchanfragen gestartet und diverse Dienststellen kontaktiert. Dadurch stieß ich auf ein weiteres mutmaßliches Opfer, und als ich die Gemeinsamkeiten entdeckte, fanden sich immer mehr.«

»Und seitdem sind Sie als Einzelkämpfer unterwegs und folgen der Spur des Mörders?«

»Mehr oder weniger, ja.«

Jennifer musterte ihn. »Klingt nach einem beschissenen Job für einen Bundesbeamten.«

Rodes Mundwinkel hoben sich etwas, doch das Lächeln erreichte nicht seine Augen. »Es hat seine Vor- und Nachteile.«

»Die Nachteile leuchten mir ein. Die Vorteile müssen Sie mir erklären.«

Jennifer hatte einen wunden Punkt getroffen, das war Rode deutlich anzusehen, als er kurz das Gesicht verzog. »Sagen wir einfach, mein Vorgesetzter und ich waren uns nicht immer ganz einig. Diesen Job zu übernehmen, war eine Gelegenheit, ihm aus dem Weg zu gehen.«

Jennifer hob fragend eine Augenbraue. So leicht würde sie ihn nicht davonkommen lassen.

Rode wand sich einen Moment, bevor er antwortete. »Ich habe mich nicht immer an die Regeln und Dienstvorschriften gehalten. Mein Chef ist ein Paragrafenreiter. Und ein Arschloch.«

Eine Situation, die Jennifer bekannt vorkam, auch wenn ihre aktuellen Probleme nichts mit ihrem direkten Vorgesetzten zu tun hatten. »Also haben Sie sich diese Aufgabe selbst geschaffen.«

Die Unterstellung gefiel ihm nicht, doch er blieb höflich. »Nein. Der Job muss gemacht werden.«

Jennifer ließ nicht locker. »Ich kann mich nur wiederholen: Das ist keine Sache fürs BKA.« Sicher war die Zuständigkeit der Bundesbehörde aus irgendeiner Vorschrift abzuleiten, doch ihr Eingreifen erschien Jennifer nicht zwingend erforderlich.

Rode zuckte die Schultern. »Wenn Sie meinen.«

Ein paar Minuten lang saßen sie schweigend nebeneinander. Jennifer schrieb ein weiteres Kennzeichen auf ihren Block. Sie hatte Rode verärgert und hielt die Unterhaltung für beendet.

Umso überraschter war sie, als er plötzlich mit einem geheimnisvollen Lächeln sagte: »Ich könnte Ihnen ein Geheimnis verraten, was diesen Fall betrifft.«

»Tatsächlich?« Sie gab sich desinteressiert.

»Ja. Ein Geheimnis, das ich eigentlich für mich behalten sollte.«

Wenn er mit einem Regelbruch bei ihr punkten wollte, so hatte er Erfolg. Sie hatte angebissen. »Und welches?«

»Ich könnte Ihnen den Grund dafür verraten, warum die obere Etage ganz bewusst entschieden hat, in diesem Fall kein Großaufgebot zu entsenden. Warum diese Morde nicht die Aufmerksamkeit der Öffentlichkeit erregen sollen. Wieso es so wichtig ist, die Presse rauszuhalten.«

Jennifer sah von ihrem Block auf und stieß ein kurzes, freudloses Lachen aus. »Letzteres leuchtet doch unmittelbar ein. Die Opfer sind nicht von öffentlichem Interesse, haben zu einem Großteil keine Familien, teilweise konnten sie ja nicht einmal identifiziert werden. Keiner schert sich einen Dreck um diese Toten. Was auch der Grund dafür sein dürfte, warum der Fall dem BKA nur einen einzigen Beamten wert ist. Die jeweiligen Kollegen vor Ort sind wahrscheinlich einfach nur froh, wenn der Killer weiterzieht und sie die Akten schließen können.«

Rode musterte sie einen Moment lang. »Sie haben keine gute Meinung von unserer Zunft.«

Jennifer zuckte die Schultern. »Ich bin Realistin. Ich weiß, wie der Laden läuft.«

»Vielleicht wissen Sie es nicht so gut, wie Sie glauben.«

»Ich gehe schon davon aus, dass Ihr Geheimnis ein ganz anderes ist«, erwiderte sie. »Spucken Sie es jetzt aus, oder nicht?«

»Kann ich Ihnen vertrauen?«

Jennifer lächelte. »Das müssen Sie entscheiden.«

Mehrere Sekunden vergingen. Sie glaubte bereits, dass er einen Rückzieher machen würde, als er endlich in die Stille des Wagens hinein sagte: »Wir kennen den Mörder.«

Die Kommissarin setzte sich überrascht auf. Sie hatte mit

allem Möglichen gerechnet, aber nicht mit dieser Offenbarung. »Was?!«

Rode nickte. »Ja. Wir wissen, wer er ist.«

Jennifer konnte ihn nur ungläubig ansehen. »Sie verarschen mich, oder?!«

»Wir kennen seine Eltern.«

Sie war sich noch immer nicht sicher, ob er ihr gerade ein Märchen auftischte, vielleicht aus Rache für ihr trotziges Verhalten. Doch in seiner Miene fand sie keinerlei Anzeichen dafür. »Das müssen Sie mir erklären.«

Ein leichtes Grinsen verzog seine Mundwinkel. Er hatte tatsächlich ein wenig mit ihr gespielt. »Er wurde seinen Eltern im Alter von zwei Monaten bei einem Sonntagsspaziergang aus dem Kinderwagen geraubt. Das war neunzehnhundertfünfundachtzig, in der Nähe der belgischen Grenze. Als gentechnische Untersuchungen populär wurden, haben die Eltern ihre genetischen Daten hinterlegen lassen, in der Hoffnung, so den verschollenen Sohn irgendwann wiederzufinden. Sie waren im System … und die Suche ergab einen Treffer.«

Jennifer runzelte die Stirn. Dem normalen Durchschnittsbürger hätte man diese Möglichkeit niemals eingeräumt, ebenso wenig die erfolgte Geheimhaltung. »Wer sind seine Eltern?«

»Es bestehen Verbindungen in höchste politische Kreise. Mehr kann und darf ich Ihnen nicht sagen. Und auch das hätte ich schon für mich behalten müssen.«

Höchste politische Kreise. Das erklärte Einiges. Die Verbindung zu einem Serienmörder wäre für die Presse ein gefundenes Fressen. Wenn das herauskäme, wären schützenswerte Karrieren in Gefahr, selbst wenn es sich bei den Eltern nur um entfernte Verwandte eines bedeutenden Politikers handeln sollte.

Was Jennifer allerdings viel mehr beschäftigte, war der Kummer und der Schmerz der Eltern. Sie hatten Jahrzehnte nach ihrem gestohlenen Kind gesucht und letztlich erfahren müssen, dass aus dem Jungen, den sie nicht hatten großziehen können, ein Monster geworden war. »Wie viel wissen die Eltern?«, murmelte sie schockiert.

Zu ihrer Überraschung antwortete Rode auf die Frage. »Genug, aber nicht alles.«

Jennifer konnte nur stumm den Kopf schütteln.

»Jetzt wissen Sie, warum ich hier bin«, fügte der Hauptkommissar hinzu. »Und warum ich diesen Kerl finden muss.«

»Ich fürchte nur, er wird es Ihnen nicht leicht machen«, merkte Jennifer schließlich an. »In den letzten Städten hat er jeweils nur einmal zugeschlagen …«

»Es ist nicht gesagt, dass das zu einem festen Muster wird.«

»Es wird Sie wohl nicht überraschen, wenn ich sage, dass ich hoffe, dass er daran festhält.«

»Das ist nur die halbe Wahrheit.«

Jennifer lehnte sich zurück. Wieso war sie derart leicht zu durchschauen? Natürlich wäre ihr damit gedient, wenn Isabell das einzige Opfer bliebe und der Killer gemeinsam mit Lars Rode wieder verschwinden würde. Doch dieser Ausgang wäre auch extrem unbefriedigend. Es würde bedeuten, dass sie den Mistkerl ziehen lassen musste, ohne die Chance zu haben, ihn zu fassen.

»Ja, ist es«, gab sie leise zu. Sie hatte Achtung vor der Arbeit, die Lars Rode leistete. In seiner Position wäre sie nicht minder verbissen gewesen.

»Wenn wir zusammenarbeiten, haben wir die Chance, ihn gemeinsam zu schnappen.«

Er hatte recht. Schon wieder. Doch noch war sie nicht bereit, das offen zuzugeben. »Ich sehe für den Täter allerdings keinen Grund, sich hier länger aufzuhalten. Lemanshain ist ein Kaff im Vergleich zu den Städten, in denen er sich bisher rumgetrieben hat. Diese Stadt passt ohnehin nicht in sein gewohntes Schema.«

»Vielleicht liegt Frankfurt zu weit entfernt von seinem Arbeitsort … Oder er ist bewusst hierhergekommen.«

Jennifer runzelte die Stirn und sah Rode fragend an.

»Diese kleine Stadt hat einen gewissen Ruf«, erwiderte er und spielte damit auf die unrühmliche Vergangenheit Lemanshains an, zwei Serienmörder innerhalb eines Jahres hervorgebracht zu haben. »Niemand ist bisher auch nur ansatzweise in seine Nähe gekommen. Er fühlt sich unverwundbar, stark. Vielleicht sucht er eine Herausforderung.«

Der Gedanke, dass der Täter auf der Suche nach einem würdigen Gegenspieler sein könnte, gefiel Jennifer nicht. »Ist das die Meinung Ihrer Experten?«

Der Hauptkommissar schüttelte den Kopf. »Nein, meine eigene.«

Jennifer wusste nicht, was sie davon halten sollte. Irgendwie passte ein solches Verhalten nicht zu dem Bild, das sie sich von dem Täter gemacht hatte. Aber es war durchaus eine Entwicklung, die bei Serienmördern zuweilen zu beobachten war. »Wenn er uns herausfordern will, wird er versagen. Sein Sturz ist dann bereits vorprogrammiert.«

»Uns?«, fragte Rode mit einem leichten Grinsen. »Heißt das, ich kann auf Ihre Kooperation zählen?«

Sie musste unwillkürlich lächeln. »Lassen Sie sich überraschen.«

16

Ein kleines Erdbeben riss sie aus ihren Träumen. Wie gerne wäre sie wieder in tiefere Sphären abgetaucht, doch dann legte sich ein störendes Gewicht auf ihren Brustkorb. In der nächsten Sekunde berührte etwas ihre Nase.

Jennifer stieß ein Grummeln aus, was aber nur dazu führte, dass erneut jemand ihre Nasenspitze antippte. Zweimal, dreimal, jedes Mal ein bisschen energischer.

Sie schlug die Augen auf und blinzelte Gaja an, die direkt vor ihrem Gesicht auf der Bettdecke saß. Die meisten Menschen fanden, der schwarz-weiß gescheckte Stubentiger sehe dank seiner Fellzeichnung immer etwas verdrießlich aus, Jennifer blickten die grünen Augen in diesem Moment allerdings höchst unschuldig entgegen. Ganz so, als hätte deren Besitzerin nicht das Geringste damit zu tun, dass Jennifer aus dem Schlaf geschreckt war.

Trotzdem nutzte Gaja die Gelegenheit, Jennifer mit einem Miauen zu begrüßen, das offenbar auf ihren kurz bevorstehenden Hungertod aufmerksam machen sollte.

»Ach, Süße.« Jennifer drehte den Kopf zur Seite und stöhnte auf.

Halb sieben. Viel zu früh. Erst recht, wenn sie daran dachte, dass sie erst gegen zwei Uhr nach Hause gekommen war und in der Nacht davor auch kaum geschlafen hatte. Eigentlich hatte sie vorgehabt, von zu Hause aus direkt zu Olaf Scholz' Beerdigung zu fahren, die für elf Uhr angesetzt war.

Ein neuerliches Miauen buhlte um ihre Aufmerksamkeit.

»Ich hab dir doch heute Nacht noch was in den Napf getan, Schätzchen. Du kannst doch gar nicht schon wieder hungrig sein.«

Gaja war offensichtlich anderer Meinung.

Jennifer überlegte kurz, sie zu verscheuchen, doch sie wusste aus leidiger Erfahrung, dass das nichts brachte. Gaja würde nicht lockerlassen, bis sie ihr Frauchen endlich aus den Federn geholt hatte.

»Also gut, na schön.«

Die Katze hüpfte von ihrem Brustkorb auf den Boden. An der Schlafzimmertür blieb sie mit erwartungsvollem Blick stehen.

Jennifer quälte sich aus dem Bett, streckte sich zweimal und folgte ihrer Mitbewohnerin in die Küche. Die Edelstahlschale war komplett leer geputzt. Während sie am Tresen stand und sich mit dem Verschluss einer Dose abmühte, strich Gaja laut schnurrend um ihre Beine. Schließlich stürzte sie sich auf das Futter, als hätte sie seit Wochen nichts Ordentliches mehr zwischen die Zähne bekommen.

Jennifer sah ihr beim Fressen zu, während sie noch mit sich haderte, ob sie aufbleiben oder ins Bett zurückkehren sollte. Sie entschied sich fürs Aufbleiben.

Sie duschte ausgiebig und zog sich dann an. Als sie in die Küche zurückkam, war die Schale schon wieder leer. Gaja war vermutlich durch die Katzenklappe nach draußen entschwunden, um den Tag mit Katzenangelegenheiten zu verbringen. Hoffentlich brachte sie nicht wieder einen halbtoten Vogel mit nach Hause.

Jennifer machte sich einen Kaffee, verzichtete aber darauf, etwas zu essen. Stattdessen rief sie nach einigem Zögern bei ihren Eltern an, die in Heidelberg und damit gut hundertfünfzig Kilometer entfernt wohnten. Gestern Abend hatten sie – vermutlich ihre Mutter – mehrfach versucht, sie zu erreichen.

Es war früh am Morgen. Noch während des Klingelns hoffte sie, dass niemand ans Telefon gehen würde, oder wenn, dann ihr Vater. In den letzten Wochen hatte sie von ihrer Mutter entschieden zu viel über die Eheprobleme ihrer Eltern gehört. Sie hatte keine Lust auf eine weitere dieser endlosen Litaneien.

Ihr stummes Beten wurde nicht erhört. Annabell Leitner begrüßte ihre Tochter allerdings nicht mit den erwarteten Beschwerden und Vorwürfen.

»Hallo, Jennifer. Da bist du ja.«

Sie konnte nicht verhindern, dass sie sich unwillkürlich anspannte. Wenn ihre Mutter sie nicht sofort mit Vorhaltungen wegen ihrer seltenen Anrufe und schlechten Erreichbarkeit überschüttete, stimmte irgendetwas nicht.

»Hallo, Mama.« Sie wollte nicht gleich auf den Grund der unzähligen Anrufversuche am Vorabend zu sprechen kommen, wusste aber auch nicht so recht, was sie sonst sagen oder fragen sollte.

»Ich bin froh, dass du anrufst. Ich brauche deine Hilfe.«

Das hörte sich nicht gut an. Schon gar nicht im Hinblick darauf, dass ihre Mutter in letzter Zeit öfter davon gesprochen hatte, zu Hause raus zu müssen, und ihre Andeutungen darauf abgezielt hatten, dass ihre Tochter sie zu sich nach Lemanshain einladen sollte. War Annabell Leitner nun der Geduldsfaden gerissen? »Ja« war das Einzige, was Jennifer herausbrachte.

»Dein Vater und ich haben uns in den letzten Tagen ausgesprochen. Wir wollen an unserer Beziehung arbeiten.«

Das war allerdings eine Überraschung. In letzter Zeit hatte sich ihre Mutter nur noch über ihren Mann beklagt. Jennifer hatte das alles nicht hören wollen, vor allem, weil sie für die Klagen nur wenig Verständnis aufbrachte.

Ihr Vater war vielleicht in den letzten Jahren ein wenig passiv und gemütlich geworden und widmete sich als Rentner manch merkwürdigem Hobby, aber er hatte sich immer um seine Familie und seine Frau gekümmert. Er war für sie und seine Kinder da gewesen, hatte alle Probleme gemeinsam mit ihnen durchgestanden.

Es gab schlechtere Väter und weitaus schlechtere Ehemänner. Er hatte seine Frau niemals betrogen.

Eine Feststellung, auf die ihre Mutter eingeschnappt reagiert und Jennifer vorgeworfen hatte, ihre gescheiterte Ehe könne nicht auf Dauer das Maß aller Dinge sein. Jennifer hatte sich ein einziges Mal auf eine Diskussion diesbezüglich eingelassen, was sie bitter bereut hatte.

Der Disput hatte zu viele Wunden wieder aufgerissen und Bilder heraufbeschworen, die sie tief in ihrem Innern verschlossen geglaubt hatte. Am meisten hatte ihr aber die Wut darüber zugesetzt, dass das Feuer selbst nach acht Jahren noch Glut besaß. Ihr Exmann und sein Betrug waren ihr nach all dieser Zeit noch immer nicht gleichgültig.

Es war ein Hoffnungsschimmer, dass ihre Mutter und ihr Vater es nun endlich geschafft hatten, miteinander statt aneinander vorbeizureden. Dann verlangte wenigstens niemand mehr von ihr, Stellung zu beziehen. »Das ist gut, Mama. Das freut mich sehr.«

»Wir haben erkannt, wo unsere Probleme liegen. Wir hatten zu wenig Zeit füreinander und haben über alles andere uns und unsere Beziehung vergessen.«

Wieso erzählte ihre Mutter ihr das? Normalerweise bekam sie nur das Gejammer zu hören. Wenn irgendetwas wieder in Ordnung gekommen war, wurde es für gewöhnlich mit einem lapidaren »Alles wieder okay« abgehandelt.

»Das Problem ist, dass es in den letzten ein, zwei Jahren nur noch um Bastian ging.«

Bastian. Jennifers jüngster Bruder. Nachzügler, Nesthäkchen und Problemkind der Familie Leitner. Der Sechzehnjährige hatte im letzten Jahr nichts ausgelassen, ob es Schulschwänzen, Drogeneskapaden oder Schlägereien waren.

Ein weiteres Thema, das immer wieder zu Diskussionen zwischen den beiden Frauen führte. Wie oft hatte ihre Mutter sie aufgefordert, nach Heidelberg zu kommen, um mit ihrem Bruder zu reden. Nur weil sie eine Vergangenheit hatte, die die Kapriolen ihres Bruders noch in den Schatten stellte, und weil trotzdem etwas aus ihr geworden war, glaubte Annabell Leitner, Jennifer könne irgendwie zu dem Jungen durchdringen.

Sie hatte es versucht und war gescheitert. Sie war mehr als zwanzig Jahre älter als Bastian und einfach nicht der geeignete Ansprechpartner für den Jugendlichen.

»Dein Vater und ich, wir brauchen Zeit füreinander. Wenn wir das klären wollen, müssen wir uns auf uns konzentrieren können. Zumindest für ein paar Wochen.«

Jennifer ahnte, worauf das hinauslaufen sollte. Sie wusste, wie ihre Mutter dachte. Sie brachte kein Wort heraus.

»Jennifer, dein Vater und ich, wir bitten dich darum, Bastian während der Sommerferien zu dir zu nehmen.«

Das konnte nicht ihr Ernst sein! Der Alarm in Jennifers Kopf schrillte laut und eindringlich. Nein! Auf gar keinen Fall! »Mama …«

»Jennifer, bitte!«

Die Sommerferien. Sechs Wochen. Zweiundvierzig Tage. Wann begannen noch mal die Ferien in Baden-Württemberg? Mitte Juli? Definitiv in ein paar Wochen. »Ich habe nicht annähernd genug Urlaub, um …«

»Du brauchst nicht viel Urlaub, Jennifer, überhaupt keinen. Wir haben darüber gesprochen, Papa und ich. Es wäre für uns und auch für Bastian das Beste. Er würde aus dem Dunstkreis seiner Freunde herauskommen und könnte sich aufs Lernen konzentrieren. Es ist jetzt schon klar, dass er zwei Nachprüfungen haben wird, das weißt du doch, oder?«

Englisch und Biologie. Wie oft hatte Jennifer das bereits gehört? Unmöglich, es zu vergessen. Ihr schwirrte der Kopf. Sie musste diesen Überfall unbedingt abwenden.

»Du hast doch das Gästezimmer. Wir kommen für alle Kosten auf. Alles, was du tun müsstest, wäre eine Nachhilfe für ihn zu organisieren, die mit ihm lernt und vielleicht ein wenig auf ihn aufpasst. Er kann bei dir überhaupt keinen Mist bauen. Lemanshain ist klein, ruhig, friedlich …«

Wenn du wüsstest, wie friedlich … Jennifer rieb sich die Stirn und schüttelte den Kopf. Wie gerne hätte sie geglaubt, dass ihre Mutter sich einen Scherz erlaubte, doch so war es nicht.

»Und was sagt Bastian dazu?«, fragte sie kraftlos.

»Ich wollte erst mit dir reden.«

Ihr Bruder würde sicherlich begeistert sein. So widerspenstig, wie er im Moment war, würde er vermutlich ausrasten. Vielleicht würde er sich sogar, um seinem Unmut Luft zu machen, noch ein paar Eskapaden mehr leisten. Ganz davon zu schweigen, dass er Jennifer das Leben in diesen sechs Wochen höchstwahrscheinlich zur Hölle machen würde.

»Ich halte das für eine schlechte Idee, Mama. Für eine verdammt schlechte Idee.«

»Bitte! Ich verspreche dir, es ist das letzte Mal, dass ich dich in Bezug auf Bastian um irgendetwas bitte!«

Ein leeres Versprechen, das wussten sie beide.

»Es ist unser letzter Versuch, Jennifer. Ich will mir gar nicht ausmalen, wie Bastian darauf reagieren würde, wenn Papa und ich uns trennen würden … Bitte!«

Jennifer hörte die Verzweiflung in der Stimme ihrer Mutter, die aufsteigenden Tränen. Sie schloss die Augen. Alles in ihr sträubte sich gegen diese Bitte, diesen Vorschlag. Wie sollte sie ihren Bruder im Zaum halten? Es war unmöglich.

Und doch hatte ihre Mutter recht. Es war nicht abzusehen, wie Bastian eine Scheidung verkraften würde. Die Trennung ihrer Eltern könnte das Fass endgültig zum Überlaufen bringen.

Erinnerungen kochten unweigerlich in Jennifer hoch. Erinnerungen daran, wie sie gewesen war ... Wie sie andere angepöbelt, bespuckt, geschlagen und ausgeraubt hatte, wie sie selbst dann noch zugetreten hatte, wenn der andere schon am Boden lag. Welche Erniedrigungen sie in Kauf genommen hatte, um an Alkohol und Drogen heranzukommen. Wie sie ihre Eltern bestohlen und ihre Mutter sogar einmal mit einem Küchenmesser bedroht hatte.

Einundzwanzig Jahre waren seitdem vergangen, aber die Erinnerungen waren noch frisch und würden es vermutlich immer bleiben. Jennifer konnte nicht verantworten, dass ihrem jüngsten Bruder das Gleiche passierte. Sie hatte Glück gehabt, hatte die Kurve gerade noch gekriegt, war dem Sumpf entkommen, bevor er sie hatte verschlingen können. Im allerletzten Moment.

Jennifer starrte ins Leere. »Okay.«

»Was?!«, rief ihre Mutter ungläubig.

»Ich sagte: Okay. Ich mache es. Bastian kann über die Sommerferien herkommen.«

Jetzt brach ihre Mutter hörbar in Tränen aus. »Danke, ich danke dir!«

In Jennifers Ohren klangen diese Worte so ehrlich wie noch nie zuvor etwas aus dem Mund ihrer Mutter.

»Jennifer, danke! Ich muss ... Wir hören voneinander.« Ihre Mutter zog sich aus der Affäre, indem sie auflegte. Sie ergriff immer die Flucht, wenn sie nicht mehr Herrin über ihre Gefühle war.

Jennifer konnte sich nicht erinnern, jemals so erleichtert darüber gewesen zu sein.

Minutenlang blieb sie am Küchentisch sitzen und starrte durch die Terrassentür nach draußen. Die Rhododendren und Hortensien wiegten sich sanft in einer morgendlichen Brise.

Sie trank ihren Kaffee in dem Wissen aus, dass sie diese Entscheidung mehr als nur bereuen würde.

Viel früher als ursprünglich geplant brach sie zur Arbeit auf. Erst an der Wohnungstür erinnerte sie sich wieder an die Beerdigung und kehrte ins Schlafzimmer zurück, um sich umzuziehen.

Draußen stand die Sonne tief an einem fast wolkenlosen Himmel.

Jennifer hatte noch immer nicht die Batterien für die Fernbedienung ausgetauscht, die das Tor zur Tiefgarage öffnete. Grundsätzlich vergaß sie auch den Zahlencode, den sie ersatzweise hätte eingeben können, weshalb sie ihr Auto letzte Nacht draußen hatte abstellen müssen. Der kleine Spaziergang in die Seitenstraße tat jedoch gut.

Die von Bäumen gesäumte Sackgasse führte zu den Garagen der nahegelegenen Reihenhäuser. Die Gegend war schattig und vergleichsweise düster. Deshalb bemerkte Jennifer erst wenige Meter von ihrem VW entfernt, dass etwas nicht stimmte.

Sie blieb stehen und starrte ihren Wagen sekundenlang vollkommen perplex an. Zuerst konnte sie gar nicht glauben, was sie sah, und selbst als ihr Gehirn die Information endlich verarbeitet hatte, weigerte es sich noch immer, den Anblick anzuerkennen.

Die Reifen waren zerstochen. Der Lack vollkommen zerkratzt, die Scheiben eingeschlagen.

Wieso hatte das niemand gehört? Wie viele Leute hatten ihr Auto bereits so gesehen? Dass niemand die Polizei gerufen hatte, wunderte sie nicht, selbst in diesem Viertel. *None of their business.*

Wer wusste, dass es ihr Wagen war? Wer hatte gesehen, dass irgendjemand mit leuchtend roter Farbe »FOTZE« auf den schwarzen Lack gesprüht hatte?

Jennifers erster Gedanke war gewesen, bei ihrer Werkstatt anzurufen, einen Abschleppwagen anzufordern und die Reparatur erledigen zu lassen, ohne den Vorfall zu melden. Dann hatte sie sich aber doch für den dienstlich korrekten Weg entschieden.

Und damit für den falschen Weg, davon war Jennifer inzwischen überzeugt.

Sie hatte Thomas Kramer angerufen. Und obwohl sie sich Diskretion erbeten hatte, hatte es in der Straße kurze Zeit später nur so von Kollegen gewimmelt – was zusätzlich noch Schaulustige angelockt hatte.

Kurz bevor sie alle zur Beerdigung aufbrechen mussten, mit Möhring und Oliver in diesem Verhörraum zu sitzen, auf der falschen Seite des Tisches, fühlte sich auch nicht besser an. Der Kaffee schmeckte bitter. Jennifer starrte auf die Tischplatte und versuchte, sich nicht anmerken zu lassen, dass sie mit einer Mischung aus Scham und Wut zu kämpfen hatte.

Die Fragen ihres Vorgesetzten machten es keinesfalls leichter.

»Ich muss Sie das fragen, das wissen Sie«, erklärte Möhring in diesem Moment. In seiner Stimme lag eine verständnisvolle Milde, die sie selten bei ihm erlebt hatte und die sie eigentlich nicht mit ihrer eigenen Person in Verbindung bringen wollte.

»Das müssen Sie eben nicht«, widersprach Jennifer, ohne ihn anzusehen. »Bei jeder anderen Frau dort draußen wäre der Vorfall aufgenommen und zu den Akten gelegt worden. Es gibt keinen Grund für diese Sonderbehandlung.«

Möhring seufzte leise. »Sie sind Polizistin, Jennifer. Ihr Auto wurde übel zugerichtet, und diese Botschaft … Ich nehme das sehr ernst.«

Sie trank schweigend einen Schluck Kaffee. Das Gebräu konnte unmöglich frisch sein.

»Ich denke, wir wissen alle, dass diese Nachricht eine extreme Abwertung bedeutet, wenn nicht sogar eine Drohung. Und ich muss Sie noch einmal fragen: Haben Sie einen Verdacht, wer das gewesen sein könnte?«

»Nein.« Das hatte sie tatsächlich nicht.

»Haben Sie in letzter Zeit irgendjemanden verärgert? Jemandem einen Grund gegeben, sich auf diese Art und Weise an Ihnen zu rächen?«

Darüber hatte Jennifer bereits auf der Fahrt ins Präsidium nachgedacht. Sie trat bei der Arbeit allerhand fragwürdigen Leuten auf die Füße, doch keiner der Personen, denen sie in den letzten Wochen begegnet war, traute sie eine solche Aktion zu. »Nein.«

»Irgendeine Beziehung, die einen schlechten Ausgang genommen hat? Jemand, der nicht einsehen will, dass es vorbei ist? Könnte irgendjemand Ihre Signale falsch verstanden haben?«

Sie schüttelte den Kopf. »Nein.«

»Jennifer, Sie müssen …«

»Es gab keinen Stalker, keine Affäre, keine Beziehung, kein Date.« Sie sah auf und vermied es, von Oliver auch nur Notiz zu nehmen. »Absolut niemanden.«

»Ihnen hat niemand gedroht? Jemand, den Sie ins Gefängnis gebracht haben möglicherweise?«

Jennifer seufzte genervt auf. Ihr Chef sollte wissen, dass sie die ganze Palette an Fragen kannte und ihre Antwort pauschal für alle galt. »Nein.«

Peter Möhring blieb geduldig. »Wann hatten Sie Ihre letzte Beziehung?«

»Ich denke nicht, dass das Thema hierher gehört.«

»Sie wissen, dass es in so einem Fall durchaus hierher gehört.«

Jennifer sagte nichts.

Der Leiter der Einsatzabteilung lehnte sich zurück und musterte sie einen Moment lang. »Frau Leitner, ich bin verpflichtet, diese Angelegenheit zu untersuchen oder untersuchen zu lassen. Wenn es Ihnen unangenehm ist, mit mir und Herrn Grohmann darüber zu reden, verstehe ich das. Aber wenn ich jemanden aus Hanau hierherbeordern soll …«

Das Argument zog. Sie würde sich diese Fragen ganz bestimmt nicht von irgendeinem Kollegen von außerhalb stellen lassen. Vor allem, da diese weit weniger rücksichtsvoll sein und explizitere Antworten einfordern würden. »Die letzte Beziehung liegt über neun Monate zurück. Die Trennung ging von mir aus. Es war nicht besonders angenehm, aber folgenlos. Er schied aus meinem Leben, und das war's. Ich habe seitdem nichts mehr von ihm gehört.«

Möhring akzeptierte ihre Aussage, ohne nachzuhaken. »Wie sieht es mit Verabredungen aus?«

»Ich sagte doch bereits …« Sie verstummte. Dann platzte plötzlich eine Antwort aus ihr heraus, die sie niemals hatte geben wollen. »In den letzten Monaten eine.«

»Wann genau?«

Sie starrte in ihren Kaffeebecher, um Olivers Blick nicht zu begegnen. »Februar. Aber es war kein Date. Es war ein Treffen unter Freunden, das einen falschen Ausgang genommen hat.«

»Wie falsch?«, hakte Möhring emotionslos nach.

Trotzdem fühlte sie sich mit einem Mal angegriffen. »Nicht *derart* falsch.«

Möhrings Augenbrauen bildeten für den Bruchteil einer Sekunde eine einzige Linie, als er die Stirn runzelte. »Sie haben noch Kontakt zu dem Mann?«

Warum hast du überhaupt damit angefangen? »Wir sehen uns ab und zu. Rein platonisch. Da ist nichts.«

»Könnte es sein, dass er das anders sieht?«

Das wüsste ich auch gerne. Der Gedanke überrumpelte sie, doch sie antwortete mechanisch. »Nein. Wir haben darüber gesprochen. Es ist alles geklärt.«

»Hat dieser Mann auch einen Namen?«

Er sitzt direkt neben Ihnen. »Er hat das ganz sicher nicht getan.«

»Trotzdem brauche ich seinen Namen«, beharrte Möhring.

Jennifer schüttelte den Kopf und sprach genau das aus, was sie dachte. »Den werde ich Ihnen garantiert nicht nennen. Sie werden ihn da nicht mit reinziehen. Und ich kann nur noch einmal betonen: Er war es bestimmt nicht.«

Ihrem Vorgesetzten war anzumerken, dass er gerne weiter nachgebohrt hätte, doch er kannte die Kommissarin inzwischen gut genug, um zu wissen, dass sie von ihrem Standpunkt nicht abrücken würde. Möhring sah Grohmann Hilfe suchend an, der zuckte jedoch nur die Schultern.

»Ich denke, sie kann das einschätzen. Wir müssen ihr wohl glauben.«

Das gefiel Möhring ganz und gar nicht. Er hatte sich wohl Schützenhilfe von Seiten des Staatsanwalts erhofft. »Na schön. Ich werde Frau Olsson bitten, alle infrage kommenden Kandidaten, an deren Verhaftung Sie beteiligt waren und die sich wieder auf freiem Fuß befinden, ausfindig zu machen und zu überprüfen.«

»Frau Olsson sollte sich lieber um unseren aktuellen Fall kümmern.« Jennifer wollte einfach nur raus aus diesem Raum und sich wieder ihrer Arbeit widmen. Sie hasste es, als Opfer behandelt zu werden. »Kann denn mein Auto nicht einfach repariert werden, und damit ist die Sache vom Tisch?«

»Ihnen muss doch klar sein, dass es da draußen Typen gibt, die eine Rechnung mit Ihnen offen haben«, erwiderte Möhring sorgenvoll.

»Die hätten doch niemals den Mut, mein Auto zu demolieren, geschweige denn zu mehr!«

Oliver hatte die ganze Zeit über nur schweigend dagesessen. Jennifer war seinem Blick ausgewichen, weshalb sie nicht wusste, ob und wie er auf ihre Antworten reagiert hatte. Doch jetzt hatte er von ihrer Uneinsichtigkeit offenbar genug. »Jennifer, wer auch immer das war, hat dich sehr wahrscheinlich verfolgt und dir aufgelauert. Denk doch nur mal an so Typen wie Olbrich!«

Wieso musste er jetzt ausgerechnet einen sadistischen Vergewaltiger erwähnen, den sie gemeinsam dingfest gemacht hatten? Wollte er sie beunruhigen? »Olbrich ist im Knast!«, erinnerte sie ihn frostig. Der Typ saß eine Gefängnisstrafe ab, auch wenn diese ihrer Ansicht nach viel zu gering ausgefallen war.

»Er schon, andere nicht!« Oliver funkelte sie aufgebracht an. »Vielleicht ist es auch der Typ, der Isabell Grunau getötet hat. Hast du schon einmal daran gedacht?«

»Das ist doch lächerlich!«

»Es mag sich nach Klischee anhören, aber ich habe eben mit Doktor Rabe telefoniert, und ja: Es gibt Typen, die sich auf die Ermittler einschießen. Selten zwar, aber es gibt sie.«

Jennifer musste an Lars Rodes Bemerkung denken. Der Killer, der auf der Suche nach einem würdigen Gegenspieler war. Trotzdem schüttelte sie den Kopf. »Aber nicht dieser Typ. Rode hat doch gesagt, dass er noch nie so was abgezogen hat. Er hat bisher keinerlei Kontakt zu den Ermittlern gesucht. Das passt nicht in sein Schema.«

»Lemanshain passt auch nicht in sein Schema! Und nur, weil Rode das sagt, heißt das noch lange nicht, dass es stimmt!«

Jennifer sah demonstrativ zu Möhring hinüber, der den Schlagabtausch mit gerunzelter Stirn verfolgt hatte. Er brauchte einen Moment, bis ihm klar wurde, dass sie ihn stumm zu einer Entscheidung aufforderte.

»Um ehrlich zu sein, wenn ich es mir erlauben könnte, würde ich Sie von dem Fall abziehen, Frau Leitner«, sagte er mit ernster Stimme. »Da ich das aber nicht kann, erwarte ich, dass Sie sich an gewisse Regeln halten: Sie sind vorsichtig, achten auf jeden und alles, und wenn Sie das Gefühl haben, dass Ihnen jemand nachstellt, melden Sie das sofort. Und noch wichtiger: Keine Alleingänge mehr, in keiner Weise. Ist das klar?«

Sie wollte widersprechen, doch genau das duldete sein Tonfall nicht. »Wenn es Sie beruhigt.« Wenigstens erwartete er keine Versprechungen ihrerseits. »Ich brauche ein anderes Auto.«

»Sie waren gestern mit dem Wagen für Überwachungseinsätze unterwegs, der ist im Moment frei. Sie bekommen die Papiere und Schlüssel unten auf dem Revier.«

»Und wie lange dauert es, bis ich meinen wiederhabe?«

»Solange die Spurensicherung nicht fertig ist, geht er nicht zur Reparatur.« Möhring sah auf die Uhr. Ein eindeutiges Zeichen, dass er über diesen Punkt nicht mit ihr diskutieren würde. »Es ist spät geworden. Wir müssen los.«

Die Trauerfeier für Olaf Scholz würde in einer knappen halben Stunde beginnen.

17

Der Anblick von Lars Rode, der mit seinem Notebook am Schreibtisch ihres erkrankten Partners Marcel Meyer saß, rief in Jennifer gemischte Gefühle hervor. Irgendwie war es gar nicht mal so unangenehm, keinem leeren Platz mehr gegenüberzusitzen, doch sie wusste nicht so recht, ob sie den BKA-Mann in dieser Rolle sehen wollte. Er war ihr inzwischen nicht mehr ganz so unsympathisch wie noch am Tag zuvor, trotzdem strahlte er etwas aus, was sie zum Abstandhalten animierte.

Er sah von seinem Bildschirm auf und musterte sie fragend. »Sie sind früh zurück.«

»Die Beerdigung ist vorbei, und Leichenschmäuse sind nicht so mein Ding.«

»Sie dienen dazu, dass die Trauernden nicht allein sind«, erklärte Rode.

»Das war einmal. Heute dienen sie nur noch dazu, sich auf anderer Leute Kosten den Bauch vollzuschlagen. Sie sind pietätlos, überflüssig und eine vollkommen überholte Verpflichtung. Es gibt genügend Trauernde, die gerne darauf verzichten würden, sich aber den Erwartungen der Gesellschaft beugen.«

»Da muss ich Ihnen wohl zustimmen.« Als Jennifer sich an ihren Schreibtisch setzte, fragte Rode: »Haben Sie schon zu Mittag gegessen?«

Die Frage irritierte sie. Umso mehr, als sich ihr Magen wie auf Kommando zu Wort meldete. Bis auf Kaffee hatte sie heute noch nichts zu sich genommen. »Wieso fragen Sie?«

»Weil ich überlegt habe, mir etwas zu bestellen. Fettiges,

ungesundes Fast Food. Aber Frau Olsson war mir dabei keine Hilfe …«

Jennifer grinste. »Sie ist Vegetarierin und achtet auf eine ausgewogene Ernährung. Leider nicht nur bei sich selbst.«

»Veganerin«, berichtigte Rode.

Das war Jennifer neu, aber sie hatte meist auch zu viel zu tun, um sich mit Freya über deren Lebensstil zu unterhalten. Ganz davon abgesehen, dass sie keine Vorträge über ihre schlechte Ernährung und die möglichen Folgen hören wollte. Sie öffnete die Schublade, in der sie die Bestellzettel der Lieferanten vor Ort gesammelt hatte. »Wonach steht Ihnen der Sinn? Burger, Italiener, asiatisch oder Döner?«

»Die Asiaten verwenden zu viel frisches Gemüse.« Er zwinkerte ihr zu. »Macht der Italiener große Pizzen? Die kann man gut während der Arbeit essen.«

Jennifer musste lächeln. Endlich mal jemand, der ihre Vorliebe für schnelle, ungesunde Nahrungsaufnahme teilte und sich nicht gemütlich an einen Tisch setzen wollte.

Sie bestellte zwei Pizzen, anschließend checkte sie ihre E-Mails, die allerdings keine nennenswerten Neuigkeiten enthielten. »Hatten Sie bei den Grunaus Erfolg?«, fragte sie schließlich.

Der Hauptkommissar verzog das Gesicht. »Als Erfolg würde ich das nicht bezeichnen. Ich konnte es mir nicht recht vorstellen, aber die Eltern sind … ich finde gar keine Worte dafür. Und der Bruder ist auch nicht viel besser.«

»Sie haben mit ihm geredet?« Jennifer war überrascht, dass er es geschafft hatte, Jonas Grunau aufzuspüren.

»Ich hatte ihn am Telefon. Ich soll Ihnen ausrichten, er habe nichts mehr zu sagen und sie sollten ihn persönlich aufsuchen, wenn sie seine Gesellschaft so sehr schätzen würden.«

Eine etwas eigenartige Botschaft. »Klingt angepisst.«

Rode zuckte die Schultern. »Ich glaube, ich habe ihn gerade bei irgendwas gestört. Es gab da Hintergrundgeräusche …«

Jennifer wollte lieber nicht so genau wissen, welche Art von Geräuschen das gewesen war. »Wie sieht der Plan für heute aus? Wollen Sie erneut den Parkplatz unsicher machen?«

»Ich war so frei, die Kennzeichen zu überprüfen, die Sie gestern notiert haben. Fehlanzeige. Außerdem habe ich mich mit der Oberstaatsanwältin in Verbindung gesetzt. Sie will mit Ihrem Chef über eine längerfristige Überwachung reden. Vielleicht treibt sich doch irgendein verdächtiger Gaffer auf dem Parkplatz herum. Außerdem haben wir mit Sicherheit noch nicht mit allen Prostituierten gesprochen.«

Jennifer war überrascht. »Wann haben Sie sich denn an Frau Anstett gewandt?«

»Heute Morgen, während Sie mit Möhring und dem Staatsanwalt zusammensaßen.«

Daran wollte Jennifer lieber nicht erinnert werden.

Rode nahm seine eigene Bemerkung allerdings zum Anlass, vorsichtig nachzuhaken. »Sind Sie okay?«

Sie setzte ein Lächeln auf. »Klar bin ich okay.« Er war bisher der Einzige, der sich nach ihrem Befinden erkundigt hatte. Alle anderen wussten, dass von ihr keine ehrliche Antwort zu erwarten war, und hatten sich die Floskel gespart. Irgendwie tat es gut, dass er gefragt hatte.

Der BKA-Mann wechselte das Thema. »Ich habe auch meine Kontakte spielen lassen, ein paar Gefallen eingefordert. Die Spermaproben haben beim LKA jetzt eine höhere Priorität. Und auch die Analyse der Erde sollte schneller vonstatten gehen.«

»Wieso die Spermaprobe?«, fragte Jennifer erstaunt. »Ich dachte, Sie hätten keinerlei Zweifel daran, dass Ihr Mann für den Tod von Isabell verantwortlich ist.«

»Habe ich auch nicht. Der Staatsanwalt wirkt allerdings etwas unentschlossen.«

»Grohmann?«

Rode zuckte die Schultern. »Vielleicht ist er einfach nur sauer, weil er unter der Fuchtel dieser Anstett steht. Aber ich brauche den offiziellen Nachweis, damit mein Einsatz hier vor Ort legitimiert ist. Sonst gibt es Probleme bei der Kostenabrechnung.«

Das war Jennifer herzlich egal. »Mir wäre die Zigarette lieber gewesen. Sie haben noch nie irgendwelche Kippen gefunden.«

»Die Kippe beweist nichts«, wandte Rode ein. Für ihn war die Sache damit erledigt, denn sie hatten schon am Tag zuvor darüber diskutiert.

Jennifer sah das aber noch immer anders. »Sie könnte darauf hinweisen, dass wir einen Raucher suchen.«

»Es gibt Millionen Raucher in Deutschland. Außerdem halte ich diese Zigarette, im Gegensatz zu den Kriminaltechnikern, für eine Zufallskontamination ohne Bedeutung. Wir wissen nicht, wo Isabell Grunau festgehalten wurde. Die Kippe könnte auf hundert verschiedenen Wegen in ihre Haare gelangt sein.«

»Sie klingen wie ein Strafverteidiger«, hielt Jennifer ihm vor.

Er zuckte erneut die Schultern. »Mein Job ist es, hieb- und stichfeste Beweise zu finden.«

»Meiner auch.«

Rode schien ihre frostige Entgegnung zu überraschen. »Das sollte kein Vorwurf sein.«

Merkwürdigerweise glaubte Jennifer ihm das sogar.

Als sie nichts weiter sagte, wechselte er das Thema: »Die Leute von der Presse haben sich erstaunlich zurückgehalten. Die Verhaftung des falschen Verdächtigen war ihnen heute nur eine Randnotiz wert. Dafür ist das Foto von Isabell Grunau zusammen mit dem Aufruf an die Bevölkerung erschienen. Bisher hat aber noch niemand angerufen.«

»Es wäre echtes Glück, wenn wir Zeugen fänden«, seufzte Jennifer. Mit Zufallsbeobachtungen hatte sie selten gute Erfahrungen gemacht. Die Leute waren zu sehr auf sich selbst oder ihre Handys fixiert, um ihre Mitmenschen oder gar verdächtige Vorgänge zu bemerken. Und selbst wenn, waren die Eindrücke meist derart flüchtig, dass sie kaum zu verwerten waren.

Der Hauptkommissar stimmte ihr mit einem Nicken zu.

»Ich halte den Parkplatz für ein Fass ohne Boden«, fuhr Jennifer fort.

»Möglich.« Rode musterte sie. »Sie haben eine Idee.«

Jennifer zögerte, denn sie wusste, wie wenig er von dem Gedanken hielt. »Ich möchte noch einmal ins Obdachlosencamp.«

Rode hob fragend die Augenbrauen. »Weshalb?«

»Weil ich denke, dass wir dort weitere Informationen bekommen können. Beispielsweise darüber, wo sich Isabell aufhielt, wenn sie nicht im Camp war, wo sie einkaufte, in welchen Kreisen sie sich bewegte. Vielleicht gibt es Videomaterial. Wir könnten leichter Zeugen finden, wenn wir eine Ahnung hätten, wo wir suchen müssen.«

Rode überlegte einen Moment lang, bevor er feststellte: »Es geht Ihnen um Isabells Vergangenheit, um den Verdacht gegen ihren Vater.«

»Schon möglich«, räumte Jennifer beiläufig ein.

»Das ist nicht unser Fokus.«

Natürlich war es nicht das Zentrum ihrer Ermittlungen, aber sie wollte diesen Aspekt auch nicht einfach unter den Tisch fallen lassen. »Es könnte zur Lösung des Falls beitragen.«

Der Hauptkommissar deutete in Richtung Whiteboard. »Wir haben Isabells Vater als Täter doch längst ausgeschlossen.«

»Das muss nichts heißen.«

Er schüttelte leicht den Kopf.

Jennifer verschränkte die Arme vor der Brust. Sie hatte ihre

Entscheidung längst getroffen. »Sie müssen nicht mitkommen. Vor heute Abend hat es sowieso keinen Sinn, ins Camp zu gehen.«

Lars Rode seufzte angesichts ihrer Sturheit. »Doch, das muss ich.«

Sie konnte ihn nur fragend ansehen.

»Nennen Sie es eine Bitte Ihres Chefs. Keine Alleingänge, schon vergessen?«

Die Tatsache, dass ihr Vorgesetzter den BKA-Mann über seine Anweisung informiert hatte, machte sie für eine Sekunde sprachlos. Damit hatte sie nicht gerechnet. »Möhring hat Sie angewiesen, darauf zu achten, dass ich nicht alleine losziehe?«

»Mehr oder weniger. Er scheint Ihnen diesbezüglich nicht über den Weg zu trauen.«

Zu recht. Dummerweise hatte er eine Möglichkeit gefunden, sie während ihrer Arbeitszeit effektiv an die Leine zu legen. »Das ist doch vollkommen verrückt.«

Rode hob defensiv beide Hände. »Zugegeben, ich halte es auch für ein wenig übertrieben. Ihr Auto hat etwas abbekommen, aber wenn der Täter es tatsächlich auf Sie abgesehen hätte, hätte er schon letzte Nacht die Gelegenheit zu einem Angriff gehabt.«

»Danke.« Wenigstens einer, der das Ganze halbwegs realistisch sah.

Nur half ihr das auch nicht weiter.

»Trotzdem kann ich Sie nicht alleine gehen lassen.«

Jennifer verdrehte die Augen. »Dann kommen Sie eben mit.«

»Das werde ich. Es sei denn, Sie überlegen es sich noch einmal anders, wobei ich davon ausgehe, dass diese Chance eher gering ist.«

»Darauf können Sie wetten.«

Rode lächelte. »Bis dahin würde ich mit Ihnen gerne die üblichen Verdächtigen durchgehen. Im Umkreis wohnen ein paar Verurteilte mit Jobs, die sie theoretisch durch ganz Deutschland führen könnten. Frau Olsson sagt, Sie hätten im letzten Jahr schon einige dieser Männer befragt. Ihr Eindruck ist mir mehr wert, als blanke Zahlen und Fakten auf dem Papier.«

Jennifer lehnte sich zurück und unterdrückte ein Aufstöhnen. Sie wollte sich nicht mit diesen Typen beschäftigen, hatte aber wohl keine andere Wahl. »Gerne.«

»Und wir müssen noch die Liste mit den Baustellen, Projekten und Firmen vervollständigen, deren Angestellte wir überprüfen wollen. Vielleicht findet sich ja ein vielversprechender Kandidat.«

Lars Rode hatte ihr erzählt, dass er diese Art von Überprüfung bereits in mehreren Städten durchgeführt hatte, ohne jemals auch nur einen einzigen ernsthaften Verdächtigen zu ermitteln. Wenn sie ehrlich war, erschien ihr diese Maßnahme als pure Zeitverschwendung. »Da wird nicht viel bei rumkommen.«

Rode ignorierte ihren Unwillen. »Wenn es hier in der Gegend nur wenige Unternehmen in den entsprechenden Branchen gibt, brauchen wir auch nur mit wenigen Firmen zu sprechen und sie zur Kooperation zu bewegen.«

Jennifer hörte eine Stimme mit italienischem Akzent auf dem Flur, die sich nach ihr erkundigte. Plötzlich hatte sie doch Lust, sich in Ruhe an den Tisch beim Fenster zu setzen. »Ja. Nach dem Essen.«

Jennifer fand den Weg, der vom Parkplatz des Kleintierzuchtvereins in den Wald führte, ohne Probleme. Die Sonne näherte sich bereits dem Horizont, trotzdem war die Schneise im Unterholz noch gut zu sehen. Für den Rückweg hatte sie eine Taschenlampe eingepackt.

Rode lief schweigend hinter ihr her. Sie hatten den gesamten

Nachmittag und frühen Abend damit verbracht, Listen miteinander zu vergleichen, nach Verbindungen zu Firmen und Projekten zu suchen und bei infrage kommenden Unternehmen anzurufen.

Am Montag würden sie einer Baustelle, der Niederlassung eines Unternehmens, das Managementseminare anbot, und dem Logistikcenter eines Versandhändlers einen Besuch abstatten. Sie hatten mehr als einmal über Sinn und Zweck des Ganzen diskutiert. Auch wenn Jennifer der dem Ermittlungsansatz zugrundeliegenden Logik durchaus folgen konnte, schien es ihr doch eine wenig zielgerichtete Suche nach der Nadel im Heuhaufen zu sein.

Sie selbst galt allgemein als besessen und akribisch, bei Lars Rode waren diese beiden Eigenschaften allerdings noch deutlich stärker ausgeprägt. Zeitweise hatte sie ein Gefühl dafür bekommen, was sie ihren Kollegen ab und zu abverlangt haben musste.

Der Hauptkommissar war auch alles andere als vergesslich.

Jennifer hatte den Besuch im Obdachlosencamp bewusst nicht mehr erwähnt, in der Hoffnung, dass er nicht mehr daran denken würde. Als sie ihm vorgeschlagen hatte, ihn auf ihrem Weg nach Hause bei seinem Hotel abzusetzen, hatte er nur lächelnd erwidert, zuvor müssten sie wohl noch einen Zwischenstopp im Wald einlegen.

Die Kommissarin hatte gar nicht erst versucht, so zu tun, als wäre sie von ihrem Vorhaben abgerückt. Er hätte sie durchschaut, im Zweifel wäre er ihr vermutlich sogar mit dem Taxi hinterhergefahren.

Wieso er seine Verpflichtung so ernst nahm, war ihr ein Rätsel. Was hatte Möhring zu ihm gesagt? Rode unterstand ihrem Vorgesetzten nicht einmal. Er hatte keinerlei Grund, sie zu begleiten.

Mit leichter Genugtuung verfolgte sie, wie sehr Rode mit den Stechmücken zu kämpfen hatte. Ständig wedelte er mit den Händen und schlug nach den blutrünstigen Biestern, die um ihn herumschwirrten. Sie selbst hatte großzügig Mückenspray eingesetzt. Er hatte ihr auf dem Parkplatz beim Einsprühen zugesehen, sie aber nicht gebeten, das Spray ebenfalls benutzen zu dürfen.

Jennifer war von der Anwesenheit des BKA-Mannes genervt, gleichzeitig fühlte sie sich in seiner Gegenwart aber auch nicht unwohl. Gerade dieser Zwiespalt machte sie unausstehlich.

»Ach, verdammt! Diese Drecksviecher!«

Jennifer lächelte in sich hinein. »Ich habe Ihnen angeboten, beim Auto zu bleiben.«

»Ihr Chef sagte: keine Alleingänge«, erinnerte er sie.

»Sie hätten gewusst, wo ich bin, also wäre es kein Alleingang gewesen.«

»Das ist Ansichtssache.«

Jennifer warf ihm einen Blick über die Schulter hinweg zu. »Sie sind einfach nur stur, oder?« Nicht weniger stur als sie selbst.

»Vielleicht habe ich meine Gründe.«

Eine innere Stimme warnte Jennifer davor, auf diese Bemerkung einzugehen, doch sie ignorierte sie. »Sie sprechen in Rätseln.«

Rode beschleunigte und schloss zu ihr auf, bis er neben ihr ging. Obwohl auf dem Pfad nicht viel Platz war und er Äste zur Seite biegen und teilweise durch Brennnesseln laufen musste, blieb er an ihrer Seite. »Ich warte auf eine Gelegenheit.«

Jennifer blieb stehen und sah ihn fragend an. »Was denn für eine Gelegenheit?«

Er grinste schief. »Weitab von Kollegen und Dienststellen mit Ihnen allein zu sein.«

In ihrer Magengegend regte sich ein sanftes Kribbeln. Aber

auch Misstrauen. »Die Gelegenheit hätten Sie bereits im Auto gehabt.«

Er zuckte die Schultern. »Da mussten Sie sich aufs Fahren konzentrieren.«

Jennifer entschied sich für direktes Nachhaken. Sie hatte keine Lust auf Spielchen. »Was soll das werden?« Ihrer Stimme war anzuhören, dass sie eine Ahnung hatte, und – zu ihrer eigenen Überraschung – nicht grundsätzlich abgeneigt war.

»Ich habe ein Gerücht über Sie gehört.«

Sie hob fragend eine Augenbraue.

»Es heißt, Sie würden grundsätzlich nichts mit Kollegen anfangen.«

Jarik. Von niemandem sonst konnte eine derartige Information stammen. Wann zum Teufel hatte er sich mit Jarik Fröhlich unterhalten?

»Es würde mich interessieren, ob an diesem Gerücht etwas dran ist.« Rode suchte ihren Blick. »Und ob das auch für rein physische Beziehungen gilt.«

Er war direkt. Das musste sie ihm lassen. Eigentlich unverschämt, doch irgendwie gefiel ihr das. *Er* gefiel ihr. Das war auch der Grund, warum sie derart hin- und hergerissen war.

»Die Gerüchte treffen zu«, erwiderte sie mit einem leichten Lächeln. »Und sie gelten auch für rein körperliche Beziehungen …«

»Höre ich da ein Aber heraus?«

Jennifer antwortete, ohne nachzudenken. »Es kommt ein wenig auf die Definition des Personenkreises ›Kollegen‹ an. Darunter fallen all jene, die in derselben Dienststelle beschäftigt sind, und darüber hinaus diejenigen, mit denen ich längerfristig zusammenarbeite.«

»Das schließt mich nicht mit ein«, stellte er fest.

»Nein, wahrscheinlich nicht.«

»Dann nehmen Sie es mir hoffentlich nicht übel, wenn ich Sie frage, ob Sie heute Abend in meinem Hotel noch etwas mit mir trinken wollen.«

»Ich dachte eigentlich nicht, dass mein Verhalten besonders einladend ist.«

»Ich mag Frauen, die wissen, was sie wollen.« Er machte einen Schritt auf sie zu. »Und Gegensätze empfinde ich als sehr reizvoll. Ich liebe leidenschaftliche Kämpfe.«

Obwohl er ihr sehr nah gekommen war, wich sie nicht vor ihm zurück. »Haben Sie keine Angst vor einer gepfefferten Abweisung?«

Rode grinste. »Jetzt nicht mehr.« Er beugte sich vor, doch sie drehte den Kopf zur Seite. Sie konnte seinen Atem an ihrem Ohr entlangstreichen spüren, als er flüsterte: »Wir könnten diesen überflüssigen Besuch auch streichen und sofort das Wochenende einläuten.«

Jennifer musterte ihn aus dem Augenwinkel. Als er einen weiteren Versuch unternahm, sie zu küssen, trat sie demonstrativ zwei Schritte zurück.

Enttäuschung blitzte in seinen Augen auf, und sie lächelte schelmisch. »Fragen Sie mich später noch mal, wenn ich Sie am Hotel absetze.«

Er seufzte leise. »Sie machen es einem nie leicht, oder?«

»Nein, warum sollte ich?« Sie wandte sich lächelnd ab und ging weiter. Die ersten Schritte fühlten sich allerdings etwas unsicher an. Sein Angebot war unerwartet gekommen, ebenso ihre Reaktion darauf.

Den restlichen Weg ins Camp legten sie schweigend zurück.

Die junge Frau, die Jennifer unter dem Namen Jacky kennengelernt hatte, war gerade damit beschäftigt, Wäsche an eine zwischen zwei Bäume gespannte Leine zu hängen. An der noch nicht entzündeten Feuerstelle saßen die beiden Ältesten. Die

Frau war in ein zerfleddertes Buch vertieft, der Mann schien zu dösen.

Nico kam aus seiner Unterkunft. Als sein Blick auf die beiden Ermittler fiel, erstarrte er. Dennoch brauchte er nicht einmal eine Sekunde, um zu reagieren.

»Hey!«, rief er in die Runde, woraufhin die Alte von ihrem Buch aufsah, Jacky herumfuhr und der alte Mann die Augen öffnete. Nicos Anspannung sprang wie ein Zündfunke auf die anderen Campbewohner über.

Die Alte erhob sich von ihrem Baumstumpf. Sie stellte sich breitbeinig und mit leicht erhobenen Händen hin, als bereite sie sich auf Kampf oder Flucht vor. Jackys Rechte glitt in die Tiefen ihrer selbst aufgenähten Hosentasche. Vielleicht hatte sie ein Messer oder irgendeine andere Waffe darin. Sie blieb aber an der Wäscheleine stehen.

Jennifer und Rode blickten in misstrauische, wütende Gesichter. Ihr Auftauchen wurde augenscheinlich als Bedrohung empfunden. Sie waren alles andere als willkommen.

Jennifer blieb einen Meter vom Waldrand entfernt stehen und hob beruhigend die Hände. Beinahe hätte sie »Wir kommen in Frieden« gesagt, schluckte die unpassende Phrase aber gerade noch rechtzeitig hinunter. »Wir wollen Ihnen keinen Ärger machen.«

Jacky warf das feuchte T-Shirt in ihrer Linken in den Wäschekorb, der schon weitaus bessere Zeiten gesehen hatte. Mit energischen Schritten schoss sie auf die beiden Beamten zu. »Sie haben hier nichts zu suchen!«, rief sie aufgebracht. »Verschwinden Sie gefälligst!«

»Wir wollen nur reden«, versuchte Jennifer, sie zu beschwichtigen.

»Ach ja?! Wir wollen aber nicht mit Ihnen reden!« Jacky bleckte zornig die überraschend weißen und gesunden Zähne. »Sie haben Till Freisen aus reiner Willkür verhaftet! Denken Sie wirklich, wir glauben Ihnen auch nur noch ein Wort? Hauen Sie ab! Sofort!«

Jennifer konnte den Alkohol im Atem der Dreißigjährigen selbst auf zwei Meter Entfernung riechen. Jackys Hand, die nach wie vor in der Hosentasche steckte, machte ihr Sorgen. »Wir werden Ihnen keine Probleme bereiten«, versuchte sie es erneut. Bevor sie irgendetwas erklären konnte, würde sie die Frau beruhigen müssen. Sie wollte auf keinen Fall eine Eskalation riskieren.

Lars Rode hatte allerdings weit weniger Geduld. Er verkleinerte den Abstand zwischen sich und der aggressiven Obdachlosen mit zwei schnellen Schritten und baute sich bedrohlich vor ihr auf. Er überragte sie um mehr als eine Kopflänge. »Immer mit der Ruhe! Wir wollen Ihnen nichts Böses!«

Jacky wich keinen Millimeter zurück. Ein beinahe irres Grinsen verzog ihre Mundwinkel.

»Ich will Ihre rechte Hand sehen. Sofort!«

Die Dreißigjährige schien zuerst nicht reagieren zu wollen, dann zog sie die Hand aber doch noch aus den Tiefen ihrer Hosentasche und wedelte lächelnd damit vor Rodes Gesicht herum.

Der Hauptkommissar ließ sich davon nicht beeindrucken. Er deutete auf die Feuerstelle. »Setzen Sie sich! Sie wissen, dass wir wegen Isabell Grunau und nicht wegen Ihnen hier sind!«

Der Befehl prallte an Jacky ab. »Und wir haben Ihnen schon alles gesagt, was es über die Schlampe zu sagen gibt!« Ohne Vorwarnung schubste sie den BKA-Beamten, der allerdings nicht einmal ins Taumeln geriet. »Verpiss dich, Bulle!«

Jennifer wollte eingreifen, doch ihre Intervention kam zu spät. Der BKA-Ermittler reagierte in Sekundenbruchteilen. Seine Schnelligkeit überraschte beide Frauen.

Er zog ein Paar Handschellen unter seinem Jackett hervor,

während er Jacky grob am Arm fasste. Dann drehte er ihr den Arm mit einer fließenden Bewegung auf den Rücken. Noch bevor ihr Aufschrei verklungen war, hatte er sie vor sich auf die Knie gestoßen.

»Sie sollten keine Beamten angreifen, Missy! Sie sind vorläufig festgenommen.« Die Handschellen schnappten zu, und er zerrte Jacky wieder auf die Füße.

Die Frau wand sich in seinem Griff, spuckte und kreischte wüste Beschimpfungen.

Trotzdem gelang es ihm, in ihre Hosentasche zu langen und sie nach außen zu kehren. Außer ein paar Cent-Münzen, zerknüllten Zetteln und einem Päckchen Kaugummi fiel jedoch nichts heraus. Keine Waffe, kein Gegenstand, der sich als solche angeboten hätte.

»Stopp!«, schrie Jennifer. »Hören Sie auf! Verdammt noch mal!«

Rode fuhr unbeeindruckt fort, die Obdachlose einer schnellen Leibesvisitation zu unterziehen. Er ging wohl davon aus, dass die Kommissarin Jacky meinte, die sich noch immer zu wehren versuchte. Erst als Jennifer ihn am Oberarm packte, hielt er inne.

»Sind Sie verrückt geworden?! Was habe ich Ihnen denn gesagt?« Jennifer hatte ihm auf der Fahrt hierher einen Vortrag darüber gehalten, dass er zurückbleiben, sie reden lassen und auf Provokationen nicht eingehen solle. Er hatte genau das Gegenteil getan.

Rode sah sie verwundert an. Er schien überhaupt nicht zu verstehen, warum sie sich derart aufregte.

Jacky hatte inzwischen aufgehört zu schreien, Rodes Griff um ihren Arm tat ihr aber offenbar weh.

Nico und die älteren Obdachlosen beobachteten die Szene stumm aus sicherer Entfernung.

Jennifer bemerkte deren körperliche Anspannung. Sie waren

bereit, einzugreifen, wenn es sein musste, oder wegzurennen, falls die Situation weiter eskalieren sollte. Wie würden sie reagieren, falls Rode tatsächlich versuchen sollte, Jacky wegen des Schubsers mitzunehmen?

Jennifer fixierte den BKA-Ermittler. »Nehmen Sie ihr die Handschellen ab, und lassen Sie sie los!«

Er sah sie mit offenem Mund an.

»Auf der Stelle!« Jennifer war so wütend, dass sie ihm am liebsten eine Ohrfeige verpasst hätte. Was war nur in ihn gefahren? Noch vor zwanzig Minuten war er völlig ruhig und einsichtig gewesen und hatte ihr zugestimmt. Und jetzt? »Wir sind zum Reden hergekommen und nicht, um irgendjemanden festzunehmen!«

Rode starrte sie einen Moment lang an, dann veränderte sich der Ausdruck in seinen Augen. »Sie hat mich angegriffen«, knurrte er mit zusammengebissenen Zähnen.

Wenn dieser Schubser für ihn bereits ein Angriff war, musste er wohl erst noch in der Realität ankommen. Wenn Jennifer jeden festnehmen würde, der handgreiflich gegen sie wurde, würde sie kaum noch zu ihrer eigentlichen Arbeit kommen.

»Sie wollten mich begleiten, schon vergessen?«, zischte sie ihm zu. »Das hier ist *meine* Show, hier gelten *meine* Regeln! Und jetzt lassen Sie sie endlich los!«

Rode passte das augenscheinlich gar nicht. Doch Jennifers Ansage verfehlte auch nicht ihre Wirkung. »Ihre Verantwortung«, erwiderte er und ließ von Jacky ab.

Kaum war sie frei, brachte die Obdachlose taumelnd ein paar Schritte zwischen sich und die Beamten. Sie starrte Rode wütend an, dann warf sie Jennifer einen verächtlichen Blick zu. Noch während sie sich rückwärtsbewegte, zeigte sie dem Hauptkommissar den Mittelfinger, um gleich darauf über die Lichtung zu laufen und im Wald zu verschwinden.

Jennifer brauchte erst gar nicht in die Gesichter von Nico und den anderen zu blicken, sie wusste auch so, dass sie es verbockt hatten. Freiwillig würde ihr niemand mehr zuhören, und mit ihr reden schon gar nicht. Es war sinnlos, es überhaupt zu versuchen.

Die Sache war vollkommen aus dem Ruder gelaufen, weil Rode die Kontrolle verloren hatte.

Jennifer schenkte ihm einen vernichtenden Blick, bevor sie sich wortlos umdrehte und unverrichteter Dinge den Rückweg antrat.

Die ersten paar Minuten folgte ihr der BKA-Mann wutschnaubend, nach einer Weile meldete sich aber offenbar sein schlechtes Gewissen. Zumindest klang er zerknirscht, als er schließlich versuchte, mit ihr ins Gespräch zu kommen.

»Tut mir leid, ich habe Scheiße gebaut. So war das nicht geplant.« Als Jennifer nicht reagierte, fuhr er fort: »Diese Tussi! Als sie Isabell als Schlampe bezeichnet hat … Ich war wütend, wütend auf sie, auf die Eltern … Jedem scheint dieses Mädchen egal gewesen zu sein.«

Jennifer blieb nicht stehen, hob nur über ihre Schulter hinweg die Hand, um ihn zum Schweigen zu bringen. Sie wollte seine Ausflüchte nicht hören. »Halten Sie einfach den Mund!«

Das tat er glücklicherweise auch. Sie hätte sonst für nichts garantieren können.

Dabei galt ihre Wut nicht einmal Rode allein. Vielmehr war sie frustriert, weil sie ihn auch verstehen konnte. Er hatte heute mit Isabells Eltern und dem Bruder gesprochen, den Nachmittag hatten sie mit monotonem Datenabgleich verbracht, und dann diese Begegnung im Camp … Zweifellos hatten sich in ihm über den Tag hinweg Frust und Zorn aufgestaut, die sich zu einem denkbar ungünstigen Zeitpunkt entladen hatten.

Wieso aber hatte sie bisher nichts davon bemerkt? Warum

hatte er selbst nicht rechtzeitig erkannt, dass seine Sicherungen kurz davor waren, durchzubrennen? Sie hatte ihn doch vorgewarnt! Dass sie nach Freisens Verhaftung nicht gerade mit herzlicher Kooperationsbereitschaft hatten rechnen können, war abzusehen gewesen.

Wenn Jennifer auch nur ansatzweise geahnt hätte, dass Rode ein wandelndes Pulverfass war, hätte sie eine Möglichkeit gefunden, das Camp alleine aufzusuchen. Und selbst dann hätten ihre Chancen denkbar schlecht gestanden.

Unbewusst knirschte sie mit den Zähnen. Von Jacky und Konsorten würde sie garantiert nichts mehr erfahren.

Jennifer war so wütend, dass sie ernsthaft überlegte, Rode auf dem Parkplatz beim Kleintierzuchtverein stehen zu lassen. Sollte er sich doch ein Taxi rufen. Doch sie wollte sich auch nicht wie ein trotziges Kind benehmen und fuhr ihn zu seinem Hotel.

Erst dort unternahm er einen weiteren Versuch, ihr eisiges Schweigen zu durchbrechen. »Es tut mir wirklich leid.«

Am liebsten hätte sie überhaupt nicht reagiert, sie fürchtete jedoch, dass ihr Schweigen ihn nur dazu anstacheln würde, noch mehr Entschuldigungen und Erklärungen vorzubringen, die sie nicht hören wollte. »Das sagten Sie bereits.«

»Ich hätte nicht mitkommen sollen …«

Jennifer starrte die im Scheinwerferlicht stehenden Holunderbüsche an, die den Hotelparkplatz zur Straße hin abgrenzten. »Für diese Einsicht ist es jetzt reichlich spät.«

»Ich kann mich nur noch einmal entschuldigen.«

»Das zu wiederholen, macht es nicht besser.« Sie würde seine Entschuldigung früher oder später akzeptieren müssen. Immerhin war sie auf absehbare Zeit dazu gezwungen, mit ihm zusammenzuarbeiten.

Hinzu kam, dass sie sich durch sein Verhalten an sich selbst erinnert fühlte. Möglicherweise hätte sie ähnlich reagiert, wenn sie an dem Tag, an dem sie Isabells Eltern und ihrem Bruder begegnet war, das Wort »Schlampe« noch einmal gehört hätte. Immerhin war Rode das Opfer nicht vollkommen gleichgültig.

Wie oft hatte ihr ihre eigene Impulsivität schon im Weg gestanden? Wie viele Chancen und Möglichkeiten hatte sie sich selbst verbaut, weil sie nicht fähig gewesen war, sich zusammenzureißen?

»Ich beruhige mich schon wieder«, sagte sie schließlich. Auch wenn sie nicht ewig wütend auf Rode sein konnte, wollte sie ihn in diesem Moment weder sehen noch seine Stimme hören. Nicht mehr heute Abend, und auch nicht mehr an diesem Wochenende. »Wir sehen uns Montag.«

Rode nickte langsam. Er verstand und respektierte, dass er sie nicht direkt dazu bringen würde, ihm seinen Ausraster zu verzeihen. »Na dann, gute Nacht.«

Sie sah ihm nach, bis er im Hotel verschwunden war. Dann fuhr sie nach Hause.

Die Fernbedienung für die Tiefgarage funktionierte wieder. Jarik hatte sie ihr am Morgen abgenommen und später mit neuen Batterien zurückgegeben.

Jennifer hatte gerade die Wohnungstür hinter sich geschlossen, als ihr Handy eine Melodie zu spielen begann. Sie blickte auf das Display und runzelte die Stirn. Es war halb zehn am Freitagabend. Wieso rief Oliver sie an?

Jennifer ignorierte das Klingeln. Sie holte sich eine Flasche Bier aus dem Kühlschrank und ließ sich im Wohnzimmer auf das Sofa fallen. Sie trank in aller Ruhe die halbe Flasche, bevor sie zurückrief. »Wenn es keine guten Nachrichten sind, will ich sie gar nicht erst hören«, begrüßte sie den Staatsanwalt erschöpft.

Oliver hatte keine Neuigkeiten. Lediglich Fragen. Fragen zu den Ermittlungen, von denen er sich mehr oder minder ausgeschlossen fühlte, weil die Oberstaatsanwältin sich den Fall unter den Nagel gerissen hatte. Obwohl er es zu verbergen versuchte, bemerkte Jennifer selbst durch die Telefonleitung, dass er mächtig angefressen war.

Sie informierte ihn umfassend. Er war mit Anstetts Vorgehen nicht sonderlich zufrieden und hatte auch an Lars Rodes Methoden einiges auszusetzen. Dass der BKA-Ermittler den Besuch im Camp gesprengt hatte, lieferte ihm reichlich Stoff, um über ihn herzuziehen. Dass Jennifer nicht voller Eifer mit einfiel, schien ihm ebenfalls nicht zu passen.

»Kommst du morgen ins Büro?«, fragte er schließlich.

»Es ist Wochenende.«

Oliver lachte freudlos auf. »Als ob das für dich irgendeine Bedeutung hätte.«

Sie wussten beide, wie sie diesbezüglich tickte. Es wäre sinnlos gewesen, abzustreiten, dass sie das Wochenende für sich längst gestrichen hatte. »Ich fahre nicht ins Präsidium. Ich werde ausschlafen und dann von zu Hause aus arbeiten, soweit es möglich ist.«

»Kommt Rode bei dir vorbei?«

Die Frage irritierte sie. »Ich habe ihn bis Montag verabschiedet.« Wenigstens das schien den Staatsanwalt zufriedenzustellen.

Nach Beendigung des Gesprächs behielt Jennifer das Smartphone in der Hand und trank langsam ihr Bier aus. Ihre Gedanken sprangen zwischen den unterschiedlichsten Themen hin und her. Die Ermittlungen, ihr Bruder Bastian, Isabell, die Ehe ihrer Eltern, die Obdachlosen im Wald, Lars Rodes Avancen.

Jedes einzelne dieser Themen war mit Frust verbunden.

An Schlaf war nicht zu denken. Um halb elf prüfte sie die Außentemperatur und entschied sich für eine späte Joggingrunde. Sie musste ihre Wut loswerden, ihre Gedanken ordnen und die unwesentlichen Dinge aus dem Kopf bekommen.

Die Bewegung tat gut. Jennifer lief von ihrer Wohnung aus

zu einer kleinen Parkanlage, die an einem natürlichen Bachlauf entlang angelegt worden war.

Es war eines der Gewässer, in denen vor über einem Jahr die Opfer eines Serienkillers gefunden worden waren. Der Gedanke an den »Künstler« jagte ihr einen kalten Schauer über den Rücken, aber vielleicht war es auch nur die nächtliche Kälte. So warm die Tage schon waren, nachts sanken die Temperaturen noch immer empfindlich ab.

Sie begegnete keiner Menschenseele.

Im Park brannten nur vereinzelte Laternen. Das Licht reichte gerade eben aus, um sich von einem hellen Fleck zum nächsten orientieren zu können. Die Stadtverwaltung nannte das Verbrechensprävention. Die Dunkelheit sollte mögliche Opfer fernhalten. Jennifer fand, dass es eher eine Einladung an finstere Gestalten und somit der denkbar schlechteste Ansatz war.

Ihre Gedanken nahmen eine ungute Richtung. Sie schüttelte den Kopf und zog das Tempo weiter an, obwohl ihre Unterschenkel bereits brannten. Sie hatte ihr Training in letzter Zeit ein wenig vernachlässigt und erhielt nun die Quittung.

Ein Geräusch irgendwo rechts hinter ihr ließ sie zusammenfahren. Ein Rascheln, möglicherweise in dem dichten Gebüsch, das den Weg säumte. Höchstwahrscheinlich eine Ratte. Trotz regelmäßiger Bekämpfungsaktionen trieben sich in Wassernähe immer wieder ausgewachsene Exemplare herum.

Jennifer lief weiter, konnte das mulmige Gefühl in ihrer Magengegend aber nicht gänzlich ausschalten.

Olivers Worte fielen ihr wieder ein. Sie dachte an Olbrich und ähnliche Typen, die sie im Laufe ihrer Karriere zur Strecke und ins Gefängnis gebracht hatte. Wie oft war ihr mit einem höhnischen Lächeln gedroht worden, nach Verbüßung der Haftstrafe würde sie die Erste sein?

Ihre Hand tastete nach ihrer Hosentasche, doch darin befanden sich nur ihre Schlüssel. Das Pfefferspray, das sie wegen unfähiger Hundebesitzer sonst immer mitnahm, stand zu Hause auf der Kommode.

Shit.

Wieder ein Geräusch, irgendwo hinter ihr. Nicht weit entfernt.

Sie fuhr im Laufen herum, angespannt und gewappnet, aber da war niemand. *Sie haben es geschafft,* dachte sie. *Jetzt fange ich schon an, Gespenster zu sehen und mich verrückt zu machen. Vielen Dank!*

Jennifer meinte Möhring und Oliver, wusste aber, dass ihre Gedanken tief in ihrem Innern gegen denjenigen zielten, der sich an ihrem Auto vergriffen hatte.

Sie wollte sich gerade wieder umdrehen, als sie gegen etwas prallte, das Gleichgewicht verlor und hinfiel. Unsanft schlug sie auf dem geschotterten Weg auf. Der plötzliche Schmerz hielt sie jedoch nicht davon ab, sich reflexartig umzudrehen.

Sie war nicht vom Weg abgekommen und gegen einen Baum, eine Bank oder Laterne gerannt. Sie war mit jemandem zusammengestoßen.

Eine Gestalt in dunkler Joggingmontur, die Kapuze tief ins Gesicht gezogen, ragte bedrohlich über ihr auf.

18

Oliver streckte gerade die Hand nach der Klingel aus, als die Tür ein wenig zu hektisch aufgerissen wurde. Jennifer stolperte bei seinem Anblick einen Schritt zurück und sah ihn irritiert an, genauso irritiert, wie er beim Anblick der verschorften Wunde auf ihrer blutunterlaufenen, geschwollenen Wange war. Sie sahen sich einen Moment lang nur an, dann fand der Staatsanwalt endlich seine Stimme wieder. »Ich dachte, du wolltest ausschlafen.«

Es war acht Uhr morgens.

Sie dachte eindeutig zu lange über ihre Antwort nach. »Ich konnte nicht mehr schlafen. Was machst du hier?«

Er entdeckte die Pflaster auf ihren Fingerknöcheln und am rechten Ellenbogen. Es kostete ihn Mühe, die offensichtlichsten Fragen zurückzustellen, doch er wusste, dass sie ohnehin nicht geantwortet hätte, allenfalls ausweichend. »Hast du schon gefrühstückt?«

Jennifer war anzumerken, dass sein Besuch sie nicht nur überraschte, sondern dass er auch ungelegen kam. Offenbar fühlte sie sich durch sein Erscheinen unter Druck gesetzt, denn diesmal wägte sie ihre Antwort nicht sorgfältig ab. »Nein, warum, ich …«

Oliver hob die prall gefüllte Einkaufstüte, die er mitgebracht hatte. »Magst du es lieber süß oder herzhaft?«

»Was?!«

Ihr Gesichtsausdruck ließ ihn unwillkürlich lächeln. »Ich bin hier, um dir ein Frühstück zu spendieren.«

Jennifer runzelte verwundert die Stirn. »Ein Frühstück? Wieso?«

»Lass uns doch erst mal reingehen.« Oliver machte einen Schritt auf die geöffnete Tür zu und zwang Jennifer dadurch, in ihre Wohnung zurückzuweichen. Er hatte sie vollkommen überrumpelt. Zielstrebig betrat er die Küche und begann, seine Einkäufe auf dem leeren Tresen auszubreiten.

Jennifer war in der Küchentür stehen geblieben. Sie sah Oliver an, als wäre er eine Geistererscheinung.

Obwohl in seinem Kopf noch immer die Frage kreiste, woher ihre Verletzungen stammten, musste er sich zusammenreißen, um nicht offen amüsiert zu wirken. »Möchtest du lieber Pfannkuchen, Erdbeeren und Croissants oder Rührei, Würstchen und Speck?«

Jennifer fing sich endlich wieder. »Wieso bist du hier?« Sie verschränkte die Arme vor der Brust und wirkte nun eindeutig misstrauisch und auch ein kleines bisschen wütend.

Oliver wollte ihr keine Gelegenheit geben, sich an ihm festzubeißen, weshalb er mit einer Gegenfrage konterte: »Was ist mit deinem Gesicht und deinen Händen passiert?«

Sie schwieg, was auch eine Antwort war.

»Was hältst du davon, wenn ich uns erst einmal Frühstück mache und wir dann alles besprechen?«

Jennifer reagierte auf seinen Vorschlag, indem sie sich auf einen Stuhl am Tisch sinken ließ und ihren Schlüsselbund aus der Hand legte. Sie schwankte eindeutig zwischen Überraschung und Wut, spielte sein Spiel aber trotzdem mit. »Von allem ein bisschen.«

Oliver schenkte ihr ein siegessicheres Lächeln. »Kommt sofort.« In der nächsten halben Stunde hielt er sie mit Fragen nach Pfannen, Tellern und Besteck gekonnt davon ab, zu ihrer gewohnten Kratzbürstigkeit zurückzufinden.

Sie sah ihm beim Zubereiten und Braten zu, ohne ein Wort zu sagen. Ihre Ungeduld war trotzdem spürbar. Er kam zu dem

Schluss, dass er sie an irgendeinem für sie wichtigen Vorhaben gehindert haben musste.

Als Oliver schließlich zwei gut gefüllte Teller vor ihr auf den Tisch stellte, bewunderte sie die Berge süßer und herzhafter Köstlichkeiten mit hochgezogenen Augenbrauen. »Willst du mich mästen?«

Er reichte ihr Messer und Gabel und komplettierte das Angebot mit Ahornsirup, Nussnougatcreme sowie Salz- und Pfeffermühle. »Du kannst das vertragen.«

Er setzte sich mit einer gefüllten Kaffeetasse ihr gegenüber an den Tisch. Zufrieden sah er ihr dabei zu, wie sie sich heißhungrig über das Frühstück hermachte.

Zwischen zwei Bissen begegnete sie schließlich seinem Blick. »Das ist verdammt gut. Womit habe ich das verdient?«

Oliver zuckte mit unschuldiger Miene die Schultern. »Ich dachte, wenn ich schon ohne Voranmeldung bei dir reinplatze, könnte ich dich zumindest versorgen.«

»Und wieso bist du ohne Voranmeldung bei mir reingeplatzt?«

»Weil ich mich nicht von meiner Arbeit ausschließen lasse.« Er wartete, bis sie erneut mit einer Gabel Rührei beschäftigt war. »Außerdem wollte ich dich um einen Gefallen bitten.«

Sie musterte ihn fragend, während sie kaute und schluckte. »Und zwar?«

Im Umgang mit Jennifer war es nie eine gute Idee, in Vorleistung zu treten. »Erzähl mir erst mal, was mit deinem Gesicht passiert ist.«

Sie hielt im Kauen kurz inne. Das Thema war ihr sichtlich unangenehm, was sie erfolglos zu überspielen versuchte. »Ich habe beim Joggen unfreiwillig den Boden geküsst.«

»Wann warst du denn joggen?« Den Verletzungen war anzusehen, dass sie nicht von diesem Morgen stammten.

»Gestern Abend.«

Das hatte er bereits befürchtet. »Nach unserem Telefonat?«

»Ja.« Ihr Tonfall klang leicht, doch Oliver bemerkte trotzdem ihren Widerwillen.

Er konnte ein Seufzen nicht unterdrücken. »Du bist mitten in der Nacht alleine joggen gegangen? Nach dem, was gestern passiert ist?«

Jennifer ließ ihren Blick über die Teller schweifen, als müsste sie darüber nachdenken, was sie als Nächstes essen sollte. Dabei war fast nichts mehr übrig. »Ob ich joggen gehe oder nicht, ist meine Privatsache.«

»Schon, Jennifer, aber …«

»Kein Aber«, unterbrach sie ihn.

Eine Diskussion darüber erschien ihm sinnlos. Jennifer mauerte bereits. »Wie ist das passiert?«

»Ich bin gestolpert. Es war dunkel.«

Der Staatsanwalt versuchte, einzuschätzen, ob sie die Wahrheit sagte. Er hatte das unbestimmte Gefühl, dass sie ihm etwas verschwieg. Vielleicht machte er sich aber auch zu viele Gedanken. Die Wunden passten zu einem Sturz. »Warst du damit beim Arzt?«

Jennifer verdrehte lächelnd die Augen. Die Teller waren leer. Sie stand auf und trug sie zur Spüle. »Das sind ein paar harmlose Kratzer. Du hast schon den Koch gespielt, keine Chance mehr auf die Rolle des Samariters.«

»Wo wolltest du eigentlich hin, als ich gekommen bin?«

»Einkaufen.«

Oliver sah sie skeptisch an.

»Einkaufen«, wiederholte sie ein wenig zu energisch. »Du hast doch gesehen, wie leer mein Kühlschrank ist.«

Er wusste, dass sie nicht die Wahrheit sagte. Jennifer schien eine Aversion gegen Supermärkte zu haben. Oder gegen frisches, selbst zubereitetes Essen. Auf der Suche nach einer Pfanne war er über ihre Vorräte an Katzenfutter gestolpert. Es gab für sie keinen Grund, einkaufen zu gehen. Doch er ließ sie vorerst mit ihrer Lüge davonkommen.

»Um welchen Gefallen wolltest du mich denn bitten?«, fragte sie in dem offensichtlichen Bestreben, ihn seine Zweifel erst gar nicht aussprechen zu lassen.

»Du kannst von hier aus doch Leute überprüfen.«

»Eine oberflächliche Überprüfung ohne Details.« Jennifer sah ihn fragend an.

»Ich hätte da eine Anfrage. Inoffiziell.«

»Zu unserem aktuellen Fall?« Ihrem Tonfall war bereits anzuhören, dass sie nicht daran glaubte.

Inzwischen gelang es ihnen beiden recht gut, sich gegenseitig zu durchschauen. Oder sie gaben sich keine sonderliche Mühe mehr, den anderen hinters Licht zu führen. »Nein. Es hat nichts mit Isabell Grunau zu tun.«

Seine knappe Antwort stellte Jennifer offenbar nicht zufrieden, doch sie hakte nicht nach. »Nach diesem Festessen bin ich dir wohl einen Gefallen schuldig.«

Oliver zuckte die Schultern.

»Man könnte fast glauben, du hättest das einkalkuliert.« Jennifer lächelte säuerlich, trotzdem lud sie ihn mit einer Geste ins Wohnzimmer ein, wo sie sich in einer Nische ein bemerkenswertes Büro eingerichtet hatte.

Oliver war überrascht, dass die Wände und der Schreibtisch noch nicht voller Akten, Notizen und Fotos zu ihrem aktuellen Fall waren. Jennifer hatte scheinbar noch keine Zeit gehabt, sich entsprechend einzurichten. Für gewöhnlich war sie eine Meisterin darin, ihre Freizeit möglichst effizient mit Arbeit auszufüllen.

Sie setzte sich auf den Bürostuhl und schaltete den Computer und die Bildschirme ein. Oliver zog sich einen Hocker heran, auf dem sie vermutlich sonst ihre Füße ablegte, wenn sie längere Zeit am Schreibtisch saß. Sie loggte sich ein und startete die Systeme.

Oliver hätte eigentlich erwartet, dass sie nochmals nachfragte, wofür er diese Überprüfung brauche, doch sie tat es nicht. Vermutlich hoffte sie, weiteren Fragen seinerseits zu entgehen, wenn sie ihre eigene Neugier zurückstellte.

Sie platzierte den Cursor in einer Suchmaske und warf ihm einen Seitenblick zu. »Name?«

»Mendelsohn, Lukas.«

Sie gab die Daten ein. »Wohnhaft?«

»Lemanshain. Bahnhofstraße.«

»Keine Hausnummer?«

Er schüttelte den Kopf.

Sie sah ihn skeptisch an, sagte aber nichts dazu. »Geburtsdatum?«

»Ist das wirklich notwendig?«

Jennifer wirkte zunehmend misstrauisch, hielt sich jedoch weiterhin zurück. »Für ein eindeutiges Ergebnis wäre es von Vorteil.«

Oliver verstand zwar nicht, warum die Adresse zusammen mit den anderen Angaben nicht reichen sollte, doch er wollte nicht mit ihr diskutieren. »Ich habe nur das Jahr«, gestand er.

»Das sollte ausreichen. Wir suchen immerhin nicht nach einem Allerweltsnamen.«

Oliver überlegte kurz. Dann zog er von Hannahs Geburtsdatum einfach ein Jahr ab.

Jennifer tippte. Und hielt inne, als der Mauszeiger bereits über dem Button schwebte, der die Suche starten würde.

Olivers Herzschlag beschleunigte sich augenblicklich. Ihr Gesichtsausdruck gefiel ihm nicht. Sagte ihr der Name womöglich etwas? Das konnte unmöglich sein. Das durfte nicht sein!

»Es geht nicht um eine Ermittlung, oder?«, fragte sie plötzlich und warf ihm einen forschenden Blick zu. »Es geht um Hannah.«

Oliver nickte nur stumm. Leugnen war sinnlos.

Ein paar Sekunden verstrichen, dann schüttelte Jennifer den Kopf. Sie schloss das Programm und gab den Befehl zum Herunterfahren des Computers.

Oliver sah ihr mit offenem Mund dabei zu. »Was tust du?«, fragte er konsterniert.

Sie verschränkte die Arme und fixierte ihn. »Keine Chance. Ich werde nicht Hannahs Freund, Bekannten oder was auch immer er ist, für dich durch die Systeme jagen.«

Mit dieser Reaktion hatte Oliver nicht gerechnet. »Was, wieso nicht? Es ist doch nur …«

»Nein«, unterbrach sie ihn entschieden. »Auf gar keinen Fall.«

Einen Moment lang konnte Oliver ihren Blick nur stumm erwidern. Es war nichts weiter als eine einfache Systemabfrage! Sie wusste doch, was vor wenigen Monaten geschehen war! »Ich will nur wissen, ob der Junge okay ist. Kannst du das nicht verstehen?«

Jennifer nickte. »Ich kann es sehr gut verstehen. Und genau deshalb werde ich dir nicht helfen.«

Er sah sie verständnislos an.

»Ich weiß, warum du das tun willst, Oliver.« Sie zögerte, bevor sie mit ruhiger Stimme fortfuhr: »Aber du musst lernen, mit deinen Ängsten umzugehen. Du kannst Hannah nicht schützen, indem du ihre Intimsphäre verletzt. Du kannst sie ohnehin nicht vor jeder möglichen Enttäuschung bewahren.«

»Ich will wissen, wer der Kerl ist«, erwiderte Oliver schon fast trotzig. Wie konnte sie ihm diese Bitte abschlagen? Er selbst hatte nur begrenzten Zugriff auf die Polizeisysteme. »Ich will doch nur sichergehen, dass er kein Krimineller ist.«

»Dann wirst du warten müssen, bis sie ihn dir vorstellt und

du dir selbst ein Bild von ihm machen kannst.« Jennifer deutete in Richtung Bildschirm. »Alles, was möglicherweise dort drin steht, sagt nichts über den Charakter und die Absichten dieses Jungen aus.«

Oliver verdrehte die Augen. Tief in seinem Innern wusste er, dass sie recht hatte. Stundenlang hatte er mit sich gerungen, ob er seine Möglichkeiten nutzen und Jennifer um eine Prüfung bitten sollte oder nicht. Die Entscheidung war ihm alles andere als leicht gefallen. »Bei dir klingt das so einfach.«

»Es ist einfach.« Jennifer schenkte ihm ein Lächeln, wie er es nur selten bei ihr sah. Ganz ohne Ironie, Witz oder Verbitterung. »Konzentrier dich auf deine Arbeit. Gib Hannah zu verstehen, dass du für sie da bist, wenn sie dich braucht. Mehr kannst du nicht tun.«

»Doch, ich könnte mehr tun«, widersprach er.

»Nicht mit meiner Hilfe.«

Jennifer traf diese Feststellung derart endgültig, dass Oliver sofort wusste, sie würde keinen Millimeter davon abrücken. Sie würde ihm nicht helfen. Er hatte an dieser Erkenntnis einen Moment lang zu knabbern, schluckte seine Verärgerung aber schließlich hinunter. »Na gut. Das muss ich wohl akzeptieren. Dann erzähl mir jetzt wenigstens, wohin du vorhin eigentlich wolltest.«

Sie wiederholte dieselbe Lüge ein zweites Mal. »Einkaufen.«

»Das hatten wir schon. Und danach?«

Sie zögerte, gab sich dann aber doch geschlagen. »Ich wollte noch mal ins Camp.«

Obwohl er schon damit gerechnet hatte, überraschte ihn die Ankündigung. »Ich dachte, Rode hätte es komplett versaut.«

Jennifer schien diesbezüglich unsicher zu sein. »Deshalb will ich es ja ohne ihn versuchen. Ein letzter Besuch mit einem Berg von Versöhnungsgeschenken.«

»Das ist Bestechung und würde uns vor Gericht um die Ohren fliegen.«

Jennifer wusste, dass er diesen Einwand nicht wirklich ernst meinte. Ein leichtes Grinsen umspielte ihre Mundwinkel. »Wenn jemand davon erführe, dann schon.«

Oliver sah sie ernst an. Er verstand nicht, warum das Camp im Wald eine derart starke Anziehungskraft auf sie ausübte. »Die Obdachlosen lassen dich nicht los, oder?«

Jennifer deutete ein Schulterzucken an, ohne ihn anzusehen. »Mich lässt so vieles im Moment nicht los.«

»Ich komme mit«, entschied er und hoffte, dass sie deswegen keine Diskussion lostreten würde.

Jennifer seufzte theatralisch. »Ich hatte befürchtet, dass du das sagen würdest.«

Er hob eine Augenbraue. »Befürchtet?«

Sie lächelte. »Na ja. Vielleicht auch ein klein wenig gehofft.«

19

Oliver rechnete nicht ernsthaft damit, dass sie Erfolg haben würden. Auch die beachtliche Ladung haltbarer Lebensmittel, Kleidung und Wasser, die sie mit einer Sackkarre mühsam durch den Wald transportierten, konnte an seiner pessimistischen Einstellung nichts ändern. Er ging davon aus, dass die Bewohner zwar die Sachen annehmen, die beiden Ermittler dann aber des Camps verweisen würden.

Doch Jennifer lief dieses Mal nicht direkt ins Lager. Sie ließ ihn ein paar Gehminuten entfernt im Wald zurück, um unbemerkt von den anderen mit dem Jungen namens Nico zu sprechen. Es gelang ihr, mit ihm zu verhandeln, und die Aussicht auf gratis Essen und Kleidung bewegte die Obdachlosen dazu, ihnen immerhin eine Viertelstunde Redezeit einzuräumen.

Es war eigenartig, am späten Vormittag an der erloschenen Feuerstelle im Wald zu sitzen und den Menschen dabei zuzusehen, wie sie die Sachen untereinander aufteilten. Während Oliver beobachtete, wie Jacky als Organisatorin auftrat und die anderen zivilisiert und ohne Murren ihre Rationen entgegennahmen, sah er Jennifers Vermutung bestätigt, dass es sich bei der Gruppe sehr wohl um eine Gemeinschaft handelte, die füreinander einstand und nicht nur nebeneinanderher lebte.

Obwohl er immer noch befürchtete, die Leute könnten die Sachen nehmen, in ihre Behausungen bringen und dann verschwinden, hielten sie sich an die Abmachung. Eine Karre voller Verpflegung, Hosen und T-Shirts gegen fünfzehn Minuten Zuhören – ein merkwürdiger, aber funktionierender Deal.

Die Obdachlosen hörten tatsächlich zu. Während Jennifer ihnen erklärte, warum sie erneut hergekommen waren und was Isabell genau zugestoßen war, lauschten sie aufmerksam. Die Kommissarin deutete an, dass es weitere Opfer geben könnte und die Polizei noch immer ohne jeden Ansatz dastehe. Sie appellierte an die Campbewohner, die Ermittler bräuchten dringend jede noch so kleine Information, ganz gleich, wie unbedeutend sie erscheine.

Oliver konnte nicht einschätzen, ob Jennifer die Leute erreichte. Sie verzogen keine Miene, keine der Informationen entlockte ihnen irgendeine sichtbare Reaktion.

Als Jennifer ihre Rede beendet hatte, trat Schweigen ein. Oliver fürchtete bereits, dass es dabei bleiben würde, als Nico endlich etwas sagte.

»Warum haben Sie Freisen verhaftet?«

Oliver musterte den jungen Mann. War er der anonyme Tippgeber, der Jennifer die SMS mit dem Hinweis, sie sollten sich an Freisen halten, geschickt hatte? Nico wirkte ahnungslos, was aber auch einfach nur gut gespielt sein konnte.

»Till Freisen hat sich Isabell gegenüber nicht angemessen verhalten«, erwiderte Jennifer nebulös. »Sie war daran nicht ganz unschuldig, aber er hätte sie abweisen müssen.«

Nico und die anderen nahmen diese beschönigende Antwort kommentarlos hin. Es schien niemanden zu überraschen. Was Oliver allerdings sauer aufstieß, war die Tatsache, dass offenbar auch niemand Till Freisen dafür verurteilte. Wahrscheinlich konnten sie es sich nur schwer leisten, dem Mann und seinem Unternehmen die kalte Schulter zu zeigen – es war die einzige direkte Unterstützung, die sie bekamen.

»Wieso denken Sie, dass wir Ihnen helfen könnten?«, fragte die alte Frau schließlich, die sich in eine dicke Wolldecke eingemummelt hatte und trotzdem zu frieren schien.

Sie sprach das »wir« so verächtlich aus, dass klar war, worauf sie hinauswollte. Diese Leute mussten tagtäglich um jedes bisschen Respekt kämpfen und scheiterten dabei meist – wegen ihrer Lebenssituation vorverurteilt und verstoßen.

Wenn es gut lief, wurden sie von der Polizei ignoriert, wenn es schlecht lief, gegängelt und vertrieben. Beamte baten Leute wie sie wohl eher selten um Hilfe, erst recht nicht aufrichtig.

»Weil ich das Gefühl habe, dass Isabell Ihnen nicht gleichgültig war. Sie war Teil Ihrer Gemeinschaft. Sie haben sie aufgenommen, ihr Schutz gewährt und ein Dach über dem Kopf gegeben. Das ist mehr, als sie von anderen jemals hätte erwarten können.«

Jennifer ließ den Blick von einem zum anderen wandern. Diesmal suchte sie ganz bewusst den Kontakt. »Sie stehen füreinander ein, Sie helfen sich gegenseitig. Ich glaube, dass Ihre scheinbare Gleichgültigkeit Ihr Schutzschild gegen die Außenwelt ist. Sie schweigen für andere. Doch ich bitte Sie eindringlich, dieses Schweigen für Isabell zu brechen.«

Die Obdachlosen musterten Jennifer auf eine eigenartige Weise. Forschend, fragend. Nahmen sie wie Oliver dieses sanfte Timbre in ihrer Stimme wahr, spürten sie das unsichtbare Gewicht ihrer Erinnerungen?

»Sie haben ein sehr gutes Gespür«, sagte die Alte schließlich und blickte Jennifer nachdenklich an. »Und Ihr Verständnis für uns ist nicht gespielt. Woran liegt das?«

Jennifer zögerte. Es fiel ihr schwer, dem Blick der Alten standzuhalten. Die Frau hatte einen wunden Punkt getroffen. »Ich war noch keine sechzehn, als ich von zu Hause abgehauen bin.«

Oliver warf ihr einen verwunderten Blick zu. Ihm war klar, dass es eine Menge Dinge gab, die er über Jennifer Leitner nicht wusste, und dass diese Dinge alles andere als angenehm für sie waren. Trotzdem überraschte sie ihn immer wieder.

Ihre Kinnpartie war angespannt. »Ich habe für kurze Zeit auf der Straße gelebt.«

Oliver spürte, dass Jennifer leicht zitterte, obwohl ihre Schultern einige Zentimeter voneinander entfernt waren. Geständnisse dieser Art lagen ihr nicht.

Es kostete sie spürbar Überwindung, mit ihrer Beichte fortzufahren. »Ich bin einem älteren Mann begegnet. Er lebte schon lange auf der Straße. Er hat mich in seinen Unterschlupf mitgenommen, als es regnete, hat mir zu essen gegeben, eine Decke. Er war gütig, freundlich, hatte keinerlei Hintergedanken. Und ich habe es ihm gedankt, indem ich ihm am nächsten Morgen das bisschen Geld stahl, das er hatte, und verschwand.«

Stille kehrte ein. Minuten vergingen. Die Campbewohner starrten Jennifer an, die betreten zu Boden blickte. Sie mussten genau wie Oliver erkennen, dass sie die Wahrheit sagte. Es gab einen Grund, warum die Kommissarin sich mit diesen Menschen verbunden und sich ihnen gegenüber gleichzeitig schuldig fühlte.

Allmählich kehrte Leben in die Obdachlosen zurück, sie tauschten Blicke aus, und schließlich begann Jacky zu erzählen. Nach und nach berichteten die Campbewohner von Isabell, auf eine warmherzige, aber auch sorgenvolle Weise.

Sie lieferten eine Menge Informationen darüber, wie Isabell ihre Tage verbracht und wo sie sich außerhalb des Camps aufgehalten hatte. Sie zeichneten das Bild einer jungen, zerrissenen, psychisch nicht sehr stabilen Frau, die sich noch nicht gänzlich aufgegeben hatte, aber drohte, den stetigen Kampf bald zu verlieren.

Keines der Details brachte in Oliver eine Saite zum Klingen, doch sie erfuhren wesentlich mehr über das Opfer, als die Familie oder sonst irgendjemand hatte beisteuern können.

Der Erzählfluss versiegte. Unbemerkt war aus der ungewöhnlichen Versammlung eine Trauerfeier geworden. Die erste und einzige, die Isabell Grunau vermutlich jemals bekommen würde.

Die beiden Ermittler kehrten schweigend zum Parkplatz bei der Kleintierzuchtanlage zurück. Im Auto blieben sie zuerst schweigend sitzen. Jennifer machte keine Anstalten, loszufahren, und Oliver schien das nicht unrecht zu sein.

»Willst du mich denn gar nicht fragen?«, sagte sie schließlich, noch immer vor sich hin starrend.

»Was sollte ich dich denn fragen?«

»Beispielsweise, ob ich mir die Geschichte nur ausgedacht habe.«

Er versuchte, ihren Blick einzufangen, doch sie verweigerte sich ihm. »Ich kenne dich zwar verhältnismäßig kurz und auch nicht besonders gut, aber diese Frage muss ich nicht stellen.«

Jennifer schwieg.

»Ich bin auch mal von zu Hause abgehauen«, sagte er in die entstandene Stille hinein.

Sie sah ihn überrascht an. Es war ein Geständnis, das sie nur schwer mit dem Mann in Verbindung bringen konnte, der neben ihr saß. Doch ein Blick in seine blaugrauen Augen genügte, um zu wissen, dass er die Wahrheit sagte.

Obwohl sie nicht nachhakte, fuhr er fort: »Ich war vierzehn und lebte seit einem knappen halben Jahr mit meiner Mutter alleine, nachdem sich meine Eltern getrennt hatten. Wir hatten viel Streit, viele Probleme. Eines Tages habe ich es übertrieben und ihr an den Kopf geworfen, bei ihrem Verhalten sei es kein Wunder, dass mein Vater sie betrogen und verlassen hätte.«

Die Tatsache, dass Oliver ein Scheidungskind war, verblüffte Jennifer. Sie war immer davon ausgegangen, dass er aus einer intakten Familie stammte, allerdings hatte sie auch nie mit ihm darüber gesprochen.

»Meine Mutter ist ausgerastet und hat mich grün und blau geschlagen. So wütend hatte ich sie noch nie erlebt.«

»Und dann bist du abgehauen«, stellte Jennifer tonlos fest.

»Ja. Drei Nächte habe ich bei Freunden geschlafen, dann wollte ich ein paar Sachen von zu Hause holen, fand meine Mutter aber außer sich vor Sorge und völlig aufgelöst vor. Wir haben uns ausgesprochen. Danach war unser Verhältnis besser als je zuvor, und sie hat mich nie wieder geschlagen.«

Jennifer sagte nichts dazu. Sie konnte mit dieser plötzlichen Offenbarung nur schwer umgehen. Ihre eigene lag ihr noch viel zu schwer auf der Seele, und sie fürchtete die unvermeidliche Frage, die tatsächlich als Nächstes kam.

»Wieso bist du damals ausgerissen?«

Jennifer lehnte den Kopf gegen die Stütze und schloss für einen Moment die Augen. Sie erinnerte sich noch gut an den Tag, an dem sie ihrem Vater gestanden hatte, schwanger zu sein. Er hatte ruhig, beinahe gelassen reagiert. »Du lässt aber auch nichts aus, oder?«, hatte er nur müde gefragt.

Dann hatte er sich nach dem Erzeuger erkundigt, und sie hatte nur den Kopf schütteln können. Er war zunehmend wütender geworden. Mit jeder Antwort wurde deutlicher, dass sie weder wusste, wer der Erzeuger war, noch wie viele Männer eigentlich infrage kamen. Mit jeder Antwort hatte sie ihn mehr und mehr zerstört.

Ihr Vater, der Mann, der all ihre Kapriolen und Ausraster ruhig, fast schon stoisch beobachtet hatte, ohne sie jemals zu verurteilen oder abzulehnen, war letztlich in einem zornigen Ausbruch explodiert.

Sie war geflohen. Mit einem brüllenden, hysterischen Vater, der sie aufs Übelste beschimpfte, hatte sie nicht umgehen können. Noch in der Nacht, als sie durchgefroren an irgendeinem Bahnhof gesessen hatte, hatte sie ihn angerufen. Sie hatte ihn angefleht, sie abzuholen, und er hatte nur kalt erwidert, dass er keine Tochter mehr habe.

Mangels echter Freunde war sie auf der Straße gelandet. Zwei Wochen lang hatte sie sich durchgeschlagen. Ihrem Vater war sie erst wieder im Krankenhaus begegnet, nach der Operation wegen einer Bauchhöhlenschwangerschaft, die sie in die Notaufnahme gebracht hatte.

Es war keine Episode, an die sie sich gerne erinnerte. Erst recht keine, die sie mit irgendjemandem teilen wollte. »Es war eine schwierige Zeit«, sagte sie nur.

Falls Oliver enttäuscht war, weil sie seine Offenheit nicht erwiderte, so zeigte er es nicht. »Du redest nicht gerne über deine Vergangenheit.«

»Ich habe meine Gründe.«

»Davon gehe ich aus.« Er ließ ein paar Sekunden verstreichen, bevor er hinzufügte: »Aber ich sehe dich als eine Art Freundin ... und denke eigentlich, dass wir uns besser kennenlernen sollten.«

Sie schüttelte ohne jede Überlegung den Kopf. »Nein, das sollten wir nicht.«

»Jennifer, ich weiß ...«

Ein Klopfen an die Seitenscheibe ließ sie beide zusammenfahren. Neben der Fahrertür stand der alte Obdachlose und forderte Jennifer mit einer Geste auf, die Scheibe herunterzukurbeln. Was sie auch tat, nachdem sie sich gefangen hatte. »Ja?«

Er sah sich in alle Richtungen um, als fürchte er, verfolgt oder belauscht zu werden. »Haben Sie denn die WiheSiL überprüft?«, fragte er. »Sie haben meine Nachricht doch bekommen, oder?«

»Sie haben mir die SMS geschickt?«, fragte Jennifer überrascht. »Ja, habe ich. Wir haben Freisen in die Mangel genommen, und ...«

»Es ging mir nicht um Freisen«, stellte der Mann fest.

»Aber ...«

»Vielleicht habe ich mich nicht deutlich genug ausgedrückt. Wie dem auch sei … Ich konnte nicht vor den anderen sprechen, nicht vor Nico, der hätte das nicht verstanden … Sie wollte nicht, dass er es weiß, und das respektiere ich.«

Jennifer blinzelte irritiert. »Isabell? Was sollte Nico nicht wissen?«

Wieder blickte der Alte sich um. »Dass sie aussteigen wollte. Ich habe mich öfter mit ihr unterhalten. Sie war ein kluges Mädchen. Sie sollte nicht so ein Leben führen, so jung, wie sie noch war. Ich habe sie ermutigt. Kurz bevor sie verschwunden ist, hat sie mir von einer Chance erzählt, einer Möglichkeit, die ihr die WiheSiL GmbH eröffnet hätte … Sie durfte aber nicht darüber reden, weil es nur exklusiv für sie war und sie keinen Neid schüren sollte … Sie wollte gehen, ohne mit Nico darüber zu reden. Er hing an ihr, wissen Sie. Sie wollte ihn nicht verletzen …«

Jennifer versuchte, diese ganzen Informationen in die richtige Reihenfolge zu bringen. »Zu wem in der GmbH hatte Isabell Kontakt?«, fragte sie. »Nur zu Freisen?«

Der Mann schüttelte den Kopf. »Ich hatte Zeit, darüber nachzudenken. Es war nicht Freisen. Der hat sich doch fast nie blicken lassen … Einer von den anderen, glaube ich.«

Oliver beugte sich vor. »Und Sie glauben, dass das etwas mit Isabells Tod zu tun hat?«

»Ja. Sie hat mir am Abend vor ihrem Verschwinden am Feuer zugeflüstert, am nächsten Tag sei es soweit.«

20

Jennifer schüttelte den Kopf und blickte von ihrem Bildschirm auf. »Ebenfalls keinerlei Einträge.«

Hauptkommissar Lars Rode lehnte sich auf dem Bürostuhl zurück und verschränkte die Arme hinter dem Kopf. »Das war zu erwarten.«

»Dass sie noch nie polizeilich auffällig geworden sind, sagt noch gar nichts«, bemerkte Oliver, den Rodes Selbstgefälligkeit reizte. Der Staatsanwalt saß neben Jennifer am Rechner und versuchte, sich nicht zu sehr über den Mann am Schreibtisch gegenüber zu ärgern.

Oliver war von Jennifers Entscheidung, den BKA-Ermittler hinzuzuziehen, alles andere als begeistert. Es mochte Rodes Fall sein, doch es war abzusehen gewesen, wie er auf diese Spur reagieren würde.

Die Mitarbeiter der WiheSiL GmbH passten Rodes Ansicht nach nicht in das BKA-Profil des Mörders. Er hatte Zweifel an der Aussage des alten Obdachlosen und bezeichnete sie als abstruse Geschichte. Er hielt die erneute Befragung Freisens und seiner Mitarbeiter für reine Zeitverschwendung.

Was den Hauptkommissar leider nicht davon abgehalten hatte, um seine Abholung zu bitten und sich ihnen anzuschließen. Wenigstens hatte er sich nicht dazu berufen gefühlt, Anstett zu informieren. Jennifers Hartnäckigkeit hatte ihn wohl überrascht. Und es passte ihm nicht, dass sich Jennifer und Oliver darüber ausschwiegen, wie sie es geschafft hatten, die Obdachlosen zum Reden zu bringen.

Rode lächelte den Staatsanwalt auf eine Art an, die schon fast überheblich wirkte. »Dann hören wir uns doch an, was Herr Freisen und seine Mitarbeiter zu sagen haben.«

Sie hatten den Geschäftsführer, die beiden Sozialarbeiter, die Sekretärin und den jungen Mann, der gerade seinen Bundesfreiwilligendienst bei der GmbH absolvierte, bereits von der Bereitschaftspolizei abholen lassen. Glücklicherweise waren sie in ihren jeweils eigenen vier Wänden angetroffen worden. Keiner war zu einem Wochenendausflug oder einer längeren Einkaufstour entschwunden. Getrennt warteten sie auf ihre jeweilige Befragung, in fünf verschiedenen Räumen.

Die Ermittler sprachen zuerst mit Till Freisen, der sich äußerst zugeknöpft gab. Oliver konnte es ihm wegen der vorausgegangenen Verhaftung und der angekündigten Ermittlungen wegen des Missbrauchs einer Minderjährigen nicht einmal verdenken. Zuerst wollte der Geschäftsführer gar keine Fragen beantworten, erst recht nicht ohne Anwalt, doch nachdem Oliver ihm dargelegt hatte, worum es ging, verzichtete er darauf, drei Stunden auf den Advokaten seiner Wahl zu warten.

Freisen war der gleichen Meinung wie Lars Rode. Ihm war es vollkommen neu, dass Isabell Grunau seitens seiner Organisation irgendeine ominöse Möglichkeit eröffnet worden sein sollte. Die Angebote, die sie dem Mädchen hatten machen können, hatte sie allesamt abgelehnt.

»Sie müssten wissen, wenn einer Ihrer Mitarbeiter Isabell irgendetwas offeriert hätte?«, hakte Oliver nach.

»Ja, natürlich. Meine Leute kennen ihren Spielraum, sie überschreiten niemals ihre Kompetenzen. Ich informiere zeitnah über verfügbare Angebote, und darüber hinaus bieten wir niemandem etwas an. Das wäre unverantwortlich.«

»Wer war mit Isabell vertraut?«, fragte Jennifer. »Welcher Ihrer Mitarbeiter war für sie zuständig?«

»Es gab keinen speziellen Bearbeiter. Jeder kann mit jedem arbeiten, inklusive meiner Person.«

Oliver war skeptisch. Es gab keine detaillierten Aufzeichnungen über die Klienten. Wie konnte jeder Mitarbeiter immer über alles umfassend informiert sein? Darauf herumzureiten, erschien ihm allerdings wenig zielführend. »Einmal angenommen, einer Ihrer Leute hätte Isabell von einer fiktiven Möglichkeit erzählt …«

»Nein«, unterbrach Freisen den Staatsanwalt entschieden. »Wozu sollte das denn überhaupt gut sein?«

»Beispielsweise, um sie in eine Falle zu locken …« Jennifer deutete ein Schulterzucken an.

»Das ist doch vollkommen absurd!« Freisen lief augenblicklich rot an vor Wut. Unterstellungen, selbst wenn sie nur angedeutet waren, vertrug er äußerst schlecht. »Meine Leute sind sauber!«

»Wie lange arbeiten Ihre Angestellten bereits für Sie?«

Olivers ruhiger Themenwechsel sorgte bei Freisen einen kurzen Moment für Irritation. »Christoph und Michael arbeiten seit mehreren Jahren für mich. Der Bufdi ist seit fast einem halben Jahr bei uns. Agnes hat vor knapp vier Wochen angefangen.«

»Agnes? Ihre Sekretärin?«

Freisen nickte. »Agnes Retzer.«

Vor knapp vier Wochen. Und dann legte Freisen bereits die Hand für sie ins Feuer? »Kannten Sie sie schon vorher?«

Der Geschäftsführer verstand, worauf Oliver anspielte. »Nein, aber sie hat ausgezeichnete Zeugnisse, und ich habe mit ihrem ehemaligen Chef telefoniert. Selten habe ich so viel Lob gehört. Zuverlässigeres Personal könnte ich mir kaum wünschen.«

»Wissen Sie, ob sie erst kürzlich nach Lemanshain gezogen ist oder schon länger hier wohnt?«, hakte Jennifer wie beiläufig nach.

»Sie ist zugezogen. Aus Hannover. Dort hat sie vier Jahre an einem großen Sozialprojekt mitgearbeitet.«

Oliver konnte Jennifer ansehen, dass Agnes Retzer ihr Interesse geweckt hatte, obwohl sie rein äußerlich unbeteiligt, wenn nicht gar gelangweilt wirkte. »Hat sie Ihnen gegenüber erwähnt, warum sie hergezogen ist?«

»Ich habe sie nie direkt gefragt.« Freisen schüttelte den Kopf. Er verstand den Sinn und Zweck dieser Frage nicht. »Sie hat mal so was angedeutet, dass es der Liebe wegen war.«

Fragte sich nur, welche Liebe gemeint war.

Jennifer erwähnte die Sekretärin im Anschluss an Freisens Befragung gegenüber Oliver und Rode mit keinem Wort mehr.

Zuerst sprachen sie noch mit den beiden Sozialarbeitern und dem Bundesfreiwilligendienstleistenden, ohne dass irgendein Verdachtsmoment aufkam. Sie fragten die Männer recht unverbindlich übereinander, über ihren Chef und – hauptsächlich auf Jennifers Initiative hin – über die einzige Frau im Team aus.

Als sie das letzte Verhörzimmer betraten, in dem Agnes Retzer nun schon seit fast zwei Stunden wartete, war sich zumindest Oliver darüber im Klaren, dass Jennifer sich mit der Sekretärin weitaus intensiver beschäftigen wollte als mit den Männern.

Sie hatte Witterung aufgenommen.

Die Sekretärin machte einen ziemlich entnervten Eindruck, als sich die drei Beamten zu ihr an den Tisch setzten. Sie hatte einen Kaffee bekommen, den leeren Plastikbecher aber inzwischen zerknüllt. Die Überreste schob sie ungeduldig vor sich auf dem Tisch hin und her.

»Himmel, das wurde ja auch Zeit«, murmelte sie gerade so laut, dass die Ermittler es hören konnten.

Oliver schenkte ihr ein freundliches Lächeln. »Es tut uns leid, dass Sie warten mussten, Frau Retzer.« Er stellte sich und die beiden Polizisten vor, obwohl die Sekretärin ihn und Jennifer bereits kannte. Sie schien allerdings kein besonderes Interesse daran zu haben, wem sie gegenübersaß.

Sie war nervös, das war ihr deutlich anzumerken. Ihre Hände wanderten fahrig über die Tischplatte und beschäftigten sich immer wieder mit dem zerknautschten Plastikbecher. Der Geruch nach abgestandenem Zigarettenrauch hatte sich im Zimmer ausgebreitet. Agnes Retzer war offenbar starke Raucherin und hatte mit Entzugserscheinungen zu kämpfen.

»Wir haben ein paar Fragen an Sie, über Isabell Grunau und Ihre Arbeitsstelle.«

Sie runzelte die Stirn. »Das Mädchen, das getötet wurde? Schlimme Sache ... Wirklich schlimm. Aber mein Chef hat damit nichts zu tun.«

»Davon gehen wir im Moment auch aus«, beruhigte Oliver sie. Erneut wunderte er sich darüber, dass zwei Menschen, die sich erst seit vier Wochen auf beruflicher Ebene kannten, bereits derart große Stücke aufeinander hielten. »Wir haben nur noch ein paar Details zu klären, was Isabell Grunaus Verbindung zu Ihrer Arbeitsstätte angeht.«

Agens Retzer hielt in ihren fahrigen Bewegungen inne und sah ihn skeptisch an. »Details? Welche Details denn? Sie haben doch sämtliche Unterlagen durchgesehen.«

»Wenn ein Mord geschieht, behaupten die Menschen gegenüber der Polizei alles Mögliche, machen Andeutungen, geben mehrdeutige Hinweise. Unsere Aufgabe ist es, diese Informationen zu sortieren, festzustellen, welche davon relevant und wahr sind und welche nicht.« Er lächelte noch immer. »Sie sollen uns dabei helfen.«

»Aha.« Ihr Tonfall machte bereits deutlich, dass sie davon ausging, keine Hilfe sein zu können.

Oliver stellte ihr dieselben Fragen in Bezug auf Isabell, die er auch schon den anderen Mitarbeitern gestellt hatte. Er informierte sie, dass es seitens der WiheSiL GmbH angeblich ein exklusives Angebot gegeben habe, das Isabell den Ausstieg ermöglichen sollte. Doch auch Agnes Retzer gab an, noch nie etwas davon gehört zu haben, auch nicht gerüchteweise, und sie hatte keine Idee, was für eine Art Angebot das hätte sein sollen.

Isabell waren mehrere Optionen angeboten worden, unter anderem die Unterbringung in einer Einrichtung für Jugendliche, doch sie hatte immer wieder abgelehnt. Retzer erinnerte sich nur vage an das Mädchen, das sie vielleicht ein- oder zweimal gesehen hatte. Doch dass Isabell keinerlei Hilfe hatte annehmen wollen, war ihr durchaus im Gedächtnis geblieben.

Auch sie ließ nichts auf ihre Kollegen und ihren Chef kommen. Dass einer von ihnen mit dem Mord an Isabell etwas zu tun haben könnte, konnte sie sich nicht vorstellen. Sie hatte überhaupt keine Ahnung, wer einer jungen Frau etwas derart Schreckliches antun konnte.

Oliver beobachtete Agnes Retzer genau, achtete auf ihre Stimmlage und andere verräterische Anzeichen. Ihre Nervosität schrieb er jedoch weiterhin dem Nikotinentzug zu. Er glaubte nicht, dass sie etwas mit dem Fall zu tun hatte, tat aber Jennifer den Gefallen, in ihr Privatleben vorzudringen. Sie hätte es sonst ohnehin getan.

»Sie arbeiten noch nicht lange für Herrn Freisen«, wiederholte er eine Feststellung, die die Sekretärin selbst zuvor schon gemacht hatte.

»Seit fast vier Wochen«, antwortete die Sekretärin. Nachdem Lars Rode ihr im Verlauf der Befragung den knisternden Plastikbecher abgenommen hatte, spielte sie jetzt mit den dunkelbraunen Strähnen ihres Haars.

»Sie haben vorher in Hannover gelebt«, bemerkte Jennifer, die bisher Oliver die Gesprächsführung überlassen hatte. Der BKA-Ermittler saß nur still daneben und wirkte gelangweilt.

Agnes Retzer nickte stumm.

»Was hat Sie hierher geführt?«, hakte die Kommissarin beiläufig nach. »So wie ich Herrn Freisen verstanden habe, hatten sie eine Festanstellung vor Ort. Haben Sie hier Familie?«

Die Sekretärin lächelte, doch es wirkte aufgesetzt. »Nein. Ich hatte private Gründe.«

»Sie sind wegen eines Mannes umgezogen«, stellte Jennifer mit verschwörerischem Unterton fest.

Retzers Lächeln erstarb. »Ja. Aber nicht wegen eines Geliebten hier vor Ort.« Sie verschränkte die Arme, ein unbewusstes Zeichen dafür, dass sie dieses Thema nicht weiter erörtern wollte. Vermutlich war in Hannover eine Liebe in die Brüche gegangen, und sie war geflohen.

Aber warum nach Lemanshain?

»Wie sind Sie ausgerechnet hier gelandet?«

»Ich wollte möglichst weit weg von Hannover, habe aber gleichzeitig nach einer sinnvollen Aufgabe gesucht.« Retzer zögerte einen Moment. »Freisens Inserat hat mich angesprochen. Eine reiche, unabhängige Kleinstadt, die sich viel zu wenig um die Schwächsten der Gesellschaft kümmert. Und um ehrlich zu sein: Ich hatte genug von dem Elend in der Großstadt.«

Oliver konnte sich nicht helfen, doch diese Antwort klang irgendwie einstudiert.

Jennifer war überrascht. »Freisen hat deutschlandweit inseriert?«

»Nein. Hier in der Umgebung. Ich habe mich eigentlich auf das Frankfurter Umland konzentriert, da tauchte aber auch sein Stellenangebot auf.«

»Und wie kamen Sie ausgerechnet auf Frankfurt?«

Agnes Retzer runzelte die Stirn. Oliver erwartete bereits eine Gegenfrage, als sie schließlich doch noch antwortete. »Die Jobaussichten sahen in der Frankfurter Umgebung nicht allzu schlecht aus.«

»Haben Sie keine Familie oder Freunde, irgendwelche Wurzeln, zu denen Sie hätten zurückkehren können?« Jennifers Tonfall signalisierte Mitleid.

Doch Retzer sprang nicht darauf an. Sie lehnte sich zurück und musterte die Beamten. »Erlauben Sie mir die Frage: Was hat das alles eigentlich mit Isabell Grunau zu tun?«

Oliver spürte, wie sich Jennifer neben ihm leicht anspannte. Dies war der Punkt, an dem sie entweder aus der Befragung ein Verhör machen oder abbrechen mussten. Ihm war klar, dass die Kommissarin gerne weitergebohrt hätte, doch eigentlich hatten sie nichts in der Hand, was Agnes Retzer zu einer Verdächtigen machte.

Jennifer sah das glücklicherweise ähnlich. Mit einem Lächeln und einem Schulterzucken brach sie den Angriff ab. »Entschuldigen Sie, das war lediglich aus Interesse. Ich kann nur immer nicht verstehen, warum sich jemand freiwillig für diese schöne Stadt entscheidet.«

»Aber Sie leben und arbeiten doch auch hier«, erwiderte Agnes Retzer spitz. Sie hatte Jennifers Ausflucht als solche erkannt.

»Ja, nur nicht unbedingt freiwillig«, erklärte diese lächelnd.

»Ich denke, das gehört nicht hierher«, mischte sich Oliver ein. Er warf Jennifer einen tadelnden Blick zu, obwohl er genau wusste, was sie mit dieser offenherzigen Bemerkung bezweckt hatte. »Das war es von unserer Seite, denke ich. Vielen Dank für Ihre Zeit, Frau Retzer.«

Die Sekretärin schien über das plötzliche Ende ihrer Vernehmung überrascht zu sein, erhob sich aber, als Oliver aufstand und ihr die Hand zum Abschied reichte. »Ja, dann … kann ich gehen?«

»Selbstverständlich.«

Jennifer eilte zur Tür. »Kommen Sie, ich begleite Sie nach draußen.«

Dieser Schritt war nicht abgesprochen gewesen, doch die

Kommissarin reagierte auf den fragenden Blick, den Oliver ihr hinter Retzers Rücken zuwarf, mit einem vielsagenden Lächeln.

Oliver kehrte gezwungenermaßen mit Lars Rode zusammen in Jennifers Büro zurück.

Der Hauptkommissar ließ sich wieder in Marcel Meyers Bürostuhl sinken. »Und?«, fragte er. »Was denken Sie?«

Der Staatsanwalt schüttelte den Kopf. »Keine heiße Spur.«

Rode nickte nur. Obwohl er sich den Kommentar sparte, konnte Oliver mühelos in seinen Augen lesen: *Ich habe es Ihnen doch gesagt.*

Der Staatsanwalt wollte sich nicht auf eine Diskussion mit dem BKA-Mann einlassen. Er trat ans Fenster und beobachtete ein Flugzeug, das in einiger Entfernung Richtung Westen flog. Sein Magen beschwerte sich darüber, dass er seit dem frühen Morgen nichts mehr gegessen hatte. Inzwischen war es früher Abend.

Jennifer brauchte ewig.

Hatte sie Retzer etwa auf dem Weg nach unten noch in ein Gespräch verwickelt? Er hoffte, dass sie sich zurückhielt, denn die Sekretärin war lediglich als Zeugin und nicht als Verdächtige belehrt worden.

Zugegeben, irgendetwas gefiel auch ihm an der Frau nicht, doch je länger er darüber nachdachte, desto mehr tendierte er dazu, dass sein Gefühl eher auf Antipathie als auf Fakten basierte.

Als Jennifer endlich zurückkehrte und sich auf ihren Stuhl warf, fiel ihm sofort auf, dass sie voller Tatendrang steckte. Dass sie seinem Blick mehr oder minder auswich, gefiel ihm nicht.

Die beiden Männer sahen zu, wie sie sich an den Rechner setzte und begann, Daten einzugeben.

Oliver stand noch immer am Fenster. »Wie ist dein Eindruck?«, fragte er schließlich.

»Ich will Agnes Retzer einem sehr genauen Check unterziehen.«

Lars Rode schien diese Ankündigung im Gegensatz zu Oliver zu überraschen. »Die Sekretärin? Wieso denn das?«

»Ihre Geschichte gefällt mir nicht. Sie ist erst vor Kurzem hergezogen, sie wirkte angespannt. Es gibt zahlreiche Fragen, auf die sie uns keine befriedigende Antwort geben konnte oder wollte. Warum hat sie sich nicht beim Einwohnermeldeamt umgemeldet? Wieso hat sie scheinbar keine Freunde? Was ist mit ihrer Familie? Irgendetwas hat diese Frau zu verbergen.«

Der Hauptkommissar war perplex. »Ich teile Ihre Meinung nicht.«

»Das müssen Sie auch nicht.« Jennifer lächelte. »Aber ich werde Retzers Angaben überprüfen: ihre ehemalige Arbeitsstelle in Hannover, wo sie herstammt, welche Stationen sie in ihrem Leben bisher durchlaufen hat. Das volle Programm.«

Die Kommissarin blickte zwischen den beiden Männern hin und her. »Ist außer mir denn eigentlich noch niemandem der Gedanke gekommen, dass alle Opfer möglicherweise eine ganz bestimmte Gemeinsamkeit hatten? Nämlich den Bezug zu Sozialarbeitern? Retzer und die WiheSiL GmbH? Die perfekte Kombination, um an Menschen heranzukommen, denen keiner eine Träne nachweint und die in den Augen der Öffentlichkeit nur Abschaum sind?«

Oliver konnte nicht bestreiten, dass an dieser Beobachtung etwas dran war. Doch sie widersprach gänzlich den Annahmen des Bundeskriminalamtes, und Rodes Version war von Anstett zum Maß aller Dinge erklärt worden. Außerdem waren Sozialarbeiter nicht die einzige Berufsgruppe, die infrage kam. »Diesen Vorteil hätten genauso die meisten Beamten der Ordnungs- und Justizbehörden.«

»Das ist doch lächerlich!«, warf der Hauptkommissar ein, ohne zu spezifizieren, ob er Jennifers, Olivers oder beide Aussagen meinte. »Diese Frau war nervös, weil sie ein paar Stunden keine Zigarette mehr hatte, das ist alles.«

»Zigaretten.« Jetzt grinste Jennifer. »Gut, dass Sie das ansprechen.« Sie zog eine kleine Beweismitteltüte aus der Tasche ihrer Jeans und hielt sie triumphierend hoch. »Das Erste, was Agnes Retzer brauchte, als sie dieses Gebäude verließ, war eine Zigarette. Und nun raten Sie mal, welche Marke sie raucht.«

Oliver sah den Zigarettenstummel in der Tüte einen Moment lang an, bevor er aufstöhnte. Jennifer war es mit ihrem Verdacht offensichtlich verdammt ernst, und sie war bereits viel zu weit vorgeprescht. »Dafür bekomme ich keinen Beschluss, das weißt du.«

»Ich brauche keinen Beschluss. Jarik wird da schon irgendwas hinbiegen. Und wenn wir Vergleichsmaterial haben, kommt vielleicht auch endlich mal das LKA in die Puschen.«

»Diese Analyse wäre vor Gericht nicht beweiskräftig!« Oliver konnte nicht vermeiden, dass sich seine Stimme hob. Selbst wenn die DNS übereinstimmen sollte, könnten sie das Ergebnis nicht für die Ermittlungen verwenden. »Das sind illegal beschaffte Beweismittel!«

»Mit dieser Frau stimmt irgendetwas nicht«, wiederholte Jennifer trotzig und funkelte ihn an. »Das waren nicht nur Entzugserscheinungen.«

»Sie ist eine Frau«, meinte Oliver kraftlos. Musste Jennifer eigentlich immer derart über die Stränge schlagen? Ihm fielen Anstetts Worte ein. Bisher hatte er Glück gehabt. Eine Feststellung, mit der die Oberstaatsanwältin leider nicht gänzlich falsch lag. »Wir suchen einen Mann.«

»Allein wegen ihres Geschlechts werde ich sie nicht als Verdächtige ausschließen. Sie könnte mit dem Täter unter einer Decke stecken oder ihn kennen! Mein Gefühl sagt mir, da ist etwas.«

Oliver musterte die Kommissarin. War sie gerade dabei, sich in eine Theorie zu verrennen? Er schätzte ihr Gespür, doch sie war eindeutig zu weit gegangen. »Deshalb kannst du nicht einfach alle Regeln und Gesetze aushebeln!«

»Dann kann es ja wohl auch kaum schaden, diese Analyse durchführen zu lassen!«

Rode stand langsam auf und hob beruhigend beide Hände. »Ich denke, es ist sinnlos, jetzt noch darüber zu streiten. Die Zigarette ist nun mal da. Also können wir sie auch verwenden.«

Oliver starrte den Hauptkommissar perplex an. Hatte er nicht gerade eben Jennifers Spekulationen in Bezug auf die Sekretärin als lächerlich bezeichnet? Und jetzt schlug er sich auf ihre Seite?

Jennifer warf Oliver einen zufriedenen Blick zu.

Er war überstimmt. »Das ist ein schlechter Scherz, oder?«

Rode beachtete ihn gar nicht, sondern streckte fordernd die Hand in Richtung Beweismitteltüte aus. »Überlassen Sie das mir. Ihr Techniker hat sicherlich seine Möglichkeiten, aber wenn ich meine Kontakte spielen lasse und die Zigarette einreiche, geht es schneller und macht weniger Probleme.«

Die Kommissarin zögerte für den Bruchteil einer Sekunde, bevor sie das Lächeln des BKA-Ermittlers erwiderte. Sie reichte ihm das Tütchen. »Vielen Dank.«

21

Jennifer fuhr auf den Hotelparkplatz und hielt in einer Parkbucht. Das Gebäude war nur mäßig beleuchtet, und es standen kaum Autos davor. Es handelte sich um ein exquisites Vier-Sterne-Haus mit Restaurant und Bar im Erdgeschoss. Eine günstigere Unterkunft war in Lemanshain allerdings auch nicht zu finden.

»Wir sehen uns dann Montag«, sagte sie.

Rode warf einen Blick auf seine Armbanduhr. Es war spät geworden. »Haben Sie keinen Hunger?«

Jennifer wusste, dass die Frage eigentlich eine ganz andere war.

Seit sie das Präsidium verlassen hatten, nein, seit Rode ihr zur Seite gesprungen und die Zigarette entgegengenommen hatte, spürte sie wieder diese leise Spannung zwischen ihnen.

Ihre Wut wegen des verpatzten Besuchs im Camp war inzwischen verflogen. Nach ihrem Erfolg heute Morgen war Rodes Ausbruch bedeutungslos geworden, und stattdessen war sein unmissverständliches Angebot vom Vortag unaufhaltsam in den Fokus gerückt. Jennifer konnte nicht verhindern, dass ihre Gedanken ständig dorthin zurückkehrten.

Während der Fahrt hatte sie ihn immer wieder unauffällig von der Seite gemustert. Ihre inneren Barrikaden einzureißen, war ihr ein wenig schwergefallen, doch anschließend hatte sie ihn als Mann betrachten können, ohne in ihm den BKA-Ermittler zu sehen.

Seine Frage, so unschuldig sie sich auch anhörte, ließ ein

verräterisches Kribbeln in Jennifers Magengegend entstehen. Sie fand seine markanten Züge attraktiv. Er war ihr sympathisch, obwohl sie die eine oder andere seiner Eigenschaften nicht mochte. Für ein Abenteuer waren sie allerdings auch vollkommen irrelevant.

Jennifer war interessiert.

Natürlich war ihr Verstand anderer Meinung. Auch wenn Rode demnächst wieder seiner Wege gehen würde, könnte selbst eine rein körperliche Beziehung ihre Zusammenarbeit belasten. Energisch schob sie den Gedanken beiseite. Es würde nicht schaden, sich eine Nacht lang mit einem mehr oder weniger Fremden zu amüsieren.

Sie lächelte ihm zu. »Wollen Sie mich einladen?«

»Ich dachte nicht an ein großes Essen. Vielleicht einen Drink an der Bar. Sie servieren dort Kleinigkeiten, Schnittchen und Tapas …«

Bloß nicht zu viel Zeit verlieren. Es ging ihm nicht um den Drink oder das Essen. Jennifer gefiel diese direkte Art, die Vergnügen ohne viel Gerede und anschließende Probleme verhieß. Das Kribbeln nahm zu.

Trotzdem zögerte sie noch einen Moment. Ihr Gehirn erhob ein letztes Mal Einspruch, erinnerte sie daran, dass Rode noch immer mit ihr an diesem Fall arbeitete. Aber sie konnte nicht widerstehen. Sie wollte nicht widerstehen. Ihre Fantasie begann bereits, ihren Kopf mit ersten verlockenden Bildern zu überfluten.

Vielleicht war ihre vernachlässigte Libido schuld daran, dass sie so schnell auf Rode einstieg. Doch das war jetzt nicht mehr von Bedeutung.

Jennifer löste ihren Gurt. »Ich denke, auf einen Drink kann ich es ankommen lassen.«

Bereits eine halbe Stunde und keinen ganzen Drink später fanden sie sich in seinem Hotelzimmer wieder. Sie wussten beide, was sie wollten, und ohne große Worte landete ein Teil ihrer Kleidung auf dem Boden und sie zusammen im Bett.

Jennifer ließ sich fallen. Ihre Konzentration war nur noch auf Rodes leidenschaftliche Küsse und seine Hände gerichtet, die zielstrebig über ihren Körper wanderten. Es gab nichts, was sie in diesem Moment mehr wollte, als dass er ihr auch noch die Unterwäsche vom Leib riss und sie so direkt und fordernd nahm, wie es seine Berührungen verhießen.

Doch das Schrillen ihres Handys machte ihr einen Strich durch die Rechnung. Sie lag halb unter ihm, seine Rechte war gerade dabei, ihren BH nach oben zu schieben, als der Klingelton sie beide innehalten ließ.

Rode irritierte die Unterbrechung allerdings nur kurz. Er küsste weiter ihren Hals und flüsterte ihr zu, sie solle es klingeln lassen. Zu gern hätte sie das getan, doch sie konnte nicht.

Sie ergriff Rodes Hand, bevor er ihre Brüste entblößen konnte. Vielleicht hätte sie niemals einen speziellen Klingelton für die Rufnummern einrichten sollen, die mit ihrer Arbeit zu tun hatten. »Es ist dienstlich«, seufzte sie resigniert.

Rode sah ihr in die Augen, erkannte, dass sie es ernst meinte und rollte sich mit einem Fluch auf den Lippen von ihr herunter. »Ach, verdammt!«

Sie konnte seinen Frust nachvollziehen und hoffte, dass sich der Anrufer schnell abwimmeln lassen würde. Ohne auf das Display zu schauen, meldete sie sich. »Leitner.«

»Hi, Jennifer.«

Olivers Stimme durchzuckte sie wie ein Stromschlag. Mit ihm hatte sie nicht gerechnet. »Was gibt's?«

»Ich wollte noch einmal in Ruhe mit dir über deinen Verdacht gegen Retzer reden – ohne Rode.« Sie hörte seinen Atem unnatürlich laut durch die Leitung hallen. »Ich habe vorhin vielleicht etwas überreagiert, aber die Sache mit der Zigarette …«

»Es ist gerade sehr ungünstig«, unterbrach sie ihn. Sie spürte Rodes Hand über ihre Hüfte streichen. »Kein guter Zeitpunkt.«

»Du bist sauer, das kann ich verstehen, aber …«

»Ich bin nicht sauer«, widersprach sie. »Es passt nur gerade nicht. Absolut nicht.«

Er verstummte.

Rode unternahm einen neuerlichen Vorstoß unter ihren BH. Jennifers freie Hand krallte sich so fest um sein Handgelenk, dass er schmerzhaft das Gesicht verzog.

»Können wir morgen früh telefonieren?«, fragte Oliver schließlich nach einigem Zögern.

»Klar, morgen früh.« Sie legte auf und ließ das Handy auf den Nachttisch zurückgleiten.

Rode fragte nicht, wer es gewesen oder worum es gegangen war. Ihn interessierten ganz andere Dinge. Obwohl sie nachdenklich und auch ein wenig steif auf dem Rücken lag, begann er erneut, sie zu streicheln und ihre nackte Haut zu küssen.

Jennifer blickte an die weiß getünchte Decke. Sie fühlte seinen Atem an ihrem Ohr entlangstreichen, hörte sein leises Stöhnen, während er sich an sie drängte und seine Erektion deutlich spürbar gegen ihren Schenkel presste.

»Ich will dich«, flüsterte er.

Die Stimme in ihrem Kopf war allerdings die von jemand anderem.

Jennifer verkrampfte sich immer mehr, und noch bevor ihr Gehirn die Situation analysieren und zu irgendeinem Schluss kommen konnte, setzte sie sich abrupt auf. »Ich kann das nicht«, sagte sie.

Rode lag neben ihr und starrte sie verwirrt an. »Was?«

»Ich sagte, ich kann das nicht. Sorry.« Jennifer wollte seinem

Blick nicht begegnen. Sie schwang die Beine aus dem Bett, klaubte ihr T-Shirt vom Boden und begann, sich anzuziehen.

»Was ist denn los?«, fragte Rode irritiert.

Sie schüttelte den Kopf. Sie konnte es nicht erklären, wollte es nicht erklären. Schon gar nicht sich selbst. »Es tut mir leid. Es war ein Fehler.« Sie schlüpfte in ihre Hose, nahm ihre Schuhe vom Boden, steckte Handy und Schlüsselbund ein.

Bevor er die Gelegenheit hatte, sie zur Rede zu stellen, war sie aus dem Zimmer geflohen.

Er zuckte erschrocken zusammen, als er den Schlüssel im Schloss der Wohnungstür hörte und schon im nächsten Moment das Licht im Flur anging. Sie war zu früh, viel zu früh. Warum war sie schon hier? Sie hätte erst viel später in ihre Wohnung zurückkommen dürfen! Er hatte sie doch mit dem Typen ins Hotel gehen sehen. Hatte er die falschen Schlüsse gezogen?

Er dachte nicht lange nach. Ihre Schritte näherten sich dem Schlafzimmer, und auf die Schnelle entdeckte er kein anderes Versteck.

Er schlüpfte unter ihr Bett. Kurz darauf erschien schon ihre Silhouette in der Tür, und die Lampe an der Decke flammte auf. Er hatte das Gefühl, in der Lautstärke eines Asthmakranken zu atmen, doch sie bemerkte offenbar nichts.

Nur langsam beruhigte er sich, allerdings, ohne sich zu entspannen.

Sie war an der Küche vorbeigelaufen, ohne etwas zu bemerken. Gott sei Dank war sie gerade jetzt und nicht erst ein paar Minuten später gekommen. Sonst hätte er sein Werk im Schlafzimmer bereits begonnen gehabt, was ihn auf Anhieb verraten hätte.

So lag er nun unter ihrem Bett im Dunkeln und wartete. Noch war er nicht aus dem Schneider. Noch konnte sie in die Küche gehen. Glücklicherweise lag ihre Wohnung im Erdgeschoss. Wenn sie etwas bemerkte, würde er durch das Zimmerfenster fliehen.

Doch im Moment sah es eher danach aus, als würde sie sich bettfertig machen. Sie hatte eine Tür neben dem Bett geöffnet, die in einen begehbaren Schrank führte, zog sich aus und stopfte die getragene Kleidung in einen großen Weidenkorb.

Er musste sie einfach anstarren. Blut schoss ihm unaufhaltsam in die Lenden.

Sie war schlank, gut gebaut, mit Rundungen an den richtigen Stellen, weder zu dürr, noch von überzogenem Training unnatürlich gestählt. Ein runder, perfekter Hintern, die Hüften nicht zu ausladend, ein schöner Rücken.

Als sie sich umdrehte, nackt, wie die Natur sie geschaffen hatte, präsentierte sie ihm unwissentlich das Dreieck zwischen ihren Beinen und ihre Brüste. C-Körbchen, vermutete er. Wohlgeformt für ihr Alter. Natürlich. Sie war nicht blank rasiert. Er hasste es, wenn Frauen im Schritt aussahen wie kleine Mädchen. Die Erregung wurde schmerzhaft, und er musste ein Aufstöhnen unterdrücken.

Oh Gott! Sie war genau sein Fall. Brachte sein Blut in Wallung, wie es nur selten einer Frau gelang. Er wollte sie. Auf der Stelle.

Wenn sie sich jetzt hinlegte, bräuchte er nur zu warten, bis sie eingeschlafen war. Dann könnte er sich unbemerkt aus der Wohnung schleichen. Doch ebenso gut könnte er sich auf sie werfen, sie überwältigen und … Idiotische Idee! Sie war wehrhaft, und auch wenn er das Überraschungsmoment auf seiner Seite hätte, könnte es selbst mit dem Messer schwierig werden.

Sie war Polizistin, vermutlich lag irgendwo in greifbarer Nähe eine geladene Waffe. Er hätte womöglich eine Kugel im Kopf, bevor er auch nur dazu kam, ihr die Klinge an den Hals zu setzen.

Außerdem legte sie sich gar nicht hin. Sie verließ das Schlafzimmer, er hörte eine Tür, doch keine Schritte auf dem Flur. Sie musste ins Bad gegangen sein. Konnte er es wagen? Besser nicht. Sie trug kein Make-up, sie würde nicht allzu lange brauchen.

Dann hörte er jedoch das gedämpfte Rauschen einer Dusche. Unwillkürlich musste er grinsen. Frauen brauchten immer eine kleine Ewigkeit unter der Dusche.

Er krabbelte unter dem Bett hervor. Sein Herz schlug ihm bis zum Hals, und der Schweiß perlte an seinen Schläfen herunter, trotzdem stand sein Schwanz noch immer auf Halbmast.

Er schlich in den Flur, an der Tür zum Badezimmer vorbei – und hielt überrascht inne. Es war nicht nur das Rauschen des Wassers, was er hörte. Er trat näher an die Tür heran, bis sein Ohr nur noch einen Zentimeter von dem hellen Holz entfernt war.

Er hatte sich nicht getäuscht. Er hörte sie seufzen und stöhnen, leise, eindringlich, intensiv. Seine Erektion meldete sich so stark zurück, dass er unwillkürlich eine Hand in seinen Schritt gleiten ließ.

Sie machte es sich unter der Dusche selbst. Kein Zweifel. Er biss sich auf die Lippen, um sein eigenes Aufstöhnen zu unterdrücken, während er Bilder vor seinem inneren Auge heraufbeschwor. Wie sie dort unter dem warm sprudelnden Wasser stand, den Kopf leicht zurückgelehnt, die Augen geschlossen, die Hand zwischen den Beinen.

Ob sie sich nur rieb oder auch den Finger in ihre Fotze steckte? Oder hatte sie dort drinnen vielleicht sogar einen Dildo, mit dem sie es sich selbst besorgte? Er öffnete die obersten Knöpfe seiner Hose, fasste hinein und umschloss seinen Schwanz fest mit der Hand. Die Berührung mit dem Latex der Handschuhe versetzte ihm einen zusätzlichen Kick.

Im Badezimmer hatte sie sicher keine Waffe. Er hatte ein

Messer. Er müsste sich nur hineinschleichen, sie packen, gegen die kühlen Fliesen drücken und sie durchficken. Die geile Schlampe würde es bestimmt genießen.

Wenn sie es wagen sollte, sich zu wehren … Er hatte die Klinge. Er könnte sie auch einfach abschlachten, unter der Dusche, wie in »Psycho«, das Wasser mit ihrem Blut färben, falls sie nicht spurte.

Er hatte gar nicht bemerkt, dass er sich gewichst hatte. Er kam so heftig, dass er sich in den Handrücken beißen musste, um keinen Laut von sich zu geben. Sein Samen ergoss sich heiß und klebrig über seine Hand und in seine Hose.

Hinter der Tür hörte er sie immer noch keuchen.

Er zog die Hand aus der Hose. Die Versuchung, sein Sperma an ihre Badezimmertür zu schmieren, war groß, doch er hatte so viel Arbeit darauf verwendet, keine Spuren zu hinterlassen, dass ein solcher Akt mehr als dumm gewesen wäre.

Sie stöhnte ein letztes Mal auf, dann hörte er nur noch hektisches Atmen und das fließende Wasser. Es war vorbei.

Trotzdem, *er* war nicht befriedigt. Schon jetzt war ihm klar, dass er die halbe Nacht lang wichsen würde, die Bilder der Kommissarin im Kopf, wie sie sich selbst befriedigte, oder wie er in sie hineinstieß, um sie zum Schreien zu bringen. Allein dieser Gedanke sorgte dafür, dass sein Penis erneut anzuschwellen begann.

Er musste so schnell wie möglich nach Hause.

Er ging den Flur hinunter. Er war schon fast zur Tür hinaus, als ihm ein verlockender Gedanke kam. Kurz überlegte er hin und her, dann schaltete er mit seiner sauberen Hand das Licht in der Küche ein.

Das würde für sie ein unschönes Erwachen geben.

Dann verließ er die Wohnung.

Als Jennifer nach Hause zurückkehrte, war sie in jeder Hinsicht frustriert. Sie konnte keinen klaren Gedanken fassen und kämpfte gegen besserwisserische Stimmen an, ebenso wie gegen ihre Fantasien und ihre weiter vor sich hin köchelnde Erregung.

Sie hasste es, wenn ihre körperlichen Bedürfnisse sich derart in den Vordergrund drängten. Und sie ärgerte sich maßlos, dass sie sich selbst der Chance beraubt hatte, sie an einem Mann zu befriedigen, ohne einen plausiblen Grund für ihren Rückzug zu finden.

Auf der Fahrt nach Hause hatte sie sich bemüht, ihre Gedanken auf irgendetwas anderes zu lenken, doch ganz gleich, womit sie versucht hatte, das Thema Sex aus ihrem Kopf zu verbannen, sie war kläglich gescheitert. Die Wahrheit war wahrscheinlich, dass sie es unterbewusst auch gar nicht wollte.

Es war zu lange her, dass sie mit einem Mann geschlafen hatte. Ihre letzte Beziehung war vor dem Bruch bereits einige Wochen ohne Leidenschaft ausgekommen, und nach der Trennung von Kai war es lediglich dem Drängen ihres Bruders Victor zu verdanken gewesen, dass sie sich um Weihnachten herum auf eine Tour durch die Heidelberger Klubszene eingelassen und mit einem Fremden eine heiße Nacht verbracht hatte.

»Verdammt, verdammt, verdammt!« Ihre Gedanken waren schon wieder abgeschweift. Die Erinnerungen waren noch immer präsent und sehr plastisch, obwohl das bereits fast ein halbes Jahr her war.

Sie brauchte dringend eine Abkühlung. Dass sie allerdings nicht duschen gehen würde, um sich mit kaltem Wasser abzuschrecken, wusste sie bereits, als sie sich im Schlafzimmer auszog.

Im Bad stellte sie das Wasser auf eine angenehme Temperatur ein, lehnte sich gegen die aufgewärmten Fliesen und genoss das Prasseln der Tropfen auf der Haut. Sie wehrte sich nicht mehr gegen die aufgeheizten Bilder, die ihre Gedanken überschwemmten, ließ ihre Hände über ihren Körper gleiten, bis die Rechte ihre erregte Mitte fand.

Sie dachte an Rode, an seinen durchtrainierten Körper, seine Hände, die ihre nackte Haut berührten. Sie ließ ihn weiter gehen, als es tatsächlich der Fall gewesen war, überließ ihrer Fantasie die Kontrolle über das, was hätte sein können.

Jennifer stöhnte auf und gab sich ganz ihren Empfindungen, ihrem Kopfkino hin. Erst bemerkte sie gar nicht, wie ihre Gedanken von Rode abschweiften und das Bild eines ganz anderen Mannes heraufbeschworen.

Als sie sich dessen bewusst wurde, verschwendete sie keinen Gedanken mehr daran, ob es falsch oder richtig war und was es möglicherweise zu bedeuten hatte. Ihm die Kontrolle zu überlassen, fühlte sich verdammt gut und richtig an, und sie ließ es geschehen.

Ihre Erregung überschwemmte sie, riss sie mit sich und ließ sie schließlich mit vor Wonne zitterndem Körper am Boden ihrer Dusche sitzend zurück. Sie lehnte den Kopf gegen die Wand und gab sich mit geschlossenen Augen den letzten Wellen ihres Orgasmus hin.

Jennifer wusste nicht, wie lange sie so dagesessen hatte, unter dem prasselnden Wasser, das sich wie Sommerregen auf ihrer Haut anfühlte. Irgendwann siegte der vernünftige Gedanke, dass sie nicht in der Dusche einschlafen sollte, was spätestens dann zu einem bösen Erwachen führen würde, wenn das gesamte Warmwasser des Wohnhauses aufgebraucht war.

Sie schlüpfte in den Pyjama, den sie am Morgen achtlos in die Ecke hinter der Tür geworfen hatte. Schläfrig verließ sie das Bad.

»Ach, verdammt.« Sie konnte sich gar nicht erinnern, das Licht in der Küche angelassen zu haben. Eigentlich konnte sie sich nicht einmal daran erinnern, es bei ihrer Ankunft eingeschaltet zu haben.

Aber sie war mit ihren Gedanken ja auch ganz woanders gewesen.

Es war kein langer Weg den Flur hinunter, trotzdem hätte sie gerne darauf verzichtet. Sie schlurfte zur Tür, beugte sich hinein, um nach dem Lichtschalter zu tasten, und hielt erschrocken inne.

Von einer zur anderen Sekunde war sie wieder hellwach.

22

»Gestohlen?« Klaudius Moor spürte, wie sich in seinem Magen ein kalter Klumpen zu bilden begann. Er hatte mit irgendwelchen alltäglichen Problemen gerechnet, die in einer verzweifelten Situation zu einer Katastrophe stilisiert worden waren. Das klang aber eher nach dem Beginn einer erschütternden Lebensbeichte.

Die Frau nickte. »Ich kann selbst keine Kinder bekommen, obwohl ich es wollte. Mein erster Mann hat sich wegen unserer Kinderlosigkeit von mir abgewendet, und ein anderer hat mich deshalb wenige Tage vor unserer Hochzeit sitzen lassen.«

Sie schloss für einen Moment die Augen. »Kinder waren schon immer mein Herzenswunsch. Das war mein Traum. Ehe, Kinder … Eine Frau ohne Kinder ist nicht vollständig, keine richtige Frau … Es ist unsere Bestimmung, Kinder zu bekommen und sie aufzuziehen. Aber es hat einfach nicht geklappt. Ich wurde nicht schwanger, ganz gleich, was ich versuchte.«

Sie verschränkte die Hände auf ihrem Schoss und begann, sie zu kneten. »Sie können sich nicht vorstellen, wie sich das anfühlte. Allein, einsam, verstoßen … Niemand stand mir bei. Niemand konnte mir helfen. Es gab nur noch mich und mein Leid, nichts sonst. Ich wollte doch nur ein Kind. War das zu viel verlangt? Jemanden, der mich liebte.«

Eine einzelne Träne rann ihre Wange hinunter. »Ich hatte es nicht geplant. Eigentlich hatte ich mit meinem Leben bereits abgeschlossen, dachte daran, ihm ein Ende zu bereiten.«

Die Frau atmete tief durch und sah zum Altar auf. »Es war Sonntag, einigermaßen schönes Wetter. Viele Familien gingen spazieren. Da war diese junge Frau mit ihrem kleinen Baby. Sie sah so glücklich aus … Ich hasste sie allein für ihr Lächeln, für die Freude, die sie ausstrahlte. Sie nahm einen einsamen Waldweg. Ich folgte ihr, ohne mir dessen bewusst zu sein. Ich konnte ihren Anblick nicht ertragen, und dennoch … Es ging alles ganz schnell. Ich wusste gar nicht, was ich tat. Es fühlte sich an, als wäre ich nicht ich selbst, ich handelte wie ferngesteuert … Ich schlug ihr einen Ast über den Kopf, nahm das Baby aus dem Wagen und rannte, rannte … Als ich an diesem Abend nach Hause kam, hatte ich einen Sohn.«

»Wann war das?«, fragte Klaudius Moor. Seine Hoffnung, dass er dieses Kind retten und zu seiner Familie zurückbringen könnte, wenn er nur lange genug mit der Frau sprach, zerschellte mit ihrer Antwort.

»Vor zwanzig Jahren.«

»Sie haben den Jungen aufgezogen?«, hakte er nach. Ihm war der Gedanke gekommen, dass sie mit der Versorgung des Babys überfordert gewesen sein könnte. Lebte der Junge überhaupt noch?

»Ja.« Sie nickte. »Ich bin aus meiner Heimat fortgegangen und habe ihn aufgezogen.«

Trotz seiner Erleichterung fragte Moor sich unwillkürlich, wie ihr das gelungen war. Hatte denn nie jemand irgendetwas bemerkt? War nie eine Behörde aufmerksam geworden? Hatte der Junge, der inzwischen ein junger Mann war, niemals Fragen nach seinem Vater, seiner Herkunft gestellt?

»Es war nicht einfach. Ich musste alles und jeden zurücklassen. Meine Freunde, meine Familie … Aber ich fühlte mich ohnehin schon länger nicht mehr mit ihnen verbunden. Ich brauchte sie jetzt auch nicht mehr. Der Junge war alles, was ich mir je erhofft hatte.« Sie lächelte bei diesem Gedanken. »Natürlich musste ich ihn und mich schützen. Die Welt war mein Feind. Niemand

würde mich verstehen. Sie würden alle nur versuchen, ihn mir wegzunehmen. Es gab nur noch ihn und mich. Und das war gut so. Zuerst dachte ich, es könnte schwierig werden, aber es stellte sich als überraschend einfach heraus, meinen Sohn von der Außenwelt abzuschotten.«

»Wie darf ich das verstehen?« Das beklemmende Gefühl in Klaudius Moors Brust nahm immer mehr zu. »Dass Sie ihn abgeschottet haben?«

Sie warf ihm einen Seitenblick zu. »Ich musste dafür sorgen, dass niemand von seiner Existenz erfuhr. Weder die Behörden, noch die Nachbarn. Das war der sicherste Weg. Also blieb er in der Wohnung, und ich verließ sie auch nur, um arbeiten zu gehen oder Besorgungen zu machen. Ich habe ihn nicht einmal nachts rausgelassen.«

Sie hatte den Jungen zum Gefangenen gemacht. Wie hatte sie dafür gesorgt, dass er ruhig blieb? Hatte er denn niemals Kontakt gesucht, hatte ihn die Neugier niemals nach draußen getrieben?

Es waren Fragen, deren Antworten der Pfarrer eigentlich gar nicht mehr hören wollte. »Das muss für Sie beide schwierig gewesen sein.«

Sie zuckte die Schultern. »Es war leicht. Die Ignoranz der Menschen ist sehr hilfreich. Aber auch seine Behinderung war ein Geschenk.«

»Seine Behinderung?« Moors Mund fühlte sich vollkommen ausgetrocknet an. Er versuchte, irgendein Anzeichen dafür zu finden, dass sie fantasierte, dass diese Geschichte irgendeiner kranken Gedankenwelt entsprungen war, doch er fand nichts.

»Ich weiß nicht, ob sie angeboren ist oder ob ich sie unwissentlich verursacht habe. Er war noch keinen Monat bei mir, als er vom Wickeltisch fiel. Er hatte eine ziemlich üble Verletzung am Kopf, sein Schädel wirkte sogar ein wenig deformiert, wahrscheinlich war er gebrochen. Zuerst geriet ich in Panik. Ich *musste eine Entscheidung treffen. Ich hätte ihn verlieren können. Da es aber nicht den geringsten Unterschied machte, ob er nun an der Verletzung starb oder man ihn mir im Krankenhaus wegnahm, überließ ich der Natur ihren Lauf. Er überlebte.«* Sie sagte Letzteres nicht ohne Stolz.

»Es ist mir selbst noch immer ein Rätsel, aber ich glaube, es war Schicksal oder Fügung. Als ich bemerkte, dass er sich nicht wie ein normales Kind entwickelte, war ich zuerst verzweifelt. Aber seine Störung stellte sich für mich schließlich als Geschenk heraus.«

»Inwiefern?« Wie konnte eine geistige Behinderung ein Geschenk sein?

»Ich hatte zwar einen kranken Sohn, aber ich hatte immerhin ein Kind. Ein Kind, das sich leicht in seinen Tagesablauf fügte und einfach zu beschäftigen war. Ein Kind, das, wie ich bald merkte, niemals erwachsen werden würde. Zumindest geistig. Was hätte ich mir mehr wünschen können? Er würde immer bei mir bleiben, mein Sohn, für immer mit mir vereint.«

Das Leuchten in ihren Augen hatte etwas Wahnsinniges. Der Pfarrer war froh, als es erlosch.

»Leider habe ich versagt. Ich konnte ihn nicht von allen schädlichen Einflüssen fernhalten. Ich musste arbeiten gehen. Der Fernseher war der einzig mögliche Babysitter. Ein paar Kinderfilme auf Video reichten aus, um ihn zu beschäftigen. Alles war gut, alles war perfekt. Bis er herausfand, wie die Fernbedienung funktionierte.«

Sie seufzte und schüttelte den Kopf. »Ich hätte ahnen müssen, dass das passieren würde. Dieser ganze Dreck und Schund, der Tag und Nacht über den Bildschirm flimmert … Nachdem er es einmal gesehen hatte, gab es kein Zurück mehr. Er war nicht mehr zu beruhigen. Also ließ ich ihm seinen Willen.«

Der Pfarrer mochte sich gar nicht vorstellen, was der Junge

alles gesehen hatte, und in welchem Alter. So oder so wäre er nicht fähig gewesen, die Reize richtig einzuordnen und zu verarbeiten. Schließlich hatte er nur die Wohnung gekannt, in der er gefangen gehalten wurde. »Das hat ihn verändert.« Moors Stimme klang emotionslos, obwohl er bereits zu ahnen begann, was geschehen war.

Die Frau nickte. »Ja, das hat ihn verändert. Er verwandelte sich immer mehr in ein unberechenbares, aggressives kleines Monster. Und dann setzte irgendwann auch noch die Pubertät ein.«

Oliver konnte seinen Blick nicht von der Küchenzeile lösen, an der er noch am Morgen gestanden und Frühstück zubereitet hatte. Er konnte die beiden Bilder in seinem Kopf nicht miteinander in Einklang bringen. Er hatte das Gefühl, in einem ihm vollkommen fremden Raum zu stehen.

Über die hell furnierten Schranktüren zog sich eine gesprayte Mitteilung in grellem Rot. Vielmehr eine Frage.

Soll ich mit dir das tun, was ich Isabell angetan habe?

Darüber war ein toter Vogel an das Holz genagelt worden. Die Kriminaltechnik vermutete aufgrund der Blutspritzer, dass das Tier noch gelebt hatte, als ihm der Nagel durch die Brust getrieben worden war.

Oliver drehte sich um und blickte durch den Durchgang ins Wohnzimmer. Jennifer saß in eine Decke gewickelt auf dem Sofa, die Beine dicht an den Körper gezogen, und starrte vor sich hin. Sie schien die herumwuselnden Beamten gar nicht wahrzunehmen. Ihr Gesicht wirkte bleich und eingefallen, die Lippen hatte sie zu einem dünnen Strich zusammengepresst.

Ihr war anzusehen, dass sie Angst hatte. Sie war schockiert und verstört. Ein weiterer Anblick, den Oliver mit dem gewohnten Bild nicht in Übereinstimmung bringen konnte.

Er durchmaß den Raum und setzte sich zu ihr aufs Sofa. Sie würdigte ihn keines Blickes. »Wie geht es dir?« Die Frage war überflüssig, aber er wusste nicht, was er sonst sagen sollte.

»Was glaubst du denn?« Ihre Stimme klang dunkel und erschöpft.

Einen Moment lang saßen sie stumm nebeneinander.

Oliver überlegte, ob er seine Vermutung aussprechen oder doch lieber für sich behalten sollte. Er entschied sich für Ersteres. »Dein Joggingunfall«, sagte er leise.

»Was ist damit?«

»Hast du mir dazu noch irgendetwas zu sagen?«

Jennifer biss sich auf die Unterlippe und zog die Decke fester um ihre Schultern. »Ich bin gestürzt, weil ich mit jemandem zusammengestoßen bin.«

Oliver spürte, dass das noch nicht alles war. »Ja?«

»Der Kerl hat mich beschimpft, weil ich nicht auf den Weg geachtet habe. Und ich meine gehört zu haben, dass er mich als Fotze bezeichnet hat. Dann hat er gelacht und ist verschwunden.«

»Hast du sein Gesicht gesehen?«, hakte Oliver nach.

»Nein.« Sie schüttelte den Kopf.

»Seine Stimme erkannt?«

»Sie kam mir irgendwie vertraut vor, aber ich war mir nicht sicher.«

»Und jetzt?«

Jennifer atmete hörbar aus. »Keine Ahnung.«

»Wieso hast du das nicht gemeldet?« Oliver versuchte, jeglichen Vorwurf aus seiner Stimme herauszuhalten, doch es gelang ihm nicht ganz. »Das war wahrscheinlich derselbe Kerl, der dein Auto so zugerichtet hat, und mit ziemlicher Sicherheit derselbe, der für die Schweinerei in deiner Küche verantwortlich ist.«

»Ich dachte, ich hätte es mir eingebildet«, erwiderte sie leise. »Ich dachte, ihr hättet es einfach nur erfolgreich geschafft, mir Angst einzujagen.«

Oliver runzelte die Stirn. »Wir?«

»Du und Möhring.«

Normalerweise hätte er ihr nicht geglaubt. Doch sie sagte die Wahrheit. Jennifer war in diesem Moment überhaupt nicht mehr fähig, irgendwelche Geschichten oder Lügen zu erfinden.

»Er war hier«, sagte sie plötzlich unvermittelt. »Er war hier in der Wohnung, während ich geduscht habe.«

Oliver spannte sich unwillkürlich an. »Wie kommst du darauf?«

»Er hat das Licht in der Küche angemacht, damit ich sein Werk sehe, wenn ich aus dem Bad komme. Ich dachte erst, ich wäre einfach nur unaufmerksam gewesen. Doch je länger ich darüber nachdenke, desto sicherer bin ich, dass das Licht in der Küche aus war, als ich nach Hause gekommen bin, und dass ich es auch nicht angemacht habe.« Sie stockte, und ein leichtes Zittern erfasste sie. »Er war hier mit mir in der Wohnung.«

Oliver wusste nicht, was er sagen sollte. Der Typ war ein Irrer. Er hatte den Wohnungsschlüssel offenbar in der Nacht gestohlen, in der er Jennifers Auto besprüht, zerkratzt und die Scheiben eingeschlagen hatte. Jennifer bewahrte den Zweitschlüssel für ihre Wohnung gewöhnlich im Kofferraum auf, unter dem Ersatzrad, und hatte nach dem Vorfall überhaupt nicht mehr daran gedacht. Inzwischen lag die Bestätigung vor, dass der Schlüssel verschwunden war.

Jennifer war mit den Nerven am Ende. Oliver hatte sie noch nie derart schockiert und verängstigt erlebt. Bis vor einer halben Stunde hätte er auch nicht für möglich gehalten, dass irgendetwas oder irgendjemand sie derart in Angst versetzen könnte.

Er wollte gerade dem Drang nachgeben, seinen Arm um sie

zu legen, als Peter Möhring im Durchgang zur Küche erschien und direkt auf das Sofa zusteuerte.

Der Leiter der Einsatzabteilung blickte nur kurz auf Jennifer hinunter. »Verdammte Sauerei«, murmelte er zwischen zusammengebissenen Zähnen, bevor er mit fester Stimme sagte: »Sie werden heute Nacht definitiv woanders schlafen müssen. Sie haben die Wahl zwischen dem Gemeinschaftsraum der Schupo oder einer Ausnüchterungszelle.«

Oliver sah ihn an. »Eine Zelle? Ist das Ihr Ernst?«

»Alle anderen infrage kommenden Orte sind nicht sicher genug. Ich habe keine Beamten, die ich jetzt zu ihrer Bewachung abstellen könnte.«

»Trotzdem, das ist doch …«

Jennifer legte eine Hand auf Olivers Unterarm und brachte ihn damit zum Schweigen. »Ist okay. Eine Zelle ist okay.« Sie sah zu ihrem Vorgesetzten auf. »Können Sie mich fahren? Ich möchte hier weg.«

Peter Möhring blickte etwas irritiert drein, nickte aber. »Sicher. Wir können direkt los. Ihre Aussage haben wir ja schon.«

»Kann ich mir etwas zum Anziehen mitnehmen?«, fragte Jennifer.

Möhring zögerte. Eigentlich hatte er ihre ganze Wohnung mitsamt Garten zum Tatort erklärt, und die Spurensicherung war noch nicht ansatzweise fertig. Der flehende Blick der Kommissarin ließ ihn jedoch einknicken. »García Cruz ist in Ihrem Schlafzimmer. Bitten Sie sie, Ihnen etwas auszuhändigen.«

Jennifer kam mühsam auf die Füße. »Danke.«

Die beiden Männer blickten ihr stumm hinterher, bis sie im Flur verschwunden war.

23

Der Parkplatz vor dem Ärztezentrum war leer. In keinem der Fenster brannte Licht, und außer ihm war weit und breit niemand zu sehen. Ein Blick auf die Uhr verriet ihm, dass es bereits halb neun war. Die Praxis musste seit einer halben Stunde geöffnet haben.

Falls seine Informationen stimmten.

Phillip ging auf die Eingangstür zu und blieb davor stehen. Der Name des Arztes stand auf der Klingel. Die Praxis existierte also. Aber das wusste er ja bereits seit drei Tagen, dank einer kurzen Recherche im Internet. Nur, dass es sonntags diese spezielle Sprechstunde gab, davon hatte nirgendwo etwas gestanden. Das wäre für eine anonyme Sprechstunde allerdings auch eher widersinnig gewesen.

Zum wiederholten Male versuchte er sich einzureden, dass es ein solches Angebot überhaupt nicht geben konnte. Welcher Arzt bot seine Dienste auf anonymer Basis an, für den symbolischen Betrag von zehn Euro? Selbst wenn nur die wirklich Bedürftigen davon wussten, musste es ein einziges Verlustgeschäft sein. Welcher Halbgott in Weiß war schon zu einem solchen Akt der Nächstenliebe fähig?

Ausreden. Nichts als Ausreden. Herrgott noch mal! Es würde ihm nichts passieren! Eine Blutabnahme, mehr nicht! Und ob er in einer Woche wiederkam und sich das Ergebnis abholte, blieb doch gänzlich ihm überlassen.

Phillip hatte Angst. Er hatte Angst vor dem Ergebnis. Ein Teil von ihm wollte es wissen, der andere Teil bevorzugte die

Variante, den Kopf in den Sand zu stecken und die Zweifel zu verdrängen.

Vergessen und einfach glauben, dass alles gut war.

Doch Phillip wusste, dass das nicht funktionieren würde. Er versuchte es seit Tagen. So sehr er sich auch bemühte, ständig überfiel ihn seine Unsicherheit von Neuem. Er brauchte Gewissheit.

Es zu wissen, selbst wenn er die gefürchtete Diagnose erhalten sollte, war besser als weiterhin als komplettes Nervenbündel durchs Leben zu gehen und am Ende womöglich noch jemanden anzustecken.

Phillip biss die Zähne so fest aufeinander, dass seine Kiefergelenke knackten.

Er konnte HIV-positiv sein.

Und das mit gerade einmal neunzehn Jahren.

Er stieß einen Seufzer aus und drückte auf die Klingel. Vielleicht war niemand da. Falls niemand da war …

»Ja?« Eine Frauenstimme klang blechern aus der Gegensprechanlage.

»Ich … ich komme wegen der Sprechstunde.«

Ein Summen ertönte, und er konnte die Haustür aufdrücken. Mit dem Fahrstuhl fuhr er ins zweite Stockwerk. Die Tür zur Praxis war nur angelehnt.

Hinter dem Tresen saß eine junge Sprechstundenhilfe. Als sie sein Zögern bemerkte, schenkte sie ihm ein einladendes Lächeln. »Möchten Sie zum Doktor?«, fragte sie, als er nicht reagierte.

Er konnte nur stumm nicken.

»Dann hätte ich gerne zehn Euro von Ihnen. Behandlungszimmer zwei ist frei.«

Phillip fummelte den Zehn-Euro-Schein aus seiner Hosentasche und reichte ihn ihr. Dann folgte er ihrer Geste zu dem

Raum mit der Zwei an der Tür. Er war überrascht, wie sauber und modern eingerichtet die Praxis war. Sie glich keinesfalls dem versifften Loch, das er sich vorgestellt hatte.

Er musste nicht lange warten. Der Arzt war ein freundlicher Mann um die sechzig, der ihn höflich fragte, weshalb er gekommen sei.

»Ich möchte einen HIV-Test.«

»Wie lange liegt das mögliche Ansteckungsereignis zurück?«

Phillip zögerte kurz. »Kein spezielles Ereignis.«

Der Arzt runzelte die Stirn, sagte aber nichts. Entweder glaubte der Mann ihm nicht, oder er dachte sich seinen Teil, denn er fragte nicht nach.

Was hätte Phillip ihm auch schon erzählen sollen? Dass er sich tatsächlich schon für den einen oder anderen Hunderter verkauft, aber immer ein Kondom benutzt hatte? Dass er bemerkt hätte, wenn eines davon geplatzt wäre?

Wenn er gekonnt hätte, hätte er dem Arzt den Ausschlag gezeigt, wegen dem er eigentlich hier war, doch natürlich war seine Haut heute frei von Pusteln und Quaddeln. Seit drei Monaten kamen und gingen sie, und Phillip war eigentlich überzeugt gewesen, die Ursache gefunden zu haben: eine Allergie, vermutlich ausgelöst durch die Geschmacksverstärker oder irgendeinen anderen chemischen Zusatz im Essen seines bevorzugten China-Imbisses.

Bis ihn diese Frau beim Betteln im Einkaufszentrum angesprochen und zu einer Tasse Kaffee und einem belegten Brötchen eingeladen hatte. Das passierte manchmal, aus irgendeinem Grund schien er bei manchen Frauen eine Art Beschützerinstinkt zu wecken. Es waren Gelegenheiten, die er gerne nutzte, was wohl bezeichnend für seine Gesamtsituation war. Ein wenig Plaudern für eine Mahlzeit, so tief war er bereits gesunken.

Nachdem sie eine Weile darüber geredet hatten, warum er

betteln musste, hatte sie ihn auf die Quaddeln an seinen Armen angesprochen, die nicht zu übersehen waren.

Seine Allergietheorie erschien ihr wenig plausibel, und sie hatte ihm schonungslos eröffnet, dass sie diese Art von Hautausschlag schon öfter gesehen habe, bei Menschen, die HIV-positiv seien.

Phillip hatte zuerst abwehrend reagiert. Es war ein Gedanke, der ihm vollkommen absurd und unmöglich erschienen war. Doch im weiteren Verlauf des Gesprächs war ihm bewusst geworden, dass die Frau tatsächlich recht haben konnte.

Das HIV-Risiko hatte Phillip immer ausgeklammert. Er hatte sich noch nie testen lassen, trotz der vielen Sexualkontakte. Er hatte auf die Kondome vertraut, ein Vertrauen, das die Frau durch einige unschöne Fakten und gezielte Fragen innerhalb weniger Minuten zusätzlich untergrub.

Phillip war beinahe in Panik ausgebrochen. Angst war seit dieser Begegnung sein ständiger Begleiter.

Möglicherweise würde er für seine Leichtfertigkeit mit dem Leben bezahlen. Wenn er wirklich HIV-positiv war, konnte er sich auch direkt erhängen. Er hatte keine Krankenversicherung, er würde weder eine Therapie noch irgendwelche Medikamente bekommen.

Er hätte sich ja nicht einmal einen Test leisten können, wenn ihm die Frau nicht diese Adresse und den Zeitpunkt der anonymen Sprechstunde genannt hätte. Sie hatte ihn beschworen, heute hierher zu kommen und sich Blut abnehmen zu lassen.

Verdammte Scheiße!

Sie musste sich einfach geirrt haben. »Ich habe manchmal so einen Ausschlag«, murmelte er, als der Arzt ihm den Arm abband und nach einer Vene zu suchen begann. »Und ich dachte …«

Der Mediziner unterbrach ihn. »Nach dem Test haben Sie Gewissheit.« Er nahm ihm Blut ab, drückte ihm einen Zettel mit einer Zahlenfolge in die Hand und sagte ihm, in einer Woche könne er unter Vorlage dieser Nummer das Ergebnis erhalten. Anschließend komplimentierte er ihn aus dem Behandlungszimmer.

Phillip verließ die Praxis wie in Trance. Er starrte auf die Nummer, die alles oder nichts bedeuten konnte. Eine Woche würde er warten müssen, sieben verdammte Tage … Die musste er überstehen. Irgendwie.

Er zog sein Handy aus den Tiefen seiner Jeans und schrieb dem Mädchen, bei dem er seit ein paar Tagen untergekommen war, eine SMS. Sie war hoffnungslos verliebt in ihn, was er zwar nicht nachvollziehen konnte, aber dennoch schonungslos ausnutzte. Er hatte ein Dach über dem Kopf, und noch ließ sie sich problemlos mit der Begründung hinhalten, dass er noch nicht bereit für eine Beziehung sei, man aber nie wissen könne. Lästig war nur, dass sie ihm zwar einen Platz auf ihrem Sofa, aber keinen Wohnungsschlüssel gegeben hatte.

Phillip stutzte, als plötzlich ein Auto direkt neben ihm hielt. Es war noch immer der einzige Wagen weit und breit. Er kannte die Frau auf dem Fahrersitz. Mit ihr hatte er nicht gerechnet.

»Hey, ich dachte, ich hätte dich verpasst. Soll ich dich mitnehmen?«

Bei der Krisensitzung am Sonntagnachmittag sah Jennifer noch immer angegriffen aus, machte aber bereits einen weitaus frischeren und vor allem stabileren Eindruck als in der Nacht zuvor. Oliver war froh, dass sie nicht mehr wie eine gebeugte Frau durch die Gänge schlurfte, war aber nicht sicher, ob ihre Teilnahme an diesem Treffen eine gute Idee war.

Mit ihnen am Tisch saßen Möhring, Anstett, Jarik Fröhlich von der Kriminaltechnik, die Kommissare Mironowa und Herzig sowie Lars Rode. Das Whiteboard, das normalerweise dazu diente, während eines Meetings einzelne Punkte festzuhalten und Verbindungen herzustellen, war mit Fotos aus Jennifers Wohnung und von ihrem Auto übersät.

Jennifer vermied es auffällig, nach vorne zu schauen. Sie hielt sich etwas zu verkrampft an ihrem Kaffeebecher fest, doch alles in allem wirkte sie gefasst.

Möhring und Anstett resümierten noch einmal, was sie ohnehin bereits alle wussten. Dass Jennifers Auto von einem Unbekannten übel zugerichtet worden war, dass die Kommissarin beim Joggen möglicherweise dem Täter begegnet, und dass derselbe Mann in ihre Wohnung eingedrungen war, um dort eine unmissverständliche Botschaft zu hinterlassen.

Es gab keine brauchbaren Spuren und keinerlei konkrete Hinweise. Sie gingen davon aus, dass der Mann Jennifer schon längere Zeit beobachtet hatte, und dass er in ihrer Wohnung gewesen war, während sie geduscht hatte.

Niemand bezweifelte, dass es sich bei dem Täter um denselben Psychopathen handelte, der Isabell Grunau getötet hatte. Seine Drohung hätte nicht deutlicher ausfallen können.

Auch wenn Lars Rode anmerkte, dass diese Entwicklung dem Profil widersprach, das die BKA-Analysten erstellt hatten, hielten die Oberstaatsanwältin und der Leiter der Einsatzabteilung fest: Der Mann, der Isabell Grunau auf dem Gewissen hatte, war ebenfalls für die gegen Jennifer Leitner gerichteten Taten verantwortlich. Ihr Leben war augenscheinlich in Gefahr.

Jennifer hatte den Ausführungen nur schweigend zugehört, Kaffee getrunken und ab und zu ein Kopfschütteln angedeutet. Bis jetzt. »Wenn er mich hätte umbringen wollen, hätte er das gestern Nacht tun können.«

Ihr Blick wanderte zwischen den Anwesenden hin und her, die allesamt froh schienen, dass sie niemandem direkt in die Augen sah. Alle schwiegen.

»Er spielt offenbar gerne Spielchen. Er sucht meine Nähe und geht dabei Risiken ein. Große Risiken. Das sollten wir ausnutzen.«

»Ausnutzen?«, wiederholte Anstett. Selbst die Oberstaatsanwältin schien gegenüber Jennifer an diesem Morgen weitaus milder gestimmt zu sein als sonst. »Inwiefern?«

»Indem wir ihm in Zukunft gezielt die Gelegenheit geben, an mich heranzukommen.«

Nicht nur Oliver setzte sich überrascht auf. Sie wollte sich als Köder anbieten!

»Das können Sie vergessen!« Anstett schüttelte den Kopf. »Sie werden sich ab sofort im Hintergrund halten und genau für das Gegenteil sorgen.«

Jennifers Blick wirkte eisig. »Ich werde mich nicht vor diesem Irren verkriechen. Ich muss meine Arbeit machen. Und wie mir scheint, kann ich das jetzt am besten, indem ich den Kerl einlade.«

»Ihre Arbeit?« Anstett sah sie verständnislos an. »Sie sind raus, Kommissarin Leitner. Der Fall geht Sie nichts mehr an.«

Diese Information war nicht nur für Jennifer neu, doch Oliver überraschte die Entscheidung nicht sonderlich. Ob es Jennifer gefiel oder nicht, sie zählte zum Kreis der Opfer. Sie konnte sich nicht mehr an den Ermittlungen beteiligen.

Die Kommissarin reagierte erstaunlich beherrscht. Sie schenkte der Oberstaatsanwältin sogar ein Lächeln. Das erste Lächeln seit fast vierundzwanzig Stunden. »Möglicherweise will er genau das erreichen. Dass Sie mich aus dem Team werfen. Wenn ich weiterhin an dem Fall dranbleibe, wird er sich nur umso mehr herausgefordert fühlen.«

»Sie wollen ihm eine Falle stellen, verstehe ich das richtig?« Rode musterte sie mit einer Mischung aus Skepsis und Unglauben, schien dem Vorschlag aber nicht gänzlich abgeneigt zu sein.

Möhring und Oliver gingen gleichzeitig dazwischen. »Auf gar keinen Fall!«

Jennifer musterte die beiden Männer einen Moment lang schweigend. »Wieso nicht?« Ihre Stimme hatte einen unschuldigen Klang, ganz so, als wäre ihr tatsächlich nicht bewusst, wie idiotisch und unmöglich der Gedanke war.

»Weil ich niemanden als Lockvogel für diesen irren Killer einsetzen werde!«, rief Möhring mit finsterer Miene aus.

Er hoffte wahrscheinlich, das Thema damit vom Tisch zu fegen, doch Jennifer gab sich renitent. »Das ist aber die beste Chance, ihn zu kriegen.« Sie sprach vollkommen ruhig. »Dieser Kerl hat offensichtlich etwas gegen mich. Vielleicht will er mich sogar tatsächlich umbringen. Geben wir ihm die Möglichkeit, mich zu holen, und nageln ihn fest.«

Oliver konnte nicht glauben, dass sie das tatsächlich ernst meinte. »Vollkommen ausgeschlossen. Dabei könnte alles Mögliche schiefgehen.«

In Jennifers Augen trat ein Anflug von Belustigung. »Wir sind hier nicht in Hollywood. In Filmen gehen solche Schachzüge immer schief. Wir aber werden dem Kerl eine todsichere Falle stellen, aus der es für ihn kein Entkommen gibt.«

Allein wie sie das Wort »todsicher« aussprach, ließ in Oliver Zweifel an ihrer Zurechnungsfähigkeit aufkeimen. Ein einfaches, endgültiges »Nein« schien ihm noch die beste Antwort zu sein.

Rode ging allerdings erneut auf ihren Vorschlag ein. »So dumm ist der Typ nicht«, warf der Hauptkommissar ein. »So werden Sie ihn garantiert nicht kriegen.« Seit gestern Abend schien das Verhältnis zwischen ihm und Jennifer deutlich abgekühlt zu sein.

»Wenn es nach Ihnen ginge, hätte er sich gar nicht auf mich einschießen dürfen, aber das Gegenteil ist offensichtlich der Fall«, erinnerte sie ihn mit spitzer Zunge. »Und er war dumm genug, eine Konfrontation mit mir zu riskieren. Der kommt wieder, wenn keine halbe Polizeistaffel vor meiner Tür steht.«

»Die Schlösser wurden ausgetauscht«, erwiderte Rode wenig beeindruckt. »Ich wette, dass er genau weiß, was bei Ihnen heute Nacht los war. Der kann sich doch denken, was dahintersteckt, wenn Sie ihm jetzt die finale Gelegenheit anbieten.«

»Na und? Ich behaupte auch nicht, dass er sich noch mal in meine Wohnung traut. Aber er wird definitiv versuchen, erneut in meine Nähe zu kommen.«

Der BKA-Ermittler schüttelte den Kopf. »Vielleicht, vielleicht auch nicht.«

»Wenn er nicht kommt, besteht für mich ja wohl auch keine Gefahr.« Jennifer verschränkte die Arme. »Ich werde jedenfalls keine weitere Nacht in einer Ausnüchterungszelle verbringen.«

»Wir finden einen anderen Ort«, versprach Möhring sanft. »Bis diese Sache vorbei ist …«

»Ich muss aber zurück.«

Anstett runzelte die Stirn. »Wieso?«

»Wegen Gaja.«

»Ist das Ihre Katze?« Die Oberstaatsanwältin blickte sie ungläubig an. »Ich hoffe, das ist nicht Ihr Ernst!«

Oliver konnte Jennifer ansehen, dass sie sich zusammenreißen musste, Anstett nicht sofort anzugehen. Für ihre Mitbewohnerin würde sie alles riskieren.

»Sie ist verschwunden. Bei dem Beamtenauflauf in meiner Wohnung auch kein Wunder. Jetzt, wo wieder Ruhe herrscht, wird sie zurückkommen. Wie ich sie kenne, vermutlich heute Nacht.«

»Kommissarin Leitner …«, begann Möhring, wurde aber sofort von Jennifer unterbrochen.

»Ohne meine Katze gehe ich nirgendwohin.«

Er stöhnte auf. »Ich kann jemanden abstellen, der Ihre Katze einfängt, wenn es sein muss.«

Katia Mironowa öffnete den Mund, kam jedoch nicht dazu, sich für diese Aufgabe anzubieten.

»Außer mir wird sie aber niemand kriegen!«

Oliver kannte Jennifer inzwischen gut genug, um zu wissen, dass sie von ihrem Standpunkt nicht abrücken würde. Im Zweifel würde sie einen inoffiziellen Weg finden und sich über jede dienstliche Weisung oder persönliche Bitte hinwegsetzen.

Das war auch Möhring klar. Der Leiter der Einsatzabteilung wirkte ein wenig hilflos. »Das ist Wahnsinn.«

»Es ist mir egal, wie Sie darüber denken«, erwiderte Jennifer kühl. »Sie können mich nicht einsperren.«

»Ich könnte Sie zu Ihrer eigenen Sicherheit festnehmen oder sogar einweisen lassen!« Es war eine haltlose Drohung. Beides konnte und würde er nicht tun. Das wusste Möhring selbst genauso gut wie Jennifer.

»Dann versuchen Sie es doch!«

Einen Moment lang herrschte Stille am Tisch.

Oliver hoffte inständig, irgendjemand oder irgendetwas möge Jennifer zur Vernunft bringen. Er wusste, dass es ihm nicht gelingen würde. Selbst Katia Mironowa unternahm erst gar keinen Versuch, auf sie einzuwirken.

»Und wie wollen Sie sich absichern?«, fragte Möhring schließlich. Er ignorierte die überraschten Blicke der Runde. Anstett war über sein Einlenken eindeutig verärgert, sagte aber nichts.

Oliver konnte nur hilflos zusehen.

In Jennifers Gesicht fehlte jeder Anflug von Siegesfreude, ein Zeichen dafür, dass sie noch immer angegriffen war. »Zwei Beamte. Einer in meiner Wohnung, den ich durch die Tiefgarage unbemerkt einschleusen kann. Einer versteckt im Garten.«

Die Falten auf Möhrings Stirn wurden noch eine Spur tiefer.

»Warum habe ich nur den Eindruck, dass Sie sich das alles schon sehr genau überlegt haben?«

»Thomas Kramer und sein Partner haben sich bereit erklärt, heute bei mir zu übernachten. Ich habe beide umfassend informiert. Sie wissen, worauf sie sich einlassen. Es fehlt nur noch Ihre Bestätigung.« Jennifer sprach nicht von Einverständnis. Sie wusste, dass ihr Vorgesetzter seine Zustimmung nur mit größten Bauchschmerzen geben würde.

Anstett schüttelte missbilligend den Kopf. »Wann hatten Sie denn Zeit für konspirative Gespräche?«

Dieses Mal war Jennifers Lächeln echt. »Ich saß in einer Zelle, schon vergessen?«

24

Jennifer saß in ihrem Schlafzimmer auf dem Bett und starrte in die Tiefen ihres begehbaren Kleiderschranks.

Jarik Fröhlich hatte ihr in der Nacht zuvor versichert, dass sein Team ihre Wohnung in einem passablen Zustand hinterlassen würde. Abgesehen von der Küche, wo die Schranktüren fehlten, hatte er Wort gehalten.

Trotzdem fühlten sich ihre eigenen vier Wände merkwürdig kalt und fremd an.

Als sie entschieden hatte, nach Hause zurückzukehren, um dem Killer eine Falle zu stellen und Gaja einzusammeln, hatte sie sich stark gefühlt. Ihr war klar gewesen, dass man sie offiziell von dem Fall abziehen würde. Die Aussicht, trotzdem nicht untätig herumsitzen zu müssen, hatte ihr Kraft gegeben.

Doch sie hatte nicht bedacht, dass sie so oder so nur herumsitzen und warten würde. Die anonyme Umgebung der Ausnüchterungszelle war ihr in der Nacht zuvor unheimlich erschienen, obwohl sie nicht abgeschlossen gewesen war und sie sowohl die Personaltoilette als auch den Aufenthaltsraum hatte benutzen können.

Doch auch ihre eigene Wohnung wirkte auf sie nun wie unsicheres Feindgebiet.

Daran konnte selbst das Wissen nichts ändern, dass Polizeiobermeister Thomas Kramer es sich auf ihrem Sofa im Wohnzimmer gemütlich gemacht hatte, und sein Kollege irgendwo in ihrem Garten Wache hielt. Sie war nicht alleine, trotzdem fühlte sie sich einsam.

Nur die vielen Gedanken, die sie am liebsten per Knopfdruck abgeschaltet hätte, kamen ihr vertraut vor. Wie lange hatte sich der Täter in ihrer Wohnung aufgehalten? Wo war er überall gewesen? Was hatte er angefasst? Hatte er ihre Schubladen geöffnet, in ihren persönlichen Sachen herumgestöbert?

Möhring hatte eine Putzkolonne durch die Wohnung geschickt, die jeden Millimeter gesäubert und desinfiziert hatte.

Doch das half nichts.

Jennifer konnte noch immer die Gegenwart des Mannes spüren. Er war noch immer hier.

Als fast genauso bedrückend empfand sie die Tatsache, dass dieser Irre ihren Kollegen die Tür geöffnet hatte. Er hatte sie mit seinem Angriff zum Opfer degradiert und ihre gesamte Wohnung mitsamt der Einrichtung, ihrer Kleidung und ihrer Intimsphäre der Kriminaltechnik ausgeliefert.

Möhring und Jarik hatten für ein gewisses Maß an Diskretion gesorgt, aber letztlich würde jede noch so kleine Information in einem Bericht landen. Jedes Detail ihres Privatlebens war per Digitalkamera festgehalten worden. Und sie wusste nur zu gut, dass sich Bericht und Fotos umso schneller verbreiten würden, je mehr darauf geachtet wurde, sie unter Verschluss zu halten.

Jennifer vergrub ihr Gesicht in beiden Händen. Früher hatte sie die Reaktionen von Opfern teilweise nicht nachvollziehen können oder sogar als übertrieben empfunden. Jetzt verstand sie sie.

Am liebsten hätte sie die Wohnung mitsamt Inhalt sofort verkauft. Einrichtung, Kleidung, Geschirr, Bücher, Schuhe. Sogar den verdammten Computer wollte sie nicht behalten. Ein paar Erinnerungsstücke, von denen sie sich trotz allem nicht trennen konnte, würde sie in eine Box packen, um dann irgendwo vollkommen neu anzufangen, nur Gaja und die Kiste im Gepäck.

Jennifer hasste diese Gedanken, doch Pläne zu schmieden, war wesentlich besser, als sich mit ihrer Angst zu beschäftigen.

Und Angst hatte sie. Psychopathen zu jagen und hinter Gitter zu bringen, war eine Sache. Sich in einer Ausnahmesituation in Gefahr zu begeben, um das Leben eines Opfers zu retten, war ihr ebenfalls nie sonderlich schwergefallen. Aber von einem dieser Monster selbst verfolgt und gejagt zu werden, war etwas vollkommen anderes.

Als Möhring ihr am Nachmittag vorgeschlagen hatte, mit einem Psychologen zu sprechen, hatte sie noch mit einem zynischen Lachen reagiert. Inzwischen war sie sich im Klaren darüber, dass sie sich ihren Ängsten würde stellen und sich all diese Gedanken von der Seele würde reden müssen. Sonst würden sie sie früher oder später auffressen.

Dazu gehörten auch die Details, über die sie sich bisher ausgeschwiegen hatte.

Jennifer hatte selbstverständlich niemandem erzählt, was sie unter der Dusche getan hatte und was der Auslöser dafür gewesen war. Die Vorstellung, dass der Typ womöglich vor ihrer Badezimmertür gestanden hatte, während sie sich selbst befriedigte, war verstörend. Sie wollte nicht daran erinnert werden, welchen Gräueltaten sie möglicherweise nur knapp entronnen war.

Ein Klopfen an der Tür ließ sie zusammenfahren. Es war bereits Viertel vor acht. Thomas war an der Tür. Sie hatte ihm versprechen müssen, spätestens um halb acht etwas zu essen zu bestellen.

Jennifer wollte nichts essen, aber sie hatte Hunger. Erfolglos versuchte sie, sich daran zu erinnern, ob sie heute außer Kaffee überhaupt schon irgendetwas zu sich genommen hatte.

Thomas wartete auf eine Antwort. Sie wusste, dass er sich nicht verscheuchen lassen würde.

Sie erhob sich mit einem Seufzer.

Wenn sie weiterhin hier auf dem Bett herumsaß und darauf wartete, dass Gaja endlich auftauchte, würde sie sich ohnehin nur verrückt machen. Sie konnte ebenso gut etwas essen und gemeinsam mit Thomas irgendeinen Film oder eine Serie anschauen, um sich abzulenken.

Ablenkung war eine gute Idee.

Und mit etwas Glück würde ihre pelzige Mitbewohnerin bald auftauchen. Dann könnte sie auch diesen dämlichen Plan, den Täter anzulocken, ein für alle Mal begraben.

Er war zurückgekehrt. Er hatte einfach keine andere Wahl gehabt. Die letzte Nacht hatte ihn verfolgt und ihm den Schlaf geraubt. Seine Erinnerung hatte Fantasien heraufbeschworen, denen er sich nicht hatte entziehen können. Blutige Fantasien von Sex und Gewalt, von schmerzerfüllten und lustvollen Schreien.

Als ihm am frühen Morgen das Gleitmittel ausgegangen war und sein Schwanz schon bei der kleinsten Berührung geschmerzt hatte, war er dazu übergegangen, die Umsetzung dieser Fantasien zu planen. Er war erstaunlich gut darin, Pläne zu schmieden, seine Gedanken überraschend klar.

Natürlich hatte er damit gerechnet, dass sie die Schließzylinder austauschen würde. Es überraschte ihn auch nicht, eine Wache in ihrem Garten zu entdecken, obwohl ihm das erst nach stundenlanger Observation aufgefallen war.

Er musste kichern, als ihm erneut bewusst wurde, dass sie gar nicht an ihn dachte. Eigentlich hätte es ihn nicht gewundert, ein Sondereinsatzkommando bei sich zu Hause anzutreffen, doch offensichtlich traute sie ihm nicht zu, ihr Verfolger zu sein.

Sie nahm ihn nicht ernst. Der ganze Polizeiapparat nahm ihn nicht ernst.

Die Ermittler hatten den naheliegenden Schluss gezogen, dass Isabells Mörder hinter Jennifer Leitner her war. Für diesen genialen Einfall hätte er sich selbst auf die Schulter klopfen können. Der Beamte in ihrem Garten – und vermutlich war auch noch mindestens einer in ihrer Wohnung – bewies, dass er sie zu Tode erschreckt hatte.

Eigentlich schade, dass sie nicht an ihn dachte, ihn unterschätzte, aber das gab ihm auch einen viel größeren Spielraum. Er blieb handlungsfähig, geriet in Vergessenheit und konnte so durch das Fahndungsnetz der Polizei schlüpfen.

Ein paar Beamte in Zivil würden ihn nicht aufhalten.

Er würde sie kriegen.

Er war kein Killer.

Noch nicht.

Die Kommissarin war aber definitiv angezählt.

Jennifer schlief nicht sonderlich gut.

Sie hatte sich von Katia Mironowa Bettwäsche, Decke und Kissen geliehen, um überhaupt daran denken zu können, sich in ihr eigenes Bett zu legen. Sie hätte zwar auf die Schlafcouch im Gästezimmer ausweichen können, doch tief in ihrem Innern wusste sie, dass es die falsche Entscheidung gewesen wäre, ihrer Furcht nachzugeben.

Ihre wirren und beängstigenden Träume holten sie immer wieder aus dem Schlaf. Keine Stunde verging, in der sie nicht mindestens einmal kerzengerade im Bett saß, von allen möglichen Traumbildern verfolgt.

Als sie um kurz nach zwei Uhr früh wieder einmal hochschreckte, wusste sie allerdings sofort, dass es ein reales Geräusch gewesen war, das sie geweckt hatte.

Das Klirren von Glas.

Jennifer blieb angespannt im Bett liegen und lauschte. Sie hörte ein leises Murmeln, wie ein unterdrücktes Fluchen. Dann ein Quietschen, das sie nicht zuordnen konnte. Mit einer einzigen fließenden Bewegung glitt sie aus dem Bett und griff nach der Pistole, die geladen auf dem Nachttisch lag.

Sie lauschte erneut. Nichts war zu hören.

Vielleicht war Thomas auf dem Weg zur Gästetoilette. Aber dann hätte sie Schritte hören und auf dem Flur hätte Licht brennen müssen. Unter der Tür war aber kein Lichtstreifen zu sehen.

Es war eher viel zu dunkel.

Ein weiterer Blick in Richtung Nachttisch offenbarte das Fehlen der roten Ziffern ihres Weckers. Der Strom musste ausgefallen sein. *Oder abgestellt.*

Jennifer entsicherte ihre Waffe, richtete den Lauf jedoch zu Boden. Sie spürte, wie ihr der Schweiß den Nacken und den Rücken hinunterrann. Die Feuchtigkeit ihrer Hände ließ das Metall der Pistole noch kälter erscheinen als sonst.

Langsam, einen Fuß vorsichtig vor den anderen setzend, näherte sie sich der Schlafzimmertür.

Totenstille.

Die Tür war nur angelehnt. Plötzlich konnte sie sich nicht mehr erinnern, ob sie sie absichtlich offen gelassen hatte, so wie sie es sich vorgenommen hatte, um in einer solchen Situation nicht mit dem Griff hantieren zu müssen. Oder ob jemand anderes sie geöffnet hatte.

Ihre Fingerspitzen berührten das Holz. Langsam und vorsichtig, bereit, zurückzuweichen und im Zweifel zu schießen, zog sie die Tür auf. Dunkelheit begrüßte sie.

Durch die offene Wohnzimmertür konnte sie die Silhouetten der Couch und des Kamins erkennen. Durch die Fenster fiel fahles Mondlicht herein. Das Sofa war leer.

Thomas war fort.

Nirgendwo in der Wohnung brannte Licht.

Wenn er bemerkt hätte, dass die Sicherung rausgeflogen war, müsste er mit der Taschenlampe unterwegs sein. Außerdem müsste sie ihn dann irgendwo hören. Sie glaubte ohnehin nicht, dass nur irgendeine Sicherung durchgebrannt war.

Ihr Herz hämmerte in einem schnellen Stakkato gegen ihren Brustkorb.

Die Decke, die Thomas sich aus dem Schrank im Gästezimmer geholt hatte, lag zusammengeknäult auf dem Boden vor dem Sofa. Lag über etwas ausgebreitet, das Ähnlichkeit mit einem menschlichen Körper hatte … Ein menschlicher Körper *war*.

Jennifer musste sich auf die Unterlippe beißen, um den Namen ihres Kollegen nicht laut auszusprechen.

Scheiße, scheiße, scheiße …

Sie musste zurück ins Schlafzimmer, wo ihr Handy lag. Sie musste …

Wieder ein Klirren, das sie zusammenzucken ließ. Dann das helle Geräusch, das erklang, wenn Metall oder Glas auf Keramik traf. Ein undeutliches Schnauben.

Er war in ihrem Bad.

Jennifer konnte nicht zurück. Ihr Handy war unerreichbar. Was auch immer er im Badezimmer trieb, was auch immer er vorhatte, sie konnte nicht zulassen, dass er entwischte. Oder dass er sein Werk an Thomas vollendete, falls er das nicht ohnehin schon getan hatte.

Es gab nur diese eine Möglichkeit. Sie musste ihn stellen.

Jennifer hielt unwillkürlich die Luft an.

Ihre Finger berührten bereits die Klinke, als die Tür von innen aufgerissen wurde.

Jennifer machte zwei schnelle Schritte zurück und hob die Pistole. »Keine Bewegung, oder ich schieße!«

Die Person kam ihrer Aufforderung sofort hektisch nach, ein überraschtes Keuchen war zu hören. »Jennifer?! Was soll das?!«

Thomas' Stimme. Das konnte nicht sein.

Jennifer stand wie gelähmt da, starrte ihm entgegen, während er sich einen Schritt vorwagte, die Hände noch immer erhoben.

Ihre Augen setzten die schattenhafte Silhouette nur langsam zu einem Mann in Jogginghose und T-Shirt zusammen.

Der Polizeiobermeister war schockiert, aber auch verärgert. »Ich bin's! Nimm die Waffe runter!«

Jennifer ließ die Pistole langsam sinken und sicherte sie. Allerdings war sie noch weit davon entfernt, sich zu entspannen. »Was hast du in meinem Bad zu suchen?«, herrschte sie ihn wütend an. »Wieso ist der Strom weg?«

»Die Lampe ist durchgebrannt. Es hat sie förmlich zerfetzt. Dabei ist die Sicherung rausgeflogen.« Thomas musterte sie auf eine Art, wie man es normalerweise bei Menschen tut, die man für unzurechnungsfähig hält. »Ich musste pinkeln.«

»Du solltest doch das Gäste-WC benutzen!«

»Himmel, es war dringend und dein Bad direkt um die Ecke. Ich konnte ja nicht ahnen, dass mir die verdammte Birne um die Ohren fliegt und du dich wie Rambo aufführst!«

»Ich hätte dich erschießen können!« Selbst in ihren eigenen Ohren klang ihre Stimme ein wenig zu schrill, fast schon hysterisch. »Außerdem liegt im Wohnzimmer irgendwas auf dem Boden … unter der Decke! Ich dachte …«

Jennifer spürte, wie ihr Tränen in die Augen stiegen und sich ihr die Kehle zuschnürte. Trotz der Düsternis sah sie in Thomas' Augen, dass ihm ihre Verfassung nicht entging. Oh Gott, sie durfte jetzt nicht zusammenbrechen. Nicht hier, nicht jetzt … »Scheiße. Wo ist der verdammte Sicherungskasten?«

Thomas streckte den Arm aus und schien sie berühren zu wollen. Nicht auch noch das! Wenn er sie jetzt anfasste, um sein Mitleid auszudrücken …

Dann bemerkte sie aber die Veränderung in seinem Blick und erkannte, dass er auf etwas hinter ihr deutete.

»Jennifer …«

Sie wirbelte herum, die Waffe erneut im Anschlag. Doch

die menschliche Gestalt, die sie erwartet hatte und auf die sie vermutlich geschossen hätte, ohne sie zuvor zu identifizieren, existierte nicht.

Zuerst sah sie überhaupt nicht, worauf Thomas gedeutet hatte, und blinzelte verwirrt. Bis sie das Fellbündel vor der Küchentür im Mondlicht hocken sah. Ein Fellbündel, das zitternd und verkrümmt dasaß, ohne sich zu rühren.

Sie wusste sofort, dass mit Gaja irgendetwas absolut nicht stimmte. »Süße!« Jennifer lief zu ihr, ließ sich neben ihr auf die Knie und die Waffe auf die Fliesen fallen.

Sie hörte ein leises Zischen. Etwas, das sich wie ein klagender Laut anhörte, allerdings viel, viel zu leise. Ihre Hand berührte Fell und klebrige Feuchtigkeit. »Oh Gott, nein …«

Gaja war verletzt. Jennifers Finger ertasteten einen Knochen, der sich durch Haut und Muskeln gebohrt hatte. Die Katze atmete, aber nur noch sehr schwach. Sie reagierte kaum, als ihr Frauchen sie hochnahm.

Thomas hatte den Sicherungskasten gefunden, der neben der Garderobe in die Wand eingelassen war.

Das aufflammende Licht offenbarte die grauenhafte Verletzung, die Gaja zugefügt worden war.

25

Er hatte die Kontrolle verloren. Nichts lief so, wie er es geplant hatte. Alles und jeder schien ihm und seinem Vorhaben in die Quere zu kommen.

Jennifer Leitner hatte sich als zähe Gegnerin erwiesen, hartnäckig, verbissen und stur. Schon bevor er nach Lemanshain gekommen war, hatte er gewusst, dass sie dazu neigte, mit dem Kopf durch die Wand zu gehen. Er war allerdings davon ausgegangen, dass er ihre Schwächen mühelos gegen ihre Stärken würde ausspielen können.

Wenigstens hatte man sie jetzt erst einmal kaltgestellt. Zumindest vorerst.

Er ärgerte sich allerdings darüber, dass nicht er es gewesen war, der sie aus dem Spiel genommen hatte. Er hatte eine Vermutung, wer der ominöse Stalker sein könnte, der die Kommissarin in Angst und Schrecken versetzt hatte.

Isabell Grunau war in jeder Hinsicht ein Fehler gewesen. Ein Stich ins Wespennest mit unvorhergesehenen Konsequenzen. Wie dem Stalker. Und Leitner hatte ein sicheres Gespür dafür, in diesem Nest herumzustochern, ohne sich dessen wirklich bewusst zu sein.

Es wäre an der Zeit, den uneingeladenen Spieler aus dem Verkehr zu ziehen. Bevor er ihm noch mehr dazwischenfunkte und den kleinen Vorteil, den er ihm verschafft hatte, ins Gegenteil verkehrte.

Er konnte sich aber nicht um ihn kümmern. Zu viel anderes war geschehen, das ihn beschäftigte. Zu viel war schiefgelaufen.

Er hätte ihr nicht trauen dürfen. Sie hatte ihm versprochen, all seine Anweisungen zu befolgen. Sie hatte zugesagt, dem Jungen die Pillen auch weiterhin mit dem Essen zu verabreichen. Sie hatte dafür sorgen wollen, dass er unter Medikamenteneinfluss stand, bis sie die Arznei gezielt absetzen konnten.

Das hatte sie nicht getan, und die Folgen waren schwerwiegend. Da konnte sie noch so sehr klagen, dass der Junge sich unter dem Einfluss der Medikamente verändere, nicht mehr er selbst sei, und dass sie doch nur auf ein wenig Zeit ohne Tranquilizer gehofft habe.

Er hätte am liebsten laut aufgelacht. Sie wollte tatsächlich Zeit mit einem unkontrollierbaren, gewalttätigen Monster verbringen, das jede Menschlichkeit vermissen ließ.

Das Ergebnis war ein weiteres Opfer innerhalb kürzester Zeit. Ein weiterer Toter, den er letztlich würde entsorgen müssen. Und dieses Mal besonders gründlich.

Die zuständigen Ermittler hatten von der Entführung erfahren. Er konnte sich nicht darauf verlassen, dass die Geschehnisse um Leitner sie genügend verwirren und beschäftigen würden, um die Zusammenhänge nicht zu erkennen. Früher oder später würden sie sie entdecken.

Bevor das geschah, musste es ein Ende finden.

Früher und anders als ursprünglich vorgesehen, doch er konnte nicht länger warten und dadurch womöglich alles riskieren.

Es stand jetzt schon alles auf dem Spiel.

Der Druck war groß. Die Gefahr war groß. Alles, woran er im letzten Jahr gearbeitet hatte, die Lösung, die das Morden beenden sollte, stand auf der Kippe. Sein Schicksal, ihr Schicksal, einfach alles, wofür er gekämpft und gelitten hatte.

Und er hatte nur noch diesen Joker. Er musste dafür sorgen, dass die Ermittler den Hinweis bekamen, der sie zu dem Jungen führen würde.

Er nahm das Telefon und wählte. Diesen einen Gefallen musste er noch einfordern, um die letzten Schritte einzuleiten. Dann bräuchte er die Fäden nur noch vierundzwanzig Stunden in Händen zu halten.

In nicht einmal vierundzwanzig Stunden würde alles vorbei sein.

Oliver hob die Hand zu einem wortlosen Gruß, als er über den Parkplatz auf den Eingang der Tierklinik zuging. Thomas Kramer und sein Kollege, die in einem unscheinbaren Wagen saßen, nickten ihm zu.

Im Anmelde- und Wartebereich brannte gedämpftes Licht. Der Tresen war nicht besetzt. Die Klinik befand sich im Notdienst, und Oliver nahm an, dass sämtliches anwesendes Personal noch immer mit Gaja beschäftigt war.

Jennifer saß zusammengekauert auf einem Stuhl in der hintersten Ecke des Wartezimmers, den Kopf an die Wand gelehnt. Sie starrte mit leerem Blick durch das Aquarium hindurch, das das Zimmer in Nischen aufteilte.

Sie sah furchtbar aus. T-Shirt und Hose waren blutverschmiert, die Haare standen ihr in alle möglichen Richtungen vom Kopf ab, und vereinzelte Tränen rannen über ihre Wangen.

Oliver setzte sich auf den Stuhl neben ihr. Einige Sekunden verstrichen, in denen er den Fischen im Aquarium bei ihren kleinen, durch das Glas begrenzten Runden zusah. »Du hattest recht«, sagte er schließlich. »Gaja hat ihren Angreifer gekratzt. Jarik hat einen Schnelltest gemacht. Es ist menschliches Blut.«

Sie reagierte nicht.

»Er wird es einsenden. Aber da wir keine Überraschung erwarten, wird die Untersuchung wohl dauern.«

Jennifer schloss für einen Moment die Augen, zeigte ansonsten jedoch keine Reaktion. Der Staatsanwalt war sich nicht einmal sicher, ob sie ihm zugehört hatte.

Vermutlich dachte sie über die DNS-Analyse dasselbe wie er, nämlich, dass das Ergebnis ohnehin vollkommen gleichgültig war. Was der Katze angetan worden war, so grausam und schrecklich der Täter sie auch zugerichtet hatte, in ein mögliches Verfahren würde Gaja nicht einmal als Randnotiz eingehen.

»Die Techniker haben die Blutspur im Garten von der Katzenklappe aus verfolgen können, aber sie verliert sich. Es ist unklar, wo und wann er Gaja ausgesetzt hat.«

»Die Wunden sind frisch«, erwiderte sie.

Oliver nickte langsam. »Was sagen die Ärzte?«

»Sie versuchen ihr Möglichstes. Sie könnte während der Operation sterben. Und noch ist nicht ausgeschlossen, dass die Ärzte eine Verletzung finden, die eine Euthanasie indiziert.«

Jennifer verwendete Fachausdrücke. Offenbar versuchte sie, sich dadurch von dem Geschehen zu distanzieren, mit mäßigem Erfolg. Die Tränen rannen unaufhaltsam, und immer wieder durchlief sie ein leichtes Zittern.

»Ich bin raus, oder?«, fragte sie plötzlich unvermittelt.

»Ja«, bestätigte Oliver. »Möhring wird es dir natürlich noch persönlich mitteilen, aber er meinte, ich könnte dir schon mal sagen, dass du bis auf Weiteres vom Dienst befreit bist.«

Sie verzog das Gesicht zu einer schwer zu interpretierenden Grimasse. »Er schickt dich vor, damit du den Ärger abbekommst?«

»So würde ich das nicht sehen. Ich denke eher, wir haben alle die Hoffnung, dass du einsichtig bist.«

Jennifer schwieg mehrere Sekunden lang. »Es ist nicht fair.«

»Das ist es nie.«

Sie sah ihn noch immer nicht an, aber zumindest war ein klein wenig Leben in sie zurückgekehrt. »Das ist mein Fall. Ich bin

Ermittlerin, Polizistin, und sobald es um mich selbst und mein Baby geht, werde ich einfach abgeschoben und soll nur noch zuschauen.«

»Vielleicht solltest du ein wenig Vertrauen in deine Kollegen haben«, empfahl Oliver vorsichtig.

»Ich vertraue Katia und dir, sogar Herzig, aber Rode?« Endlich hob sie den Kopf, auch wenn sie ihn nur kurz ansah. »Wenn ich darüber nachdenke, komme ich immer mehr zu dem Schluss, dass er allenfalls unsere Arbeit behindert hat. Er ist so versessen auf seine beschissenen Theorien und nicht bereit, auch nur einen einzigen abweichenden Blick zu riskieren …« Sie verstummte mit einem Kopfschütteln.

Oliver war froh, dass sie einigermaßen ruhig und gefasst blieb. Er wartete noch immer auf irgendeine Art von Aus- oder Zusammenbruch. »Anstett gibt den Takt vor, und Anstett ist auf Rodes Seite.«

»Und was ist mit dir?«

Oliver atmete hörbar aus. »Ich weiß nicht mehr, was ich von dem ganzen Fall halten soll. Die Teile scheinen aus dem einen Blickwinkel zusammenzupassen, und aus einem anderen sind sie meilenweit voneinander entfernt. Der Kerl spielt mit uns, und wir fischen noch immer wie blutige Anfänger im Trüben. Wir bekleckern uns nicht gerade mit Ruhm.«

»Und ich werde kaltgestellt.«

Dieser Punkt nagte offenbar mehr an ihr, als er angenommen hatte. Eigentlich hätte er es wissen müssen. Jennifer von ihrer Arbeit zu trennen, zog ihr in dieser Situation vermutlich komplett den Boden unter den Füßen weg. »Es geht nicht anders, das weißt du.«

Sie seufzte ein wortloses Einverständnis und wechselte das Thema. »Hat Möhring schon eine Idee, wo ich die nächste Zeit unterkommen soll?«

»Er würde die sicherste Variante bevorzugen.«

»Und die wäre?« Obwohl ihre Stimme monoton klang, verriet ihr Stirnrunzeln, dass sie ahnte, was ihrem Chef vorschwebte.

»Die Ausnüchterungszelle und polizeiliche Begleitung, sobald du das Präsidium verlässt.«

Zum ersten Mal in dieser Nacht sah Jennifer ihn länger an als für den Bruchteil einer Sekunde. »Das ist nicht sein Ernst.«

»Doch. Und obwohl ich zuerst genauso reagiert habe wie du, muss ich zugeben, dass mir die Idee gar nicht mal so unsympathisch ist.«

»Weil sie dafür sorgt, dass ich in Sicherheit bin?« Sie stieß ein verächtliches Schnauben aus. »Vor dem Typen und mir selbst?«

Oliver lächelte matt. »Wir wissen inzwischen alle, dass du nicht dazu neigst, die Hände in den Schoß zu legen und abzuwarten. Du sollst nicht nur geschützt, sondern auch unter Beobachtung gestellt werden.«

»Das habt ihr euch ja sehr schön ausgedacht.«

»Ich hatte nichts damit zu tun. Aber ich bin nicht traurig darüber, dass die Kollegen ein Auge auf dich haben werden.«

Darauf antwortete sie nicht mehr. Sie saß nur stumm neben ihm, und ihr Blick wanderte zum Aquarium zurück. Sie war noch immer angeschlagen, aber wenigstens waren die Tränen vorerst versiegt.

Es verging noch beinahe eine halbe Stunde, bis eine Tür hinter dem Empfangstresen aufschwang und eine hochgewachsene Frau in blutbesudelter OP-Kleidung heraustrat.

Jennifer und Oliver standen gleichzeitig auf.

Das Gesicht der Frau war ernst, doch sie hatte gute Neuigkeiten. »Sie hat die Operation überstanden, Frau Leitner.«

Jennifer sackte vor Erleichterung in sich zusammen, und Oliver streckte schon die Hand aus, um sie zu stützen. Doch sie fing sich im letzten Moment.

Die Ärztin wirkte erschöpft. »Gaja hat gute Chancen, falls sie die nächsten achtundvierzig Stunden überlebt. Ihr Kreislauf ist stabil, Komplikationen sind aber nicht ausgeschlossen. In jedem Fall sind Folgeschäden wie Hinken oder steife Gelenke zu erwarten. Wir müssen abwarten, wie sie darauf reagiert. Es gibt Tiere, die solche Einschränkungen ohne Probleme kompensieren, andere … Nicht für jedes Tier ist ein Leben mit Behinderung lebenswert.«

Jennifer nickte stoisch. »Danke«, murmelte sie kaum hörbar.

Die Tierärztin schenkte ihr ein schwaches Lächeln. »Wir rufen Sie sofort an, wenn sich Gajas Zustand verschlechtern sollte. Ansonsten telefonieren wir morgen früh um acht.«

»In Ordnung.«

Die Ärztin machte kehrt und verschwand durch die Tür, durch die sie gekommen war.

Jennifer blieb reglos stehen. Sie schien nicht in der Lage zu sein, sich abzuwenden und zu gehen. Ihr Blick war auf die Tür geheftet, durch die die Ärztin gegangen war und hinter der sie wahrscheinlich irgendwo Gaja vermutete.

Oliver konnte sie nur stumm mustern. Alles, was er gerne gesagt oder getan hätte, erschien ihm unangemessen und falsch. Er war schon beinahe froh darüber, dass das Klingeln seines Handys die unangenehme Stille durchbrach.

Er zog das Telefon aus seiner Jackentasche. Es war Katia Mironowa. Um fünf Uhr früh. Das konnte gute oder schlechte Neuigkeiten bedeuten. »Was gibt's?«

»Der Kerl hat sich möglicherweise sein nächstes Opfer geschnappt«, sagte Katia Mironowa ohne Begrüßung oder Einleitung. »Wir haben hier eine junge Frau sitzen, die der festen Überzeugung ist, dass ihrem Freund etwas Schlimmes zugestoßen sein könnte. Sie wirkt zwar hysterisch, aber der Verschwundene passt genau ins Schema unseres Mörders. Ich dachte, ich sage Ihnen Bescheid, bevor ich Anstett um ihren Schönheitsschlaf bringe.«

Womit sie ihm ziemlich unverblümt mitteilte, dass sie, genauso wie er selbst, problemlos darauf verzichten konnte, die Oberstaatsanwältin einzuschalten. »Ich bin unterwegs.«

»Was ist los?«, fragte Jennifer, als er aufgelegt hatte.

Erst war er versucht, ihr nichts zu sagen, sondern sie einfach nur zu bitten, mit Thomas Kramer und seinem Kollegen in ihre Wohnung zu fahren, ein paar Sachen einzupacken und sich dann in die Zelle bringen zu lassen. Doch er wusste, dass es sinnlos war. Sie würde so oder so an ihrem, für sie im Moment eigentlich gesperrten, Arbeitsplatz auftauchen. Hier zeigte sich die Schwäche von Möhrings Plan: Jennifer war noch immer zu nah am Geschehen, die Wege waren zu kurz.

»Er hat sich möglicherweise wieder jemanden geschnappt. Eine junge Frau vermisst ihren Freund.«

»Hast du was dagegen, wenn ich mitfahre?«

Ja, das hatte er. Eigentlich hätte er sie abweisen müssen, doch der Glanz, der in ihre Augen getreten war, machte es ihm unmöglich. Trotzdem war seiner Stimme das Zögern deutlich anzuhören. »Du bräuchtest was Frisches zum Anziehen.«

»Habe ich im Büro im Schrank.«

Das hätte er eigentlich wissen müssen. Oliver seufzte. »Ich werde dafür eine Menge Ärger kriegen.«

Jennifer versuchte sich an einem Grinsen, das allerdings misslang. »Behaupte einfach, ich hätte dir keine andere Wahl gelassen.«

26

Die Besprechung am Montagmorgen begann mit einem Eklat. Ricarda Anstett empörte sich darüber, dass Jennifer an der Befragung der Zeugin teilgenommen hatte, obwohl sie vom Dienst befreit war. Daran änderte auch die Tatsache nichts, dass die Kommissarin nur als stumme Beobachterin aufgetreten war und tatsächlich kein Wort gesagt hatte. Auch Jennifers Anwesenheit bei der Besprechung selbst war der Oberstaatsanwältin ein Dorn im Auge.

Anstett und Oliver gerieten ernsthaft aneinander, weil der Staatsanwalt die Meinung vertrat, Jennifers Kenntnis des Falls könne hilfreich sein, und da sie ohnehin schon in einer Zelle im Präsidium übernachte, könne sie wenigstens auf dem Laufenden bleiben und die Ermittlungen begleiten.

Die Fronten verhärteten sich, als Lars Rode der Oberstaatsanwältin zur Seite sprang, während Katia Mironowa Olivers Position unterstützte. Die Gemüter erhitzten sich so sehr, dass Jennifer beschloss, um des lieben Friedens willen zu gehen. Sie ertrug die Auseinandersetzungen nicht, und es kostete sie zu viel Disziplin, sich nicht einzumischen, während über sie diskutiert wurde, als wäre sie gar nicht anwesend.

Glücklicherweise stieß in diesem Moment Peter Möhring zu der Besprechung hinzu und sprach ein Machtwort, mit dem er Jennifer die Teilnahme an dem Meeting erlaubte. Ihr Chef wies sie aber noch einmal ausdrücklich darauf hin, dass sie nicht mehr aktiv an den Ermittlungen beteiligt sei, und forderte entsprechende Zurückhaltung.

Als es endlich um den eigentlichen Gegenstand der Besprechung ging, nämlich das mögliche Entführungsopfer Phillip Boose, erreichte die Stimmung sofort einen weiteren negativen Höhepunkt.

Es gab zwei Lager: Die einen, die es für fraglich hielten, dass Booses Verschwinden mit dem Fall in Zusammenhang stand, und die anderen, die glaubten, es könne durchaus sein, dass er das nächste Opfer des gesuchten Mörders war.

Rode und Anstett vertraten die Meinung, der Angriff auf Jennifers Katze lasse sich zeitlich nicht mit der vermeintlichen Entführung am Morgen desselben Tages in Einklang bringen. Außerdem sei der Abstand zwischen dem Mord an Isabell Grunau und dem Verschwinden Phillip Booses viel zu kurz.

Die junge Frau, die ihn vermisst gemeldet hatte, übertrieb ganz offensichtlich. Sie hatte sich in ihre Sorge um den Mann, der seit Kurzem bei ihr wohnte, regelrecht hineingesteigert. Und das, obwohl er gar nicht ihr fester Freund war, wie sich im Verlauf der Befragung herausgestellt hatte.

Phillip Boose war ein ungelernter Gelegenheitsarbeiter ohne festen Wohnsitz, unbeständig, unzuverlässig, ohne nennenswertes Hab und Gut.

Und das war der Punkt, der Oliver Grohmann und den Kommissaren Bauchschmerzen bereitete. Der junge Mann entsprach in allen Punkten dem Opferprofil des Täters. Boose war verschwunden, sein Handy war tot.

Natürlich konnte es auch sein, dass er sich einfach abgesetzt hatte. Er hatte das Mädchen offensichtlich nur ausgenutzt, auch wenn sie das nicht so zu sehen schien. Andererseits hatte er seine wenigen Besitztümer ohne ersichtlichen Grund zurückgelassen. Und wieso hätte er ihr seine Rückkehr per SMS ankündigen sollen, wenn er gar nicht vorhatte zurückzukommen?

Die junge Frau wusste nicht einmal, wo Phillip am Sonntagmorgen gewesen war. Er hatte sich über seine Umtriebe grundsätzlich bedeckt gehalten, sodass die Beamten über keinerlei Ansatz verfügten, wo sie mit der Suche nach dem Vermissten beginnen konnten.

Die Teilnehmer des Meetings kamen zu keinem einstimmigen Ergebnis. Anstett entschied schließlich, dass sie Phillip Boose vorerst nicht als weiteres mögliches Opfer betrachteten. Sie wollte, dass sich Mironowa und Herzig darauf konzentrierten, Isabell Grunaus letzte Lebensstunden zu rekonstruieren und mögliche Zeugen aufzutreiben. Rode sollte sich weiterhin um die Berufsgruppen kümmern.

Jennifer konnte den Ärger Olivers und ihrer Kollegen nachvollziehen, sie selbst regte sich über Anstetts Entscheidung aber gar nicht erst auf. Zumindest im Moment hatte sie sich damit abgefunden, nicht mehr an den Ermittlungen beteiligt zu sein. Die Sorge um Gaja beschäftigte sie.

Sie musste sich zusammenreißen, um nicht jede Stunde in der Tierklinik anzurufen. Solange sie nichts hörte, war Gajas Zustand unverändert stabil. Die Zeit einfach verstreichen zu lassen, ohne bei ihr sein zu können, und zu hoffen, dass das Telefon *nicht* klingelte, war fast unerträglich.

Jennifer war froh, dass Katia sie ablenkte, indem sie sie bat, ihr die wichtigsten Unterlagen zusammenzustellen und nach ihren Mails zu sehen. Rode war glücklicherweise nicht in ihrem Büro. Seit dem Vorfall im Hotel hatte sich die Stimmung zwischen ihnen ins Gegenteil verkehrt. Dass er ständig Anstetts Ansichten vertrat, kostete ihn bei der Kommissarin weitere Sympathiepunkte.

Jennifer suchte die Akten zu dem Fall zusammen und checkte ihre E-Mails. Als sie an den unangetasteten Aktenstapel in ihrem Schrank dachte, der sich während ihres Urlaub angesammelt hatte, überlegte sie kurz, mit Möhring darüber zu verhandeln, ob sie sich um ihren Papierrückstand kümmern dürfe. Ihr war jedoch klar, dass ihr Chef sie nicht an einem Computer sehen wollte, der ihr den Zugriff auf sämtliche Ermittlungsergebnisse ermöglichte, also aktivierte sie pflichtbewusst den Abwesenheitsassistenten und schickte den Rechner wieder schlafen.

Sie wollte gerade los, um Katia die Unterlagen zu bringen, als Jarik Fröhlich in ihrer Bürotür erschien.

»Hey, hast du kurz Zeit?«

Auf Jennifer wartete allenfalls ihre persönliche Zelle, wo sie versuchen konnte, noch etwas Schlaf nachzuholen. Die Frage kam ihr daher überflüssig vor, sie sparte sich aber eine sarkastische Bemerkung. »Ja, klar.«

Zu ihrer Überraschung schloss der Kriminaltechniker die Tür hinter sich. »Ich muss mit dir reden.«

Sein Tonfall ließ nichts Gutes erahnen. Jennifer legte die Akten auf den Tisch zurück. »Worum geht's?«

Jarik vergrub die Hände in den Taschen seiner Jeans. Es war selten, dass der Leiter der Kriminaltechnik zögerte. »Ich weiß, das ist jetzt kein besonders guter Zeitpunkt, und ich wünschte, ich könnte es später ansprechen, wenn es dir besser geht, aber ich muss bis Mittwoch eine Entscheidung treffen.«

Jennifer runzelte die Stirn. »Du sprichst in Rätseln.«

»Du weißt doch, dass wir im Sommer für zwei Monate einen Praktikanten bekommen sollen, um einen möglichen Kandidaten für die frei werdende Stelle Anfang nächsten Jahres zu finden.«

Jennifer erinnerte sich schwach daran, dass die Besetzung der Position bei der Kriminaltechnik auf diese Art und Weise geschehen sollte. Es gab keinen Nachwuchs von der Stange, und Jarik hatte entschieden, über eine Praktikantenstelle auch Quereinsteigern eine Chance zu geben. Kriminaltechnik war etwas, das zwar auf einer Menge Theorie basierte, das man aber erst in der Praxis wirklich lernte. »Ja, und?«

»Ich habe eine Bewerberin im Auge. Bevor ich die endgültige Entscheidung fälle, wollte ich mit dir reden.«

Worauf wollte er eigentlich hinaus? Die Bewerber für diese Praktikantenstelle gingen sie rein gar nichts an. »Was hat das mit mir zu tun?«

»Du kennst sie. Es geht um Charlotte Seydel.«

Jennifer wusste erst nichts darauf zu erwidern. Der Name der jungen Frau schlug bei ihr ein wie eine kleine Bombe. Natürlich kannte sie sie. Sie hatte die junge Frau aus den Klauen eines Serienkillers befreit. »Sie hat sich beworben?«, fragte sie, als sie den ersten Schock verdaut hatte.

Jarik nickte.

»Du kennst ihre Geschichte, oder? Ich meine nicht nur das, was letztes Jahr passiert ist, sondern auch ihre *Kranken*geschichte?«

»Ja«, bestätigte der Kriminaltechniker. »Sie hat keinen Hehl daraus gemacht, sondern offen und ehrlich über alles gesprochen. Aber sie scheint auf einem guten Weg zu sein. Sie wird ihr Studium dieses Jahr beenden, lebt nicht mehr in ›Garten Eden‹ und macht einen sehr stabilen Eindruck.«

»Stabil ist in ihrem Fall relativ«, bemerkte Jennifer. Charlotte Seydel litt an einer recht ausgeprägten Form der Borderline-Persönlichkeitsstörung. Sie zählte nicht gerade zu den umgänglichsten Personen, hielt sich höchst ungern an Regeln, war stur und vorlaut. Zumindest vor einem Dreivierteljahr hatte sie noch mit ihren Aggressionen zu kämpfen gehabt. Ganz abgesehen von den psychischen Folgen der Ereignisse, in deren Verlauf sie sich kennengelernt hatten. Dass Charlotte der ehemaligen Kleingartenkolonie »Garten Eden« den Rücken gekehrt hatte, in der all jene Zuflucht suchten, die sich keine Wohnung leisten konnten, sich aber auch nicht den Sozialsystemen unterwerfen wollten, war zwar ein positives Zeichen. Jennifer war sich jedoch nicht sicher, ob die Abkehr von dem alten Umfeld von Dauer sein würde.

»Charlotte Seydel befindet sich nach wie vor in Therapie. Ich durfte sogar mit ihrer Psychiaterin reden, und auch die gibt grünes Licht. Wenn ich an ihr Fachwissen denke, ist sie die perfekte Kandidatin. Und im Gegensatz zu den meisten anderen weiß sie, worauf sie sich einlässt.«

Jariks Begeisterung für die junge Frau war spürbar. Jennifer wusste, dass er mit seiner Einschätzung, was Charlottes fachliche Eignung betraf, nicht falsch lag. Doch das allein zählte nun mal leider nicht. »Was ist mit ihrer Vorstrafe?«

»Die Bewährung hat für ein Praktikum keine Bewandtnis. Und danach … Es lässt sich immer irgendwas regeln.«

»Du willst sie«, stellte Jennifer fest.

»Ja, allerdings.«

»Und warum kommst du dann damit zu mir?« Sie kannten beide Charlotte Seydels Vergangenheit. Wenn er die junge Frau einstellen wollte, stand ihr kein Vetorecht zu.

»Weil du und sie … ihr habt eine gemeinsame Vergangenheit. Ich will, dass du dein Okay gibst, wenn auch inoffiziell. Vor allem, weil …« Er verstummte.

Jennifer sah ihn fragend an. »Weil?«

Jarik atmete hörbar aus. »Ich kenne die unfrisierten Berichte der Karlsruher Kollegen, Jennifer. Ich weiß, dass nicht du es warst, die auf den ›Künstler‹ geschossen hat.«

Jennifers Kehle fühlte sich mit einem Mal vollkommen ausgetrocknet an. Ihr war in den letzten Monaten stets bewusst gewesen, dass gewisse Tatsachen möglicherweise unter den Teppich gekehrt worden waren, und ebenso bewusst hatte sie es vermieden, diesbezüglich Nachforschungen anzustellen.

Jetzt hatte sie ihre Antwort. Jarik wusste, was tatsächlich in der Hütte im Schwarzwald geschehen war. Dann wussten es auch die zuständigen Karlsruher Ermittler, Möhring und möglicherweise noch einige andere Personen, denen sie tagtäglich begegnete.

Sie hatten die kriminaltechnischen Berichte gefälscht. Ihretwegen. Und wegen Charlotte Seydel.

Jennifer musste sich überwinden, Jarik in die Augen zu sehen. »Das hat nichts mit deiner Entscheidung zu tun.«

Er nickte langsam. »Doch, das hat es. Wenn du nicht willst, dass sie …«

»Ich soll ihr diese Chance verbauen?« Jennifer schüttelte den Kopf. Für Charlotte war es nicht nur irgendein Praktikum. Es war möglicherweise der Einstieg in ihren Traumberuf, der ihr auf anderen Wegen wahrscheinlich verwehrt bleiben würde.

Jarik sah sie skeptisch an.

»Was willst du von mir hören? Dass sich die Zusammenarbeit mit ihr anfangs merkwürdig anfühlen könnte? Zwischen mir und Charlotte Seydel steht nichts, was eine Zusammenarbeit unmöglich machen würde.«

»Das heißt also, ja?«

Jennifer nickte. »Wenn du überzeugt bist und die bekannten Risiken eingehen willst …«

Er lächelte erleichtert. Er hatte ihre Antwort gefürchtet und sich trotzdem verpflichtet gefühlt, sie um ihre Zustimmung zu bitten. »Danke!«

Sie wollte gerade erwidern, dass er ihr erst danken solle, wenn aus der Personalie keine Katastrophe erwachsen war, als es an der Tür klopfte.

Marisol García Cruz, eine ältere Kriminaltechnikerin aus Jariks Team, steckte den Kopf herein. »Da bist du ja!«

Sie trat ein und wedelte mit einem Fax. »Wir haben eine Spur! Das LKA hat überraschend das Analyseergebnis für die Erde geschickt, die wir unter Isabell Grunaus Fingernägeln sichergestellt haben.«

»Und?«, fragten Jennifer und Jarik gleichzeitig. Ihnen entging die unterschwellige Aufregung der Frau nicht.

»Eine ziemlich starke Belastung. Altöl, Benzin und Diesel und noch ein paar andere Stoffe, die in Erde normalerweise nichts zu suchen haben.« Sie lächelte. »Der Kerl hat sein Opfer an einem Ort festgehalten, an dem Autos eine große, Umweltvorschriften dafür eine umso kleinere Rolle gespielt haben dürften.«

Die Entdeckung brachte den gesamten Polizeiapparat auf Trab. Bis zum Nachmittag hatten die Beamten sämtliche Orte in Lemanshain überprüft und durchsucht, die theoretisch infrage kamen: Werkstätten, Tankstellen, Waschanlagen und Parkhäuser.

Möhring hatte gemeinsam mit Anstett die Hanauer Kollegen veranlasst, zeitnah Durchsuchungen an ähnlichen Orten im Umkreis von Lemanshain durchzuführen.

Um drei Uhr nachmittags hatte sich die anfängliche Euphorie allerdings bereits in Frustration verwandelt: Im Umkreis von zwanzig Kilometern war keine Spur von Phillip Boose gefunden worden und keinerlei Hinweis auf den Ort, an dem man Isabell Grunau festgehalten hatte. Sie standen zwar mit einer neuen Erkenntnis, aber nach wie vor mit leeren Händen da.

Auch die neuerliche Befragung von Isabells Vater auf Betreiben von Oliver Grohmann verlief ergebnislos. Er war zwar Kfz-Mechaniker – eine mögliche Verbindung –, doch als möglicher Mörder seiner Tochter schied er wegen seiner Alibis noch immer aus.

Als die Kommissare, Kriminaltechniker und ein paar Uniformierte zu einem Brainstorming möglicher Orte zusammenkamen, die sie bisher nicht berücksichtigt hatten, war die Enttäuschung deutlich spürbar. Auch Jennifer ließ sich davon anstecken, obwohl sie nach wie vor nur Zaungast war. Allerdings ein Zaungast, der von Oliver und Katia ständig auf dem Laufenden gehalten wurde.

Es gab noch ein paar Ansätze, jedoch keine besonders vielversprechenden und darüber hinaus äußerst zeitraubende: private Tuner und Schrauber; Fahrschulen; die kleine, aber etablierte illegale Straßenrennszene der Region. Falls Phillip Boose dem Serienmörder in die Hände gefallen war, würden ihn diese Ermittlungswege vermutlich nicht mehr retten können.

Es war Hauptkommissar Lars Rode, der die Idee mit dem Schrottplatz hatte.

Die Kollegen reagierten eher verhalten auf diesen Einfall. In Lemanshain und der näheren Umgebung existierte ihres Wissens kein Schrottplatz.

Trotzdem stellte Freya Olsson, die mit einem Notebook an dem Treffen teilnahm, entsprechende Recherchen an. Der Einwurf des BKA-Ermittlers war in den anschließenden Diskussionen bereits untergegangen, als die quirlige Assistentin der Kripo den Arm hob. »Ich hab hier was!«

Die Kollegen verstummten.

»Es gab einmal einen Schrottplatz in Lemanshain«, sagte Freya Olsson und sah von ihrem Notebook auf. »Die Verwertungsgesellschaft wurde vor zehn Jahren aufgelöst und der Platz stillgelegt – wegen Umweltstraftaten der Betreiber.«

Jennifer spürte ein Kribbeln im Nacken, als sie das hörte. Ihre Intuition meldete sich sofort. Sie wusste in diesem Moment einfach, dass es der Ort war, nach dem sie gesucht hatten.

Lars Rode lächelte arrogant.

27

Jennifer hasste es, in der hintersten Ecke des Überwachungsvans zu sitzen und zu warten. Über die Bildschirme flackerte ein- und dasselbe Bild, übertragen von der Kamera, mit der die Nachhut das Geschehen unter Einhaltung eines gewissen Sicherheitsabstands verfolgte.

Die Kommissarin musste zusehen, passiv, handlungsunfähig. Als stille Beobachterin, die von Anstett lediglich geduldet wurde. Dabei hätte sie mitten im Geschehen sein können, als Teil der Truppe, die auf das Gelände vordrang.

Eine erste vorsichtige Sondierung hatte keinen Hinweis darauf ergeben, dass der Täter vor Ort war. Möhring und Anstett hatten sich kurz beraten und letztlich auf die Hinzuziehung eines Sondereinsatzkommandos des LKA verzichtet.

Es wäre Jennifers Aufgabe gewesen, das Einsatzteam zu begleiten, nicht die des BKA-Ermittlers Rode, ob der nun über irgendeine obskure Spezialausbildung verfügte oder nicht. Es war ihr Fall, trotzdem hatte man ihr die Teilnahme verweigert.

Als ob dieser Irre irgendwo hinter einem Busch nur darauf lauern würde, dass sie kam, um sich auf sie zu stürzen. Es war lächerlich!

Doch Möhring war hart geblieben und hatte ihr die Wahl gelassen: ein Platz im Van oder blind und taub im Präsidium zurückbleiben.

Wieso hatten sie dann nicht wenigstens die Vorhut der Einsatztruppe mit Kameras ausgestattet? Der Funkverkehr war zwar laut und deutlich zu verstehen, ließ aber noch genügend Details offen, sodass sich Jennifer kein rechtes Bild von den Gegebenheiten vor Ort machen konnte.

Das Grundstück lag außerhalb der Stadt, in der Nähe der Landstraße. Wenn man nicht gerade über verrostete Zaunreste in irgendeinem Gebüsch oder über die Zufahrt stolperte, war kaum noch zu erahnen, dass es sich um eine früher industriell genutzte Liegenschaft handelte. Das Erdreich war niemals gereinigt worden, da ein Gutachter zu dem Schluss gekommen war, die Verunreinigungen seien zwar schwerwiegend, das Grundwasser sei aber nicht gefährdet.

Versteckt hinter Brombeerhecken, Weißdornbüschen und Heckenrosen lag ein verwildertes Stück Land. Nur die Zufahrt zu einem halb verfallenen Gebäude war kürzlich auf einer Breite von knapp zwei Metern vom Gestrüpp befreit worden, das rostige Tor mit Sperrholzplatten und einem brandneuen Vorhängeschloss versehen.

Der Inhaber des Schrottplatzes war verurteilt worden, die Firma in Insolvenz gegangen, und alles, was irgendwie verwertbar gewesen war, hatte man verkauft. Aufgrund der Verunreinigungen war das Grundstück nichts mehr wert und befand sich nach wie vor im Besitz des mittlerweile aus der Haft entlassenen und in Lübeck lebenden ehemaligen Schrottplatzbetreibers.

Das Gebäude wirkte aber nicht so unbenutzt und verfallen, wie es zu erwarten gewesen wäre. Die Fenster waren mit Sperrholz verschlossen worden, die Eingangstür sah neu aus, und auch das Dach schien erst kürzlich an der einen oder anderen Stelle geflickt worden zu sein.

Es war genau die Art von Ort, an dem der Täter sein Opfer gefangen gehalten und über Tage hinweg brutal zugerichtet haben konnte. Niemand hätte etwas mitbekommen, die Schreie wären ungehört verhallt. Nicht einmal bei Spaziergängern war diese Gegend sonderlich beliebt.

Jennifer starrte auf die Bildschirme und wünschte sich, mehr erkennen zu können. Sie sah, wie die Beamten die Umgebung des Gebäudes untersuchten und sicherten, soweit das aufgrund der Vegetation überhaupt möglich war. Einer probierte die Tür. Sie war abgeschlossen, allerdings schien das Schloss nicht sonderlich widerstandsfähig zu sein. Mit Pick und Spanner dauerte es keine dreißig Sekunden, es zu öffnen.

Die Vorhut des Einsatzteams strömte in das Gebäude. Die Meldungen über Funk kamen so schnell rein und teilweise gleichzeitig, dass es kaum möglich war, ihnen zu folgen. Jennifer ahnte bereits, dass sie niemanden angetroffen hatten, als vom Einsatzleiter die Meldung kam, das Gebäude sei gesichert und weder Täter noch Opfer vor Ort.

Der Überwachungsvan fuhr auf das Grundstück, und Jennifer konnte das Fahrzeug gemeinsam mit den Staatsanwälten und weiteren Polizeibeamten verlassen, auch wenn sie das Gebäude selbst noch nicht betreten durften. Die Kriminaltechnik hatte Vorrang.

Rode kam zum Van und bestätigte, was sie alle bereits vermutet hatten: Sie hatten das Versteck des Mörders gefunden, den Täter selbst jedoch nicht. Es gebe frische Spuren, die darauf hindeuteten, dass es ein neues Opfer gegeben habe. Von der Leiche fehle allerdings jede Spur.

Rode wirkte extrem enttäuscht und frustriert. Der BKA-Ermittler hatte eine weitere schwere Niederlage erlitten, der Mörder war ihm entwischt. Noch bestand zwar die Möglichkeit, dass er zurückkehrte und der Polizei direkt in die Arme lief. Doch diese Ermunterung wollte Rode schon gar nicht mehr hören.

Während Jarik Fröhlich und sein Team Aufnahmen innerhalb des Gebäudes machten, sickerten weitere Informationen und Details durch.

Jennifer wollte sich das Ganze trotzdem persönlich ansehen,

und dieses Mal hielt sie niemand auf. Oliver schnappte sich ebenfalls einen Schutzanzug und folgte ihr.

Das Gebäude war im Inneren so verfallen, wie es von außen den Anschein hatte. Durch die zwischenzeitlich geflickten Löcher im Dach und die jetzt zugenagelten Fenster war einiges an Unrat und Dreck hereingekommen. Es gab drei Räume und eine Halle.

Die Zimmer waren alle komplett leer geräumt, verschimmelte Tapetenreste hingen an den Wänden, und zerbrochene Fliesen bedeckten die Böden. Nicht einmal die kleine Halle, in der sich früher eine Werkstatt befunden haben musste, war gesäubert worden.

Doch diese Halle war unübersehbar das Versteck des Mörders. Die Grube, die einstmals dazu gedient hatte, Fahrzeuge von unten untersuchen zu können, lag jetzt offen vor ihnen. Beim Eintreffen der Beamten war sie mit drei schweren Metallplatten verschlossen gewesen. Eine über einen Flaschenzug geführte Kette diente dazu, sie anzuheben.

Jennifer konnte im Licht der von den Technikern aufgestellten Lampen sehen, wozu die mit Blättern und Erde verunreinigte Grube gedient hatte. Die Blutspuren an den Betonwänden waren zahlreich, einige davon älteren Datums, andere noch recht frisch. An einigen Stellen zeugte die Form der Spuren davon, dass blutverschmierte Hände sie hinterlassen hatten. Eine Lache in der Mitte der Grube schimmerte noch feucht, sie konnte nur wenige Stunden alt sein. Irgendjemand war mit Schuhen hineingetreten und hatte Abdrücke hinterlassen, die sich erst im Dreck bei der Tür verloren. Daneben Schleifspuren.

Der Täter hatte sich nicht die Mühe gemacht, hinter sich aufzuräumen. Diese Nachlässigkeit nährte die Hoffnung, dass er zurückkehren würde, gleichzeitig machte es aber auch ein Überleben des letzten Opfers, mutmaßlich Phillip Boose, mehr als unwahrscheinlich. Die Spuren deuteten darauf hin, dass das letzte Opfer erst vor Kurzem fortgeschafft worden war. Wahrscheinlich tot.

Jennifer spürte einen Kloß im Hals. Sie waren zu spät gekommen. Möglicherweise hatten nur ein oder zwei Stunden über Leben und Tod entschieden. Eine grauenhafte Vorstellung.

Wenn nur die LKA-Labore ein wenig schneller gearbeitet hätten. Sie schüttelte den Gedanken ab. Er brachte nichts. Hätte, wäre, wenn … In ihrem Beruf war es keine gute Idee, sich auf derartige Gedankenspiele einzulassen.

Gefolgt von Oliver verließ Jennifer das Gebäude. Anstett erwartete sie ungeduldig.

»Und?«, fragte sie.

»Wir sind hier definitiv richtig«, sagte Oliver, während er sich aus dem Schutzanzug schälte. »Es gab augenscheinlich ein weiteres Opfer, aber es ist nicht mehr hier.«

Die Oberstaatsanwältin nahm die Information schweigend entgegen. Falls sie daran dachte, dass sich ihre Theorie im Hinblick auf Phillip Boose als falsch herausgestellt hatte, so zeigte sie es zumindest nicht. Es hätte aber auch nichts geändert, wenn sie früher begriffen hätte, dass ein BKA-Ermittler nicht immer recht haben musste.

»Wo ist eigentlich Rode?«, fragte Jennifer. »Ich würde gerne seine Theorie hören.«

Anstett zuckte die Schultern. »In sein Hotel gefahren. Sagte irgendwas von Migräne.«

Niederlagen verkraftete der Mann vom BKA offensichtlich nicht besonders gut.

Jarik kam aus dem Gebäude und steuerte auf die kleine Gruppe zu. In der Hand hielt er eine durchsichtige Beweismitteltüte. »Das hier war in der Tür eingeklemmt. Hat Phillip Boose lange, braune Haare?«

Anstett nahm die Tüte entgegen, hielt sie ins Licht und gab sie dann an Jennifer weiter. »Nein. Kurz und schwarz.«

Die Kommissarin besah sich die etwa dreißig Zentimeter langen Haare.

Oliver war neben sie getreten, um ebenfalls einen Blick darauf zu werfen. »Die Wurzeln fehlen«, stellte er fest. Womit die Möglichkeit einer DNS-Analyse ausgeschlossen war. »Ist das bei ausgerissenem Haar nicht eher ungewöhnlich?«

Jarik schüttelte den Kopf. »Sie waren an den Spitzen eingeklemmt. Da reichen die mildeste Form von Haarbruch und der richtige Winkel, und die Wurzeln bleiben, wo sie sind.«

»Heißt das etwa, Phillip Boose ist doch nicht das Opfer?«, fragte Anstett niemanden im Speziellen. »Sondern eine Unbekannte?«

Jennifer schüttelte den Kopf. »Keine Unbekannte.« Sie tauschte einen Blick mit Oliver. »Und auch kein Opfer.«

Die Kommissarin konnte die Zweifel in den Augen des Staatsanwalts sehen, bevor er sie aussprach. »Wie viele Leute haben langes, braunes Haar? Inklusive deiner Person?«

»Wovon reden Sie überhaupt?« Anstett hatte die Hände in die Hüften gestemmt. Sie witterte anscheinend eine Konspiration und hatte damit auch nicht ganz unrecht.

Offenbar hatte Oliver ihr nicht nur die Zigarettenkippe, sondern auch den Verdacht gegen Agnes Retzer verschwiegen. Katia hatte Jennifer zugesagt, sich um die Sekretärin der WiheSiL GmbH zu kümmern, wenn sie die Zeit dazu fand. Bisher war ermittlungstechnisch in diese Richtung aber noch nichts geschehen.

»Agnes Retzer, die Sekretärin der ›Wir helfen den Schwachen in Lemanshain GmbH‹«, antwortete der Staatsanwalt, bevor Jennifer es tun konnte. »Wir haben sie im Zusammenhang mit dem Hinweis des obdachlosen Mannes befragt. Hauptkommissar Rode und ich hielten sie nicht für verdächtig.«

»Im Gegensatz zu mir«, fügte Jennifer nicht ohne Genugtuung hinzu. »Diese Haare hier könnten von ihr stammen.«

»Könnten«, betonte Oliver. »Ich halte das noch immer nicht für sehr wahrscheinlich.«

Ricarda Anstett runzelte die Stirn. »Was haben Sie denn gegen diese Retzer überhaupt in der Hand?«

»Sie raucht Marlboro. Sie ist erst kürzlich hergezogen. Ihr Beruf könnte sie mit allen Opfern in Verbindung gebracht haben.« Jennifer hielt die Tüte hoch. »Und jetzt noch diese Haare.«

»Sie hat die letzten Jahre in Hannover gelebt. Sie ist eine Frau. Wer ist ihr Partner?« Oliver seufzte. »Das reicht vorne und hinten nicht für einen ernsthaften Verdacht aus.«

»Ich weiß, dass mit ihr irgendwas nicht stimmt. Mein Gefühl sagt mir, dass sie mit den Morden etwas zu tun hat.«

»Ihr Gefühl allein reicht wirklich nicht aus«, erwiderte Anstett grummelnd und schüttelte den Kopf. »Haben Sie denn auch nur einen einzigen harten Beweis?«

»Den könnten wir in wenigen Stunden haben, wenn endlich diese Zigarettenkippe untersucht und das Ergebnis mit den DNS-Spuren an der Zigarette verglichen würde, die wir in Isabell Grunaus Haaren gefunden haben.«

Anstett sah ehrlich verwirrt aus. »Welche Zigarettenkippe?«

»Jennifer …«

Olivers Warnung prallte wirkungslos an ihr ab. »Nach der Befragung haben wir eine von Agnes Retzer gerauchte Zigarette sichergestellt. Rode hat sie bereits eingereicht. Allerdings inoffiziell.«

»Inoffiziell?« Anstett fixierte Jennifer. »Heißt das, diese sogenannte Sicherstellung war illegal?«

»Das ist doch im Moment vollkommen egal. Wir sollten das Material vergleichen und …«

Die Oberstaatsanwältin machte einen Schritt auf sie zu. »In

meinen Ermittlungen kommen keine illegal beschafften Beweismittel zum Einsatz. Nicht einmal inoffiziell. Erst recht nicht, wenn sie aufgrund irgendwelcher haarsträubenden Vermutungen und des Gefühls irgendeines Ermittlers beschafft wurden!«

»Aber die Haare …«

»Was mit diesen Haaren ist, werden wir noch sehen. Wie Staatsanwalt Grohmann jedoch schon sagte, könnten sie Millionen Frauen oder Männern gehören. Ich tippe im Übrigen immer noch auf einen Mann.« Anstett beugte sich so weit vor, dass ihre Nase nur noch wenige Zentimeter von Jennifers Gesicht entfernt war. »Und wissen Sie auch, warum? Weil in Isabell Grunaus Leiche Sperma gefunden wurde. Wo kommt das Ihrer Meinung nach her, wenn Retzer die Täterin ist?«

»Ich sagte nicht …«

»Was Sie sagen oder nicht sagen, Frau Leitner, ist mir herzlich egal! Ich brauche gerichtsverwertbare Fakten, keine Kaffeesatzleserei! Und schon gar keine nicht richterlich abgesegneten DNS-Analysen!«

Anstett war vor Wut rot angelaufen. »Das erinnert mich daran, dass Sie ja eigentlich vom Dienst suspendiert sind und hier vor Ort rein gar nichts zu suchen haben! Ich würde deshalb vorschlagen, dass Sie jetzt gehen, sich in Ihre Zelle zurückziehen und diejenigen Leute die Arbeit machen lassen, die wissen, dass es Gesetze gibt, an die wir uns zu halten haben!«

Die Oberstaatsanwältin wandte sich zum Gehen, drehte sich aber noch einmal um. »Wenn ich Sie in den nächsten Tagen an irgendeinem Tatort, Ihrem Arbeitsplatz oder sonst irgendwo sehe, wo Sie nichts zu suchen haben, sorge ich dafür, dass Sie den Rest Ihrer Laufbahn im Innendienst verbringen!« Dann stöckelte sie grazil davon.

Jennifer wusste nicht, was sie fühlte. Wut, Hass, Verblüffung, gar nichts? Einen Moment lang stand sie einfach nur da und blickte Anstett hinterher. Dann wurde ihr bewusst, dass Oliver und Jarik noch immer bei ihr standen und sie musterten.

Schon wieder.

Sie hatte kein Gefühl dafür, wie sie die beiden ansah, doch ihr Blick musste wohl etwas Vorwurfsvolles haben.

»Was hast du erwartet?«, fragte Oliver schließlich leise. »Wir haben gegen Retzer nicht das Geringste in der Hand. Und Anstett hat recht, Jennifer. Was die Kippe angeht, hat sie absolut recht.«

Jennifer spürte ein freudloses Lachen in ihrer Kehle aufsteigen, unterdrückte es jedoch. »Vielen Dank für deine aufbauenden Worte und deine Unterstützung.«

Er wollte noch etwas sagen, doch sie schnitt ihm mit einer Handbewegung das Wort ab. »Wir sehen uns.«

28

Jennifer hatte alles versucht, um sich zu beruhigen, doch je mehr sie dagegen ankämpfte, desto heißer schien ihre Wut zu brennen. Abgeschoben, abgekanzelt und alleingelassen. Das gesamte Team schien sich gegen sie zu stellen, sie nicht ernst zu nehmen oder zu ignorieren.

Dass sich alle anderen lediglich an den nackten Tatsachen orientierten, entschuldigte ihr Verhalten keineswegs. Jennifer hatte sich in ihrem Leben oft genug auf ihr Bauchgefühl verlassen, und nur selten hatte sie sich getäuscht. Manchmal halfen Verstand und Logik allein nicht weiter.

Dass Agnes Retzer nicht die Person war, die Isabell Grunau vergewaltigt und totgeprügelt hatte, war ihr natürlich klar. Doch die Sekretärin hatte etwas mit dem Tod des Mädchens zu tun, kannte den Mörder, war beteiligt.

Dessen war sich Jennifer absolut sicher.

Es war ihr gleichgültig, ob sie die Zigarette illegal beschafft hatte oder nicht. Sie wollte den Vergleich. Es war nicht das erste Mal, dass Beweismittel erst zu einem späteren Zeitpunkt legitimiert wurden – oder neue beschafft und die Analyse legal wiederholt wurde. Sie wollte den verdammten Beweis, allein schon wegen Anstett, und wenn sie ehrlich war, noch mehr wegen Oliver. Sie fühlte sich von ihm im Stich gelassen, auch wenn sie wusste, dass das irrational war.

Lars Rode war allerdings unerreichbar. Der Hauptkommissar hatte sein Handy ausgeschaltet. Als Jennifer auf seiner Hotelnummer anrief, wurde sie direkt zum Empfang umgeleitet. Die

Dame bestätigte, dass er erkrankt sei und keinerlei Anrufe entgegennehme.

Verdammte Migräne!

Jennifer bat die beiden Beamten, die sie ins Präsidium mitnehmen sollten, kurz beim Hotel anzuhalten. Sie kam allerdings erst gar nicht bis zu Rodes Zimmer, denn die Dame am Empfang erinnerte sich an ihren Anruf und ließ sie nicht durch. Sie drohte sogar damit, die Polizei zu rufen.

Fluchend trat Jennifer den Rückzug an. Sie konnte sich gerade noch beherrschen. Eine Anzeige wegen Hausfriedensbruchs wäre für Anstett ein gefundenes Fressen gewesen.

Lars Rode war glücklicherweise nicht ihre einzige Möglichkeit.

Im Präsidium angelangt, machte sie sich direkt auf den Weg in die Katakomben, die Kellerräume, in denen sich die Kriminaltechnik eingerichtet hatte. Die Büros waren allesamt verlassen, da sämtliche Kollegen auf dem ehemaligen Schrottplatz im Einsatz waren.

Alle bis auf Moritz Sprenger, dessen Raum mit Computertechnik, Kabeln, Postern, Actionfiguren und allem möglichen anderen Krimskrams vollgestopft war. Mitten in dem Chaos saß er an seinem Rechner und wirkte mit seinem Anzug und der Krawatte vollkommen deplatziert.

Der IT-Experte blickte auf, als Jennifer in sein Heiligtum gestürmt kam, und sah sie fragend an. »Schon zurück?«

»Lange Geschichte.«

Morpheus grinste. »Haben sie dich endgültig aus dem Team geworfen?«

Für diese treffende Feststellung hätte sie ihn liebend gerne auf der Stelle erwürgt. Allerdings brauchte sie ihn noch. »Hast du Zugriff auf die Schnittstelle zwischen Kriminaltechnik und LKA?«, fragte sie stattdessen.

Er musterte sie kurz und zog die richtigen Schlüsse. »Ist das eine offizielle oder eine inoffizielle Frage?«

Jennifer lächelte, auch wenn es ihr schwerfiel. Morpheus liebte derartige Spielchen und reagierte verschnupft, wenn man den Spielverderber gab. »Ich möchte eine Antwort.«

Er lehnte sich zurück und verschränkte die Arme hinter dem Kopf. »Ich habe auf ziemlich viel Zugriff, wenn ich mich anstrenge.«

Eine etwas kryptische Antwort, die ihr aber bestätigte, was sie bereits vermutet hatte: Dass Moritz Sprenger im Zweifelsfall alle möglichen Systeme hacken konnte. Er kannte die Schlupflöcher und hatte als Systemadministrator in Lemanshain ohnehin einige Berechtigungen, von denen der normale Beamte nur träumen konnte.

»Einmal angenommen, unser Freund Lars Rode hätte Beweismittel beim LKA eingereicht, allerdings unter Umgehung der Formalitäten. Hättest du eine Möglichkeit, dieses Beweismittel zu finden und den Status abzufragen?«

Morpheus runzelte die Stirn. »Du findest es nicht im System?«

»Wenn es keiner unserer Fallnummern zugeordnet ist, habe ich keine Chance.«

»Was für ein Beweismittel und welche Untersuchung?«

Konnte er ihr nicht erst einmal sagen, ob er eine Möglichkeit sah oder nicht? »Eine Zigarette, Marke Marlboro, DNS-Analyse und Vergleich mit der DNS einer Kippe, die wir im Fall Grunau sichergestellt und eingereicht haben.«

»Wann hat er sie eingereicht?«

»Samstag oder Sonntag.«

»Die Rückmeldung soll an Rode erfolgen?«, hakte Moritz nach.

»Davon gehe ich aus.«

»Hm …« Er dachte einen Moment lang nach. »Hauptkommissar Rode hat keinen Zugang zu unserem System beantragt, was heißt, dass er sich vermutlich über eine externe Schnittstelle, aber unser Netzwerk nutzend, ins BKA-System eingeloggt hat.«

Jennifer unterdrückte ein genervtes Seufzen. »Und was heißt das?«

Morpheus grinste. »Dass er der Sicherheit unseres Netzwerkes hoffentlich vertraut hat.«

»Das wäre gut?«

»Für uns schon.« Der IT-Mann lehnte sich wieder vor und wandte sich seinem Rechner zu. »Gib mir eine Viertelstunde.«

Jennifer blieb stehen und wartete.

Er blickte zu ihr hoch, doch auch diesen Wink verstand sie nicht. »Hol dir einen Kaffee und komm in einer Viertelstunde wieder.«

Ihr passte es nicht, aus seinem Büro geworfen zu werden, doch ihr blieb nichts anderes übrig, als sich zu fügen.

Exakt fünfzehn Minuten später begrüßte Moritz Sprenger sie mit einem Gesichtsausdruck, den sie nicht deuten konnte. »Ich habe gute und schlechte Nachrichten.«

Na prima. Sie hielt sich nicht lange damit auf, zu überlegen, welche sie zuerst hören wollte. »Die gute ist?«

»Dass ich nach der Zigarettenkippe suchen konnte.«

Das war immerhin schon mal etwas. »Und die schlechte?«

»Dass ich sie nicht finden konnte.«

Jennifer sah ihn ungläubig an. »Was?! Haben die vom BKA etwa die Möglichkeit, ihre Beweismittel im System zu verbergen?«

Er schüttelte den Kopf. »Dieses Beweismittel existiert nicht im System. Die Zigarette wurde niemals ans LKA geschickt, sie wurde nicht einmal registriert.«

Das konnte nicht sein. »Bist du sicher?«

»Absolut. Bist du denn sicher, dass Rode sie tatsächlich eingereicht hat?«

Jennifer starrte über den Bildschirm hinweg das Filmposter an der Wand an. Sie war sich sicher gewesen. Rode hatte es ihr nicht nur zugesagt, er hatte es ihr gegenüber am Sonntag sogar bestätigt.

Wieso war die verdammte Kippe dann nicht beim LKA?

»Dieser Scheißkerl«, flüsterte sie.

Plötzlich sah sie klar.

Er hatte geblufft. Rode hatte niemals vorgehabt, die Vorschriften zu umgehen und die Kippe einzureichen. Er hatte lediglich bei ihr punkten wollen, indem er so tat als ob. Vermutlich hatte er die illegal beschaffte Zigarette von Agnes Retzer einfach entsorgt.

Sie war auf ihn reingefallen. Er hatte ihr vorgegaukelt, auf einer Linie mit ihr zu sein. Letztlich war es ihm aber nur darum gegangen, mit ihr ins Bett zu gehen. Kein Wunder, dass er sich ihr gegenüber wie ein Arschloch verhielt, seit er damit gescheitert war.

»Dieser verdammte …« Jennifer verspürte den Drang, laut zu schreien, hielt sich aber im letzten Moment zurück. Sie musste zweimal tief durchatmen, um sich einigermaßen zu beruhigen.

Rode glaubte also, seine Spielchen mit ihr spielen zu können. Er hatte ihr ins Gesicht gelogen. Was hatte er noch alles erfunden, um sie um den Finger zu wickeln?

Sie begegnete Moritz' Blick, der ihre Reaktion offensichtlich für ein klein wenig überzogen hielt. Aber er kannte ja auch nicht die Hintergründe.

»Kannst du dich beim BKA einhacken?«, fragte sie. »In Rodes Account? Ich will alle Informationen über ihn und diesen verdammten Fall.«

Morpheus zögerte spürbar, dann hoben sich jedoch seine Mundwinkel. Er nahm die Herausforderung an. »Das wird aber dauern«, warnte er.

Jennifer nickte grimmig. »Mir egal, wie lange es dauert. Ich habe ohnehin noch was anderes zu erledigen.«

Die Frau hatte die Hände in den Schoss gelegt und starrte wieder schweigend vor sich hin. Sie schien in ihren Erinnerungen gefangen zu sein.

Klaudius Moor war hin- und hergerissen. Er wollte nicht noch mehr hören, doch seine Neugier war zu groß. »Wie hat Ihr Sohn auf die körperlichen Veränderungen reagiert?«

»Verwirrt und interessiert. Er konnte damit natürlich nicht umgehen, er war ja nur ein Kind. Er verstand gar nicht, was mit ihm geschah, warum ihn gewisse Bilder … ansprachen, wieso sein Körper derart reagierte. Und ich konnte es ihm auch nicht erklären.«

Sie stieß einen Seufzer aus. »Ich habe untätig zugesehen, wie er seine Sexualität entdeckte. Seine Neigungen zu unterdrücken, erschien mir falsch. Heute denke ich, dass ich anders hätte reagieren, dass ich irgendeine Lösung hätte finden müssen. Doch das lässt sich jetzt einfach sagen.«

Es war überhaupt erschreckend, mit welcher Ruhe und Gelassenheit sie diese Gedanken aussprach.

»Eine Weile half ihm Selbstbefriedigung. Doch die Reize durch das Fernsehen blieben nicht ohne Folgen. Er wurde zunehmend unruhiger, unberechenbarer. Er begann, sich für meinen Körper zu interessieren, mich anzufassen. Zuerst wies ich ihn zurück, doch das machte ihn nur wütend und traurig.«

Sie schüttelte den Kopf. »Ich ließ seine Berührungen zu. Sie fühlten sich gut an. Ich hatte selbst so lange keinen Kontakt mehr zu einem Mann gehabt. Ich verschaffte ihm Abhilfe, während er meinen Körper erkundete. Dadurch wurde er ruhiger, er war ausgeglichener, forderte allerdings auch zunehmend mehr.«

Der Pfarrer schmeckte Galle, als ihn eine plötzliche Übelkeit erfasste. Er wusste bereits, dass sie noch weiter gegangen war, jede Grenze von Anstand, Moral und Verstand hinter sich gelassen hatte.

»Ich habe mit ihm geschlafen. Es tat uns beiden gut. So nah hatte ich mich noch nie einem Menschen gefühlt … Er war alles für mich. Sohn, Ehemann, Freund, Liebhaber. Und ich war alles für ihn. Ich gab ihm, was er brauchte. Ich schenkte ihm Frieden.« Sie schlug die Augen nieder. »Aber auch dieser Frieden war nicht von Dauer.«

Klaudius Moor saß vollkommen erstarrt neben der Frau. Er wollte sie schütteln und sie anschreien, sie möge aufhören, ihm diese Geschichte zu erzählen, doch er war außerstande, sich zu rühren.

»Ich weiß nicht, warum ich ihm irgendwann nicht mehr genug war, nicht mehr zusagte. Ich denke, der Auslöser war irgendetwas, das er im Fernsehen gesehen hatte. Ich hatte keinen Überblick, welche Sendungen er sich ansah. Seine Aggressionen nahmen immer mehr zu, die Neigung zur Gewalttätigkeit trat immer mehr in den Vordergrund und verband sich mit seiner Sexualität. Er wandte sich schließlich sogar gegen mich, sodass ich gezwungen war, ihn anzuketten.« Den letzten Satz sprach sie voller Reue aus.

»Ich wollte ihn niemals zu einem Gefangenen machen, doch er ließ mir keine andere Wahl! Ich besorgte ihm Tabletten, doch auch die halfen nur bedingt. Das Einzige, was seiner Wut noch Abhilfe verschaffen konnte, war, sie auszuleben. Also tat ich, was jede gute Mutter getan hätte: Ich beschaffte ihm Tiere.«

»Tiere?!«, stieß Moor überrascht und abgestoßen hervor, doch die Frau schien weder seinen Tonfall, noch ihn selbst überhaupt noch zu bemerken. Sie war gänzlich in ihre Welt versunken, redete und redete.

»Er konnte sie schlagen, treten und zerfetzen, wenn ihm da-

nach war. Die Gewalt ausleben zu können, schien eine Art heilender Schock für ihn zu sein. Anfangs vergingen Wochen, in denen er nach einer Katze oder einem Kaninchen wieder fast der Alte war, lieb, ruhig und umgänglich. Doch die guten Phasen wurden mit der Zeit immer kürzer. Er brauchte immer größere Dinge, an denen er sich abreagieren konnte.« Sie stieß hörbar die Luft aus. »Tiere waren nicht mehr genug.«

Der Geistliche drehte den Kopf und starrte sie an. Er konnte die Vorstellung kaum ertragen. »Was … haben … Sie … getan?«

Ihr Lächeln wirkte besonnen. Sie musste wahnsinnig sein, vollkommen verrückt. Ein Schauder ergriff ihn.

»Ich habe das einzig Logische getan. Ich habe meinem Sohn einen Menschen besorgt. Es war einfacher, als ich es jemals für möglich gehalten hätte. Ich sprach eine Nutte an, lockte sie in mein Auto, betäubte sie mit einem Elektroschocker und brachte sie zu ihm.«

Sie blickte zur Decke empor. »Ich habe ihn nie zuvor derart wild und bestialisch erlebt, aber danach war er ganz friedlich, lächelte selig … Es war genau das, was er gebraucht hatte.«

»Er hat sie umgebracht?« Moors Stimme klang nicht einmal mehr fassungslos.

»Nein, nein … Mein Sohn ist kein Mörder. Er hat sie schlimm zugerichtet, aber sie lebte noch. Mit ärztlicher Behandlung wäre sie vermutlich durchgekommen, doch das konnte ich natürlich nicht zulassen. Sie hätte etwas erzählen können. Sie musste weg.«

»Oh mein Gott …«

»Das war der schwierigste Teil für mich. Allerdings bei weitem nicht so schwierig, wie man im Allgemeinen glaubt. Ich denke, die Tierkadaver haben mich abgestumpft. Mit einem gut geschärften Messer war es gar nicht einmal schwer, ihr die Kehle durchzuschneiden.«

Klaudius Moor wusste zuerst nicht, was er sagen oder wie er reagieren sollte. Er hatte in seinem Leben schon viele Beichten gehört. Auf ein solches Geständnis hatte ihn nichts und niemand vorbereitet. Er dankte Gott im Stillen dafür, dass sie sich der Beichte widersetzt hatte. Sie hatte recht gehabt. Wie hätte er dieser Frau jemals die Absolution erteilen und anschließend noch ruhig schlafen können?

»Wie lange liegt das zurück?«, fragte er. Wie viele Menschen hatte sie bereits auf dem Gewissen? Wie viele hatte sie getötet?

Zu seiner Überraschung sah sie auf ihre Armbanduhr. »Etwa zwölf Stunden«, sagte sie vollkommen ruhig. »Ich habe aufgeräumt, sauber gemacht und ihre Leiche entsorgt. Dann bin ich hierher gekommen.«

Das Haus, in dem Agnes Retzer wohnte, war ein renovierungsbedürftiger Altbau, der zwischen den sanierten Gebäuden in der Straße sofort ins Auge stach. Die Gegend war früher für günstige Wohnungen bekannt gewesen, bis sich bei den Eigentümern ein Generationenwechsel vollzogen hatte und sie ordentlich investiert hatten, um höhere Mieten zu erzielen.

Agnes Retzers Vermieter hatte entweder nicht alle Parteien aus dem Haus klagen können, oder er hatte kein Interesse daran, so viel Geld wie möglich aus seinem Eigentum herauszuholen. Die anderen Hauseigentümer konnte er mit Sicherheit zu seinen Erzfeinden zählen.

In dem Haus wohnten fünf Parteien. Die Klingelschilder waren etagenweise angebracht. Zwei Wohnungen standen offenbar leer. Zu Jennifers Überraschung wohnte Retzer im Untergeschoss.

Viel konnte die Sekretärin nicht verdienen, wenn sie sich mit einer Kellerwohnung in einem heruntergekommenen Haus begnügte.

Jennifer probierte die Eingangstür, die nicht verschlossen war. Die Kinderwagen im Hausflur ließen den Schluss zu, dass es sich bei den anderen Bewohnern entweder um Familien oder Alleinerziehende handelte. Menschen, die genug mit ihren eigenen Problemen zu kämpfen hatten, um sich um die anderen Mieter im Haus zu kümmern.

Keine schlechte Wahl, wenn man etwas zu verbergen hatte oder in Ruhe gelassen werden wollte.

Jennifer stieg die alte, ausgetretene Treppe in den Keller hinunter. Es roch muffig. Eine Leuchtstoffröhre erwachte dank eines Bewegungssensors flackernd zum Leben und erhellte einen grob verputzten Flur, von dem drei Türen abgingen.

An den beiden blauen Metalltüren links und rechts der Treppe waren Schilder angebracht. Dahinter lagen der Heizungskeller und ein Lagerraum des Hauseigentümers, zu denen die Mieter laut Aufschrift keinen Zutritt hatten.

Es schien nur eine Wohnung im Keller zu geben, hinter einer braunen, unscheinbaren Holztür neben dem Lagerraum.

Am anderen Ende des Flurs führte eine enge Treppe nach oben zu einem schmalen Ausgang. Durch das in die Tür eingelassene Glas fiel Sonnenlicht herein, in dem sichtbar der Staub tanzte. Vermutlich gelangte man von dort auf den Hinterhof.

Eine Begegnung mit anderen Mietern hatte Agnes Retzer jedenfalls nicht zu befürchten. Sofern sie durch den Hintereingang kam und ging, war sie vermutlich noch nie einem ihrer Nachbarn über den Weg gelaufen. Sie hatte mit Sicherheit einen Schlüssel für diese Tür.

Anonymität war hier so gut wie garantiert. Ob die Sekretärin sich mit jemandem traf, ob sie Besuch empfing, wann sie ihre Wohnung verließ und wann sie zurückkam – nichts davon musste irgendjemand mitbekommen.

Jennifer ermahnte sich im Stillen, keine voreiligen Schlüsse zu ziehen. Die Lage der Wohnung konnte Zufall sein, auch wenn sie daran kaum noch zu glauben vermochte.

Neben der Holztür war eine Klingel angebracht, auf der nur die Initialen »A. R.« standen. Jennifer blieb vor der Tür stehen und lauschte mehrere Sekunden lang. Sie glaubte, einen Fernseher zu hören, war sich aber nicht sicher.

Die Kommissarin hatte, noch auf dem Parkplatz des Präsidiums stehend, unter einem Vorwand bei der WiheSiL GmbH angerufen. Es hatte sie nicht überrascht zu hören, dass sich Agnes Retzer für heute krankgemeldet hatte. Eigentlich musste sie zu Hause sein.

Jennifer klingelte.

Die Geräusche in der Wohnung verstummten, als die Klingel ertönte. Trotzdem dauerte es mehrere Sekunden, bis gedämpfte Schritte zu hören waren und die Tür vorsichtig zwei Zentimeter weit geöffnet wurde. Agnes Retzer lugte durch den Spalt, ihre Augen weiteten sich vor Überraschung. »Was wollen Sie denn hier?«

»Darf ich reinkommen?«, bat Jennifer mit einem freundlichen Lächeln. »Ich muss noch einmal mit Ihnen sprechen.«

»Muss das jetzt sein? Es geht mir nicht gut …«

»Ich belästige Sie nur ungern, aber es muss sein.«

Retzer zögerte, bevor sie zurückwich und die Tür öffnete. »Kommen Sie herein.«

Jennifer betrat die kleine Wohnung und sah sich um. Rechts von der Tür, eingequetscht in einer Nische, befand sich eine kleine Küchenzeile. Links neben dem Eingang und hinten rechts gingen weitere Holztüren ab, die vermutlich ins Bad und ins Schlafzimmer führten.

Der Wohnraum war so klein, dass er kaum Platz für die zwei Sessel, den Couchtisch und für die Anrichte bot, auf der ein ausgeschalteter Fernseher stand. Das Wohnzimmer machte einen erschreckend unpersönlichen Eindruck. Möglicherweise war die Frau noch nicht richtig in ihrer neuen Wohnung angekommen, doch die obligatorischen halb ausgepackten Umzugskisten fehlten.

»Worum geht es denn?«, fragte Agnes Retzer und ließ sich in einen der Sessel sinken. »Mir geht es wirklich nicht gut.«

Jennifer beobachtete die Frau aus den Augenwinkeln. Sie wirkte aufgeregt und nervös, ihre Augen waren stark gerötet und die Lider geschwollen. Sie hatte geweint, viel geweint. Ihre Beschwerden schienen keinesfalls körperlicher Natur zu sein.

Jennifer blieb vor der Küchenzeile stehen. Von dort aus hatte sie nicht nur Retzer, sondern auch sämtliche Türen im Blick. »Wieso sind Sie denn so aufgelöst?«

»Das geht Sie nichts an«, erwiderte die Sekretärin schnippisch. »Sagen Sie mir jetzt endlich, warum Sie hier sind?«

Jennifer war es nicht unrecht, direkt zum Kern der Unterhaltung zu kommen. »Wo ist Phillip Boose?«, fragte sie.

Retzer blinzelte verblüfft. »Wer?«

»Phillip Boose«, wiederholte Jennifer. »Der junge Mann, den Sie oder Ihr Komplize gestern Morgen entführt haben. Oder sollte ich lieber fragen, wo Sie seine Leiche inzwischen entsorgt haben?«

Retzer starrte sie einige Sekunden lang mit offenem Mund an. »Wovon reden Sie denn da? Eine Leiche?! Komplize?!«

Jennifer hatte durchaus schon schlechtere Schauspielleistungen gesehen, doch auch die Sekretärin war durchschaubar. Ihre Augen verrieten sie. Offenbar hatte Jennifer sie zu einem günstigen Zeitpunkt erwischt. Nur warum hatte die Frau geweint?

»Ihnen ist ein schwerer Fehler unterlaufen, Frau Retzer. Ich weiß, dass Sie mit dem Mörder von Isabell Grunau mindestens in Verbindung stehen, wenn nicht sogar unter einer Decke stecken. Sie kennen ihn, Sie haben ihm geholfen.«

Agnes Retzer sagte nichts darauf. Ein weiteres verräterisches Zeichen. Fühlte sie sich ertappt?

Jennifer schlug einen sanfteren Tonfall an. »Die Frage ist eigentlich nur noch, ob Sie den Rest Ihres Lebens im Gefängnis verbringen, oder ob sie zumindest Ihre späten Jahre in Freiheit genießen können. Sie sind jetzt Mitte fünfzig. Zwanzig Jahre sind Ihnen sicher, es sei denn, Sie kooperieren.«

Retzer hörte ihr nur schweigend zu. Ihr Gesichtsausdruck wirkte inzwischen emotionslos, doch in ihren Augen glitzerte Feindseligkeit.

»Ich gehe davon aus, dass Sie aus Liebe gehandelt haben. Es gibt weitaus niedrigere Beweggründe. Liebe ist ein sehr starkes, aber auch ein trügerisches Motiv. Für Sie muss es sich richtig anfühlen, aber das ist es nicht. Sie sollten ihn nicht länger schützen. Ein Geständnis wird Ihnen auf vielerlei Weise helfen.«

Retzer schüttelte den Kopf. Frische Tränen quollen aus ihren Augen und liefen ihr über die Wangen. Sie versuchte sich an einem freudlosen Lachen, das sich allerdings eher wie ein Gurgeln anhörte. »Ich weiß überhaupt nicht, wovon Sie reden. Das ist doch verrückt.«

Jennifer ließ nicht locker. »Ihre Tränen verraten Sie. Wo ist er? Wer ist er? Ist er gerade dabei, sein letztes Opfer zu entsorgen? Reden Sie mit mir.«

»Sie sollten gehen«, stellte Retzer kraftlos fest. »Ich habe Ihnen nichts zu sagen. Und ich habe mit all dem nichts zu tun.«

»Doch, das haben Sie. Die Schlinge um Ihren Hals zieht sich von Sekunde zu Sekunde mehr zu. Ich bin hier, um Ihnen die Gelegenheit einzuräumen, mit uns zu kooperieren, bevor es zu spät ist. Das ist Ihre allerletzte Chance.«

Retzer schüttelte erneut den Kopf. Sie wollte etwas sagen, wurde aber von einem eigenartigen Laut unterbrochen.

Das Geräusch war aus dem Raum gekommen, den Jennifer für

das Schlafzimmer hielt. Ein Kichern? Ein Röcheln? Sie blickte zu der geschlossenen Holztür hinüber, dann zurück zu Retzer.

Die Sekretärin hatte die Augen aufgerissen. In ihrem Gesicht stand die blanke Angst. Ihr Geheimnis drohte entdeckt zu werden.

Ein kaltes Kribbeln lief Jennifers Wirbelsäule hinunter.

War Phillip Boose noch am Leben? War er hier? Gemeinsam mit Retzers Komplizen, dem eigentlichen Täter?

Jennifer bedeutete der Sekretärin mit einer Geste, den Mund zu halten, während sie ihre Waffe zog und entsicherte. Sie rechnete fest damit, dass die Frau losbrüllen würde, um ihren Komplizen zu warnen, doch sie blieb stumm.

»Warum reden Sie nicht mit mir, Frau Retzer?«

Jennifer bewegte sich vorsichtig durch den Raum. Der Teppich verschluckte glücklicherweise ihre Schritte.

»Je früher Sie sich die Last von der Seele reden, desto früher wird es Ihnen besser gehen.«

Sie erreichte die Schlafzimmertür, legte die Hand auf die Klinke. Die Tür würde nach innen aufschwingen. Sie atmete noch einmal tief ein und aus, dann stieß sie die Tür auf.

Jennifer hatte mit einem Angriff gerechnet, geplant oder als Reaktion auf ihr Eindringen. Sie hatte sich innerlich darauf vorbereitet, einen Mann zu stellen, der Menschen mit seinen bloßen Fäusten attackierte und ihre Körper förmlich zermalmte.

Die Pistole zielte auf eine kahle Wand am anderen Ende des Raumes, der allerdings weder leer noch verlassen war. Jennifer brauchte mehrere Sekunden, um zu erfassen, was sie sah, und nochmals doppelt so lange, um den Anblick auch nur ansatzweise einordnen zu können.

Auf einer nackten Matratze auf dem Boden saß ein junger, nur mit T-Shirt und Unterhose bekleideter Mann. Er war über und über mit Blut besudelt. Seine Fingerknöchel waren aufgeplatzt, blaue Flecken überzogen seine Haut.

Er konnte noch keine dreißig sein. Sein Körper war schlaksig und drahtig. Obwohl er ein erwachsener Mann war, wirkte er vollkommen hilflos, was nicht zuletzt an den Handschellen und den Ketten lag, mit denen er an die Heizung gefesselt war.

Er saß dort auf der Matratze, fasziniert von dem Zeichentrickfilm, der lautlos über den Fernsehschirm flimmerte. Er grinste wie ein kleines Kind und entblößte dabei schlechte, blutig verfärbte Zähne, die an ein Raubtiergebiss erinnerten.

Er war sich offensichtlich weder seines Zustandes, noch seiner Umgebung bewusst.

Überall um ihn herum war Blut. Es hatte seine Kleidung und die Matratze durchtränkt und fand sich an den Wänden und auf dem Fußboden. Die Spritzer auf dem Fernsehschirm schienen den jungen Mann genauso wenig zu stören wie die Verletzungen an seinen Händen.

Hier hatte erst kürzlich ein Kampf stattgefunden. Ein ungleicher Kampf, den das Opfer verloren hatte. Nicht der Angekettete war der Verlierer, sondern das Bündel, das in der hinteren rechten Ecke lag. Ein blutiger Klumpen aus Fleisch, verdrehten Knochen und zerfetztem Stoff, der kaum noch als Mensch zu erkennen war.

Jennifer sah ein Büschel schwarzer, kurzer Haare und wusste, dass sie Phillip Boose gefunden hatte. Jede Hilfe für ihn kam jedoch zu spät.

Die Kommissarin starrte wieder den Mann vor dem Fernseher an, der nun leise kicherte und grunzende Laute von sich gab. Er drehte den Kopf und sah kurz zu ihr herüber, schien sie aber gar nicht wahrzunehmen. Sie hätte nicht in seine Augen sehen müssen, um zu wissen, dass er nicht bei Verstand war.

Sie hielt noch immer den Lauf der Pistole auf ihn gerichtet, doch ihre Hand zitterte leicht. »Was … was ist das?« Sie war kaum fähig, zu sprechen. Der Anblick schockierte und verwirrte sie zutiefst.

Jennifer erhielt eine Antwort, die sie nicht erwartet hatte.

Kühles Metall presste sich gegen ihren Hinterkopf, während das charakteristische Klicken beim Entsichern einer Pistole erklang. Die Erkenntnis, wer hinter ihr stand, durchfuhr sie, noch bevor sie die vertraute Stimme hörte.

»Die Frage müsste lauten, *wer* das ist. Darf ich vorstellen: Das ist Martin, Agnes' Sohn.«

Er verlor keine Zeit damit, sie aufzufordern, ihre Waffe runterzunehmen. An Verhandlungen war er nicht interessiert.

Jennifer spürte nur noch einen dumpfen Schlag. Dann nichts mehr.

29

Oliver Grohmann betrat das Gebäude gerade durch den Hintereingang, als sein Handy klingelte. Die Nummer sagte ihm nichts, er erkannte aber, dass es eine Durchwahl aus dem Präsidium war. Bevor er sich melden konnte, redete der Mann am anderen Ende bereits auf ihn ein.

»Sie müssen zu mir kommen! Sofort!«

Oliver blieb überrascht stehen. Er war noch nie von Moritz Sprenger alias Morpheus direkt angerufen, geschweige denn zu ihm beordert worden. »Wieso denn das?«

»Das sage ich Ihnen, wenn Sie hier sind!«

Oliver war alles andere als begeistert. Eigentlich hatte er nur noch mal kurz in seinen Rechner schauen und dann nach Hause fahren wollen. Im Grunde wollte er sich auch nicht derart herumkommandieren lassen. Doch er hörte die Dringlichkeit in der Stimme des IT-Fachmanns und entschied sich gegen eine Diskussion. »In Ordnung. Ich bin in ein paar Minuten bei Ihnen.«

Er nahm den Fahrstuhl in den Keller.

Morpheus war noch immer sichtlich aufgeregt. Er schien förmlich unter Strom zu stehen. »Machen Sie die Tür zu!«

Oliver gehorchte. Ihm kam das merkwürdig vor, doch er hinterfragte es nicht. »Also, was ist los?«

»Wo soll ich anfangen?« Moritz Sprenger biss sich auf die Unterlippe und wippte nervös mit dem Fuß. »Ich habe einen Auftrag für Jennifer erledigt.«

»Einen Auftrag?«, wiederholte Oliver skeptisch. Ihm schwante bereits, dass es dabei nicht unbedingt um legale und genehmigte Ermittlungsarbeit ging.

Eine Vermutung, die Morpheus sogleich bestätigte. »Sie hat mich gebeten, mich beim BKA einzuhacken.«

»Sie hat was?!« Der Staatsanwalt glaubte, sich verhört zu haben. Dass Jennifer durchaus erfinderisch sein konnte, vor allem, wenn sie wütend war, wusste er natürlich schon. Einen solchen Schritt hätte er aber selbst ihr nicht zugetraut. »Und der Bitte sind Sie nachgekommen?«

»Ja.« Morpheus sah bei diesem Geständnis nicht halb so schuldbewusst aus, wie Oliver erwartet hätte. »Ich habe mich in Lars Rodes Account eingehackt.«

»Und weshalb?«

»Jennifer war wütend auf ihn. Und mit wütend meine ich *richtig* zornig. Rode hat scheinbar irgendeine Zigarette nicht wie versprochen beim LKA zur DNS-Analyse eingereicht. Das hat sie verdammt persönlich genommen.«

»Und warum kommen Sie damit jetzt zu mir? Glauben Sie etwa, ich hätte das autorisiert oder würde es womöglich im Nachhinein noch tun?«

»Nein, natürlich nicht, aber Sie und Jennifer … Ach, ist ja auch egal. Wichtig ist eigentlich nur, was ich gefunden habe.«

Die Art und Weise, wie Moritz Sprenger das sagte, ließ Olivers Empörung augenblicklich in Neugier umschlagen. Der IT-Experte hatte etwas gefunden. Etwas, das zumindest er für unglaublich wichtig hielt. »Und das wäre?«

»Rode hat gelogen. Mehr als einmal. Jennifer hat mir anvertraut, dass er ihr erzählt hat, das BKA kenne den Täter, beziehungsweise dessen Eltern, weil der Killer der gestohlene Sohn irgendeines prominenten Politikerpaares sei. Das sei auch der Grund, warum das BKA an der Sache überhaupt dran sei und den Fall aus den Medien raushalte.«

Moritz Sprenger hielt kurz inne, um seinen nächsten Worten noch mehr Gewicht zu verleihen. »Es gibt weder einen gestohlenen Sohn noch entsprechende DNS noch dieses Politikerehepaar. Rode hat das alles frei erfunden.«

Oliver runzelte die Stirn. Was konnte das bedeuten?

»Außerdem hat Rode behauptet, während der bisherigen Ermittlungen zu dieser Mordserie sei noch nie eine Zigarette gefunden worden. Eine weitere Lüge. Es wurde schon einmal eine Kippe sichergestellt. Beide Male dieselbe Marke wie bei unserem Opfer.«

Oliver konnte nur stumm zuhören. Was zum Teufel ging hier eigentlich vor?

»Hinzu kommt, dass an einem der früheren Opfer nicht nur männliche DNS gefunden wurde, sondern auch weibliche. Das war letzten Oktober in Stuttgart, beim zehnten Opfer. In den Akten steht, es handele sich um eine Zufallskontamination. Aber das stimmt nicht. Ich habe Rodes Aktivitäten im System überprüft. Er hat die Akten nachträglich manipuliert.«

Oliver begann zu begreifen. »Welche Informationen hat er gelöscht?«

»Was er genau gelöscht hat, kann ich leider im Detail nicht mehr nachvollziehen. Er hat versucht, seine Spuren zu verwischen, dabei ist er allerdings nicht sehr gründlich vorgegangen. Vielleicht fehlten ihm die nötigen Kenntnisse. Jedenfalls konnte ich nachweisen, dass er bereits in Stuttgart einen Namen überprüft hat, der uns sehr wohl bekannt ist.«

Oliver musste gar nicht mehr nachfragen. »Agnes Retzer.«

Morpheus nickte grimmig. »Im Oktober letzten Jahres.«

»Scheiße.«

»Ich habe zwar nur einen sehr oberflächlichen Einblick in die aktuellen Ermittlungen, aber wie es scheint, konspiriert Lars Rode mit der Frau, die Jennifer für die Komplizin des Täters hält.«

Noch passten nicht alle Teile ins Bild. »Rode kann aber unmöglich der Täter sein«, überlegte Oliver.

Moritz Sprenger nickte. »Das ist er definitiv nicht. Das wäre bei den DNS-Analysen des LKA festgestellt worden. Aber er hat etwas mit Retzer zu tun. Und die mit dem Täter.«

Oliver versuchte noch immer, die Fülle an Informationen zu verarbeiten. »Wo ist Jennifer?«

Sprengers Aufregung schlug augenblicklich in Sorge um. »Das ist es ja. Ich habe keine Ahnung, wo sie steckt. Ihr Handy ist tot. Als ich ihr sagte, ich bräuchte Zeit, meinte sie, sie habe ohnehin noch etwas zu erledigen. Seitdem ist sie verschwunden. Ebenso wie das Auto der Bereitschaft, das ihr zugeteilt wurde. Der eingebaute Sender ist hinüber.«

Oliver kam eine ganze Reihe von Flüchen in den Sinn. »Sie wollte entweder zu Rode oder zu Retzer.«

»Ich habe in seinem Hotel angerufen. Rode ist angeblich auf seinem Zimmer, erkrankt, das sagt zumindest der Empfang. Darauf würde ich mich aber nicht verlassen. Sich unbemerkt aus dem Hotel zu schleichen, ist leicht.«

Oh Gott. Wo steckte Jennifer? Wo waren Rode und Retzer? Oliver musste Alarm schlagen, Möhring und Anstett informieren …

Das Klingeln seines Handys unterbrach die Gedankenflut. Er blickte aufs Display. Diese Nummer hatte er erst vor Kurzem gespeichert.

Es war Hauptkommissar Lars Rode.

»Wenn man vom Teufel spricht …«

Er grub jetzt schon bald eine Stunde. Schweiß rann ihm in Strömen den Rücken hinab, brannte in seinen Augen und hinterließ einen salzigen Geschmack auf seinen Lippen. Die Arme taten ihm weh, seine Schultern waren schmerzhaft verspannt, und er hatte bereits Blasen an den Händen.

Verdammter Waldboden! Verdammte Schufterei! Verdammte Scheiße!

Er hielt einen Moment inne und blinzelte über den Rand der Grube hinweg.

Die Kommissarin war noch immer bewusstlos. Der Schlag auf ihren Kopf hatte sie zielsicher ins Land der Träume geschickt. Vielleicht hatte er sogar so fest zugeschlagen, dass er sich eine Kugel sparen konnte.

Hoffentlich litt sie trotz ihrer Bewusstlosigkeit Schmerzen. Verdient hatte sie es allemal. Das Miststück machte ihm zusätzliche Arbeit. Ihre Verbissenheit hatte sie am Ende doch noch zu Agnes geführt.

All seine Manipulationsversuche waren umsonst gewesen. Sie hatte sich durch nichts davon abhalten lassen, ihren Weg zu gehen. Nicht durch gezieltes Streuen von Fehlinformationen, nicht durch Schmeichelei, nicht einmal durch Sex.

Er knirschte mit den Zähnen, als er daran dachte, dass er viel zu schnell zu diesem Mittel hatte greifen müssen, dass er sie in blinder und idiotischer Panik hatte anbaggern müssen, um sie von den Obdachlosen fernzuhalten. Sie war auf ihn eingestiegen, und trotzdem war sie ins Camp marschiert!

Schon zu dem Zeitpunkt hätte er seinen Irrtum erkennen müssen. Alle Informationen, die er im Vorfeld über Jennifer Leitner eingeholt hatte, hatten ihn glauben lassen, dass er nur die richtigen Knöpfe drücken müsste, um sie zu führen und in seinem Sinne vor sich herzutreiben. Doch alles, was er erreicht hatte, war, sie ein klein wenig auszubremsen.

Er hätte sie schon früher umbringen sollen, anstatt der Versuchung zu erliegen, das Spiel weiterzutreiben und den Sex mit ihr als angenehme Beigabe, als Ausgleich für ihre sonst so störrische Haltung zu genießen. Und selbst daraus war nichts geworden. Sie war im letzten Moment abgesprungen!

Sie schon früher zu töten, hätte ihm zumindest die dämliche Schaufelei erspart.

Es war natürlich müßig, die Schuld allein bei ihr zu suchen. Leitner hatte ihren Job gemacht, er hatte sie unterschätzt.

Das alles wäre allerdings auch kein allzu großes Problem gewesen, wenn Agnes sich an ihre Absprachen gehalten hätte. Und zwar von Anfang an.

Mit den Pillen, die er besorgt hatte, hatten sie Martins Aggressionen einigermaßen unter Kontrolle bekommen. Die Wirkung nahm zwar stetig ab, aber in hoher Dosierung hätten die Medikamente noch ausgereicht, um seinen Plan ruhig und geordnet in die Tat umzusetzen.

Lemanshain war ihm perfekt erschienen. Eine kleine Stadt, unabhängig, deren Polizei selbst bei Überlastung versuchte, Mordfälle aus eigener Kraft zu lösen, und deshalb für eine Intervention seinerseits wie geschaffen war. Noch dazu mit einer Kriminalkommissarin, die zu Alleingängen neigte und durchaus bereit war, ihre Waffe zu benutzen.

Wenn Agnes Martin die Medikamente regelmäßig gegeben hätte, hätte er in Ruhe in Lemanshain nach einem Opfer suchen, entsprechende Spuren legen und dafür sorgen können, dass der Junge bei einer Konfrontation mit der Polizei erschossen wurde. Im Idealfall, ohne selbst in Erscheinung getreten zu sein und ohne dass Agnes mit den Ermittlungen in Verbindung gebracht worden wäre.

Erst die DNS-Übereinstimmung mit dem BKA-Fall hätte ihn auf den Plan gerufen. Der Mörder tot, Akte geschlossen. Ende der Ermittlung.

Ein kompliziertes Vorhaben, das einiges an Planung erfordert hatte, dessen Umsetzung aber nicht unmöglich gewesen wäre.

Wenn er nicht so eine verdammte Angst gehabt hätte, dass Agnes' Liebe zu ihm darunter leiden könnte, hätte er Martin auch einfach selbst umbringen können. Jetzt war er dazu gezwungen, und der Gedanke, dass Agnes sich deswegen von ihm abwenden könnte, obwohl dieser Ausgang ganz allein in ihrer Verantwortung lag, schnürte ihm die Kehle zu.

Wütend stieß er die Schaufel in die Erde und beförderte eine Ladung sandigen Erdreichs aus der Grube.

Wieso hatte sie die Pillen abgesetzt, ohne es ihm zu sagen? Wieso hatte sie es darauf ankommen lassen und zugesehen, wie sich Martins Aggressionen steigerten, bis ihr nichts anderes mehr übrig geblieben war, als sich auf altbewährte Weise in ihrem Umfeld ein weiteres Opfer zu suchen? Warum hatte sie ihn erst informiert, als es schon zu spät und Isabell Grunau tot war?

Es hätte keinerlei Verbindung zwischen Agnes und dem Opfer geben dürfen. Das hatte er ihr eingeschärft. Keine Risiken. Und trotzdem hatte sie sich Isabell ausgesucht.

Die Ermittlungen waren aufgenommen worden, die Kommissare hatten bei der WiheSiL auf der Matte gestanden. Er hatte sich gezwungen gesehen, einzugreifen, um Einsicht in die Arbeit der Beamten zu erlangen, sie steuern zu können und zu versuchen, die Situation zu retten.

Gleichzeitig musste er ein weiteres geeignetes Opfer finden, die Ermittler auf die richtige Fährte – fort von Agnes – locken und dafür sorgen, dass einer der Polizisten Martin umbrachte.

Dass Agnes sich ihm und seinen Plänen derart widersetzt hatte, machte ihn wütend. Hatte Isabell Grunau nicht genügt? Die Ermittler auf ihrer Schwelle? Wollte sie gefasst werden? Nur, weil sie Martin in sediertem Zustand nicht ertrug?

Fast schon wie im Zwang hatte sie Phillip Boose entführt und ihn, Rode, erneut zum Handeln gezwungen, denn ausgerechnet diesmal hatte die Polizei sofort die Verbindung hergestellt. Verdammte Kleinstadt!

Er hatte keinen anderen Ausweg mehr gesehen, als die Dinge zu beschleunigen und Phillip Boose zu nutzen, um endlich einen Schlussstrich unter Martins Existenz zu ziehen. Er hatte seinen Kontaktmann beim LKA angerufen und dafür gesorgt, dass die Erde, die man unter Isabell Grunaus Fingernägeln gefunden hatte, untersucht wurde, um dann die Ermittler auf die richtige Spur zu führen.

Auf den ehemaligen Schrottplatz, wo sie eigentlich den toten Phillip Boose gemeinsam mit Martin finden sollten. Auch wenn er seine Triebe gerade befriedigt hatte: Wenn Agnes nicht in der Nähe war, reagierte der Junge auf Fremde aggressiv genug.

Er hatte dafür gesorgt, dass er Teil der Vorhut sein würde. Er war der leitende Ermittler, er verfügte über die entsprechende Zusatzausbildung. Er hätte Martin erschossen – und Agnes hätte niemals erfahren, dass er es gewesen war, der ihr den Sohn genommen hatte.

Doch sie hatte erneut alles zunichtegemacht. Ihre Liebe zu Martin hatte gesiegt. Sie hatte Phillip Boose nicht wie vereinbart den Rest gegeben und ihn mit Martin zurückgelassen. Sie hatte den bereits verletzten Boose und Martin unter Missachtung sämtlicher Vorsichtsmaßnahmen vom Schrottplatz fort und in ihre Wohnung geschafft.

Sie hatte Martin gerettet. Schon wieder.

Sein Blick streifte die beiden, die im Schatten eines Baumes saßen. Agnes kümmerte sich liebevoll um Martin.

Seine Wut verrauchte augenblicklich.

Alles, was Agnes tat, tat sie aus Liebe zu ihrem Sohn. Sie liebte ihn mit all seinen Fehlern und Unzulänglichkeiten. Er war Sinn und Zweck ihres Lebens.

Andere kämen wahrscheinlich zu dem Schluss, dass sie vollkommen durchgeknallt war, eine Wahnsinnige, eine Verrückte. Doch er wusste es besser. Es war genau diese Liebe, die ihn angesteckt hatte und noch immer gefangen hielt. Es war diese Liebe, um die er buhlte.

Agnes war die Mutter, die er nie gehabt hatte.

Seine Erzeugerin hatte ihn niemals geliebt, hatte nie ein aufmunterndes Wort für ihn gehabt, ihn nie unterstützt, getröstet oder zu ihm gestanden. Und sie hatte ihm seinen Vater vorenthalten, er hatte ihn weder kennengelernt, noch jemals irgendetwas über ihn erfahren.

Seine Mutter hatte ihn aber nicht nur mit Missachtung und Ablehnung gestraft, sondern auch noch Zuwendung von ihm gefordert. Er hatte sich kümmern müssen, als Junge, als Jugendlicher, sogar noch, als er versucht hatte, wenigstens im Beruf Anerkennung zu erlangen. Sie hatte ihn nie aus ihren Klauen entlassen. Sie hatte seine Beziehungen gestört, sich immer wieder in sein Leben gedrängt. Selbst noch, als sie alt und krank geworden war. Kein Pfleger hielt es länger als eine Woche bei ihr aus, und als er ihren Forderungen nachgegeben und sie zu sich nach Hause geholt hatte, änderte sich trotzdem nichts. Er hatte sich nicht von ihr lösen können, nicht auf normale, gesunde Art und Weise. Sie hatte es zu verhindern gewusst, und anstatt jemals auch nur einen Hauch von Dankbarkeit zu zeigen, hatte sie ihm weiterhin das Gefühl gegeben, ein wertloses Etwas zu sein.

Als er Agnes auf die Spur gekommen war und sich ihre Geschichte angehört hatte, war er hin- und hergerissen gewesen zwischen Entsetzen und Mitleid. Obwohl es seine Aufgabe gewesen wäre, sie zu verhaften, hatte er sich nicht dazu in der Lage gesehen. Er wurde Zeuge der bedingungslosen Liebe dieser bescheidenen Frau zu ihrem schwer gestörten Sohn und reagierte mit einer Mischung aus Sehnsucht, Neid und Verzweiflung. Im Gegensatz zu seiner eigenen Mutter antwortete Agnes nicht mit wütendem Geschrei, Vorwürfen und Schlägen, wenn ihr Sohn etwas angestellt hatte, sondern lächelte nur milde.

Erst hatte er die Festnahme der beiden nur aufgeschoben, kurz darauf war sie für ihn bereits kein Thema mehr gewesen. Drei Wochen später fand er für seine Erzeugerin die Lösung in Form eines Kopfkissens.

Er konnte Agnes für ihre Taten nicht verurteilen. Ihr Handeln symbolisierte trotz seiner Grausamkeit genau das, wonach er sich jahrzehntelang gesehnt hatte. Auch ihm schenkte sie jetzt ihre Liebe, sie war zu seiner Mutter geworden, seiner wahren Mutter, auch wenn sie kaum älter war als er.

Vielleicht waren diese Gefühle krank. Vielleicht hatte die Stimme, die seit seinen einsamen Kindertagen immer wieder mit ihm sprach, ja auch recht, wenn sie sagte, dass er Agnes' Liebe falsch verstand und sie gar nicht seine Mutter sein wollte.

Doch diese Stimme hatte ihn auch oft genug falsch beraten, ihm Vorschläge zugeflüstert, die Auswege oder Anerkennung versprachen und dann das Gegenteil bewirkten.

So wie seine Tätigkeit beim BKA. Die Werte, die er als Bundesbeamter vertreten musste, hatten für ihn schon länger jede Bedeutung verloren, als er Agnes traf. Seine Karriere war in eine Sackgasse geraten.

Anstatt Anerkennung zu erlangen, war er seit Monaten nur noch dem Mobbing seines Vorgesetzten ausgesetzt gewesen. Ein Jungspund, der an seiner Stelle die Leitung des Kommissariats übernommen hatte, obwohl sie nach Rang und Dienstjahren ihm zugestanden hätte. Und warum? Weil er angeblich bei der psychologischen Begutachtung durchgefallen war. Was auch immer das hieß.

Sein Vorgesetzter hatte die Kollegen gegen ihn aufgewiegelt. Er hatte gekämpft – und verloren.

Er war abgeschoben worden. Dieser Serienmord war kein Fall von Interesse. Niemanden kümmerten ein paar tote Penner und Nutten. Auch ihn nicht. Wenn er daran dachte, wie wenig

Mühe er sich anfangs gegeben hatte, war es ein Wunder, dass ihm Agnes als Verbindungsglied zwischen den einzelnen Morden überhaupt aufgefallen war.

Als sich sein Verdacht gegen sie erhärtet hatte, war kurz die Hoffnung in ihm aufgeflammt, durch Lösung dieses Falles aus der Sackgasse beim BKA wieder herauszukommen. Doch der Eindruck, den Agnes durch ihre selbstlose Mutterliebe bei ihm hinterließ, wog schwerer.

Der Schritt, sich ihr zuzuwenden und ihr zu helfen, kam ihm ganz natürlich vor. Er verehrte sie, wie nur ein Sohn die eigene Mutter verehren kann. Dass sie sich für ein Kind aufopferte, das sie nicht einmal selbst geboren hatte, weckte in ihm eine bis dahin ungekannte Art von Bewunderung und Zuneigung.

So tief ihn Agnes' Liebe zu Martin bewegte, wurde ihm doch sehr bald klar, wie belastend der Sohn für sie war, in welcher Gefahr sie durch ihn schwebte. Diese Gefahr wollte er von ihr abwenden, erkannte aber bald, dass er das nur erreichen konnte, wenn Martin aus ihrem Leben schied.

Sie hatte einen Sohn verdient, der nicht auf Dauer das Unmögliche von ihr forderte. Ja, tief in seinem Innern wusste er, dass es auch Eifersucht war, die ihn dazu trieb, auf Agnes einzuwirken, sich von ihrem Sohn zu lösen.

Ihm sollte sie seine Liebe schenken. Ihm ganz allein.

Sie würde sich ihm zuwenden, sie musste es einfach tun.

Dass er nun derjenige sein würde, der Martin tötete, war nicht mehr zu ändern. Die Risiken waren nicht mehr kalkulierbar. Das hatte sie endlich eingesehen.

Auch sie wollte sich nun von Martin trennen, für ein sorgenfreies Leben, zusammen mit ihm.

Nur noch zwei Menschen mussten sterben, dann würde das Morden ein Ende haben. Mit ihnen würde er diesen verdammten Fall begraben und ein neues Leben beginnen.

Mit Agnes. Seiner Mutter.

Er lächelte, als er sich vorstellte, wie Agnes ihn umarmen und ihm zärtlich über den Kopf streichen würde. Gerne hätte er sich diesem Bild noch ein wenig länger hingegeben, während er das Grab fertig aushob, er wurde jedoch von einer Bewegung abgelenkt.

Lars Rode stieß einen leisen Fluch aus. Die Kommissarin war doch noch aufgewacht.

Als Jennifer zu sich kam, waren ihre Hände mit Handschellen hinter ihrem Rücken gefesselt. Sie lehnte an einem Baumstamm, ein straff um ihren Oberkörper und den Stamm geschlungenes Seil hielt sie an Ort und Stelle.

Sie hob den Kopf und blinzelte, was eine Welle aus Schmerz, Schwindel und Übelkeit zur Folge hatte. Es schien eine Ewigkeit zu dauern, bis die verschwommenen Schemen vor ihren tränenden Augen Gestalt annahmen.

Sie befand sich auf einer kleinen Lichtung irgendwo im Wald.

Nicht weit von ihr entfernt saß Agnes Retzer mit dem jungen Mann, der ebenfalls, wenn auch nicht ganz so gründlich wie sie, an einen Baumstamm gekettet war. Retzer strich ihm zärtlich das verschwitzte Haar aus der Stirn und redete leise auf ihn ein.

Zwischen ihnen und ihr lag, in eine durchsichtige Plastikplane gewickelt, Phillip Booses zerschundener Körper, der eher an den blutigen Kadaver eines Tieres als an die Leiche eines Menschen erinnerte.

Nur wenige Meter von Jennifers Füßen entfernt tat sich ein viereckiges Loch im Waldboden auf. Es musste über einen Meter tief sein, zumindest ragten nur noch ein Teil von Lars Rodes Oberkörper und sein Kopf heraus, während er Erde aus dem Loch schaufelte.

Der Hauptkommissar hielt inne und wischte sich den Schweiß von der Stirn. Er starrte ihr finster entgegen, sagte aber nichts.

Das war auch gar nicht notwendig.

Sie wusste auch so, was er gerade tat. Er hob ein Grab aus. *Ihr* Grab.

Jennifers Herz hämmerte gegen ihr Brustbein, das Blut rauschte in ihren Ohren, und kalter Schweiß rann ihren Rücken hinab. Als sie den Kopf drehte, begann die klebrige Stelle an ihrem Hinterkopf sofort wieder schmerzhaft zu pochen. Ihre Zunge fühlte sich schwer an, ihr Mund war vollkommen ausgetrocknet.

Ihr Blick wanderte zurück zu Retzer und dem jungen Mann. Ihre Gedanken überschlugen sich. Um sich der offensichtlichen Erkenntnis, dass Rode sie umbringen würde, nicht stellen zu müssen, flüchtete sich ihr Verstand in den Versuch, das ganze Szenario logisch zusammenzusetzen.

Retzers Sohn Martin war zweifellos derjenige, der mindestens dreizehn Menschen umgebracht und ihre Körper mit roher Gewalt zertrümmert hatte. Gleichzeitig war er selbst ein Gefangener, der Gefangene seiner Mutter.

Agnes Retzer musste ihm die Opfer beschafft haben. Und die Leichen entsorgt. Es war offensichtlich, dass Martin geistig behindert oder zurückgeblieben war. Allein wäre er zu diesen Taten überhaupt nicht fähig gewesen.

Doch wie passte Lars Rode ins Bild? Der Hauptkommissar musste Retzer aufgespürt und sie gestellt haben. Doch anstatt sie festzunehmen und dem Grauen ein Ende zu bereiten, hatte er sich offenbar mit ihr verbündet. Warum?

Mit ihr selbst hatte er die ganze Zeit nur gespielt, er hatte sie geschickt für sich eingenommen und manipuliert. Jennifer war erstaunt, wie leicht sie es Rode gemacht hatte. Er hatte die ganze Zeit über die Fäden gezogen und sie alle hinters Licht geführt.

Er hatte sie verfolgt, ihr Auto demoliert, war in ihre Wohnung eingedrungen … Nein! Das war unmöglich. Sie war doch mit Rode im Hotel gewesen und dann direkt nach Hause gefahren. Er konnte nicht in ihrer Wohnung gewesen sein …

Ihr wurde schwindelig, der Gedanke entglitt ihr.

Aber wieso das alles? Nur, um Retzer und ihren Sohn zu schützen? Seit wann war Rode in die Geschehnisse verwickelt? Wann war er Retzer auf die Spur gekommen? Was verband ihn mit ihr und ihrem Sohn?

Und warum dieses Grab? Weshalb vergrößerte er es noch? Zwei Personen hätten längst darin Platz gefunden. »Wieso … wieso so groß?«, brachte sie heiser hervor.

Rode, der zwischenzeitlich weitergegraben hatte, hielt inne. »Was?«

»Warum dieses große Grab?«

Er runzelte die Stirn. »Weil der Wahnsinn ein Ende haben muss.«

Jennifers Schädel fühlte sich an, als schlüge noch immer jemand stetig auf ihn ein. Es fiel ihr schwer, ihre Gedanken auszusprechen. »Welcher Wahnsinn?«

»Martin natürlich. Sein Wahnsinn muss enden.«

»Sie … Sie wollen ihn umbringen?«

Zu ihrer Überraschung war es Agnes Retzer, die ihr mit dunkler Stimme antwortete, während der BKA-Ermittler weitergrub. »Wir haben keine andere Wahl. Es werden sonst weitere Menschen sterben. Ich kann nicht zulassen, dass sie ihn einsperren. Das wäre für ihn schlimmer als der Tod.« Ihr Blick schweifte in die Ferne. Sie strich Martin geistesabwesend über den Kopf.

Der Kommissar warf die Schaufel aus der Grube und hievte sich aus dem Grab. »Also müssen wir es selbst erledigen. Dieser Phillip war schon ein Opfer zu viel.«

»Sie können nicht entkommen«, brachte Jennifer langsam hervor. »Die Beweise sind eindeutig …«

»Welche Beweise?« Rode lachte. »Die Haare, die ihr gefunden habt? Ich habe vorhin mit Anstett telefoniert. Ihr habt keinerlei handfeste Beweise. Und was immer deine Kollegen noch finden werden – das BKA wird morgen früh übernehmen. Alles, was ihr jemals zu dem Fall hattet, wird in meine Verantwortung übergehen. Und sollte irgendetwas Kompromittierendes dabei sein, wird es genauso verschwinden wie die zuständige Ermittlerin.«

Er lachte leise. »Ein Jammer, dass dein Verlust auch in meine Zuständigkeit fallen wird. Ich werde wohl davon ausgehen müssen, dass du dem Killer doch noch in die Hände gefallen bist. Tragisch nur, dass man deine Leiche nicht finden wird.«

Wenn sie ihn doch nur davon überzeugen könnte, dass er und Retzer bereits überführt waren … Eine Idee versuchte sich einen Weg an die Oberfläche zu bahnen, versank aber wieder in den Tiefen ihres schmerzenden Schädels.

»Schluss mit der Plauderei!« Rode stand auf, um sich um Phillip Booses Leiche zu kümmern. Er zerrte die in Plastik gewickelten, gut verschnürten Überreste bis zum Rand der Grube und stieß sie hinein.

Der Körper kam mit einem dumpfen Schlag auf dem Boden auf, der sowohl Jennifer als auch Agnes Retzer zusammenzucken ließ.

»Es wird Zeit«, sagte der Hauptkommissar anschließend in Retzers Richtung.

Die Sekretärin erhob sich und löste stoisch Martins Ketten vom Baum. Rode umarmte sie und drückte ihr einen Kuss auf den Scheitel. Dann flüsterte er ihr irgendetwas zu, das wie »Alles wird gut« klang.

»Komm, Martin. Wir spielen jetzt ein Spiel.« Rode half dem jungen Mann auf die Füße und führte ihn an die Kopfseite der Grube, sodass er mit dem Rücken zu ihm und Jennifer stand. »Du bleibst hier stehen und zählst die Blumen dort drüben auf der Wiese. Das machst du so lange, bis ich dir sage, dass du etwas gewonnen hast.«

Martin stieß ein glucksendes Geräusch aus und gehorchte. Jedenfalls sofern ihm das möglich war. Er versuchte, Worte zu artikulieren, die sich nicht annähernd wie Zahlen anhörten, kicherte aber dabei, als würde ihm die Anstrengung Spaß machen.

Retzer war ein Stück vorgetreten und starrte den Rücken ihres Sohnes an. Eine einzelne Träne rann ihr über die rechte Wange. Ihre Hände, die sie vor ihrem Körper verschränkt hielt, zitterten.

Jetzt kam Lars Rode auf Jennifer zu und löste das Seil, mit dem sie am Baum festgebunden war. Unsanft zerrte er sie auf die Füße. Sie versuchte vergeblich, sich zur Wehr zu setzen. Der Hauptkommissar war viel zu stark, und der erneut einsetzende Schwindel ließ ihre Bewegungen unkoordiniert werden.

Seine Hand krallte sich erneut um ihren Oberarm. Er machte sich nicht einmal die Mühe, sie auf die Füße zu zerren. Sie hätte sich zwar auf den Beinen halten können, würde ihm aber nicht den Gefallen tun, selbst zu ihrer Hinrichtung zu laufen.

Jennifer machte es ihm so schwer wie möglich, doch sie war durch die Folgen der Kopfverletzung eingeschränkter, als sie erwartet hatte. Letztlich fand sie sich am Rand des Grabes wieder, neben Martin, der noch immer brabbelnd dastand und nicht mitbekam, was in seiner Umgebung geschah.

Rode zog sie an den Haaren in Position, sodass sie mit vom Grab abgewandtem Gesicht und wankendem Oberkörper vor ihm kniete.

Sie versuchte ein letztes Mal, mit geschlossenen Augen ihre Kräfte zu mobilisieren, doch ihr Körper ließ sie im Stich. Es gab kein Entkommen.

Als Rode zurücktrat und eine Pistole aus dem Holster an seinem Gürtel zog, waren ihr mehrere Dinge bewusst: Er würde sie hier und jetzt erschießen. Mit ihrer eigenen Waffe. Und er wollte ihr dabei in die Augen sehen.

Nicht aber Martin Retzer.

Der Hauptkommissar machte einen Schritt zur Seite und trat hinter den jungen Mann. Er setzte den Lauf der Pistole direkt in dessen Genick an. Der Schuss würde sein Kleinhirn zerfetzen und sein Leben auf der Stelle auslöschen. Eine saubere, schnelle Exekution.

Jennifer befahl ihren Beinen, sich zu bewegen, doch nichts geschah. Die Welt hatte sich erneut zu drehen begonnen und war voller sich bewegender Schatten.

Einen davon erkannte sie erst im letzten Moment.

Agnes Retzer tauchte wie ein Geist hinter Lars Rode auf.

»Es tut mir leid, Martin«, flüsterte der Kommissar.

Bevor er abdrücken konnte, traf ihn allerdings die volle Wucht des Schlags, den seine Komplizin mit einem armdicken Ast gegen seinen Kopf ausführte. Rode strauchelte, ein Schuss löste sich und ging ins Leere.

Jennifer ließ sich zur Seite fallen und wollte sich abrollen, blieb aber liegen. Sie schmeckte Magensäure auf der Zunge. Sie hatte das Gefühl, auf Deck eines Schiffes zu liegen, das in einem Sturm herumgeschleudert wurde.

Am Rande ihres Bewusstseins nahm sie wahr, wie Agnes Retzer dem BKA-Mann nachsetzte und noch mehrere Hiebe auf dessen Kopf niedersausen ließ. Wenige Meter neben ihr, irgendwo auf der Lichtung, brach er unter den Schlägen zusammen.

Stille folgte.

Stille, die nur vom schweren Atem Agnes Retzers und den Zählversuchen ihres Sohnes durchbrochen wurde. Die Sekretärin murmelte irgendetwas vor sich hin. Jennifer hörte das dumpfe Aufschlagen, als der Ast, den die Frau als Waffe benutzt hatte, auf dem Boden landete.

Retzer tauchte in Jennifers Blickfeld auf. Sie konnte sie nur als verschwommenes Abbild wahrnehmen, das sich pulsierend immer wieder in mehrere Figuren splittete und erneut zusammenfügte. Trotzdem erkannte sie die Stellung und die Armbewegung der Frau.

Retzer hatte die Pistole und zielte damit auf sie.

Jennifer versuchte sich an einem Kopfschütteln, als kurz hintereinander zwei Schüsse knallten. Die Kugeln zischten an ihrem Kopf vorbei. Erde spritzte auf, als sie neben ihr in den Waldboden einschlugen.

Agnes Retzer stand reglos da. Ihr Wille zum Töten war aber offenbar gebrochen. Sie warf die Waffe weg, drehte sich um und verschwand aus Jennifers Blickfeld. Martins Brabbeln verstummte. Dann hörte Jennifer Schritte, die sich schnell entfernten.

Jennifer blieb bewegungslos liegen und starrte in den vom Sonnenuntergang rötlich verfärbten Himmel. Sekunden oder Minuten vergingen, in denen sie absolut nichts empfand.

Langsam wurde sie sich jedoch ihrer lähmenden Angst bewusst und ließ stückchenweise zu, dass aus den surrealen Bildern und Gefühlen der letzten Minuten greifbare Erinnerungen wurden, die ihr die Luft abzuschnüren drohten.

Sie hatte hingerichtet werden sollen. Zweimal, von zwei verschiedenen Personen. Aber sie hatte überlebt.

Wenn es nach Rode gegangen wäre, würde sie jetzt zusammen mit Martin Retzer und der Leiche von Phillip Boose in dem Grab liegen.

Rode.

Der Gedanke an den BKA-Ermittler durchschnitt ihre Gedanken und drängte die durch den Schock ausgelöste Betäubung zurück, die sie noch immer am Boden hielt.

Wo war Rode? War er tot? Oder nur bewusstlos?

Ihr Pulsschlag hämmerte schmerzhaft gegen ihre Schläfen, und ihr Kreislauf spielte nach wie vor verrückt. Aber sie durfte hier nicht einfach liegen bleiben. Die Sonne ging unter. Die Kälte begann bereits über den Waldboden zu kriechen.

Jennifer hob den Kopf gerade weit genug, um sich einen Überblick zu verschaffen. Rode lag nur ein paar Meter von ihr entfernt, sie konnte sein Gesicht aber nicht sehen, konnte nicht erkennen, ob er noch atmete.

Sie musste zu ihm. Er hatte die Schlüssel zu ihren Handschellen. Und ein Handy. Hoffentlich.

Mit auf den Rücken gefesselten Händen würde ihr das allerdings nicht viel nützen.

Früher, während ihrer Ausbildung, hatte sie es geschafft, sich durch ihre mit Handschellen gefesselten Arme zu winden, um die Hände vor den Körper zu bekommen. Sie fragte sich nicht lange, ob sie das noch immer konnte, denn es musste funktionieren.

Es kostete Mühe und Zeit und bereitete Schmerzen. Obwohl sie sich zusammengerollt und so klein wie möglich gemacht hatte, musste sie gegen ihren eigenen Körper kämpfen. Gegen die Sehnen, starren Knochen und schmerzenden Gelenke.

Doch sie arbeitete sich stückchenweise voran. Den Gedanken, irgendwann womöglich einfach festzustecken, ließ sie gar nicht zu. Mit einem letzten, schmerzhaften Knacken ihrer Wirbelsäule, dem Verlust einiger Hautschichten an ihren Handgelenken und einem Schrei befreite sie sich schließlich aus der inzwischen mehr als verkrampften Haltung.

Jetzt, mit den Händen vor dem Körper, konnte Jennifer versuchen, sich aufzurichten, bereute diese Entscheidung aber sofort. Ihr Kopf fuhr schon wieder Karussell und ließ ihr keine andere Wahl, als halb liegend zu dem Hauptkommissar hinüberzurobben.

Er hatte eine hässliche Wunde am Hinterkopf, aus der Blut floss. Agnes Retzer hatte erstaunliche Kräfte entwickelt. Ihren Mutterinstinkt hatte Rode offenbar gehörig unterschätzt.

Jennifer versuchte, an die Taschen seiner Jeans heranzukommen, eine weitere beinahe übermenschliche Anstrengung. Sie fand keine Schlüssel, dafür aber sein Smartphone. Es fiel ihr zweimal aus der Hand, während sie versuchte, es aus dem Ruhemodus zu befördern. Endlich leuchtete das Display auf.

Als das Tastenfeld für die Nummerneingabe angezeigt wurde, zögerte sie einen Moment. Ihr Kopf war mit einem Mal wie leergefegt. Sie wählte die erste Nummer, die ihr in den Sinn kam.

Das Handy bemühte sich um den Aufbau einer Verbindung.

Rode begann sich zu bewegen.

Jennifer beobachtete wie gelähmt, dass er nach der Wunde an seinem Hinterkopf tastete.

Sie starrte auf das Display und beschwor das Telefon wortlos, endlich eine Verbindung herzustellen.

Rode drehte sich bereits um.

Jennifer hielt das Smartphone mit beiden Händen umklammert und kämpfte sich trotz Schwindel und Übelkeit auf die Knie.

Rodes Augen starrten ihr nicht nur wutentbrannt, sondern auch mit einem Hauch von Wahnsinn entgegen.

»Hallo, Jennifer.«

30

»Die Ampel war rot, verdammt!«, brüllte Moritz Sprenger und suchte Halt am Armaturenbrett, während Oliver Grohmann mit quietschenden Reifen um die Ecke bog. Wütendes Hupen ertönte von mehreren Seiten gleichzeitig. »Der Laster hätte uns fast gerammt!«

»Sagen Sie mir lieber, wo ich hin muss«, erwiderte Oliver grimmig und beschleunigte den Wagen erneut deutlich über das erlaubte Limit. »Wie weit ist es noch?«

»Wir müssen noch immer zum selben Parkplatz!«

Oliver genehmigte sich einen Seitenblick auf das Handy des IT-Experten, auf dem eine Karte und ein blinkender Punkt zu sehen waren. Natürlich konnte er nichts erkennen. »Bewegt sie sich noch?«

»Wenn sie noch immer im Besitz von Rodes Handy ist, dann ja.«

Es war nicht der BKA-Ermittler gewesen, der Oliver angerufen hatte. Als er das Telefonat entgegennahm, hatte er eine merkwürdige Geräuschkulisse und einige wenige Stimmfetzen wahrgenommen. Sofort hatte er ein lebhaftes Bild vor Augen gehabt. Jennifer, die vor Lars Rode floh.

Wie auch immer es ihr gelungen sein mochte, an das Handy des Kommissars zu kommen – Oliver war überzeugt davon, dass sie ihn angerufen hatte. Ein Hilfeschrei.

»Versuchen Sie noch mal, sie zu erreichen!«, befahl Oliver unwirsch.

»Das habe ich schon mehrfach getan, und es geht niemand dran! Falls Ihre Theorie stimmt, können wir froh sein, wenn

Jennifer das verdammte Handy noch hat und wir nicht gerade diesem Dreckskerl hinterherjagen!«

Oliver nahm eine Abzweigung, die sie auf eine Nebenstrecke in den Wald führte. Die Straße schlängelte sich einen seichten Hang hinauf. »Sind Sie sicher, dass Fröhlich das Handy ebenfalls orten kann?«

Morpheus warf ihm einen bösen Blick zu. »Wenn Sie Zweifel haben, können Sie ihn gerne anrufen!«

Das hätte Oliver auch dann nicht getan, wenn er die Möglichkeit gehabt hätte, zu telefonieren. Er hatte keine Lust, sich noch einmal von Anstett anbrüllen zu lassen. Sie hatte ihm befohlen, die Füße stillzuhalten und die Polizei die Angelegenheit erledigen zu lassen.

Davon hatten weder er noch Moritz Sprenger sonderlich viel gehalten.

Als dem IT-Experten klar geworden war, was Oliver vorhatte, hatte er sich ohne Zögern an ihn drangehängt. Möhring mochte seine Leute innerhalb weniger Minuten zusammentrommeln und losschicken können, doch im Zweifel waren das genau die Minuten, die über Jennifers Schicksal entschieden.

Oliver würde sich ganz bestimmt nicht irgendwo brav hinsetzen und darauf warten, bis ihm jemand sagte, ob sie noch am Leben war oder nicht.

Warum hatte er nur nicht auf sie gehört? Wieso, zum Teufel, hatte er sich dazu hinreißen lassen, diese dämliche Bemerkung bezüglich der Zigarette zu machen? Wieso hatte er Anstett recht geben müssen?

Seit Jennifers Anruf schienen Stunden vergangen zu sein, dabei waren sie nur zehn Minuten unterwegs gewesen, als sie endlich den Wanderparkplatz im Wald erreichten, der dem Handysignal am nächsten war. Dreck spritzte auf, als Oliver viel zu schnell auf die Lichtung fuhr und abrupt abbremste.

»Wo lang?«, rief er Moritz Sprenger zu, nachdem sie beide aus dem Auto gesprungen waren.

Der IT-Experte deutete auf eine kleine Schneise im Gebüsch, die nicht als Wanderweg gekennzeichnet war.

Sprenger übernahm die Führung. Gemeinsam rannten sie den schmalen Weg entlang und mussten sich schon bald ins Unterholz schlagen, um eine kleine Lichtung zu erreichen.

Morpheus starrte auf das Display. »Von hier aus hat Jennifer angerufen.«

Der Anblick des Grabs in der Mitte der Lichtung jagte Oliver einen kalten Schauer über den Rücken. Das Seil, das noch immer um einen nahen Baum geschlungen war, ließ keinen Zweifel daran, dass hier jemand festgehalten worden war. Oliver entdeckte Blut auf dem Boden, einen blutverschmierten Ast und eine Pistole. Er hob sie auf und lief auf das Grab zu.

Seine schlimmsten Befürchtungen schienen sich zu bewahrheiten, als er am Boden der Grube etwas liegen sah. Erst den Bruchteil einer Sekunde später erkannte er, dass das blutige Bündel in der Plane nicht Jennifer war.

»Verdammte Scheiße!«, fluchte Moritz Sprenger und nahm Oliver damit das Wort aus dem Mund.

Der Staatsanwalt sah sich nach irgendeinem Zeichen oder Hinweis um. »Wo sind sie hin?«

Sprenger orientierte sich kurz mit dem Smartphone, bevor er nach Norden deutete. Sie rannten gleichzeitig los.

Die Dämmerung verdichtete sich immer mehr, und der Wald verschluckte sie.

Jennifer wusste nicht, wie lange sie schon rannte, wie oft sie gestürzt war und sich wieder aufgerappelt hatte. Sie hörte ihren Verfolger dicht hinter sich im Unterholz, seine Flüche, seine wütenden Schreie.

Ihr Kreislauf funktionierte irgendwie. Das Adrenalin hatte Schmerzen und Schwindel an den Rand ihrer Wahrnehmung gedrängt, auch wenn sie kaum fähig war, sich einigermaßen koordiniert fortzubewegen. Sie spürte die Feuchtigkeit, die aus der Kopfwunde ihren Rücken hinunterfloss, ebenso wie das Blut, das aus den zahlreichen Kratzern in ihrem Gesicht und an ihren Armen rann.

Ihre Hände waren glitschig von Schweiß und Blut, trotzdem hielt sie das Handy noch immer fest umklammert. Wenn sie es schaffte, Rode auch nur für eine Minute loszuwerden, brauchte sie das verdammte Telefon.

Große Hoffnungen machte sie sich allerdings nicht mehr. Wenn er nicht ähnlich angeschlagen gewesen wäre wie sie, hätte er sie längst eingeholt. Er hatte beide Hände frei und war nicht gefesselt.

Sobald er zu ihr aufschloss, hatte sie verloren.

Jennifer rannte gegen ihre brennende Lunge an. Es wurde immer dunkler, und sie drohte immer öfter zu stürzen. Zum wiederholten Male blieb sie mit dem Fuß an einer Wurzel hängen, strauchelte und versuchte sich abzufangen. Dieses Mal allerdings erfolglos.

Ihr rechter Fuß knickte um, ein heißer Schmerz jagte ihr Bein hinauf und ließ sie aufschreien. Sie verlor das Gleichgewicht.

Einen Moment lang schien Jennifer ins Nichts zu fallen, dann kam sie auf dem Boden auf, blieb aber nicht liegen. Ihr Körper rollte einen Abhang hinunter. Sie riss Blätter und herumliegende Äste mit sich, und all ihre Versuche, den Sturz abzufangen, scheiterten kläglich.

Sie stürzte einen letzten Absatz hinunter und schlug auf dem unebenen Waldboden auf, der ihren Sturz nur minimal abfederte. Erschöpft und ausgelaugt blieb sie liegen. Sie empfand nichts mehr als Schmerz und Angst.

Es mochten Sekunden oder Minuten vergangen sein, als sie wieder zu sich kam. Sie hatte jegliches Zeitgefühl verloren. Gegen ihre Verzweiflung ankämpfend, versuchte sie, sich aufzurappeln, doch als sie ihr rechtes Bein belasten wollte, schickte sie der Schmerz sofort wieder zu Boden.

Ihre Jeans war zerrissen und offenbarte, dass ihr Knöchel sich bereits zu verfärben und anzuschwellen begann. Vermutlich gebrochen. Damit würde sie keinen Meter mehr laufen.

Panisch blickte sie sich nach Rode um, von ihrem Verfolger war jedoch nichts zu sehen oder zu hören. Dafür entdeckte sie im Halbdunkel eine kleine Höhlung zwischen den Wurzeln einer alten Eiche, wo sich vielleicht ein Tier einst einen Bau gegraben oder die Natur einfach den Halt verloren hatte.

Wenn sie nicht mehr fliehen konnte, musste sie zumindest versuchen, sich zu verstecken.

Jennifer robbte zwischen den Wurzeln hindurch in die Höhle, rollte sich so klein wie möglich zusammen und wartete.

Irgendwo oberhalb ihres Verstecks rief Rode nach ihr. Das Rutschen von Laub und Unterholz kam näher. Dann hörte sie Schritte, nicht weit von der Eiche entfernt.

Jennifer hielt den Atem an.

Er war stehen geblieben und lauschte vermutlich auf irgendein verräterisches Geräusch. Dann entfernten sich seine Schritte.

Erleichtert hob Jennifer die Hand mit dem Smartphone, in der Hoffnung, endlich einen richtigen Notruf absetzen zu können. Doch das Display war gesprungen. Das Telefon war tot.

Sie spürte den Kloß in ihrem Hals immer dicker werden, Tränen stiegen ihr in die Augen. Panik und Verzweiflung drohten die Oberhand zu gewinnen. Der Damm drohte zu brechen.

Nicht weit von ihr entfernt ertönte ein Knacken. Dann das Rascheln von Blättern, irgendwo hinter ihr am Abhang. Plötzlich hörte sie sich nähernde Schritte. Sie lauschte und versuchte auszumachen, von wo Rode kam, doch es war unmöglich.

Er schien überall zu sein.

Jennifer wusste nicht, in welche Richtung sie fliehen sollte. Und sie konnte auch gar nicht mehr fliehen.

Vollkommen erstarrt blieb sie sitzen und betete im Stillen darum, dass Rode sie nicht finden möge. Sie riss die Augen auf, als eine dunkle Gestalt den Absatz neben dem Baum hinuntersprang und sich bedrohlich vor ihr aufbaute.

Oliver versuchte, sich möglichst leise und gleichzeitig schnell durch den Wald zu bewegen. Die Versuchung, nach Jennifer zu rufen, war groß, doch er hielt sich zurück.

Vor knapp fünf Minuten hatten sie das Handysignal verloren und sich aufgeteilt. Oliver war in die Richtung gelaufen, in der sie Rodes Handy zum letzten Mal geortet hatten, Sprenger wollte einen größeren Kreis um das Gebiet ziehen und später wieder zu ihm stoßen.

Der IT-Experte hatte mit ihm darüber diskutieren wollen, doch Oliver hatte nur lapidar geantwortet, er sei derjenige mit der Waffe. Sprenger hatte die Begründung akzeptiert, obwohl sie vollkommen lächerlich war.

Oliver hatte noch nie eine geladene Schusswaffe in der Hand gehalten und keinerlei Ahnung, wie man damit umging. Er hatte zwar herausgefunden, wie man sie entsicherte, alles andere war aber blanke Theorie.

Vorsichtig balancierend bewegte er sich einen Abhang hinunter. Er konnte sich irren, doch es sah ganz so aus, als wäre hier bereits jemand vor ihm hinuntergelaufen oder gefallen. Also folgte er der Spur. Es war ohnehin die Einzige, die er entdeckte.

Am Fuße des Abhangs angelangt, sprang er einen Absatz

hinunter. Hinter sich hörte er ein Geräusch und wirbelte herum. Er rechnete mit einem Angriff von Lars Rode, erblickte jedoch Jennifer, die sich zwischen den freigelegten Wurzeln einer Eiche zusammengekauert hatte.

Sie starrte ihn wie eine Geistererscheinung an. »Oliver?« Ihre Stimme war kaum mehr als ein heiseres Flüstern.

»Gott sei Dank.« Er sank neben ihr auf die Knie. Am liebsten wäre er dort einen Moment lang erleichtert sitzen geblieben, doch dafür hatten sie keine Zeit. Er streckte Jennifer die Hand entgegen. »Kannst du aufstehen?«

»Ich …« Sie verstummte. Überhaupt reagierte sie äußerst langsam.

»Bist du verletzt?« Oliver beugte sich vor und griff nach ihrer Hand, um sie aus dem Versteck zu ziehen, hielt jedoch inne, als er das viele Blut sah. Verdammt! »Wir müssen hier weg, Jennifer. Rode ist noch immer da draußen …«

»Ja, das ist er allerdings.«

Oliver fuhr erschrocken herum.

Lars Rode, Hauptkommissar des BKA, stand keine fünf Meter von ihnen entfernt. Er hielt einen kantigen, schweren Stein in der rechten Faust und bedachte Oliver und Jennifer mit einem irren Grinsen. »Und er ist verdammt sauer.«

Rode hob den Stein über den Kopf und wollte auf sie losstürmen, stoppte aber jäh in der Bewegung, als Oliver die Pistole aus dem Hosenbund zog und auf ihn richtete. »Ich an Ihrer Stelle würde bleiben, wo ich bin!«

Rode musterte ihn für den Bruchteil einer Sekunde, dann brach er in Gelächter aus. »Ernsthaft? Sie haben doch überhaupt keine Ahnung, wie man damit schießt!«

»Wollen Sie Ihr Leben darauf verwetten?«

Rode legte den Kopf schief, als müsse er darüber nachdenken. Er war nicht mehr bei Sinnen. Seine Finger schlossen sich noch fester um den Stein. Er grinste breit. »Ich denke, das Risiko werde ich eingehen.«

Mit einem Kampfschrei auf den Lippen stürzte er vorwärts.

Oliver zog den Abzug durch. Wieder und wieder, selbst als das Geräusch der Schüsse bereits verklungen war und nur noch der Bolzen klackend niederschlug.

31

Als Jennifer aufwachte, schien ihr die Sonne direkt ins Gesicht. Dank der hellen Bettwäsche und der weißen Wände war sie einen Augenblick lang geblendet. Die Gestalt neben ihrem Bett nahm nur langsam Konturen an.

Sie war überrascht, Oliver auf dem Stuhl neben dem ebenfalls weißen Nachtschränkchen sitzen zu sehen, aber noch viel zu müde und erschöpft, um ihrer Verblüffung Ausdruck zu verleihen.

»Hey«, murmelte sie leise und gähnte.

»Hey.« Seine Lippen hatten sich zu einem sanften Lächeln gekräuselt. »Wie geht's dir?«

»Müde.«

»Du hast lange geschlafen.«

»Ist die dämliche Narkose. Habe ich noch nie gut vertragen.« Sie sah zu ihrem Fuß hinunter, der stramm bandagiert auf einem Spezialkissen hochgelagert war. Sie hatte sich nur einen Bänderriss zugezogen, doch allein die Erstuntersuchung in der Klinik hatte höllische Schmerzen verursacht. Jetzt, nach der Operation, schien der Fuß taub zu sein.

»Was macht der Kopf?« Die Wunde an ihrem Hinterkopf war geklammert worden. Der Schlag hatte ihr aber glücklicherweise sonst nur eine ordentliche Gehirnerschütterung beschert.

Jennifer hob den Arm, in den über eine Infusionsnadel stetig der Inhalt zweier Beutel tropfte. »Ich weiß nicht, was sie mir geben, aber Schmerzen habe ich keine, und schwindelig ist mir auch nicht mehr.«

»Das ist doch schon mal was.« Oliver zögerte kurz. »Ich habe dir auch etwas mitgebracht.«

Mit einem Blick auf die bunten, duftenden Sträuße auf Tisch und Fensterbank, die sie ihrer Familie und den Kollegen zu verdanken hatte, verdrehte Jennifer die Augen. »Hoffentlich nicht noch mehr Blumen.«

Oliver schüttelte grinsend den Kopf. »Nein, ganz bestimmt nicht.«

Sein Kopf verschwand aus ihrem Sichtfeld, als er sich nach unten beugte. Sie hörte einen Reißverschluss, dann setzte er sich wieder auf.

»Oh, meine Süße!« Auf seinem Arm hockte Gaja. Jennifer streckte die Hände nach dem Tier aus, das den Transfer zu seinem Frauchen mit einem leisen Miauen kommentierte.

Jennifer drückte ihre Katze erfreut und erleichtert an sich, kraulte ihr das noch immer zerzauste Fell und ignorierte die kahl rasierten Stellen mit den knotigen Nähten. Gaja rollte sich auf Jennifers Schoß zusammen und schnurrte voller Wohlbehagen.

Mit Tränen in den Augen sah Jennifer zu Oliver hinüber. »Sie darf nach Hause?«

Er nickte.

»Wie bist du mit ihr an den Schwestern vorbeigekommen?«

»Die habe ich mit einer Schachtel Pralinen und zwei Weinflaschen bestochen. Ich muss Gaja allerdings wieder mitnehmen.«

Jennifer drückte das warme Fellknäuel an sich, das mit leisem Protest reagierte. Schmusen war in Ordnung, doch auch bei diesem Wiedersehen gab es Grenzen.

Jennifer ließ den Blick über Olivers unversehrte Arme schweifen. Er trug ein T-Shirt, war also nicht dienstlich hier. »Sie lässt sich von dir anfassen?«, stellte sie verblüfft fest.

Das war nicht die Gaja, die Jennifer kannte. Normalerweise

neigte ihre Katze dazu, Fremden einige nette Erinnerungen zu verpassen, wenn sie es wagten, sie zu berühren.

Oliver zuckte die Schultern. »Könnte daran liegen, dass ich ihr die Wahl gelassen habe. Entweder deine Mutter oder ich …«

»Meine Mutter?« Also hatte sie sich ihre Stimme doch nicht eingebildet oder nur von ihr geträumt. »Sie ist hier?«

»Genau wie dein Vater und dein Bruder Bastian. Sie sind vorhin gegangen, nachdem sie den halben Nachmittag an deinem Bett gesessen haben.«

»Du hast meine Familie kennengelernt? Oha …«

Oliver lachte. »So schlimm war es gar nicht, auch wenn ich langsam zu verstehen beginne, warum du bei Telefonaten mit deiner Mutter manchmal so … eigenartig reagierst. Ich glaube, sie kann recht schwierig sein.«

»Da sagst du was.« Jennifer verzog das Gesicht. »Wie hast du sie dazu gekriegt, dir Gaja zu überlassen?« Annabell Leitner hasste Katzen, doch sie würde es als ihre Pflicht ansehen, sich in dieser Situation um das Haustier ihrer Tochter zu kümmern. Derartige Pflichten ließ sie sich niemals leicht abnehmen, selbst wenn sie sie verabscheute.

»Ich war so frei, deine Wohnung aus ermittlungstechnischen Gründen noch für eine Weile zum gesperrten Bereich zu erklären.«

Beim Gedanken an ihre Wohnung riss Jennifer erschrocken die Augen auf. Wenn ihre Eltern ihre Küche zu sehen bekämen … Wenn sie wüssten …

»Keine Sorge«, beruhigte Oliver, der mühelos in ihrem Gesicht lesen konnte. »Sie wissen nichts und werden auch nichts erfahren. Ist alles nur wegen des Pelzknäuels hier. Sie wohnen im Hotel. Haustiere sind dort verboten.«

Jennifer atmete erleichtert aus. »Danke.«

»Keine Ursache.« Oliver streckte den Arm nach Gaja aus

und kraulte sie hinter den Ohren. »Die Kleine wird wegen ihrer Beinverletzung ohnehin noch zwei, drei Wochen in einem Kaninchenkäfig verbringen müssen. Sie darf nicht viel laufen, und springen schon gar nicht. Hannah und ich können uns um sie kümmern, natürlich unter der Voraussetzung, dass du damit einverstanden bist.«

»Das werden deine Arme nicht überleben.« Gaja in einen Käfig zu sperren, würde selbst ihr nicht ohne Blessuren gelingen.

Doch Oliver lächelte nur. »Das werden wir ja sehen.«

Einen Moment lang schwiegen sie, bis Jennifer plötzlich fragte: »Wie stehen die Ermittlungen?«

Oliver lehnte sich seufzend zurück. »Können wir das Thema nicht aussparen? Du bist im Krankenhaus.«

»Ich liege hier seit zwei Tagen, und keiner hat es bisher für nötig befunden, mich zu informieren. Ich will wissen, was los ist.«

Oliver unternahm keinen weiteren Versuch, sie zu schonen. Ihm war klar, dass sie ohnehin keine Ruhe geben würde. »Rode liegt noch immer auf der Intensivstation. Er wird durchkommen, bleibende Schäden sind nicht zu erwarten. Trotzdem werden wir ihn auf absehbare Zeit nicht befragen können. Das heißt, eher nie.«

Jennifer runzelte die Stirn. »Wieso nie?«

»Die Heuschrecken sind eingefallen.«

Sie hätte es sich denken können. »BKA?«

»BKA, LKA, Generalstaatsanwaltschaft und keine Ahnung, wer im Moment noch alles dem Polizeichef und Anstett die Aufwartung macht. Sie haben den kompletten Fall an sich gerissen. Ich denke, wir können froh sein, wenn wir jemals Rodes Strafmaß erfahren.« Oliver seufzte. »Sie haben sogar Anstett einen Maulkorb verpasst.«

Jennifer musste unwillkürlich grinsen. »Der steht ihr bestimmt gut.«

»Sie tobt, aber es hält sich in Grenzen. Wenn es nach ihr ginge, würden wir drei – du, Sprenger und ich – in Zukunft allenfalls Müll im Park aufsammeln. Sie ist aber glücklicherweise nicht die Einzige, die etwas zu sagen hat, außerdem konnten wir immerhin einen Mord verhindern. Und den Fall aufklären.«

»Ohne Agnes und Martin Retzer kann dieser Fall niemals gänzlich aufgeklärt werden. Rode wird den Mund wohl kaum aufmachen.«

Oliver stimmte ihr mit einem Nicken zu, um gleich darauf mit einer entscheidenden Information herauszurücken: »Wir haben Retzer und ihren Sohn.«

»Was?!« Damit hatte Jennifer nicht gerechnet. Da er die beiden Flüchtigen bisher mit keinem Wort erwähnt hatte, war sie davon ausgegangen, dass sie entkommen waren.

»Sie hatten während ihrer Flucht auf einer Landstraße eine unschöne Begegnung mit einem LKW, sind allerdings glimpflich davongekommen. Wir haben sie. Oder vielmehr hat sie jetzt das BKA, oder wer auch immer letztendlich zuständig sein wird.«

Jennifers anfängliche Freude wich Enttäuschung. »Das heißt, ich werde mich niemals mit der Dame unterhalten können?«

»Nicht von Angesicht zu Angesicht. Aber selbst unsere Oberstaatsanwältin wollte Retzer den übergeordneten Behörden nicht einfach so übergeben. Wir haben ihre vollständige Aussage auf Video. Das wird zwar wahrscheinlich direkt ins Archiv wandern …«

»Du hast das Video?«, unterbrach ihn Jennifer.

Oliver hob eine Laptoptasche vom Boden auf. »Willst du es dir ansehen?«

»Selbstverständlich.«

»Unter einer Bedingung.«

Bedingung? Warum Bedingung? »Und die wäre?«

Er sah ihr in die Augen. »Keine Alleingänge mehr.«

Jennifer lachte auf. »Das sagt der Richtige.«

»Ich hatte Sprenger dabei.«

»Zum Glück! Wenn er Rode nicht noch im letzten Moment eins übergezogen hätte, wären wir jetzt beide tot.«

»Ich kann nichts dafür, dass ich mit Waffen nicht umgehen kann.«

»Du hast danebengeschossen!«, stellte Jennifer fest. »Dreizehn Mal!«

Er sah sie mit gespielter Kränkung an. »Ist nicht gerade meine Glückszahl. Die beiden Streifschüsse zählen nicht?«

»Die hätten ihn nicht aufgehalten.«

»Ich bin froh, dass ich nicht getroffen habe«, sagte Oliver plötzlich ernst. »Vor allem nicht tödlich.«

Jennifer hatte geahnt, dass ihn das beschäftigen würde. Es war schwierig, mit einem Menschenleben auf dem Gewissen zurechtzukommen, selbst wenn man in Notwehr gehandelt hatte. »Ich auch«, sagte sie leise.

Oliver überspielte den Moment mit einem wenig überzeugenden Lächeln. »Also, gibst du mir dein Versprechen?«

»Keine Alleingänge mehr?«

Er nickte. »Keine Alleingänge mehr.«

Sie seufzte. »Wenn's sein muss.«

Oliver platzierte das Notebook auf dem Nachtschränkchen und startete das Video.

Agnes Retzer saß in einem Verhörraum. Sie wirkte bleich und ausgemergelt. Über ihrem rechten Auge klebte ein Pflaster.

Man hatte ihr das Rauchen gestattet. Der Aschenbecher quoll bereits über. »Sie wollen also meine Geschichte hören?«

»Ja. Das würde ich sehr gerne.« Die Stimme aus dem Off gehörte Ricarda Anstett.

»Haben Sie Kinder?«, fragte Retzer, nachdem mehrere Sekunden verstrichen waren.

»Nein.«

»Und Sie wollen auch keine?«

Die Antwort der Oberstaatsanwältin erfolgte entweder wortlos oder gar nicht.

»Dann werden Sie es nicht verstehen.«

»Das sollten Sie mir überlassen.«

Retzer zog an ihrer Zigarette. Sie war bereits bis zum Filter heruntergebrannt. Dann warf sie sie in den Aschenbecher und zündete sich direkt die nächste an.

Schließlich begann sie, ihre Geschichte zu erzählen. Jene Geschichte, die sie vor mehr als sechs Jahren dem Pfarrer Klaudius Moor in Dortmund erzählt hatte. Am Tag ihres ersten Mordes.

Seither hatte sie Martin immer wieder Menschen zugeführt, um ihn seine Aggressionen und seine gestörte Sexualität ausleben zu lassen. Sie hatte nicht mitgezählt, die meisten Opfer waren aber vermutlich gefunden worden.

Mit der Zeit war Agnes Retzer immer mehr abgestumpft, hatte nur noch funktioniert, hauptsächlich für Martin, das Entführen und Töten war zur Normalität geworden. Sie war froh gewesen, als sie den Opfern nicht mehr selbst den Rest geben musste, weil Martin sie totprügelte. Sie schaffte die Leichen beiseite, obwohl sie unter normalen Umständen körperlich wohl kaum dazu in der Lage gewesen wäre. Sie wollte ihr Kind nicht verlieren.

Dann entdeckte Rode in Stuttgart die Zusammenhänge. Als er ihr Geheimnis aufdeckte, erzählte sie ihm ihre Geschichte. Sie legte ein Geständnis ab, in dem Glauben, gefasst worden zu sein.

Doch Rode verhaftete sie nicht. Geblendet von ihrer bedingungslosen Mutterliebe und auch frustriert von seinem Job und seinem Leben, schloss er sich ihr an. Akzeptierte, respektierte, schützte sie und Martin, manipulierte die Ermittlungsergebnisse und half ihr, wenn nötig. So gab er sich bei Telefonaten mit zukünftigen Arbeitgebern als ehemaliger Chef aus, um ihren Lebenslauf und ihre Spuren zu verschleiern.

Sie hatte sich niemals ernsthaft gefragt, warum er das tat. Für sie waren seine Gründe nicht wichtig. Sie war mit ihrem Elend nicht mehr alleine, hatte unverhoffte Unterstützung gefunden. Das war alles, was zählte.

Zum ersten Mal seit Jahren erlebte sie so etwas wie eine positive Entwicklung in ihrem Leben. Sie verspürte zunehmend zärtliche Gefühle für Rode, auch wenn sie ahnte, dass seine Zuneigung zu ihr ganz anderer Art war und ihr Traum von einer intakten Familie wohl niemals wahr werden würde.

Irgendwann musste sie sich zwangsläufig der Erkenntnis stellen, dass es so auf Dauer nicht weitergehen konnte.

Martins Hemmschwelle sank immer weiter ab. Er musste die meiste Zeit an Ketten gehalten werden, um nicht sie selbst oder Rode anzugreifen. Die Medikamente, die sie ihm verabreichten, halfen zwar, seine guten und ruhigeren Phasen zu verlängern, doch es war keine Lösung für immer.

Agnes Retzer wusste, dass Rode recht hatte, als er davon zu sprechen begann, dass es ein Ende haben müsse. Erst waren es nur hingeworfene Bemerkungen, dann wurden Pläne daraus.

Sie machte mit. Stoisch, ohne nachzudenken.

Sie wollte Rode nicht verlieren. Zu lange hatte sie allein gelebt, in einem Kokon mit ihrem Sohn gefangen. Endlich war da jemand, der sie verstand und unterstützte.

Rode entschied sich für Lemanshain, um den finalen Schritt zu tun. Eine kleine Polizeidienststelle, unabhängig, mit einem gewissen Ruf. Jennifer war eine Beamtin, über die er genug in Erfahrung bringen konnte, um sicher zu sein, dass er sie würde manipulieren können. Glücklicherweise führte Retzer nicht detailliert aus, worin diese Manipulationsversuche im Einzelnen bestanden hatten.

Agnes Retzer unterstützte die Pläne des Kommissars, widersprach ihnen nicht, erstickte jeden aufkommenden Zweifel im Keim.

Erst als Rode Martin auf dem ehemaligen Schrottplatz in Lemanshain opfern wollte, erwachte sie aus ihrem betäubten Zustand.

Danach überschlugen sich die Ereignisse. Jennifer stand vor ihrer Tür, als Rode ihr gerade wegen Martins Rettung die Leviten las.

Sie hatte keine Zeit mehr, lange nachzudenken.

Im Wald hieß es nur noch: Lars oder Martin. Sie entschied sich für ihren Sohn.

»Wo ist er?«, fragte Retzer schließlich. »Sie haben gesagt, wenn ich meine Aussage mache, werden Sie mich zu Martin bringen.«

»Das liegt jetzt nicht mehr in meiner Verantwortung, Frau Retzer.«

Stuhlrutschen war zu hören.

Retzer begann unvermittelt zu brüllen.

Dann wurde der Bildschirm schwarz.

Jennifer und Oliver starrten eine ganze Weile stumm vor sich hin. Draußen war es inzwischen dunkel geworden. Gaja war auf Jennifers Schoß eingeschlafen.

»Wo haben sie Martin hingebracht?«, wollte Jennifer schließlich wissen.

»Nach Hanau in die geschlossene Psychiatrie. Die Ärzte werden klären müssen, ob sein geistiger Zustand das Ergebnis von Hirnschädigungen durch den Sturz ist oder eine Folge der Abschottung und Erziehung durch Agnes Retzer. Schuldfähig ist er auf keinen Fall. Er ist ein kleines Kind im Körper eines Mannes, das offenbar tief im Innern sehr wohl verstanden hat, dass man ihm etwas vorenthält, und darauf mit Aggression reagiert hat.«

»Was ist mit seinen leiblichen Eltern?«, wollte Jennifer wissen. »Wurden sie informiert?«

Oliver verneinte. »Die Geschichte von dem prominenten Paar mit Beziehungen in die Politik war eine von Rodes Lügen. Retzer hat zugegeben, Martin gestohlen zu haben, allerdings von einer völlig unbekannten Frau. Ich gehe davon aus, dass irgendjemand versuchen wird, die Eltern von Martin aufzuspüren, auch wenn ich es nicht unbedingt für sinnvoll erachte.«

»Das würde den armen Eltern wahrscheinlich ebenso wenig etwas bringen wie ihm.«

Oliver stimmte mit einem Nicken zu. »Ich würde es nicht wissen wollen. Wenn er mein Sohn wäre, würde ich ihn lieber für tot halten, als zu erfahren, was die Frau, die ihn mir gestohlen hat, aus ihm gemacht hat.«

»Und Retzer behauptet, sie hätte das alles aus Liebe getan?« Jennifer schüttelte verständnislos den Kopf. Ihr wollte sich die Logik von Agnes Retzers Handeln nicht erschließen. Es gab so vieles, was sie immer noch nicht verstand. »Hat sie jemand gefragt, warum sie und Rode mich bedroht haben?«

»Ich vermute, weil du dich doch nicht als so leicht manipulierbar herausgestellt hast«, stellte Oliver mit einem Lächeln fest.

»Ja, wahrscheinlich.« Jennifer war froh, dass er nicht wusste, wie falsch er damit lag. Dank der Einmischung der übergeordneten Behörden würden er und ihre Kollegen aller Voraussicht nach auch nie erfahren, dass sie beinahe mit Rode geschlafen hätte.

Jennifer hätte gerne gewusst, was Lars Rode oder vielmehr Agnes Retzer dazu bewogen hatte, ihr Auto zu demolieren, bei ihr einzubrechen und Gaja fast zu Tode zu prügeln. Eifersucht? Es konnte nur Retzer gewesen sein, die bei ihr eingebrochen war, immerhin war sie selbst währenddessen mit Rode in seinem Hotelzimmer beschäftigt gewesen.

Aber passten die Angriffe auf Jennifer zu der stoischen Passivität, die Retzer ihrer eigenen Aussage nach im Zusammenhang mit Rodes Plänen an den Tag gelegt hatte? Wusste Retzer überhaupt von seinen Avancen ihr gegenüber?

Irgendwie wollte es nicht so recht zusammenpassen. Doch das waren Fragen, die jetzt das BKA klären musste. Jennifer würde darauf keine Antworten mehr erhalten.

Sie war außerdem viel zu müde und erschöpft, um sich noch länger in solch sinnlosen Gedankenspielen zu ergehen.

32

Er hatte versucht, sich von ihr fernzuhalten.

Nachdem er sich ihre Katze gegriffen hatte, um ihr trotz ihrer Bewacher eine weitere Botschaft zu schicken, war er von den Ereignissen förmlich überrollt worden. Der Mörder war gefasst, das hatte die Oberstaatsanwältin verkündet. Also konnte er sich nicht mehr hinter ihm verstecken.

Er musste sie vergessen, doch er schaffte es einfach nicht. Jetzt, wo alle glaubten, die Bedrohung sei mitsamt dem Täter ausgeschaltet worden, war Jennifer wieder vollkommen schutzlos.

Inzwischen nannte er sie nur noch beim Vornamen. Kein gutes Zeichen.

Er entschied sich nicht einmal bewusst dafür, ihre Nähe zu suchen. Regelmäßig erwischte er sich dabei, wie er in den falschen Bus stieg. Manchmal kam er auch erst in ihrer Wohngegend wieder zu sich, wenn er schon fast vor dem Haus stand, in dem sie wohnte.

Er hatte sie gegen seinen Willen beobachtet. Beziehungsweise war sein Drang, sie zu beobachten, stärker gewesen als die Erkenntnis, dass ihn das nur noch mehr anstacheln und früher oder später zum Handeln zwingen würde.

Er hatte die Handwerker gesehen, die gekommen waren, um ihre Wohnung herzurichten. Sie hatten die Küche mitsamt Schränken, Geräten und Tisch ausgetauscht, neue Fliesen verlegt und die Wände frisch gestrichen. Auch ihr Schlafzimmer war von Grund auf renoviert und die Möbel ausgetauscht worden.

Sie hatte ihre Wohnung nicht aufgegeben. Nur seine Spuren hatte sie beseitigt.

Er fand es äußerst erregend, dass Jennifer sich in ihrem Schlafzimmer nicht mehr wohlfühlte, obwohl sie nicht wissen konnte, ob er dort gewesen war. Kluges Mädchen.

Erst nach Abschluss der Arbeiten war sie in ihre Wohnung zurückgekehrt. Nachdem sie aus dem Krankenhaus entlassen worden war, hatte sie noch ein paar Tage mit ihrer Familie im Hotel verbracht. Ihre Sippschaft war eine Woche später abgereist.

Jennifer war allein, vollkommen allein.

Seitdem hatte er sich viel zu häufig in ihrer Umgebung herumgetrieben. Der Druck war stärker geworden. Sein Verlangen begann, seinen Verstand lahmzulegen.

In einem letzten Versuch, von ihr loszukommen, war er mit seinen Kumpels losgezogen. Sie hatten ein junges Ding in der Disco aufgerissen, schon stark angeheitert, und hatten ihr später im Auto mit noch mehr Alkohol den Rest gegeben.

Sie hatten sie vergewaltigt. Einer nach dem anderen. Wie sie es schon früher mit anderen Schlampen getan hatten. Doch während seine Freunde sich tagelang daran aufgegeilt hatten, war ihm der Akt selbst bereits schal erschienen. Eine Pflichtübung, die er absolvierte, damit er vor ihnen nicht das Gesicht verlor.

Er bekam Jennifer nicht mehr aus dem Kopf.

Als sie ihn dann auch noch anrief, war es mit seiner Selbstbeherrschung endgültig vorbei. Sie behauptete zwar, sich verwählt zu haben, doch er wusste es besser. Nachdem man ihr den Mörder genommen hatte, wollte sie ihn daran erinnern, dass sie Bescheid wusste.

Dreckiges Miststück!

Sein Verlangen hatte sich mit der altbekannten Wut vermischt. Aus ungeplanten Beobachtungen war beabsichtigtes Auflauern geworden. Er wusste, dass sie irgendwann einen Fehler machen würde, dass sie ihm irgendwann die Gelegenheit geben würde, die Seile, das Messer und seinen Schwanz zum Einsatz zu bringen.

Er hatte alles detailliert geplant, sich jede Einzelheit in den kräftigsten Farben ausgemalt. Er würde sie stundenlang quälen, die ganze Nacht über. Das Viagra, das er sich besorgt hatte, würde dafür sorgen, dass er sich ohne großartige Verschnaufpausen um sie kümmern konnte.

Er wusste, sie würde einen Fehler begehen. Und sie beging ihn schneller, als er gehofft hatte.

Es war Dienstagabend, die erste Julihitze lag über der Stadt. Jennifer hatte zeitig Feierabend gemacht und den schwülwarmen Tag auf ihrer Terrasse ausklingen lassen.

Sie zog sich früh zurück.

Inzwischen kannte er ihre Gewohnheiten ganz gut. Sie würde ins Bad gehen und anschließend ins Schlafzimmer, wo sie sich umziehen und dann hinlegen würde, weshalb er vor ihrem Schlafzimmerfenster Position bezog.

Es hatte sich gelohnt, die Klimaanlage zu beschädigen.

Er bekam wesentlich mehr zu Gesicht als gewöhnlich, was ihm bereits den Schweiß den Rücken hinunterlaufen ließ und Blut in seine Lenden trieb. Als Jennifer dann auch noch zum Fenster ging und es öffnete, um anschließend nackt unter die dünne Bettdecke zu schlüpfen, konnte er sein Glück kaum fassen.

Diese Einladung war mehr, als er sich erträumt hatte.

Das Fenster war offen. Es lag im Erdgeschoss. Er würde keine drei Sekunden brauchen, um in ihr Schlafzimmer einzudringen.

Er ließ sich gegen die Wand unterhalb des Fensters sinken und wartete. Inzwischen wusste er, dass sie ungefähr zehn Minuten brauchte, um einzuschlafen, und etwa fünfzehn bis zwanzig Minuten, bis sie tief und fest schlief.

Wenn ihre Katze nicht auftauchte und sie noch mal weckte.

Hoffentlich trieb sich das verdammte Biest die ganze Nacht irgendwo herum. Er hätte sie schlachten sollen, als er die Gelegenheit dazu gehabt hatte.

Doch die Katze blieb ihrem Zuhause fern, und als er zwanzig Minuten später in die Stille hineinlauschte, konnte er Jennifers regelmäßigen Atem hören. Ein gewisses Restrisiko bestand natürlich, doch er verließ sich auf sein Glück.

Sein Glück hatte ihn bisher eigentlich noch nie verlassen.

Vorsichtig schob er die Lamellen des Vorhangs beiseite und schwang erst das eine, dann das andere Bein durchs Fenster. Schon war er in ihrem Schlafzimmer.

Seine Augen hatten sich inzwischen an die Dunkelheit gewöhnt, sodass er ihren Umriss unter der dünnen Decke sehen konnte. Sie lag auf dem Rücken, ihre Brüste zeichneten sich deutlich unter dem Stoff ab. Ihre Nippel standen aufrecht.

Seine Erektion schmerzte.

Er hatte sich das Seil um die Schulter geschlungen. Er zog das Messer aus dem Stiefel und streifte die mitgebrachte Skimaske über. Jennifer würde eine Menge Zeit haben, ihn zu mustern, und sollte sein Gesicht natürlich nicht sehen.

Er würde es genießen, ihr irgendwann nach dieser Nacht in einer unverfänglichen Situation entgegenzutreten und ihre Unwissenheit auszukosten.

Sein Schwanz fühlte sich so hart an, als müsste er jeden Moment explodieren.

Er dachte nicht länger nach. Mit dem Messer in der Hand lief er zum Bett, warf sich auf Jennifer und hielt ihr die Klinge an die Kehle. Sie lag stocksteif unter ihm, kein Geräusch drang über ihre Lippen.

Sie wusste Bescheid, wusste, dass …

Plötzlich bemerkte er, dass sie nicht atmete. Dass sie nicht einmal die Augen geöffnet hatte.

In dem Moment, als die Türen zu Jennifers begehbarem Schrank aufgerissen wurden, begriff er, dass er auf einer leblosen Puppe lag. Mehrere Lichter flammten auf und blendeten ihn.

Wenige Sekunden später lag er auf dem Boden, die Hände auf dem Rücken gefesselt. Als die Polizisten ihn auf die Füße zerrten, sah er Jennifer.

Sie stand in ihren Morgenmantel gehüllt neben dem Bett und starrte ihn mit vor Wut und Genugtuung blitzenden Augen an. Obwohl ihm bewusst war, dass sie ihn tatsächlich erwischt hatten, musste er grinsen.

Jennifer kam auf ihn zu, langsam, gefasst, und sah ihm sekundenlang direkt in die Augen. »Das ist für Gaja«, flüsterte sie und schlug zu.

Er sah ihre Faust auf sein Gesicht zurasen, dann flog sein Kopf nach hinten, und Sterne explodierten mit einem scharfen Schmerz vor seinen Augen. Er schmeckte Blut, es lief aus seiner Nase und tropfte auf sein T-Shirt, als er den Kopf nach vorn sinken ließ.

Jennifer ließ ihm gerade genügend Zeit, um sich von dem ersten Schlag ein wenig zu erholen. Sie wollte, dass er hörte, was sie ihm zu sagen hatte.

»Und das ist für deine Schwester.«

Jonas Grunau heulte auf, als sie ihm das Knie mit aller Gewalt zwischen die Beine rammte.

Oliver beobachtete Jonas Grunau durch die Scheibe. Der junge Mann saß an Händen und Füße gefesselt im Verhörraum und tupfte mit einem Taschentuch an seiner Nase herum, die erneut zu bluten begonnen hatte.

Oliver nickte Katia Mironowa zu, dann hob er die Umzugskiste mit den Beweismitteln hoch und trug sie in den Raum. Ohne

Jonas auch nur eines Blickes zu würdigen, stellte er die Kiste neben dem Tisch ab und setzte sich.

»Verdammt noch mal!«, brüllte Jonas, das Taschentuch unter die Nase gepresst. »Wie lange soll das denn hier noch dauern? Ich brauche einen Arzt!«

Der Staatsanwalt musste sich ein Lächeln verkneifen. Einen Verdächtigen ohne eine sichtbare Uhr ein paar Stunden lang im Verhörraum schmoren zu lassen, verfehlte selten seine Wirkung.

»Solange, wie es nötig ist. Ich habe mich noch nicht vorgestellt: Oliver Grohmann, Staatsanwalt.«

»Und wer ist die Schlampe da?«

»Katia Mironowa, Kriminalpolizei. Und wenn Sie sie noch einmal so nennen, werden Sie die Spitze ihres Schuhs an einer ohnehin noch schmerzenden Stelle zu spüren bekommen.«

»Das ist Polizeibrutalität!« Jonas nahm das Taschentuch von der Nase, woraufhin das Blut aber sofort wieder zu tropfen begann. »Sie können doch nicht zulassen, dass man mich so zurichtet! Ich bin zusammengeschlagen worden, während mich zwei Bullen festgehalten haben!«

Oliver seufzte und verdrehte die Augen. »Möchten Sie jetzt wieder mit dieser Lügengeschichte anfangen? Wir wissen schließlich alle, dass Jennifer Leitner sich wehren musste, als Sie sie in ihrem Schlafzimmer angegriffen haben.«

»Aber da war doch nur eine Puppe! Ich habe Jennifer überhaupt nicht angerührt!«

Oliver lächelte, während er Jonas kalt musterte. »Im Protokoll steht das anders, und das ist das Einzige, was für mich zählt. Und für Sie heißt es immer noch Frau Leitner.«

»Wo ist mein Anwalt? Ich will meinen Anwalt sprechen!«

»Wir verständigen gern Ihren Anwalt, wenn Sie darauf bestehen. Aber dann wird es definitiv verdammt ungemütlich, Freundchen.«

»Was wollen Sie damit sagen?«

Oliver klopfte auf den Deckel der Umzugskiste. »Wir haben Ihr Zimmer und Ihren Computer durchsucht, Herr Grunau. Ich denke, wir wissen beide, was wir gefunden haben, oder?«

»Sie haben nicht das Recht, meine Sachen zu durchwühlen!«

»Ach, nein? Schon einmal etwas von einem Durchsuchungsbeschluss gehört?«

»Den können Sie sich gerne in den Arsch schieben!«

Oliver ignorierte diesen Vorschlag. »Wenn Sie nicht mit uns über unsere Funde sprechen wollen, ist das auch in Ordnung. Sie müssen nichts sagen. Wir sind ohnehin nur hier, um Ihnen zu erklären, wessen wir Sie beschuldigen und weswegen wir Sie letztlich anklagen werden.«

Jonas verzog das Gesicht. Er versuchte, den Starken zu mimen, doch seine Fassade begann bereits zu bröckeln.

Oliver zog aus der Mappe, die vor ihm auf dem Tisch lag, ein Dokument und hielt es dem jungen Mann hin. »Wissen Sie, was das ist?«

Jonas sah es sich nicht einmal an. »Woher soll ich das wissen?«

»Das ist der Beweis dafür, dass Sie ein echt armseliger Verbrecher sind. Denn Sie haben die drei wichtigsten Regeln nicht beachtet, die man befolgen sollte, um nicht überführt zu werden.«

»Was labern Sie da für einen Scheiß?«

»Regel Nummer eins: Hinterlasse keine DNS. Regel Nummer zwei: Hinterlasse keine DNS.« Oliver beugte sich vor. »Und die dritte und wichtigste Regel überhaupt: Hinterlasse niemals deine verdammte DNS!«

Jonas sah von Oliver zu Katia, die neben dem Staatsanwalt saß und sich köstlich zu amüsieren schien.

Oliver lenkte seine Aufmerksamkeit auf das Dokument zurück. »Das hier ist das Ergebnis einer DNS-Analyse. Wir haben das Blut an den Krallen der Katze untersuchen lassen.« Das

BKA war so freundlich gewesen, ihnen das Ergebnis zukommen zu lassen, als sich herausstellte, dass diese Spur nichts mit dem Mord an Isabell Grunau zu tun hatte.

Jonas schüttelte den Kopf. »Ich weiß nicht, wovon Sie reden, Mann.«

»Von der Katze. Sie erinnern sich doch noch an Gaja? Das Tier, das sie beinahe zu Tode gefoltert haben? Sie hat sie gekratzt.«

»Ich bin schon von vielen Katzen gekratzt worden.«

»Auch von Frau Leitners Katze?«

»Soll das ein Beweis sein? Dass mich irgendein Vieh gekratzt hat, das überall herumstreunt?«

»Interessant. Sie wissen also, dass die Katze von Frau Leitner nach draußen darf.« Oliver nickte und schob das Dokument in die Mappe zurück. »Aber Sie haben recht. Das beweist rein gar nichts. Die Oberstaatsanwältin war derselben Meinung, ebenso der Ermittlungsrichter. Für einen Durchsuchungsbeschluss haben Frau Leitners Theorien leider nicht ausgereicht.«

Oliver verschränkte die Hände auf dem Tisch und wartete. »Sie sehen verwirrt aus«, stellte er schließlich fest.

»Weil Sie in Rätseln sprechen!«

Oliver lehnte sich zurück. »Nun ja. Frau Leitner hatte ihre Theorien, Verdachtsmomente allein reichen aber nun mal nicht aus, so logisch sie auch klingen mögen. Bekanntlich kratzt die Katze von Frau Leitner gerne, und mit der Sachbeschädigung am Auto und der Schmiererei in der Küche der Kommissarin konnten wir Sie nicht direkt in Verbindung bringen. Deshalb waren wir gezwungen, Ihnen diese kleine Falle zu stellen. Leider genügte dem Ermittlungsrichter nämlich auch der Nachweis nicht, dass Sie Frau Leitner nachspioniert haben. Leute zu beobachten, ist nicht einmal eine Ordnungswidrigkeit. Aber dann … Sie wissen ja, was heute Nacht passiert ist. Und das hat den Richter innerhalb von Sekunden überzeugt.«

Jonas stieß ein verächtliches Schnauben aus. »Und, was wollen Sie mir jetzt genau nachweisen? Ich bin bei ihr eingestiegen und auf ihr Bett gesprungen, na und? Wegen was wollen Sie mich anklagen? Wegen versuchter Vergewaltigung? Stalking? Vandalismus? Einbruch?«

»Ja, das sind einige der Straftaten, die in meiner Anklage stehen werden. Doch es gibt etwas, das mir und auch Frau Leitner viel wichtiger ist: Ihre Schwester.«

»Was soll mit meiner Schwester sein?«

Oliver öffnete die Umzugskiste. Er holte zwei tragbare Festplatten heraus und legte sie vor Jonas Grunau auf den Tisch. »Das sind nur zwei Datenträger. Die Kiste ist voll davon. Wir haben Ihren Rechner. Wir haben uns zwar bisher nur einen kleinen Überblick verschaffen können, aber das hat ausgereicht, um zu erkennen, dass Sie ein krankes, irres Arschloch sind.«

»Und warum bin ich das?«, fragte Jonas Grunau mit einem Lächeln. »Sie haben doch überhaupt keine Ahnung, was auf diesen Festplatten und meinem Rechner drauf ist. Alles verschlüsselt, da kommt niemand dran! Und ich werde bestimmt nicht auf Ihren dreckigen Bluff reinfallen und Ihnen irgendwas erzählen.«

»Sie leiden an Selbstüberschätzung, Herr Grunau. Was Sie Verschlüsselung nennen, hat unserem IT-Experten nur ein kurzes, trockenes Lachen entlockt.«

Jonas ballte das blutige Taschentuch in seiner Faust zusammen, antwortete aber nicht. Sein Mund war nur noch ein dünner, farbloser Strich.

»Wie ich schon sagte, konnten wir uns bisher nur einen kleinen Teil Ihrer Videosammlung ansehen. Sie haben vor sechs Jahren mit dem Filmen begonnen, nachdem Ihr Vater Ihnen Ihre erste Digitalkamera geschenkt hatte. Grob geschätzt, befinden sich mehr als zweihundert Stunden Material auf diesen Datenträgern.«

Oliver konnte Jonas Grunau kaum in die Augen schauen. Es fiel ihm schwer, die Ruhe zu bewahren, als vor seinem inneren Auge die Bilder erschienen, die er während der letzten Stunde gesehen hatte. »Zum ersten Mal haben Sie sich vor sechs Jahren an Ihrer Schwester Isabell vergangen. Meiner Einschätzung nach haben Sie jeden Ihrer Übergriffe gefilmt. Anfangs waren Sie alleine, doch später haben Sie sich Verstärkung ins Boot geholt.«

Der Staatsanwalt hielt inne, bevor seine Stimme seinen inneren Aufruhr verraten konnte. Aus ersten Nacktbildern waren innerhalb von zwei Jahren regelmäßige Massenvergewaltigungen geworden. Mit jedem Video war das Leben mehr und mehr aus Isabells Augen gewichen und hatte letztendlich kalter Gleichgültigkeit Platz gemacht.

Isabell Grunau hatte gelernt, schweigend zu ertragen. Trotzdem war es Jonas und seinen Kumpels mit erfinderischer Grausamkeit immer wieder gelungen, sie zum Schreien, Betteln und Flehen zu bringen.

Jonas ließen die Anschuldigungen kalt. Er lächelte sogar wieder ein wenig. »Meine Schwester war eine verdammt gute Schauspielerin. Für Sie mag das anders aussehen, aber sie wollte das alles.«

Oliver biss die Zähne aufeinander. »Sie wollen uns also ernsthaft erzählen, dass ein elfjähriges Mädchen in der Lage gewesen wäre, sein Einverständnis zu diesem Missbrauch zu geben?«

Jonas zuckte die Schultern. »Missbrauch ist ein hartes Wort. Ich war zu Beginn selbst noch strafunmündig, und soweit ich weiß, habe ich niemals etwas Ungesetzliches getan. Mit Ausnahme von Inzucht vielleicht. Alles, was Sie in diesen Videos sehen, ist im gegenseitigen Einvernehmen geschehen.«

»Wieso sollte Isabell das alles freiwillig getan haben?«

»Sie hatte ihre Gründe.« Jonas musterte gelangweilt seine

Fingernägel. Innerhalb kürzester Zeit hatte er zu seiner alten Selbstsicherheit zurückgefunden. »Sie war Nymphomanin. Und geldgeil.«

»Das heißt also, Sie haben Isabell an den Einnahmen beteiligt, die Sie durch das Hochladen der Videos auf einschlägigen Plattformen verdient haben.«

»Selbstverständlich.«

»Das haben Sie sich alles sehr gut überlegt.« Oliver hatte schon vermutet, dass Jonas Grunau klug war. Er hatte Fehler begangen, doch dumm war er nicht. »Was für ein Glück, dass Ihre Schwester nicht mehr hier ist, um Ihnen zu widersprechen.«

Jonas lächelte noch immer. »Sie würde mir nicht widersprechen, selbst wenn sie hier wäre.«

»Das hat sie aber getan.«

Diese kühle Feststellung ließ skeptische Falten auf der Stirn des jungen Mannes entstehen.

Oliver zog eine durchsichtige Beweismitteltüte aus der Mappe und legte sie zwischen ihnen auf den Tisch. Darin steckte eine von Jennifers Visitenkarten. Er deutete auf die Rückseite, wo *Ich weiß, was du getan hast* geschrieben stand.

»Diese Karte haben wir in Ihrem Zimmer gefunden, in einem Umschlag, auf dem Ihr Name stand. Sie dachten, Frau Leitner hätte Ihnen diese Botschaft zukommen lassen. *Ich weiß, was du getan hast*. Auf Jennifer Leitners Visitenkarte. Unmissverständlich. Daraus schlossen Sie, dass sie über Sie Bescheid wusste, ohne allerdings handfeste Beweise zu haben. Sie dachten, Frau Leitner wollte Sie unter Druck setzen. Deshalb haben Sie sich überhaupt erst gegen sie gewandt.«

Jonas gab sich wenig beeindruckt, doch seine Augen verrieten, dass er keinesfalls mehr so gelassen war, wie er vorgab.

»Zu dumm, dass es gar nicht Frau Leitner war, die Ihnen diese Botschaft geschickt hat, sondern ein Freund von Isabell, dem sie sich anvertraut hatte. Dem sie genügend Details über ihr Martyrium erzählt hat, um uns in die Lage zu versetzen, sie in Ihren Videos wiederzufinden. Von Freiwilligkeit oder Schauspiel kann wirklich keine Rede sein.«

Jonas schluckte hart, als er dem kalten Blick des Staatsanwalts begegnete. Selbst seine Stimme verlor immer mehr an Festigkeit. »Sie bluffen. Meine Schwester hatte keine Freunde.«

»Glücklicherweise schon. Und obwohl besagter Freund Isabell hoch und heilig schwören musste, ihr Geheimnis zu bewahren, ist er bereit, gegen Sie auszusagen. Nicolas Holms Wissen wird Ihnen vor Gericht das Genick brechen.«

»Ich habe noch nie von einem Nicolas Holm gehört.«

»Dann kennen Sie aber vielleicht die Namen Pawel Lewandowski und Mirko Kempe. Es werden wahrscheinlich noch ein paar mehr hinzukommen, aber diese beiden konnten wir bereits dank Herrn Holms Aussage identifizieren. Ihre Kumpels sind ziemlich scharf darauf, Sie in die Pfanne zu hauen, wenn sie dafür mit einer milderen Strafe davonkommen.«

Jonas Grunau sagte sekundenlang nichts. Doch ihm war anzusehen, dass es hinter seiner Stirn arbeitete. »Ich will meinen Anwalt«, sagte er. »Ich sage kein Wort mehr, bevor ich nicht mit meinem Anwalt geredet habe.«

»Den kriegen Sie. Aber der wird Sie auch nicht mehr retten.«

Epilog

Jennifer nahm den Bericht aus dem Drucker. Der dünne Stapel Papier mit ihrer Aussage wog schwer in ihrer Hand. Sie atmete tief durch, schob den Ausdruck in eine Laufmappe und klemmte sie sich unter den Arm.

Es war an der Zeit, mit diesem Kapitel abzuschließen, auch wenn es nur vorübergehend wäre. Die Ermittlungen gegen Jonas Grunau dauerten noch an, und spätestens vor Gericht würde sie als Zeugin auftreten und gegen ihn aussagen müssen.

Als eines seiner Opfer, nicht als Ermittlungsbeamtin.

Vermutlich wäre es für sie einfacher gewesen, wenn man sie nicht von den Ermittlungen ausgeschlossen hätte. So war sie auf die Informationen angewiesen, die sie durch Zufall immer mal wieder aufschnappte.

Einerseits hätte sie gerne alles gewusst, jedes kleine Detail, andererseits war sie sich durchaus im Klaren darüber, dass Oliver recht hatte. Es war besser für sie, wenn sie keinen Einblick in Jonas' kranke Gedankenwelt erhielt, vor allem nicht in den Teil, der sich um sie drehte.

Sie sollte nicht wissen, was er ihr hatte antun wollen. Wenn Gaja ihn nicht gekratzt hätte, hätte er früher oder später eine Chance bekommen. Vielleicht nicht so eine offensichtliche Einladung wie ein offenes Schlafzimmerfenster, aber allein aus Trotz wäre sie irgendwann leichtsinnig geworden.

Für den Beweis, dass sie sich trotz des Einbruchs und des Angriffs auf ihre Katze ohne Furcht durch die Welt bewegen konnte, hätte sie möglicherweise einen hohen Preis bezahlt.

Für Jennifer war es noch immer ungewohnt, sich ihren Ängsten zu stellen. Allein schon, sich einzugestehen, dass sie Angst hatte, war ein Stück harte Arbeit gewesen.

Trotzdem verstand sie selbst nicht so genau, warum sie sich in die Aufarbeitung durch Gespräche mit einem Psychologen gefügt hatte und tatsächlich mit ihm zusammenarbeitete. Früher hätte sie für einen solchen Vorschlag allenfalls ein Lachen übrig gehabt. Ihre Furcht hätte sie tief in ihrem Innern eingeschlossen; was geschehen war, hätte sie einfach verdrängt.

Manchmal erschien Jennifer diese Option noch immer als die sicherere und bessere Methode. Inzwischen musste sie sich aber selbst eingestehen, dass sie dank der Therapiegespräche Fortschritte machte.

Nach Jonas Grunaus erfolgreicher Verhaftung hatte sie eigentlich vorgehabt, ihre Wohnung schnellstmöglich zu verkaufen. Inzwischen gab sie sich damit zufrieden, das Schlafzimmer erneut renovieren und eine Alarmanlage installieren zu lassen. Sie hatte keine Albträume mehr. Nicht mehr jedes Geräusch, das sie nicht sofort zuordnen konnte, ließ sie zusammenfahren.

Neben den Gesprächen gab es vieles, was sie aktiv tun konnte, auch wenn einige Handlungen nur symbolisch waren. So wie diesen Bericht mit ihrer Aussage auszudrucken und Oliver persönlich vorbeizubringen, anstatt ihm einfach nur das PDF zu mailen.

Ihrem Psychologen zufolge war das ein viel bedeutenderer Akt als einfach nur auf »Senden« zu klicken.

Sie war froh, dass sie die Zeugenaussage noch vor dem Wochenende fertig bekommen hatte. Am Montag würde Bastian eintreffen, um die letzten vier Wochen der Sommerferien bei ihr zu verbringen.

Wieso sie gegenüber ihrer Mutter darauf bestanden hatte, obwohl ihr Bänderriss noch nicht ausgeheilt und sie auch nervlich noch angeschlagen war, verstand sie selbst nicht. Vielleicht war die Vorstellung, eine Weile nicht allein in ihrer Wohnung zu sein, doch zu verlockend.

Ob ihre Hoffnung berechtigt war, dass ihr jüngerer Bruder aufgrund der Geschehnisse vielleicht ein wenig Rücksicht auf sie nehmen würde, müsste sich erst noch zeigen. Sein Besuch konnte genauso gut in einem Debakel enden.

Jennifer schüttelte diesen Gedanken ab und stieß die Glastür zu den Büros der Staatsanwaltschaft auf.

Die Sekretärin saß nicht an ihrem Platz. Vermutlich hatte sie sich bereits in den Feierabend verabschiedet. Wenigstens konnte Jennifer so ohne das von Anstett eingeführte und völlig überzogene Anmeldeprozedere in Olivers Büro gehen.

Sie klopfte nur kurz an die Tür, trat ein und hielt überrascht inne.

Oliver war nicht da. Dafür stand Hannah hinter seinem Schreibtisch. Sie blickte ihr erschrocken und ertappt zugleich entgegen. Es brauchte keine hellseherischen Fähigkeiten, um zu erkennen, dass die Sechzehnjährige gerade in den Akten ihres Vaters gestöbert hatte.

Jennifer schloss die Tür hinter sich. »Hallo, Hannah.«

Die junge Frau setzte einen schuldbewussten Blick auf, kam hinter dem Schreibtisch hervor und verschränkte die Hände. Wenigstens versuchte sie erst gar nicht, sich mit irgendeiner Geschichte herauszureden.

Jennifer trat an den Schreibtisch und legte die Laufmappe mit ihrer Aussage auf einen der vielen Stapel. Ordnung in seinem Büro zu halten, schien im Moment nicht Olivers Stärke zu sein.

Einen Moment lang blieb ihr Blick an den Akten hängen. Sie spürte ein Kribbeln in den Fingern. Die Versuchung, es Hannah gleichzutun, war groß.

Oliver hielt sie nicht nur aus Rücksicht von allem fern, was mit dem Fall zu tun hatte. Er brauchte ihre unverfälschte Zeugenaussage vor Gericht. Jede Information, die zu ihr durchsickerte, konnte dazu führen, dass die Richter ihre Unbefangenheit infrage stellten.

Es erforderte viel Disziplin, doch Jennifer beherrschte sich. Sie wandte sich Hannah zu und begegnete ihren graublauen Augen, die sie von ihrem Vater geerbt hatte.

»Wollen Sie denn gar nichts dazu sagen?«, fragte die junge Frau, inzwischen eindeutig verunsichert. Sie erwartete als Reaktion auf ihre unverfrorene Neugier offensichtlich mindestens eine Standpauke.

»Was sollte ich denn dazu sagen, was du nicht ohnehin schon weißt?« Jennifer lächelte matt. »Du solltest nicht in den Unterlagen deines Vaters stöbern. Ich kann dein Interesse verstehen, aber es gibt zu viele Dinge in diesen Akten, die du weder sehen noch lesen solltest.«

Hannah fühlte sich sichtlich unwohl. Jennifers ruhiger Tonfall, der jeden Vorwurf vermissen ließ, verwirrte sie. »Verraten Sie mich?«

»Nein.« Jennifer schüttelte den Kopf.

Hannah blieb vor Überraschung der Mund offen stehen. »Wieso nicht?«

Jennifer zuckte die Schultern und versuchte, das aufsteigende Lächeln zu unterdrücken. »Ausgleichende Gerechtigkeit.«

Hannah runzelte die Stirn. Ihre Erleichterung währte nur kurz. »Ausgleichende Gerechtigkeit?«, wiederholte sie. »Inwiefern?«

»Hm.« Jennifer zögerte. Sie wollte es Hannah eigentlich nicht erzählen.

Doch die junge Frau zog auch so die richtigen Schlüsse. »Mein Vater hat Sie auf Lukas angesetzt, oder?«

Einen Moment lang war Jennifer versucht, es abzustreiten, fand dann aber, dass Hannah eine ehrliche Antwort verdient hatte. »Ja, das hat er«, räumte sie ein. »Dein Vater wollte, dass ich Lukas' Hintergrund für ihn abklopfe. Aber ich habe ihn abblitzen lassen.«

»Danke.«

Jennifer musste über den Ausdruck ungläubiger Überraschung auf dem Gesicht der jungen Frau jetzt doch lächeln. »Ich bin der Meinung, dass dein Vater nicht mehr und nicht weniger Informationen über deine Freunde erhalten sollte, als du ihm freiwillig gibst. Seinen Vorteil anderen Eltern gegenüber auszuspielen, ist dir gegenüber nicht fair. Und gegenüber den Jungs schon mal gar nicht.«

Hannah nickte, doch ihre Augen hatten sich verdunkelt. »Er hätte es gar nicht erst versuchen dürfen.«

Jennifer konnte die Verärgerung der Jugendlichen verstehen, trotzdem schlug sie sich auf Olivers Seite. »Nimm es ihm nicht übel, Hannah. Er macht sich Sorgen um dich. Mehr als andere Väter. Er hat dich nicht aufwachsen sehen, kann deine Reife nicht einschätzen. Außerdem wird er tagtäglich mit Verbrechen konfrontiert, die ihm vor Augen führen, wie schnell und auf welch grausame Weise er dich verlieren könnte.«

Hannah biss sich auf die Unterlippe. Ihr Ärger war so schnell verraucht, wie er gekommen war. »Ich weiß.«

»Das ist trotzdem kein Grund, ihm nicht Kontra zu geben«, erwiderte Jennifer mit einem konspirativen Augenzwinkern. »Nicht, dass er sich noch ermutigt fühlt.«

Hannah sah die Kommissarin einen Moment lang zögerlich an. Dann zog sie ihr Portemonnaie aus der Hosentasche und nahm eine Karte heraus. »Hier.« Sie reichte sie Jennifer. »Vielleicht haben Sie ja Lust, zu kommen.«

Jennifer erhaschte nur einen kurzen Blick auf das Ticket, bevor die Tür hinter ihr geöffnet wurde. Sie ließ es unauffällig in die Tasche ihrer Jeans gleiten, bevor sie sich umdrehte.

Oliver stand in der Tür und musterte die beiden Frauen mit fragendem Blick.

Hannah lächelte, und Jennifer nickte ihr zu. »Danke noch mal, dass du dich um Gaja gekümmert hast.«

»Keine Ursache.«

Jennifer warf Oliver einen kurzen Blick zu, dann wandte sie sich zur Tür. »Du findest meine Zeugenaussage auf deinem Schreibtisch.«

Sie konnte den skeptischen Blick des Staatsanwalts in ihrem Rücken spüren, bis sie das Büro verlassen und die Tür hinter sich geschlossen hatte.

Das Publikum verstummte augenblicklich, als die Lichter in der Bar gedimmt wurden. Auf der Bühne herrschte weiterhin Dunkelheit.

Die Stille begann bereits unheimlich zu werden, als eine E-Gitarre erklang und die schon leicht angeheiterte Menge in Jubel ausbrach. Das Intro eines längst in Vergessenheit geratenen Queen-Songs, in den Siebzigern Teil eines Soundtracks, wummerte aus den Boxen.

Ein Spot tauchte den Gitarristen in gleißendes Licht, der mit geschlossenen Augen und gesenktem Kopf dastand, als sich das Stück seinem Höhepunkt näherte.

Mit dem Verklingen des letzten Tons öffnete er die graublauen Augen und sah auf die Menschen hinab, die sich in dem Szene-Lokal versammelt hatten. Zwei Sekunden verstrichen, bevor er sich zum Mikrofon vorbeugte und mit tiefer, heiserer Stimme »Welcome« flüsterte.

Die Lichter über der Bühne flammten auf und enthüllten die sechs Mitglieder der Band. Sie stimmten direkt den nächsten Song an. Bereits die ersten Akkorde entlockten einem Teil des Publikums erneut einen begeisterten Aufschrei.

Die Gruppe verstand es, dem Publikum mit einer Mischung aus Cover-Versionen alter und neuer Songs einzuheizen, darunter laute und schnelle sowie ruhige und langsame Stücke, überwiegend Metal. Der Gitarrist und die Bassistin wechselten sich am Mikrofon ab, je nachdem, ob das Original von einer Frau oder einem Mann gesungen worden war.

Das Konzert dauerte einschließlich Pause und Zugaben gut zwei Stunden. Dann erloschen die Lichter. Erstes Gedränge in Richtung Ausgang, aber auch in Richtung Bühne setzte ein. Die Bandmitglieder verteilten Autogramme und sprachen mit ein paar Fans, bevor sie sich endgültig zurückzogen.

Jennifer stand im dunkleren, hinteren Bereich des Lokals. In der Hand hielt sie noch immer das VIP-Ticket für das eben zu Ende gegangene Konzert – inklusive Zugangsberechtigung zum Backstage-Bereich –, das Hannah ihr vor wenigen Tagen in Olivers Büro zugesteckt hatte.

Während des Konzerts hatte sie sich vom Publikum mitreißen lassen, obwohl Metal nicht unbedingt ihre Stilrichtung war, doch jetzt erfasste sie aufs Neue Unsicherheit.

Oliver hatte davon gesprochen, dass er als Gitarrist in einer Band spielte, doch auf ihre flapsigen Bemerkungen, die ihn eigentlich dazu hätten verleiten sollen, sie zu einem ihrer Auftritte einzuladen, hatte er stets verhalten bis ablehnend reagiert. Die *Poet's Archangels* waren ein Teil seines Privatlebens, das er strikt von seiner Arbeit trennte.

Bei der Musikrichtung, den Texten, seiner Performance, seinem Status als Staatsanwalt und den doch eher konservativen Vorgesetzten und Stadtoberen nicht wirklich verwunderlich. Doch auch sie hatte er davon fernhalten wollen.

War es überhaupt richtig, dass sie hergekommen war? Und sollte sie ihm ihre Grenzüberschreitung wirklich offenbaren, indem sie sich ihm zeigte?

Zumindest wusste sie jetzt, wie Oliver seine Aggressionen abreagierte. Heute Abend hatte sie ihn auf eine völlig neue Art und Weise erlebt. Jennifer kannte ihn ruhig, ausgeglichen und zurückhaltend, nicht leidenschaftlich, kraftvoll und beinahe wie berauscht …

Ihre Neugier war befriedigt. Sie könnte unbemerkt gehen und diesen Abend in guter Erinnerung behalten. Doch die Alternative war zu verlockend.

An der Tür, die in den Bereich hinter der Bühne führte, stand ein Ordner. Es war ein Angestellter des Lokals mit normaler Statur. Einen Ansturm oder Angriff hätte er definitiv nicht abwehren können.

Jennifer hielt ihm das VIP-Ticket entgegen. Er wirkte ein wenig überrascht, nickte dann aber und ließ sie in den verwinkelten Flur hinter der Bühne. Es war niemand zu sehen.

Als Erstes lief sie Hannah über den Weg, die sie mit einem strahlenden Lächeln begrüßte. Die Jugendliche war in Begleitung des Schlagzeugers. Als sie sie mit Vornamen vorstellte, glaubte Jennifer eine Art Erkennen in den Augen des Mannes zu sehen.

»Mein Vater ist noch beim Inhaber das Ladens«, erklärte Hannah aufgedreht. »Er kommt aber bald. Ich fahre schon mal mit Heiko zurück, er setzt mich zu Hause ab. Du kannst das meinem Dad doch ausrichten, oder?«

Jennifer war viel zu überrascht, um darüber nachzudenken. Oder sich zu fragen, seit wann die junge Frau sie eigentlich duzte. »Äh, ja, aber …«

Hannah ließ sie nicht ausreden. »Danke!«

Der Schlagzeuger, vermutlich Heiko, grinste breit. Die beiden betraten einen kleinen Raum, rafften ihre Sachen zusammen und verschwanden.

Jennifer blickte sich ein wenig verloren um, als sie aus den

Augenwinkeln sah, wie Oliver am anderen Ende des Flurs auftauchte, eine Tür öffnete und dahinter verschwand. Er hatte sie nicht gesehen.

Jennifer trat näher und wollte schon an den Türrahmen klopfen, um sich bemerkbar zu machen, als sie erstarrte.

Oliver stand mit dem Rücken zu ihr in der Mitte der kleinen Garderobe und zog sich das verschwitzte T-Shirt über den Kopf. Sie konnte nur reglos zusehen, wie er zu einer Wasserflasche griff, sie in einem Zug halb leerte und sich dann den Rest über den Kopf schüttete.

Er öffnete eine zweite Flasche, hielt aber inne, bevor er sie ansetzen konnte. Jennifer stand noch immer wie gelähmt in der Tür, als Oliver sich zu ihr umdrehte und die Flasche überrascht sinken ließ.

Sekundenlang sahen sie sich an, ohne ein Wort zu sagen. Dann musterte er ihre Aufmachung, vielleicht einen Moment zu lange. »Du bist nicht dienstlich hier.«

Jennifer schüttelte den Kopf und biss sich auf die Unterlippe. Sie konnte nicht vermeiden, dass ihre Augen tiefer wanderten, den Wassertropfen bis hinunter zu dem zähnefletschenden Tiger folgend, der auf seine Hüfte tätowiert war und teilweise noch von seiner tiefsitzenden Jeans verdeckt wurde.

»Warum bist du hier?«, fragte er und lenkte ihre Aufmerksamkeit wieder in höhere Regionen.

Jennifer fühlte sich ertappt. Hitze stieg in ihre Wangen. Was tat sie eigentlich hier? »Ich soll dir von Hannah ausrichten, dass sie mit Heiko schon vorgefahren ist.«

Oliver nickte. Dann trank er bedächtig die zweite Flasche Wasser leer, ohne den Blick von Jennifer abzuwenden. »Hannah«, sagte er schließlich. »Das erklärt, woher du das Ticket hast.«

»Du bist sauer, oder?« Lag tatsächlich Wut in seinem Blick?

»Komm rein und mach die Tür zu.«

Jennifer hinterfragte weder den leichten Befehlston, noch die Anweisung an sich. Sie tat einfach, was er von ihr verlangte. Als er auf sie zukam, wich sie so weit vor ihm zurück, bis sie das Holz der Tür im Rücken spürte.

Normalerweise fiel ihr überhaupt nicht auf, dass er größer war als sie, doch jetzt sah er auf sie hinunter, mit einem Blick, den sie nicht so recht einzuordnen wusste.

Sie öffnete die Lippen, doch ihr Mund war vollkommen ausgetrocknet. Sie wusste ohnehin nicht, was sie hätte sagen sollen.

»Du bist nicht nur hier, um mir zu sagen, dass Hannah schon gefahren ist.« Seine Stimme klang rau und dunkel.

Jennifers Blick wanderte erneut tiefer. Wie ferngesteuert streckte sie die Hand nach seiner nackten Haut aus, zog sie jedoch so schnell zurück, als hätte sie sich verbrannt.

Oliver war jetzt so nah, dass sein Atem spürbar über ihre Haut strich. Ihre Augen trafen sich.

Jennifer erkannte, dass sie gehen musste, und zwar sofort. Sie tastete nach der Klinke in ihrem Rücken. »Ich muss los …«

Olivers Hand schoss vor und drückte die Tür wieder zu. Als er sich vorbeugte, wollte sie widersprechen, sein Kuss erstickte jedoch ihren Protest. Er küsste sie leidenschaftlich und fordernd, ohne sie irgendwo sonst zu berühren. Trotzdem ließ er ihren gesamten Körper in Flammen aufgehen.

Bis er von ihr abließ und ihr erneut in die Augen sah, schien eine kleine Ewigkeit zu vergehen. Er trat einen Schritt nach hinten und zog seine Hand zurück. »Jetzt darfst du gehen.«

Er ließ ihr die Wahl, räumte ihr eine letzte Option zur Flucht ein.

Doch das wollte Jennifer nicht mehr.

Zumindest nicht in diesem Moment.

Danksagung

Christoph und Janine begleiten mich seit Langem und stehen mir mit Rat, Tat, Unterstützung und unermüdlichem Testlesen zur Seite. Ich bin sehr dankbar dafür, dass ihr mich ebenso wie die Erstversionen meiner Werke und meine Ideen noch immer ertragt!

Unterstützung beim Testlesen haben die beiden dieses Mal von Martina bekommen. Ihr danke ich auch für ihren tollen Einsatz beim Werben für meine Bücher, vor allem bei ihrer Bücherei vor Ort!

Die Gruppe der Rezensenten und Buch-Blogger ist stetig angewachsen. Gerne würde ich jedem Einzelnen für seine Arbeit danken, doch leider schaffe ich es nicht, jeden Beitrag im Netz zu kommentieren. Deshalb an dieser Stelle ein kollektives Dankeschön in die Runde! Ein besonderer Dank geht an all jene, die meine Bücher mit speziellen Aktionen (bspw. meine erste Blogtour) begleitet haben. Ein paar von euch durfte ich inzwischen persönlich kennenlernen – es ist immer wieder eine Freude!

Großer Dank gilt natürlich auch allen Lesern, insbesondere jenen, die sich mit meinen Büchern intensiv in den Leserunden auseinandergesetzt haben. Ich freue mich sehr auf ein Wiederlesen (oder Wiedersehen), vor allem mit meinen Stammlesern von der Leser-Welt und von LovelyBooks!

Außerdem bedanke ich mich bei Ulrike, Alexandra und Christina für das mir entgegengebrachte Vertrauen und die klasse Zusammenarbeit! Ebenso Frau Schlottmann, Frau Zastrow und allen Mitarbeitern des Lyx-Verlages und der Agentur Schlück. Ohne sie würde es meine Geschichten nicht in dieser Form geben!

Unerwähnt bleiben dürfen an dieser Stelle auch nicht die Mitarbeiter und Verantwortlichen der Literaturportale, die Betreuer und Helfer bei Lesungen und anderen Veranstaltungen, der Mühlheimer Buchladen, die lieben Autorenkollegen und, und, und …

In der Hoffnung, niemanden vergessen zu haben … und falls doch: Danke!

Mühlheim, im Juni 2014

Leseprobe

Saskia Berwein
Herzenskälte

Prolog

Mit einem eigenartigen Geräusch, das irgendwo zwischen Röcheln und Stöhnen angesiedelt war, entwich das Leben aus ihrem Körper. Ihre wegen der Betäubung ohnehin nur schwache Gegenwehr war bereits erlahmt, als der Sauerstoffmangel sie in tiefste Bewusstlosigkeit geschickt hatte. Die letzte Anspannung fiel aber erst jetzt von ihr ab, ihre Muskeln erschlafften, schwer und leblos sackte sie in seine Arme.

Vorsichtig ließ er sie auf die Liege zurückgleiten und löste die Schlinge von ihrem Hals. Mehrere Sekunden lang beobachtete er sie angespannt, bereit einzugreifen, sollte es notwendig werden. Doch es war vorbei. Ihr Brustkorb bewegte sich nicht mehr, kein Atem zeichnete Wölkchen in die frostige Kälte des Raumes. Als er schließlich nach ihrem Handgelenk tastete, fand er keinen Puls.

Sie war unwiederbringlich tot.

Ihre Lider waren nur halb geöffnet. Behutsam zog er sie etwas höher, darauf bedacht, die Wimpern nicht zu beschädigen. Sie hatte kräftige, geschwungene Wimpern, um die andere Frauen sie mit Sicherheit beneidet hatten. Kein Mascara und kein Make-up-Artist dieser Welt konnten derart lange, dunkle Wimpern zaubern, ganz gleich, was die Werbung versprach.

Ihre Augen starrten ihm kalt, aber noch klar entgegen. Einige Äderchen waren geplatzt, doch es war kein Schaden entstanden, den er nicht würde korrigieren können. Ihr Mund ließ sich problemlos schließen, und durch zärtliches Massieren ließ sich auch der erschrocken wirkende Gesichtsausdruck besänftigen. Die Schlinge hatte sich tief in ihr Fleisch gegraben, ohne die Haut nennenswert zu verletzen.

Er trat einen Schritt zurück, begutachtete sein Werk und nickte zufrieden. Ihr Mienenspiel war zwar noch weit von seinen Vorstellungen entfernt, aber er hatte eine Basis geschaffen, mit der er würde arbeiten können. Wenn er keine Fehler machte, würde die Frau ihren Zweck erfüllen.

Es lag natürlich noch jede Menge Arbeit vor ihm. In den nächsten Stunden würde er immer wieder Hand anlegen und gegen die einsetzende Totenstarre ankämpfen müssen, um ihr jene Ausstrahlung zu verleihen, die ihm vorschwebte. Alles würde perfekt werden.

Er zog den Metallwagen zu sich heran und begutachtete einen Moment lang ehrfürchtig die darauf ausgebreiteten Instrumente. Er hatte großen Respekt vor diesem Augenblick. Er war nervös und atmete mehrmals tief durch, bevor er zu einem Skalpell griff. Den ersten Schnitt setzte er vorsichtig, denn wenn sie wieder angezogen war, durfte von der Operation nichts mehr zu sehen sein.

Mit jedem Schnitt wurde er aber ruhiger und fand zu seinem gewohnten Selbstvertrauen zurück. Er arbeitete langsam und vorsichtig, schnitt durch Haut und Muskeln, arbeitete sich Stück für Stück voran, bis die Knochen ihres Brustkorbes blutig schimmernd vor ihm lagen – der einzige Schutz, das letzte Hindernis, das noch zwischen ihm und dem Zentrum seiner Begierden stand.

Bald schon lagen Teile der fein gebogenen Rippen in einer

Schale auf dem Wagen, und die letzten Schnitte durchtrennten sorgfältig Adern und Gewebe. Dann endlich konnte er zugreifen und das Herz mit beiden Händen, sanft und achtsam wie einen Fötus, aus ihrem Brustkorb heben.

Einen Augenblick lang verharrte er ganz still.

Ihm entglitt die Realität. Das Herz zog sich zusammen, kontrahierte zwei-, dreimal, wobei hellrotes Blut aus den durchtrennten Adern floss und seine Schürze und den Boden besudelte. Er konnte spüren, wie sich der Muskel bewegte, fühlte die lauwarme, klebrige Nässe auf seiner Haut.

Der Moment verging, und das Organ lag wieder still und tot in seinen Händen.

Mit langsamen Schritten trug er es zu dem Tisch hinüber, auf dem alles Notwendige bereitstand. Er brauchte nicht einmal zehn Minuten, um das Herz von sämtlichen Lebenssäften zu befreien und zu säubern. Dann ließ er es in eine Lösung gleiten, in der es einige Stunden ruhen würde, bevor er es in einen Behälter mit höher konzentrierter Flüssigkeit legen konnte.

Dieser Vorgang würde sich mehrmals wiederholen, bis er das Herz in das letzte Gefäß geben konnte, seine finale Ruhestätte, in der die Alkoholkonzentration am höchsten war. Darin würde es, für die Ewigkeit konserviert, Jahrhunderte überdauern.

Mehr als zufrieden mit sich und seiner Arbeit, kehrte er zu seinem Opfer zurück. Bisher gab es keinerlei Anzeichen für das Einsetzen der Totenstarre. Er korrigierte erneut ihren Gesichtsausdruck und glättete ihre Stirn.

Vorsichtig strich er ihr über die noch immer warmen Wangen. Wenn er in der Lage gewesen wäre, Mitleid zu empfinden, hätte sie sein Mitgefühl vermutlich verdient. Sie hatte ihm ein Geschenk gemacht, dessen Bedeutung die wenigsten Menschen begreifen würden. Für sie selbst wäre es allerdings nur ein schwacher Trost gewesen.

Einem plötzlichen Impuls folgend, beugte er sich über sie und drückte ihr einen sanften Kuss auf die leicht geöffneten Lippen. Dann sah er ihr tief in die erstarrten Augen. Seine Stimme war ein heiseres Flüstern, das sich kaum über das stete Brummen der Klimaanlage erhob.

»Ich liebe dich.«